Kent Haruf

Flüchtiges Glück

Roman

Deutsch von Rudolf Hermstein

btb

Die amerikanische Originalausgabe erschien
unter dem Titel »Plainsong«
bei Alfred A. Knopf, New York

Für seine Übersetzung wurde Rudolf Hermstein vom
Deutschen Übersetzerfonds e. V. ausgezeichnet.

Umwelthinweis:
Dieses Buch und der Schutzumschlag
wurden auf chlorfrei gebleichtem Papier gedruckt.
Die Einschrumpffolie (zum Schutz vor Verschmutzung)
ist aus umweltschonender und recyclingfähiger PE-Folie.

btb Bücher erscheinen im Goldmann Verlag,
einem Unternehmen der Verlagsgruppe Bertelsmann.

1. Auflage

Satz: IBV Satz- und Datentechnik GmbH, Berlin
Druck und Bindung: GGP Media GmbH, Pößneck
Made in Germany
ISBN 3-442-75056-3
www.btb-verlag.de

FÜR CATHY
UND IM ANDENKEN AN
LOUIS UND ELEANOR HARUF

Guthrie

Da stand er, dieser Tom Guthrie, am hinteren Küchenfenster seines Hauses in Holt, rauchte Zigaretten und schaute über die Koppel, wo gerade die Sonne aufging. Als sie die Spitze der Windmühle erreichte, betrachtete er eine Weile die zunehmende Röte auf den stählernen Flügeln und der Wetterfahne über der hölzernen Plattform. Dann drückte er die Zigarette aus, stieg die Treppe hinauf und ging an der geschlossenen Tür vorbei, hinter der sie im abgedunkelten Gästezimmer im Bett lag, ob sie nun schlief oder nicht, und den Flur entlang zu dem verglasten Zimmer über der Küche, in dem die beiden Jungen waren.

Das Zimmer war eine ehemalige Schlafveranda mit vorhanglosen Fenstern an drei Seiten, hell und luftig, mit Dielen aus Kiefernholz. Sie schliefen noch, beide im selben Bett unter den Nordfenstern, in die Decken eingemummt, obwohl es erst Frühherbst war und noch nicht kalt. Seit einem Monat schliefen sie zusammen in einem Bett, und jetzt hatte der Ältere die Hand über den Kopf des Bruders ausgestreckt, als hoffte er, etwas wegschieben und sie dadurch beide retten zu können. Sie waren neun und zehn und hatten dunkles Haar und glatte Gesichter mit Wangen, die noch so rein und lieblich waren wie Mädchenwangen.

Draußen kam plötzlich Wind von Westen auf, die Wetterfahne drehte sich, die Flügel der Windmühle rotierten rot flirrend, dann legte sich der Wind wieder, und die Flügel wurden langsamer und blieben stehen.

Es wird Zeit, sagte Guthrie.

Er stand im Bademantel am Fußende des Bettes und betrachtete ihre Gesichter, er war ein hoch gewachsener Mann mit gelichtetem schwarzem Haar und Brille. Der ältere Junge zog die Hand zurück, und sie verkrochen sich noch tiefer unter die Decken. Einer von beiden seufzte wohlig.

Ike.

Ja?

Zeit zum Aufstehen.

Gleich.

Du auch, Bobby.

Er schaute zum Fenster hinaus. Die Sonne stand jetzt höher, das Licht glitt schon die Leiter der Windmühle hinab, hellte sie auf, schuf rotgoldene Sprossen.

Als er sich wieder zum Bett umdrehte, sah er an den veränderten Gesichtern, dass sie wach waren. Er trat auf den Flur hinaus, ging wieder an der geschlossenen Tür vorbei ins Bad, rasierte sich, wusch sich das Gesicht und kehrte dann zurück ins Schlafzimmer auf der Vorderseite des Hauses, dessen hohe Fenster auf die Railroad Street schauten, nahm Hemd und Hose aus dem Schrank und legte sie aufs Bett, warf den Bademantel ab und zog sich an. Wieder draußen im Flur, hörte er sie in ihrem Zimmer reden. Sie besprachen bereits etwas, mit hellen, klaren Stimmen, erst der eine, dann der andere, mit Pausen dazwischen, die ernsten Stimmen kleiner Jungen am Morgen, wenn keine Erwachsenen dabei sind. Er ging hinunter.

Als sie zehn Minuten später in die Küche kamen, stand er am Gasherd und rührte Eier in einer schwarzen gusseisernen Pfanne. Er drehte sich zu ihnen um. Sie setzten sich an den hölzernen Tisch am Fenster.

Habt ihr denn heute den Zug nicht gehört?

Doch, sagte Ike.

Dann hättet ihr doch aufstehen können.

Na ja, sagte Bobby. Wir waren noch so müde.

Das kommt davon, weil ihr am Abend nicht ins Bett geht.

Wir gehen doch ins Bett.

Aber nicht zum Schlafen. Ich hör euch doch, wie ihr in eurem Zimmer redet und rumalbert.

Sie schauten ihren Vater an, beide aus den gleichen blauen Augen. Obwohl sie ein Jahr auseinander waren, hätte man sie für Zwillinge halten können. Sie hatten Blue Jeans und Flanellhemden angezogen, die dunklen, ungekämmten Haare fielen bei beiden gleich in die glatte Stirn. Sie warteten auf das Frühstück und waren wohl noch nicht ganz wach.

Guthrie trug zwei dicke Steingutteller mit dampfenden Eiern und Buttertoast zum Tisch hinüber, und die Jungen strichen sich Gelee auf den Toast und fingen sofort an zu essen, automatisch kauend, über die Teller gebeugt. Er stellte ihnen zwei Gläser Milch hin.

Er blieb am Tisch stehen und sah ihnen beim Essen zu. Ich fahre heute früher in die Schule, sagte er, ich muss gleich weg.

Frühstückst du nicht mit uns? fragte Ike. Er hörte kurz zu kauen auf und blickte hoch.

Nein, heute geht's nicht. Er stellte die Pfanne in den Ausguss und ließ Wasser hineinlaufen.

Warum musst du denn so früh in die Schule?

Ich muss mit Lloyd Crowder über jemanden reden.

Über wen?

Einen meiner Schüler, in Amerikanischer Geschichte.

Was hat er denn angestellt? fragte Bobby. Abgeschrieben?

Noch nicht. Aber das kommt bestimmt auch noch, so wie der sich in letzter Zeit entwickelt.

Ike zupfte etwas aus seinen Rühreiern heraus und legte es an den Tellerrand. Er schaute wieder auf. Dad, sagte er.

Ja?

Kommt Mutter heute auch wieder nicht runter?

Ich weiß es nicht, sagte Guthrie. Ich kann dir nicht sagen, was sie tun wird. Aber macht euch keine Sorgen. Versucht es wenigstens. Es hat nichts mit euch zu tun.

Er beobachtete sie genau. Sie hatten zu essen aufgehört und schauten aus dem Fenster, zum Stall und zur Koppel hinüber, wo die zwei Pferde waren.

Esst weiter, sagte er. Ihr seid schon spät dran, und ihr müsst ja auch noch die Zeitungen austragen.

Er ging noch einmal hinauf. Im Schlafzimmer nahm er einen Pullover aus der Kommode und zog ihn an, dann ging er durch den Flur und blieb vor der geschlossenen Tür stehen. Er horchte, aber es kam kein Geräusch aus dem Zimmer. Er ging hinein. Drinnen war es fast völlig dunkel, der Raum wirkte abweisend und Ruhe gebietend wie der Altarraum einer leeren Kirche nach der Beerdigung einer zu früh verstorbenen Frau und weckte das jähe Empfinden von schaler Luft und unnatürlicher Stille. Die Rollos an den beiden Fenstern waren ganz heruntergezogen. Er stand da und schaute sie an. Ella. Die mit geschlossenen Augen im Bett lag. Im Halbdunkel konnte er gerade noch ihr Gesicht erkennen, ihr Gesicht, das so weiß war wie Schulkreide, und das helle Haar, aufgeplustert und ungepflegt, das ihre Wangen und den dünnen Hals verbarg. Während er sie anschaute, hätte er nicht zu sagen gewusst, ob sie schlief oder nicht, aber er glaubte, sie schlief nicht. Er glaubte, sie wartete nur darauf zu hören, weshalb er hereingekommen war, und darauf, dass er wieder hinausging.

Brauchst du irgendetwas? fragte er.

Sie schlug nicht einmal die Augen auf. Er wartete, sah sich im Zimmer um. Sie hatte immer noch die Chrysanthemen in der Vase auf der Kommode, das abgestandene Wasser stank schon. Es wunderte ihn, dass sie es nicht roch. Und er fragte sich, was sie denken mochte.

Ja, dann bis heute Abend, sagte er.

Er wartete. Sie rührte sich noch immer nicht.

Also gut, sagte er. Er trat wieder auf den Flur hinaus, zog die Tür zu und ging die Treppe hinunter.

Als er weg war, drehte sie sich auf die andere Seite und schaute zur Tür. Ihre Augen waren hellwach und übergroß.

Dann drehte sie sich gleich wieder um und betrachtete die zwei dünnen Lichtstäbe an den Rändern des Rollos. Feine Stäubchen schwammen in der schwach erhellten Luft wie winzige Wasserlebewesen, aber schon bald machte sie die Augen wieder zu. Sie legte sich den angewinkelten Arm übers Gesicht und lag still, als ob sie schliefe.

Als Guthrie unten durchs Haus ging, hörte er die beiden Jungen in der Küche reden, ihre Stimmen klangen wieder klar, hoch und lebhaft. Er blieb ein Weilchen stehen und hörte ihnen zu. Irgendetwas mit der Schule. Ein Junge hatte auf dem Pausenhof dies und jenes gesagt, und ein anderer hatte gesagt, das habe auch nichts damit zu tun, er wisse es besser. Guthrie ging hinaus, über die Veranda und quer über die Einfahrt zu dem Pickup. Ein verblichener roter Dodge mit einer tiefen Delle im linken hinteren Kotflügel. Das Wetter war klar, der Tag hell und noch jung, die Luft frisch und scharf, und Guthrie hatte kurz einen Anflug von Auftrieb und Hoffnung. Er nahm eine Zigarette aus der Tasche, zündete sie an, blieb einen Moment stehen und betrachtete die Silberpappel. Dann stieg er in den Pickup, ließ ihn an, bog aus der Einfahrt in die Railroad Street ein und fuhr in Richtung der fünf oder sechs Blocks entfernten Main Street. Hinter ihm wirbelten die Räder eine pulverige Fahne auf und der schwebende Staub leuchtete wie helle Goldpünktchen in der Sonne.

Victoria Roubideaux

Sie war noch gar nicht wach, da fühlte sie schon, wie es ihr in Brust und Hals hochkam. Hastig sprang sie aus dem Bett, in dem weißen Slip und dem viel zu großen T-Shirt, das sie nachts trug, und lief ins Bad, wo sie sich auf den Fliesenboden kniete, ihr langes Haar mit der einen Hand von Gesicht und Mund weghielt und sich mit der anderen an die Schüssel klammerte, während sie sich erbrach. Ihr Körper wurde von Krämpfen geschüttelt. Hinterher hing ihr ein Speichelfaden von der Lippe, dehnte sich, wurde länger und riss ab. Sie fühlte sich schwach und leer. Ihre Kehle brannte, ihre Brust schmerzte. Ihr braunes Gesicht war jetzt unnatürlich blass, fahl und hohl unter den hohen Backenknochen. Ihre dunklen Augen wirkten größer und dunkler als gewöhnlich, und auf der Stirn glänzte ein feiner Film von kaltem Schweiß. Sie blieb auf den Knien und wartete darauf, dass das Würgen und die Krämpfe aufhörten.

Eine Frau erschien auf der Schwelle. Sie knipste sofort das Licht an, und der Raum füllte sich mit grellem gelbem Licht. Was hat das zu bedeuten? Victoria, was ist los mit dir?

Nichts, Mama.

Irgendwas ist los. Denkst du, ich hör dich nicht hier drinnen?

Geh wieder ins Bett, Mama.

Lüg mich nicht an. Du hast getrunken, gib's zu.

Nein.

Lüg mich nicht an.

Tu ich ja nicht.

Was ist es dann?

Das Mädchen erhob sich vom Boden. Sie sahen einander an. Die Frau war mager, Ende vierzig, hager im Gesicht, ausgelaugt und müde, obwohl sie gerade erst aufgestanden war. Sie trug einen fleckigen blauseidenen Morgenrock, den sie über ihrer eingefallenen Brust zusammenhielt. Ihr Haar war lange nicht nachgefärbt worden, hatte ein völlig unnatürliches Kastanienbraun, an den Schläfen und über der Stirn sah man den weißen Ansatz.

Das Mädchen trat ans Waschbecken, hielt einen Waschlappen unter den Hahn und drückte ihn sich ans Gesicht. Das Wasser tropfte ihr vorn in das dünne Hemd.

Die Frau sah ihr zu, nahm Zigaretten aus der Tasche ihres Morgenmantels, brachte ein Feuerzeug zum Vorschein, zündete eine Zigarette an und stand rauchend unter der Tür. Sie kratzte sich mit den Zehen des anderen Fußes den nackten Knöchel.

Musst du hier drin rauchen, Mama?

Ich bin hier, also rauche ich hier. Das ist immer noch mein Haus.

Bitte, Mama.

Dann wurde ihr wieder schlecht. Sie spürte, wie es ihr hochkam. Wieder kniete sie würgend vor der Schüssel, Schultern und Brust von trockenen Krämpfen geschüttelt. Ihr dunkles Haar hielt sie wie zuvor mit einer Hand zurück, automatisch.

Die Frau stand dicht neben ihr, rauchte ungerührt, musterte sie. Endlich war es vorbei. Das Mädchen stand auf und trat wieder ans Waschbecken.

Weißt du, was ich glaube, Fräuleinchen? sagte die Frau.

Das Mädchen hielt sich wieder den nassen Waschlappen ans Gesicht.

Ich glaube, du hast dich anbumsen lassen. Ich glaube, du hast ein Kind im Bauch, und deswegen musst du kotzen.

Das Mädchen hielt sich den Lappen ans Gesicht und sah die Mutter im Spiegel an.

Na, hab ich recht?
Mama.
Das wär's dann ja wohl.
Mama, bitte nicht.
Du blöde kleine Schlampe.
Ich bin keine Schlampe. Nenn mich nicht so.
Wie denn sonst? So nennt man nun mal eine, die so was tut. Ich hab's dir doch gesagt. Und jetzt sieh dich an. Jetzt hast du die Bescherung. Ich hab's dir gesagt, oder vielleicht nicht?
Du sagst viel, wenn der Tag lang ist.
Jetzt werd nicht auch noch frech.
Dem Mädchen kamen die Tränen. Hilf mir, Mama. Ich brauch dich, du musst mir helfen.
Zu spät, sagte die Frau. Du hast dir die Suppe eingebrockt, jetzt löffel sie auch aus. Deinem Vater sollte ich auch immer den Kopf halten. Jedes Mal, wenn er morgens heimgekommen ist, sich elend gefühlt und sich selber Leid getan hat. Jetzt werd ich nicht auch noch deinen halten.
Mama, bitte.
Und überhaupt: Am besten, du ziehst hier aus. Wie er's zum Schluss auch getan hat. Du bist doch so gescheit, du weißt doch alles. Ich will dich in dem Zustand nicht hier haben.
Das meinst du nicht im Ernst.
Da tät ich nicht drauf wetten.

Im hinteren Schlafzimmer zog sie sich für die Schule an, ein kurzer Rock, ein weißes T-Shirt und eine Jeansjacke, dieselben Sachen, die sie tags zuvor angehabt hatte, und hängte sich eine glänzend rote Tasche mit einem langen Riemen über die Schulter. Sie verließ das Haus, ohne etwas zu essen.

Sie ging wie im Traum zur Schule, aus der schmalen Straße hinaus auf den Asphalt der Main Street, über die Schienen und dann auf die breiten Bürgersteige, die so früh am Morgen noch leer waren, vorbei an den Schaufenstern, kontrollierte ihr Spiegelbild, ihren Gang, ihre Haltung. Bis jetzt sah sie noch keine

Veränderung. Äußerlich war nichts zu erkennen. Sie ging weiter in ihrem Rock und ihrer Jacke, und die rote Tasche baumelte an ihrer Hüfte.

Ike und Bobby

Sie stiegen auf ihre Fahrräder und fuhren aus der Einfahrt auf den losen Kies der Railroad Street hinaus und nach Osten auf die Stadt zu. Es war noch kühl, die Luft roch nach Pferdemist und Bäumen, nach dürrem Unkraut und Erde und noch etwas anderem, das sie nicht benennen konnten. Über ihnen schaukelte ein Elsternpärchen kreischend auf einem Pappelast, dann flog einer der Vögel fort in die Bäume hinter Mrs. Franks Haus, und der andere schrie viermal, rasch und heiser, bevor auch er davonflatterte.

Sie fuhren die Kiesstraße entlang, vorbei an dem stillgelegten alten E-Werk, dessen hohe Fenster mit Brettern vernagelt waren, fuhren an der Main Street auf den Asphalt und holperten dann über die Eisenbahnschienen auf die kopfsteingepflasterte Rampe am Bahnhof. Der Bahnhof war ein ebenerdiger Backsteinbau mit grünen Dachziegeln. Drinnen waren ein düsterer Warteraum, der nach Staub und Abgeschlossenheit roch, drei oder vier an Kirchengestühl erinnernde Holzbänke, die hintereinander den Gleisen gegenüberstanden, und ein Fahrkartenschalter mit einem schwarz vergitterten Fenster. Ein alter, grüner Milchwagen mit Eisenrädern stand draußen an der Wand auf dem Kopfsteinpflaster. Der Wagen hatte längst ausgedient, aber Ralph Black, der Stationsvorsteher, fand es schön, wie er da auf dem Bahnsteig stand, und ließ ihn dort. Ralph Black hatte nicht viel zu tun. Die Personenzüge hielten in Holt nur fünf Minuten, gerade so lange, dass die zwei oder drei Fahrgäste ein- oder aussteigen und der Mann im Gepäckwagen die *Denver News* auf den Bahnsteig werfen konnte. Die Zeitungen lagen auch jetzt da, ein mit Bindfaden verschnürter Ballen. Die untersten Zeitungen waren auf den rauen Pflastersteinen eingerissen.

Die beiden Jungen lehnten die Fahrräder an den Milchwagen, und Jack schnitt mit einem Taschenmesser die Schnur durch. Dann knieten sie sich hin, zählten die Zeitungen, verteilten sie auf zwei Haufen und fingen an, sie einzeln zusammenzurollen und Gummibänder darüberzustreifen.

Als sie schon fast fertig waren, kam von drinnen Ralph Black, ein hagerer alter Mann mit einem Spitzbauch, und stellte sich vor die Jungen, sodass sein langer Schatten über sie fiel, während er ihnen bei der Arbeit zusah. Er kaute auf einem Stumpen herum.

Wie kommt's, dass ihr zwei kleinen Jungs heute so spät dran seid? fragte er. Die Zeitungen sind schon fast eine Stunde da.

Wir sind keine kleinen Jungs, sagte Bobby.

Ralph lachte. Na ja, meinetwegen. Aber spät dran seid ihr trotzdem.

Sie sagten nichts.

Stimmt doch, oder, sagte Ralph. Ich hab gesagt, ihr seid trotzdem spät dran.

Und, was geht das Sie an? sagte Ike.

Wie bitte?

Ich hab gesagt... Aber er vollendete den Satz nicht, sondern rollte weiter im Knien neben seinem Bruder auf dem Kopfsteinpflaster Zeitungen zusammen.

Schon besser, sagte Ralph Black. So was sagst du nicht noch mal. Sonst könnte dir jemand deinen kleinen Hintern versohlen. Wie würde dir das gefallen, hm?

Er starrte auf ihre Köpfe hinab. Sie sagten nichts, taten so, als sei er überhaupt nicht da, und so schaute er die Schienen entlang und spuckte in hohem Bogen braunen Tabaksaft über ihre Köpfe aufs Gleis.

Und stellt nicht immer eure Räder an den Wagen. Das hab ich euch doch schon x-mal gesagt. Das nächste Mal ruf ich euern Vater an.

Die Jungen hatten alle Zeitungen zusammengerollt und standen auf, um sie in den Segeltuchtaschen an ihren Fahrrädern zu verstauen. Ralph Black sah ihnen voller Genugtuung zu, spuckte dann noch einmal aufs Gleis und ging zurück hinter seinen Schalter. Als die Tür zu war, sagte Bobby, Das hat er noch nie gesagt.

Der alte Sack. Er hat uns überhaupt noch nie was gesagt. Komm, wir müssen los.

Sie trennten sich, und jeder ging auf seine Hälfte der Tour. Zusammen versorgten sie den ganzen Ort, Bobby den älteren, gediegeneren Teil von Holt, die Südseite, wo die breiten, ebenen Straßen von Ulmen, Robinien, Zürgelbäumen und Eiben gesäumt waren, wo die komfortablen zweigeschossigen Häuser von der Straße zurückgesetzt auf gepflegten Rasenflächen standen und die Garagen hinten sich auf Kieswege öffneten, während Ike für die drei Blocks auf beiden Seiten der Main Street zuständig war, für die Läden und die dunklen Wohnungen über den Läden und außerdem für das Gebiet nördlich der Eisenbahngleise, wo die Häuser kleiner und oft durch unbebaute Grundstücke voneinander getrennt waren, wo die Häuser blau oder gelb oder hellgrün gestrichen waren und mancher hinterm Haus Hühner in Drahtverschlägen oder einen Kettenhund hielt und wo inmitten von Traubenkraut und Säckelblumen Autowracks unter den tiefhängenden Ästen der Maulbeerbäume vor sich hin rosteten.

Das Austragen der *Denver News* dauerte etwa eine Stunde. Dann trafen sie sich wieder an der Main Ecke Railroad und radelten über die Waschbrettwellen der ungeteerten Straße nach Hause. Sie kamen an den Fliederbüschen im Garten neben Mrs. Franks Haus vorbei, die duftenden Blüten waren schon lange abgestorben und verdorrt, die herzförmigen Blätter staubig vom Verkehr, fuhren vorbei an der schmalen Weide, dem

Baumhaus in der Silberpappel an der Ecke, bogen zu Hause in die Einfahrt ein und ließen ihre Räder neben dem Haus stehen.

Oben im Bad kämmten sie sich mit nassem Kamm, zogen ihr Haar zu Wellen hoch und lockerten es mit den hohlen Händen auf, bis es über der Stirn steil nach oben stand. Wasser tröpfelte ihnen auf die Wangen und hinter die Ohren. Sie trockneten sich ab, gingen auf den Flur hinaus und blieben zögernd vor der Tür stehen, bis Ike den Knauf drehte. Dann betraten sie das stille, halbdunkle Zimmer.

Sie lag auf dem Rücken im Gästebett, noch immer mit dem angewinkelten Arm auf dem Gesicht, wie jemand in großer seelischer Not. Eine schmächtige Frau, gleichsam gefangen in einem ausweglosen Gedanken, einer ausweglosen Haltung, reglos, als ob sie nicht einmal mehr atmen würde. Sie blieben an der Tür stehen. Sie sahen die kurzen Lichtstriche an den Rändern der heruntergelassenen Rollos, und vom anderen Ende des Zimmers her rochen sie die toten Blumen in der Vase auf der hohen Kommode.

Ja? sagte sie. Sie bewegte sich nicht. Ihre Stimme war fast ein Flüstern.

Mutter?

Ja.

Geht's dir gut?

Ihr könnt herkommen, sagte sie.

Sie näherten sich dem Bett. Sie nahm den Arm vom Gesicht und schaute sie an, erst den einen, dann den anderen. In dem dämmrigen Licht wirkte das nasse Haar der Jungen sehr dunkel, und ihre blauen Augen waren fast schwarz. Sie standen am Bett und sahen sie an.

Geht's dir ein bisschen besser? fragte Ike.

Meinst du, du kannst aufstehen? fragte Bobby.

Ihre Augen waren glasig, als hätte sie Fieber. Geht ihr jetzt in die Schule? fragte sie.

Ja.

Wie spät ist es?

Sie schauten zur Uhr auf der Frisierkommode. Viertel vor acht, sagte Ike.

Dann ab mit euch. Sonst kommt ihr noch zu spät. Sie lächelte schwach und streckte die Hand nach ihnen aus. Gebt ihr mir noch einen Kuss?

Sie beugten sich herab und küssten sie auf die Wange, einer nach dem anderen, rasche, verlegene Küsse kleiner Jungen. Ihre Wange fühlte sich kühl an, und sie roch nach sich selbst. Sie nahm ihre Hände und hielt sie einen Moment an ihre kalten Wangen, während sie ihre Gesichter und das dunkle nasse Haar ansah. Sie konnten es kaum ertragen, ihr in die Augen zu schauen, es war unbequem und unbehaglich, so über das Bett gebeugt zu stehen. Endlich ließ sie die Hände der Jungen los, und sie richteten sich auf. Also, marsch in die Schule!

Wiedersehen, Mutter, sagte Ike.

Gute Besserung, sagte Bobby.

Sie verließen das Zimmer und schlossen die Tür. Vor dem Haus in der hellen Sonne gingen sie wieder auf die Railroad Street, überquerten sie, nahmen den Pfad durch den mit Unkraut zugewachsenen Graben, über den Eisenbahndamm und durch den alten Park zur Schule. Auf dem Pausenhof trennten sie sich, jeder ging zu seinen Freunden. Sie unterhielten sich mit ihren Klassenkameraden, bis die Glocke läutete und sie zum Unterricht rief.

Guthrie

Im Büro der High School stand Judy, die Schulsekretärin, an einem Schreibtisch, telefonierte und machte sich auf einem rosa Block Notizen. Ihr kurzer Rock spannte sich straff über den Hüften, sie trug Strümpfe und Schuhe mit Pfennigabsätzen. Guthrie stand an der Tür und sah ihr zu. Nach einer Weile schaute sie zu ihm auf und verdrehte theatralisch die Augen über den Anrufer.

Das ist mir schon klar, sagte sie ins Telefon. Nein. Natürlich sage ich's ihm. Ich weiß, was Sie meinen. Unsanft legte sie den Hörer auf.

Wer war das? fragte Guthrie.

Eine Mutter. Sie schrieb noch etwas auf den Block.

Was hat sie denn gewollt?

Ach, wegen der Schulaufführung gestern Abend.

Ja, und?

Haben Sie sich's nicht angesehen?

Nein.

Sollten Sie aber. Es ist ziemlich gut.

Aber was ist damit? wollte Guthrie wissen.

Ach, da gibt es eine Stelle, wo Lindy Rayburn im schwarzen Unterrock auf die Bühne kommt und ein Solo singt. Und die Frau da am Telefon meint, dass eine Siebzehnjährige so etwas nicht in der Öffentlichkeit tun sollte. Jedenfalls nicht an einer High School.

Vielleicht sollte ich's mir doch ansehen, sagte Guthrie.

Oh, es war alles ganz züchtig. Man hat nichts gesehen, nichts Wesentliches.

Und was hat die Frau von Ihnen gewollt?

Von mir nichts. Sie wollte Mr. Crowder sprechen. Aber der ist nicht da.

Wo ist er denn? Ich bin extra früher gekommen, um was mit ihm zu besprechen.

Ach so. Er ist da, ist nur mal kurz über den Flur. Sie nickte in Richtung der Toiletten.

Ich warte in seinem Büro auf ihn, sagte Guthrie.

Ja, gut.

Er ging in das Büro und setzte sich vor den Schreibtisch des Direktors. Fotos von Lloyd Crowders Frau und seinen drei Kindern in Wechselrahmen aus Messing standen darauf, und an der Wand dahinter hing ein Foto von ihm, wie er vor Douglasfichten kniete und den Kopf eines kapitalen Maultierhirsches hochhielt. Daneben standen graue Registraturschränke, über denen ein großer Kalender des Schulbezirks hing. Guthrie betrachtete das Foto mit dem Hirsch. Das Tier hatte die Augen halb offen, als sei es nur schläfrig.

Nach zehn Minuten kam Lloyd Crowder herein und ließ sich schwer in den Drehsessel hinter seinem Schreibtisch fallen. Er war ein großer, kräftiger Mann, dessen blonde Haarsträhnen genau rechtwinklig über seine rosa Glatze gekämmt waren. Er legte die Hände flach auf den Schreibtisch und sah Guthrie an. Na, Tom, sagte er. Wo brennt's?

Sie wollten mich doch sprechen.

Stimmt. Genau. Er ging eine Namensliste durch, die er vor sich liegen hatte. Wie geht's den Jungen? fragte er.

Alles in Ordnung.

Und Ella?

Danke, gut.

Der Direktor nahm die Liste in die Hand. Hier ist es. Russell Beckman. Hier steht, dass Sie ihn in diesem ersten Quartal durchfallen lassen.

Stimmt.
Und warum?
Guthrie sah den Direktor an. Weil er nicht getan hat, was er hätte tun sollen.
Das meine ich nicht. Ich meine, warum lassen Sie ihn durchfallen?
Guthrie sah ihn an.
Herrgott, sagte Lloyd Crowder. Jeder weiß, dass Mr. Beckman alles andere als ein guter Schüler ist. Und wenn bei ihm nicht der Blitz einschlägt, wird er auch nie einer werden. Aber er braucht seinen Schein in Amerikanischer Geschichte, sonst schafft er den Abschluss nicht. Das ist Vorschrift.
Ja.
Außerdem ist er schon zu alt. Der gehört hier nicht mehr rein, zu all den Jüngeren. Er hätte schon letztes Jahr abgehen müssen. Möchte wissen, warum das nicht geklappt hat.
Da weiß ich auch keine Erklärung.
Tja, na ja, sagte der Direktor.
Die beiden Männer musterten einander.
Vielleicht sollte er es mit der allgemeinen staatlichen Prüfung probieren, meinte Guthrie.
Sehen Sie, Tom. Genau da liegt das Problem. Diese Einstellung. Die macht mich fertig.
Der Direktor lehnte sich schwer auf seine Unterarme.
Also, passen Sie mal auf. Das ist doch wohl nicht zu viel verlangt. Ich meine doch nur, drücken Sie mal ein Auge zu bei ihm. Denken Sie doch mal an die Konsequenzen. Wir wollen ihn nächstes Jahr nicht mehr hier haben. Das wäre für alle Beteiligten unerquicklich. Oder wollen Sie ihn nächstes Jahr noch mal haben?
Ich will ihn schon dieses Jahr nicht.
Niemand will ihn dieses Jahr. Kein Lehrer will ihn haben. Aber er ist nun mal da. Verstehen Sie? Ach, Herrgott, geben Sie ihm von mir aus einen Verweis. Jagen Sie dem Söhnchen einen Schreck ein. Aber lassen Sie ihn bitte nicht durchfallen.

Guthrie schaute die gerahmten Bilder auf dem Schreibtisch an. Hat Wright Sie da drauf gebracht?

Wright? fragte der Direktor. Wieso? Wegen dem Basketball?

Guthrie nickte.

Aber nein, so ein guter Spieler ist er auch wieder nicht. Körbe werfen können auch andere. Trainer Wright hat nicht einmal eine Andeutung in dieser Richtung gemacht. Ich möchte Sie, als jemanden, der das Wohl der ganzen Schule im Auge haben muss, nur bitten, darüber nachzudenken.

Guthrie erhob sich.

Übrigens, Tom.

Guthrie wartete.

Ich brauche niemanden, der mich auf etwas bringt. Ich kann noch selber denken. Bitte vergessen Sie das nicht.

Aber dann sagen Sie ihm auch, dass er endlich tun soll, was von ihm verlangt wird, sagte Guthrie.

Er verließ das Büro. Sein Klassenzimmer lag am anderen Ende des Gebäudes. Er ging durch den breiten Korridor mit den langen Reihen von Schülerschließfächern, auf deren Blechtüren bunte Zettel mit Namen und Parolen klebten. An den Wänden über den Schließfächern hingen lange Papiertransparente mit Lobeshymnen auf die Sportmannschaften der Schule. So früh am Morgen glänzten die Bodenfliesen noch.

Er betrat das Klassenzimmer, setzte sich an seinen Schreibtisch, holte das blau eingebundene Klassenbuch heraus und überflog, was er sich für den Tag notiert hatte. Dann entnahm er einer Schublade die Matrize eines Prüfungstextes und ging damit wieder auf den Korridor hinaus.

Als er ins Lehrerzimmer kam, war Maggie Jones gerade am Umdrucker. Sie drehte sich um und sah ihn an. Er setzte sich an den Tisch in der Raummitte und zündete sich eine Zigarette an. Sie stand da und beobachtete ihn.

Ich dachte, du hast aufgehört, sagte sie.

Hab ich auch.

Und warum hast du wieder angefangen?

Er zuckte die Achseln. Öfter mal was Neues.

Was ist los? fragte sie. Du siehst nicht gut aus. Du siehst beschissen aus.

Danke. Bist du bald fertig?

Im Ernst, sagte sie. Du siehst aus, als hättest du überhaupt nicht geschlafen.

Er zog sich einen Aschenbecher heran, streifte die Asche ab und schaute zu, wie Maggi arbeitete, ihre Hand und ihr Arm bewegten sich im Tempo der Kurbel, die Hüften bewegten sich mit, und ihr Rock hüpfte und schwang. Sie war groß und dunkelhaarig und trug zu ihrem schwarzen Rock und der weißen Bluse gediegenen Silberschmuck. Sie hörte auf zu kurbeln und spannte eine neue Matrize ein.

Was treibt dich denn so früh in die Schule? fragte sie.

Crowder wollte mich sprechen.

Warum?

Wegen Russell Beckman.

Dieses kleine Aas. Was hat er denn jetzt wieder getan?

Nichts. Aber er wird was tun müssen, wenn er in Amerikanische Geschichte bestehen will.

Viel Glück, sagte sie. Sie drehte einmal an der Kurbel und sah sich die Kopie an. Sonst hast du keine Sorgen?

Ich hab überhaupt keine Sorgen.

Von wegen. Ich seh doch, dass was nicht stimmt. Sie schaute ihm ins Gesicht, er hielt ihrem Blick ungerührt stand und rauchte weiter. Ist es wegen zu Hause? fragte sie.

Er antwortete nicht, zuckte wieder nur die Achseln und zog an seiner Zigarette.

Dann ging die Tür auf, und ein muskulöser kleiner Mann in einem kurzärmeligen weißen Hemd kam herein. Irving Curtis, der Wirtschaftskundelehrer. Morgen allerseits, sagte er.

Er stellte sich neben Maggie Jones und legte ihr den Arm um die Taille. Er reichte ihr gerade bis zu den Augen. Er stellte sich auf die Zehenspitzen und sagte ihr etwas ins Ohr. Dann drückte er sie und zog sie an sich. Sie schob seine Hand weg.

Lass den Unsinn, sagte sie.
War doch nur Spaß.
Ich sag's ja auch nur.
Ach, komm schon, sagte er. Er setzte sich Guthrie gegenüber an den Tisch, zündete sich mit einem silbernen Feuerzeug eine Zigarette an, ließ es zuschnappen und spielte dann damit auf der Tischplatte. Na, was gibt's Schönes? fragte er.
Nichts, sagte Guthrie.
Was ist eigentlich mit euch los? fragte Irving Curtis. Es ist Wochenmitte. Herrgott, ich komm in bester Laune hier rein, und jetzt seht euch an, was ihr mit mir gemacht habt. Ich bin schon deprimiert, und dabei ist es noch nicht mal acht.
Erschieß dich doch, sagte Guthrie.
Ha, machte Curtis. Er lachte. Schon besser. Das ist lustig.
Sie saßen und rauchten. Maggie Jones war fertig und schob ihre Kopien zusammen. Der Nächste bitte, sagte sie zu Guthrie und ging aus dem Zimmer.
Tschüs, sagte Irvin Curtis.
Guthrie stand auf, klemmte die Matrize in den Trommelschlitz und kurbelte einmal und noch einmal, um zu kontrollieren, ob der Prüfungstext gut zu lesen war.
Aber im Ernst, sagte Curtis. Ein einziges Mal möchte ich mit der in einem dunklen Zimmer allein sein.
Lass sie in Ruhe, sagte Guthrie.
Nein. Ich meine, stell dir das doch mal vor.
Guthrie kurbelte, und die feuchten Kopien glitten in die Auffangschale. Es roch stark nach Chemie.
Du weißt doch, was Gary Rawlson über sie gesagt hat.
Ja, du hast's mir gesagt, sagte Guthrie.
Glaubst du's?
Nein. Und Rawlson auch nicht, wenn er nüchtern ist. Wenn er's bei Licht besieht.

Victoria Roubideaux

Mittags kam sie aus dem lärmenden Gedränge der Schule, ging zur Straße und dann einen Block weiter zum Gas and Go. In ihrer Geldbörse hatte sie drei Dollar und ein bisschen Kleingeld, und sie dachte, es wäre schön, wenn sie jetzt etwas essen und es bei sich behalten könnte. Wenigstens sollte sie es versuchen, dachte sie.

Auf dem Weg zu dem Laden kam sie an zwei Jungen aus der High School vorbei, die an den Zapfsäulen lehnten und Benzin in einen alten blauen Ford Mustang laufen ließen. Sie sahen zu, wie sie in ihrem kurzen Rock die Fahrbahn überquerte. Einmal warf sie ihnen rasch einen Seitenblick zu. Hey, rief einer von ihnen. Vicky. Wie geht's dir? Sie sah weg, und er sagte etwas, was sie nicht verstand, aber der andere lachte darüber. Sie ging weiter.

In dem Laden stand eine Schlange von Kids aus der High School an der Kasse. Sie unterhielten sich und warteten darauf, die Sandwiches mit kaltem Braten zu bezahlen, die sie aus der Kühlvitrine genommen hatten, und auch die Kartoffelchips in Tüten und die Plastikbecher mit Limonade. Sie ging zwischen den Regalen durch nach hinten und sah sich die aufgereihten, bunten Dosen und Packungen an. Nichts reizte sie. Sie nahm eine Dose Wiener herunter, betrachtete sie prüfend, las das Etikett und stellte sie zurück, weil sie sich vorstellte, wie glitschig die sind, wie sie triefen und tropfen, wenn man sie herausnimmt. Sie ging zur Popcornmaschine hinüber. Wenigstens etwas Salziges. Sie füllte eine Tüte mit Popcorn und nahm dann eine Dose Limonade aus dem Kühlschrank. Sie ging mit den Sachen nach vorn und stellte sie neben der Kasse auf die Theke.

Alice, eine streng wirkende, magere Frau mit einem schwarzen Muttermal auf der Wange, tippte die Sachen ein. Einen Dollar zwölf, sagte sie. Ihre Stimme klang schroff. Sie sah zu, wie das Mädchen die Tasche am Riemen hochhob und sie öffnete.

Du siehst heute irgendwie mickrig aus. Fehlt dir was, Schätzchen?

Ich bin bloß müde, sagte das Mädchen und legte das Geld auf die Theke.

Ach, ihr jungen Dinger. Ihr müsst früher ins Bett. Sie scharrte die Münzen zusammen und sortierte sie in die Schublade ein. Und zwar in euer eigenes.

Das tu ich ja, sagte das Mädchen.

Na klar, sagte Alice. Ich weiß, wie das ist.

Das Mädchen ging zum vorderen Ladenfenster, an der zweiflügeligen Glastür vorbei, stellte sich an den Zeitschriftenständer. Während sie etwas über drei Mädchen in ihrem Alter las, die in Kalifornien in Schwierigkeiten waren, aß sie Stück für Stück den Puffmais und trank schlückchenweise ihre Limonade. Weitere Jugendliche kamen in den Laden, kauften sich Getränke für die Mittagspause und gingen wieder hinaus, Zurufe flogen hin und her, und einmal fingen zwei von ihnen zwischen Motoröl und Bohnen mit Schweinefleisch zu raufen an, und Alice sagte, Passt auf, ihr beiden, sonst reißt ihr mir noch die Sachen runter.

Ein älterer Schüler kam herein und bezahlte sein Benzin. Ein schlaksiger, blonder Junge mit einer Sonnenbrille, die er hochgeschoben hatte. Sie kannte ihn aus dem Biologieunterricht im ersten Jahr. Auf dem Weg nach draußen blieb er in der Tür stehen, beugte sich zu ihr und hielt mit der Hüfte die Tür auf. Roubideaux, sagte er.

Sie sah ihn an.
Möchtest du mitfahren?
Nein.
Bloß zur Schule zurück.
Nein, danke.
Warum nicht?
Ich will eben nicht.
Na meinetwegen. Wer nicht will, der hat schon.
Er trat hinaus, und die Tür ging langsam hinter ihm zu. Victoria sah durch die Scheibe über dem Zeitschriftenständer, wie er in sein rotes Auto stieg, den Motor aufheulen ließ und auf die Straße hinausfuhr. Beim Schalten quietschte es ein bisschen. Bevor die Stunde um war, ging sie zur Schule zurück.

Nach dem Unterricht verließ sie mit den anderen Schülern das Gebäude und stieg die Treppe hinunter, umgeben vom ausgelassenen Lärmen über die wiedergewonnene Freiheit wie jeden Nachmittag. Sie war wieder allein und ging ihren morgendlichen Schulweg in umgekehrter Richtung. Auf der Main Street wandte sie sich nach Norden, vorbei an den schachtelförmigen Häusern, den hohen Stelzen des alten Wasserturms, ein paar verstreuten Läden und Werkstätten und weiter die drei Blocks des Ortskerns entlang, wo sich die Geschäfte hinter ihren falschen Fassaden zusammendrängten, beginnend mit der Bank hinter ihren getönten Fensterscheiben und dem Postamt unter seiner Flagge.

Als sie am Holt Café an der Second Street Ecke Main angekommen war, betrat sie den langen, angenehm großen Raum. An einem Tisch saßen zwei alte Männer, unterhielten sich und tranken schwarzen Kaffee aus dicken Bechern, und in einer der Wandnischen saß eine junge Frau in einem geblümten Kleid und trank Tee. Das Mädchen ging nach hinten in die Küche, zog die Jacke aus, hängte sie an einen Haken im Schrank, hängte ihre Handtasche darüber und band sich dann eine lange Schürze über das T-Shirt und den kurzen Rock. Am

Grill stand der Koch und sah sie an, ein kleiner, untersetzter Mann mit schweren Augenlidern und gerötetem Gesicht. Seine Schürze hatte Flecken über dem dicken Bauch und auch an den Seiten, wo er sich immer die Hände daran abwischte.

Ich brauch ganz schnell ein paar Töpfe, sagte er. So schnell, wie's geht.

Sie machte sich gleich daran, die zwei großen grauen Spülbecken auszuräumen, hob den Stapel schmutziger Töpfe und Pfannen heraus und stellte sie auf die Arbeitsplatten.

Und den Frittiereinsatz da. Hab ich extra für dich reingelegt. Der muss sauber gemacht werden.

Du kriegst ihn gleich wieder, sagte sie.

Sie ließ Wasser in das Spülbecken laufen und schüttete Seifenpulver aus einer oben abgeschnittenen Schachtel hinein. Dampf wirbelte von der strudelnden Lauge hoch.

Ich hab Janine gar nicht gesehen, sagte das Mädchen.

Die muss aber irgendwo sein. Wahrscheinlich am Telefon. Draußen im Büro.

Das Mädchen stand am Spülbecken und arbeitete in der heißen Seifenlauge, mit Gummihandschuhen. Sie scheuerte die vom Mittagessen übrig gebliebenen Töpfe. Unter der Woche kam sie jeden Tag nach der Schule und wusch die Töpfe ab, die der Vormittagskoch benutzt hatte, und auch die Teller und Tassen, das Besteck und die Tabletts vom Mittagsgeschäft. Der alte Mann mit dem ledrigen Gesicht, der das Frühstücksgeschirr abwusch, war nur bis neun da. Immer warteten hohe Stapel auf sie in den Spülbecken und auf den Arbeitsplatten. Sie blieb den ganzen Nachmittag und während des Abendgeschäfts, und um sieben, wenn alles sauber und aufgeräumt war, konnte sie sich mit einem Teller Essen ins Café hinaussetzen und sich mit Janine oder einer der Bedienungen unterhalten. Danach ging sie heim.

Nach wenigen Minuten kam Janine in brauner Kittelschürze und weißer Bluse in die Küche, stellte sich neben das Mädchen und legte ihr den Arm um die Taille.

Hallo, Süße. Wie geht's meinem kleinen Liebling denn heute?

Alles in Ordnung.

Die kleine, untersetzte Frau trat einen Schritt zurück, um Victoria zu mustern. Na, danach klingt's mir aber gar nicht. Was ist denn?

Nichts.

Sie kam näher. Sind es die Tage?

Nein.

Du bist doch nicht krank, oder?

Das Mädchen schüttelte den Kopf.

Geh's trotzdem langsam an. Setz dich einfach hin und ruh dich aus, wenn du's brauchst. Rodney kann ruhig warten. Sie schaute zum Koch hinüber. Schikaniert er dich? Verdammt noch mal, Rodney, schikanierst du die Kleine?

Was soll der Quatsch? sagte der Koch.

Nein, sagte das Mädchen. Tut er nicht. Es ist nichts.

Das will ich ihm auch nicht geraten haben. Würd ich dir auch nicht raten, sagte Janine lauter zu ihm. Dann wandte sie sich wieder dem Mädchen zu. Ich schmeiß ihn raus, mitsamt seinem Fettarsch. Sie kniff das Mädchen in die Hüfte. Und das weiß er auch, sagte sie.

Ach ja? sagte er. Und woher nimmst du einen neuen Koch für die Bruchbude hier?

Dort, wo ich den Letzten auch bekommen hab, sagte die Frau und lachte fröhlich. Sie kniff das Mädchen noch einmal. Schau dir sein Gesicht an, sagte sie. Diesmal hab ich's ihm aber gegeben.

Ike und Bobby

Als sie zu Hause ankamen, stand der Pickup nicht vor dem Haus. Sie hatten nicht damit gerechnet, dass ihr Vater schon da war, aber manchmal kam er früher heim. Sie gingen über die Veranda hinein. Im Esszimmer blieben sie am Tisch stehen, blickten zur Decke und horchten.

Sie ist immer noch im Bett, sagte Bobby.

Vielleicht war sie unten und ist wieder raufgegangen, sagte Ike.

Vielleicht aber auch nicht.

Sie kann dich hören, sagte Ike.

Kann sie nicht. Da oben kriegt sie nichts mit. Sie schläft.

Woher willst du das wissen? Vielleicht ist sie ja wach.

Und warum kommt sie dann nicht runter? fragte Bobby.

Vielleicht war sie ja schon unten. Vielleicht ist sie wieder raufgegangen. Irgendwann muss sie ja was essen.

Beide schauten sie zur Decke, als könnten sie durch sie hindurchsehen in das dunkle Gästezimmer, in dem bei Tag und Nacht die Rollos heruntergezogen waren und das Licht und die ganze Welt fern hielten, als könnten sie sie wie zuvor reglos im Bett liegen sehen, allein mit ihren traurigen Gedanken.

Sie kann doch mit uns essen, sagte Bobby. Wenn sie essen will, kann sie mit uns essen, wenn sie das nächste Mal runterkommt.

Sie gingen in die Küche, gossen sich zwei Gläser Milch ein, nahmen die gekauften glasierten Kekse aus dem Schrank und aßen im Stehen, dicht nebeneinander, sagten nichts, sondern aßen schweigend und unbeirrbar, bis sie fertig waren, dann tranken sie die Milch aus, stellten die Gläser in die Spüle und gingen wieder hinaus.

Sie liefen zur Pferdekoppel, öffneten das Gatter und gingen hinein. Vor dem Stall standen die beiden Pferde, Elko und Easter, dösend in der warmen Sonne, das eine rot, das andere dunkelbraun. Als die Pferde die Jungen näher kommen hörten, warfen sie die Köpfe hoch und beäugten sie misstrauisch. Na los, rief Ike. In den Stall mit euch. Die Pferde wichen seitwärts tänzelnd zurück. Die Jungen schwärmten aus, um sie hineinzutreiben. Na, na, sagte Ike. Das lasst mal schön bleiben. Er lief los.

Die Pferde fielen in einen hohen Trab und warfen die Köpfe hoch, preschten an den Jungen vorbei, liefen steifbeinig den Zaun entlang und am Stall vorbei und kanterten über die Koppel zum hinteren Zaun, wo sie herumwirbelten und wieder die Jungen mit großem Interesse beäugten. Die Jungen blieben an der Stallecke stehen.

Ich hol sie, sagte Ike.

Soll ich sie diesmal holen?

Nein, ich mach's schon.

Bobby wartete gegenüber den weit offen stehenden Torflügeln. Ike trieb die Pferde auf ihn zu. Jetzt trabten die Pferde wieder mit hoch erhobenen Köpfen und sahen den kleinen Jungen an, der breitbeinig vor ihnen im Dreck der Koppel stand. Dann begann er, mit den Armen zu wedeln und zu schreien. Hey! Hey! Er wirkte sehr klein auf der großen Koppel. Aber im letzten Moment warfen sich die beiden Pferde unversehens herum, trappelten über die hohe Schwelle in den Stall, eins nach dem anderen, und geradewegs in die Boxen. Die Jungen folgten ihnen.

Im Stall war es kühl und dunkel, es roch nach Heu und Mist. Die Pferde stampften in den Boxen und schnaubten in die leeren Getreidekästen in den Ecken der Futterkrippen. Die Jungen schütteten Hafer in beide Kästen und striegelten und sattelten die Tiere, während sie fraßen. Dann legten sie ihnen das Zaumzeug an, stiegen auf und ritten aus, an den Eisenbahngleisen entlang, die nach Westen von der Stadt wegführten.

Victoria Roubideaux

Der Abend war noch nicht kalt, als das Mädchen aus dem Café kam. Aber die Luft wurde schon scharf, eine herbstliche Ahnung bevorstehender Einsamkeit. Etwas Seltsames lag in der Luft.

Sie ließ die Ortsmitte hinter sich, überquerte die Gleise und ging in der zunehmenden Dunkelheit heimwärts. Die großen Kugeln an den Straßenecken waren schon zitternd angegangen und warfen blaue Lichtpfützen auf Bürgersteige und Straße, und an den Vorderseiten der Häuser brannten die Lampen über den geschlossenen Türen. Sie bog in das schmale Sträßchen ein, ging an den niedrigen Häusern vorbei und stand bald vor ihrem Zuhause, das ihr unnatürlich dunkel und still vorkam.

Sie probierte es an der Haustür, aber sie war verschlossen. Mama? sagte sie. Sie klopfte einmal. Mama?

Sie stellte sich auf die Zehenspitzen und spähte durch das schmale Türfenster. Hinten war schwaches Licht zu sehen. Im Flur brannte eine einzelne, nackte Glühbirne.

Mama. Lass mich jetzt rein. Hörst du mich?

Sie packte den Türknauf, zog und drehte daran, klopfte an das Fensterchen, dass die harte kleine Scheibe klirrte, aber die Tür war und blieb zu. Dann ging das schwache Flurlicht aus.

Mama. Bitte nicht. Bitte.

Sie klammerte sich an die Tür.

Was soll das denn? Es tut mir Leid, Mama. Bitte. Hörst du mich nicht?

Sie rüttelte an der Tür, lehnte den Kopf dagegen. Das Holz fühlte sich kalt an, hart, sie war müde jetzt, ganz plötzlich erschöpft. Eine Art Panik bahnte sich an.

Mama. Bitte nicht.

Sie sah sich um. Häuser und kahle Bäume. Sie ließ sich in der Kälte auf den Verandaboden sinken, lehnte den Rücken an die kalten Bretter der Hauswand. Ihr war, als verflüchtigte sie sich, als wanderte sie ziellos umher in kummervoller, ungläubiger Benommenheit. Sie schluchzte ein wenig. Sie starrte zu den stillen Bäumen hinaus, auf die dunkle Straße, zu den Häusern gegenüber, in denen sich Menschen in den hellen Zimmern hinter den Fenstern vernünftig bewegten, und wenn der Wind seufzte, wanderte ihr Blick hinauf in die schwankenden Bäume. Sie saß da, schaute hinaus, rührte sich nicht.

Dann nahm sie sich zusammen.

Na gut, Mama, sagte sie. Du brauchst dir keine Sorgen mehr zu machen. Ich gehe.

Auf der Straße fuhr langsam ein Auto vorbei. Die Insassen, ein Mann und eine Frau, schauten zu ihr her, drehten die Köpfe in ihre Richtung.

Mit einem Ruck erhob sie sich von der Veranda, zog die dünne Jacke enger um ihren schmächtigen Körper, ihre Mädchenbrust, und ging vom Haus weg auf die Stadt zu.

Es war jetzt ganz dunkel, und es war kalt geworden. Die Straßen waren fast menschenleer. Einmal kam ein Hund bellend hinter einem Haus hervor auf sie zu, und sie hielt ihm die Hand hin. Der Hund wich zurück und bellte, sein Maul ging auf und zu wie von einem Federwerk angetrieben. Hier, sagte sie. Er kam misstrauisch näher und schnupperte an ihrer Hand, doch als sie sich bewegte, fing er gleich wieder an zu bellen. In dem Haus gingen die Lichter an. Ein Mann tauchte in der Tür auf und schrie, Verdammt noch mal, komm rein! Der Hund drehte sich um und trottete aufs Haus zu, blieb stehen, bellte noch einmal und lief hinein.

Sie ging weiter. Wieder überquerte sie die Gleise. Vor ihr

sprang die Verkehrsampel ungeachtet der späten Stunde von Rot auf Gelb auf Grün, die Farben leuchteten über dem schwarzen, fast leeren Asphalt. Sie ging an den dunklen Geschäften vorbei und schaute ins Fenster des Cafés, wo die Tische feinsäuberlich still aufgereiht standen und die Pepsi-Leuchtreklame an der Rückwand die ordentlich gespülten Gläserstapel auf der Theke beschien. Sie lief die Main Street hinauf zur Landstraße, überquerte sie und kam am Gas and Go vorbei, an den unbeaufsichtigten Zapfsäulen unter den hellen Lampen. Drinnen las der Tankwart an der Theke in einer Zeitschrift. Sie bog an der Ecke ab und kam, drei Querstraßen von der Schule entfernt, zu dem Holzhaus, in dem Maggie Jones wohnte.

Sie klopfte an die Tür und wartete stumpf. Sie war sich keiner Gedanken bewusst. Nach einiger Zeit ging über ihr die gelbe Verandalampe an.

Maggie machte die Tür auf. Sie war im Bademantel, ihr schwarzes Haar war zerzaust. Sie hatte schon geschlafen. Ihr Gesicht wirkte schlichter als am Tag, unscheinbarer ohne Make-up, ein bisschen aufgeschwemmt. Ihr Bademantel, den sie nicht zugebunden hatte, war aufgegangen, als sie die Tür geöffnet hatte, darunter trug sie ein weiches gelbes Nachthemd.

Victoria? Bist du's?

Mrs. Jones. Könnte ich Sie bitte sprechen? sagte das Mädchen.

Aber natürlich, Schätzchen. Was ist denn passiert?

Das Mädchen trat ins Haus. Sie gingen durch das vordere Zimmer, und Maggie nahm eine Decke von der Couch und legte sie dem Mädchen um die Schultern. Dann saßen sie eine Stunde lang in der Stille der Nacht am Küchentisch, redeten und tranken heißen Tee, während überall um sie herum die Nachbarn schliefen, in ihren Betten ein- und ausatmeten und träumten.

Das Mädchen saß am Tisch und wärmte sich die Hände an

der Teetasse. Nach und nach hatte sie angefangen, von ihrem Freund zu erzählen. Von den Nächten auf dem Rücksitz in seinem Auto, draußen auf einem Feldweg, fünf Meilen nördlich der Stadt, wo eine alte graue Scheune und eine kaputte Windmühle standen und ein paar niedrige Bäume sich dunkel vor dem dunklen Himmel abzeichneten, wo der Nachtwind durch das offene Autofenster hereinkam und nach Salbei und Sommergras roch. Und dann von der Liebe. Darüber sprach sie nur ganz kurz. Sein Geruch, wenn er nahe bei ihr war, sein Aftershave, seine Hände auf ihrer Haut, dann das Ungestüme und hinterher manchmal das ruhige Reden für ein Weilchen. Und anschließend die Fahrt nach Hause.

Ja, sagte Maggie. Aber wer war er?

Ein Junge.

Ja, natürlich, Schätzchen. Aber wer genau?

Das möchte ich nicht sagen, sagte das Mädchen. Er würde das Kind sowieso nicht wollen. Er würde keine Ansprüche stellen. So einer ist er nicht.

Wie meinst du das?

Er ist nicht der väterliche Typ.

Aber er sollte doch wenigstens ein bisschen Verantwortung übernehmen, sagte Maggie.

Er ist aus einer anderen Stadt, sagte das Mädchen. Ich glaube nicht, dass Sie ihn kennen, Mrs. Jones. Er ist älter. Er ist schon aus der Schule.

Wie hast du ihn kennen gelernt?

Das Mädchen sah sich in der blitzsauberen Küche um. Geschirr stand im Trockenständer, unter den glänzenden Hängeschränken reihten sich weiß emaillierte Dosen. Sie zog die Decke enger um die Schultern.

Wir haben uns im Sommer beim Tanzen kennen gelernt, sagte sie. Ich hab an der Tür gesessen, und er ist zu mir gekommen und hat mich aufgefordert. Gut ausgesehen hat er auch. Als er auf mich zukam, hab ich zu ihm gesagt, ich kenn dich ja nicht mal. Er sagte, Wozu auch? Aber wer bist du? hab ich ihn gefragt. Ist das wichtig? Das spielt doch keine Rolle. Ich bin einfach irgendeiner, und ich bitte dich, auf die Tanzfläche zu kommen und mit mir zu tanzen. So hat er manchmal geredet. Also hab ich gesagt, Na gut. Sehen wir mal, ob du tanzen kannst, egal, wer du bist, deinen Namen willst du mir ja nicht sagen. Ich bin aufgestanden, er hat meine Hand genommen und mich auf die Tanzfläche geführt. Er war noch größer, als ich gedacht hatte. Da hat's angefangen. So hat's angefangen.

Weil er ein guter Tänzer war, sagte Maggie.

Ja. Aber Sie verstehen nicht, sagte das Mädchen. Er war nett. Er war nett zu mir. Er hat mir nette Sachen gesagt.

Ach ja?

Ja. Er hat mir nette Sachen gesagt.

Was denn zum Beispiel?

Zum Beispiel hat er mal gesagt, dass ich schöne Augen habe. Er hat gesagt, meine Augen sind wie schwarze Diamanten, die in einer Sternennacht leuchten.

Das stimmt, Schätzchen.

Aber das hatte mir noch nie einer gesagt.

Nein, sagte Maggie. Das tun sie nie. Sie schaute durch die offene Tür ins andere Zimmer. Sie nahm ihre Teetasse, trank und stellte sie wieder hin. Sprich weiter, sagte sie. Willst du mir auch den Rest erzählen?

Von da an hab ich mich öfter mit ihm im Park getroffen, sagte das Mädchen. Da hat er mich immer abgeholt. Gegenüber von den Getreidesilos. Ich bin zu ihm ins Auto gestiegen, und wir sind auf der Landstraße zu Shattuck's gefahren und haben uns was zu essen gekauft, Hamburger oder so was, und dann sind wir eine Stunde lang mit offenen Fenstern übers Land gefahren und haben uns unterhalten, und er hat lustige Sachen gesagt, und das Radio war auf Denver eingestellt, und die ganze Zeit kam die Nachtluft herein. Und irgendwann sind wir dann immer zu dem alten Gehöft gefahren und haben uns da hingestellt. Er hat gesagt, es gehört uns.

Aber er hat dich nie zu Hause abgeholt?

Nein.

Hast du das nicht gewollt?

Das Mädchen schüttelte den Kopf. Nein, wegen Mama. Ich hab ihm gesagt, ich will das nicht.

Ich verstehe, sagte Maggie. Sprich weiter.

Da ist nicht mehr viel zu erzählen. Als Ende August die Schule wieder angefangen hat, sind wir noch ein paar Mal rausgefahren. Aber dann ist irgendwas passiert. Was, weiß ich nicht. Er hat nichts gesagt. Es kam ohne Vorwarnung. Er hat mich einfach nicht mehr abgeholt. Eines Tages ist er nicht mehr gekommen.

Und du weißt nicht, warum?

Nein.

Weißt du, wo er sich jetzt aufhält?

Nicht sicher, sagte das Mädchen. Er wollte nach Denver. Er hat wen gekannt in Denver.

Maggie Jones betrachtete eine Zeit lang ihr Gesicht. Das Mädchen sah müde und traurig aus, sie hatte die Decke um die Schultern gewickelt wie jemand, der ein Zugunglück oder eine Überschwemmung überlebt hat, trauriges Überbleibsel einer Katastrophe, die ihren Schaden angerichtet hat und weitergezogen ist. Maggie stand auf, räumte die Tassen ab und schüttete den restlichen Tee in den Ausguss. Sie stand an die Spüle gelehnt und schaute das Mädchen an.

Aber Schätzchen, sagte sie, ein wenig aufgeregt jetzt. Um Himmels willen. Bist du denn nicht gescheiter?

Wieso?

Na ja, habt ihr euch denn überhaupt nicht geschützt?

Doch, sagte das Mädchen. Er. Aber ein paar Mal ist es geplatzt. Jedenfalls hat er das gesagt. Er hat's mir gesagt. Zu Hause hab ich dann heißes Salzwasser genommen. Aber es hat nichts genützt.

Was meinst du damit, du hast heißes Salzwasser genommen?

Ich hab's mir reingespritzt.

Hat das nicht gebrannt?

Doch.

Aha. Und du willst es behalten?

Das Mädchen sah sie rasch an, erschrocken.

Das musst du nämlich nicht, sagte Maggie. Ich geh mit dir zum Arzt und rede mit ihm, wenn du möchtest.

Das Mädchen drehte sich zum Fenster um. Die Glasscheibe zeigte dem Raum sein Spiegelbild.

Ich will es behalten, sagte sie leise und bestimmt, wobei sie noch immer nach draußen schaute.

Bist du sicher?

Ja. Sie drehte sich wieder um. Ihre Augen waren sehr groß und dunkel, sie blinzelte nicht.

Und wenn du's dir doch anders überlegst?

Ich weiß es.

Na gut, sagte Maggie. Aber jetzt gehörst du ins Bett.

Das Mädchen erhob sich vom Küchentisch. Danke, Mrs. Jones, sagte sie. Ich möchte Ihnen dafür danken, dass Sie so nett zu mir sind. Ich hätte nicht mehr weiter gewusst.

Maggie Jones nahm das Mädchen in die Arme. Ach, Schätzchen, sagte sie. Du tust mir so Leid. Du hast eine so schwere Zeit vor dir. Du weißt es nur noch nicht.

Sie standen in der Küche und lagen sich in den Armen.

Nach einer Weile sagte Maggie, Aber weißt du, mein Vater wohnt auch hier. Ich weiß nicht, wie er das alles aufnimmt. Er ist ein alter Mann. Aber fürs Erste kannst du gern hier bleiben. Wir müssen einfach abwarten.

Sie verließen die Küche. Maggie holte dem Mädchen ein langes Flanellnachthemd und machte ihr auf der Couch im Wohnzimmer das Bett. Das Mädchen legte sich hin.

Gute Nacht, Mrs. Jones.

Gute Nacht, Schätzchen.

Das Mädchen kuschelte sich in die Decken. Maggie ging wieder in ihr Schlafzimmer, und nach einer Weile schlief das Mädchen ein.

In der Nacht wachte sie auf, als sie im Zimmer nebenan jemanden husten hörte. Sie sah sich in der unvertrauten Dunkelheit um. Der fremde Raum, die Sachen darin. Irgendwo tickte eine Uhr. Sie setzte sich auf. Aber jetzt hörte sie nichts mehr. Nach einer Weile streckte sie sich wieder aus. Sie war schon fast wieder eingeschlafen, als sie hörte, wie er aus dem Bett aufstand und ins Bad ging. Sie hörte ihn urinieren. Die Spülung rauschte. Dann kam er heraus, stand in der Tür und schaute sie an. Ein weißhaariger alter Mann in einem schlabbrigen gestreiften Schlafanzug. Er räusperte sich und kratzte sich die magere Hüfte, wobei der Schlafanzug sich bewegte. Er stand da und sah sie an. Dann schlurfte er durch den Gang zurück in sein Bett. Nur allmählich fand sie zurück in den Schlaf.

Ike und Bobby

Samstags kassierten sie. Sie standen früh auf und trugen die Zeitungen aus, kamen wieder heim und gingen hinaus in den Stall, wo sie die Pferde, die wuselnden, maunzenden Katzen und den Hund fütterten, kehrten ins Haus zurück, spülten in der Küche mit dem Vater das Geschirr ab und gingen dann wieder hinaus. Sie kassierten gemeinsam. Es war besser so. Sie hatten ein Buch dabei, mit Abreißzetteln für die Monate und Wochen, und für das Geld einen Segeltuchbeutel mit einer Kordel zum Zuziehen.

Sie begannen auf der Main Street, kassierten erst in den Geschäften, bevor es dort hektisch und voll wurde, bevor die Leute aus der Stadt ins Zentrum gingen und die Farmer und Viehzüchter vom Land in die Stadt gefahren kamen, um Vorräte für die nächste Woche einzukaufen und sich die Zeit zu vertreiben, nachbarschaftlich. Sie fingen in Nexeys Sägewerk an den Eisenbahngleisen an und kassierten bei Don Nexey persönlich, der freundlich zu ihnen war und eine Glatze hatte, die unter den tief hängenden Blechlampen über der Theke wie polierter Marmor glänzte. Dann gingen sie ein Haus weiter zu Schmidts Herrensalon und stellten ihre Fahrräder an der Ziegelfassade unter dem spiralförmig rotierenden Frisörzeichen ab.

Als sie in den Salon kamen, bearbeitete Harvey Schmidt mit der Schere das Haar eines Mannes, der mit einem dünnen, gestreiften Umhang um den Hals auf dem Stuhl saß. Schwarze

Locken lagen wie Nähabfälle in den Falten des Tuchs. An der Wand saßen noch ein Mann und ein Junge, die in Zeitschriften lasen und warteten. Sie schauten gleichzeitig auf, als die beiden Jungen hereinkamen. Die Jungen schlossen die Tür und blieben dicht dahinter stehen.

Was wollt ihr denn schon wieder? fragte Harvey Schmidt. Etwas Ähnliches sagte er jeden Samstag.

Das Zeitungsgeld kassieren, sagte Ike.

Das Zeitungsgeld kassieren, sagte er. Und wenn ich es euch nicht gebe? Steht sowieso nichts drin, nur lauter schlechte Nachrichten. Na, was meint ihr?

Sie sagten nichts. Der Junge an der Wand beobachtete sie hinter seiner Zeitschrift hervor. Es war ein älterer Junge aus der Hauptschule.

Gib ihnen das Geld, Harvey, sagte der Mann im Frisörstuhl. Die kleine Pause kannst du dir schon erlauben.

Ich überlege ja noch, sagte Harvey, ob ich ihnen überhaupt was gebe. Er fuhr über dem Ohr des Mannes mit dem Kamm durchs Haar, zog es vom Kopf weg, schnitt die Spitzen säuberlich ab und kämmte es wieder flach. Er sah die beiden Jungen an. Wer schneidet euch jetzt die Haare?

Was?

Ich hab gefragt, wer euch die Haare schneidet?

Mutter.

Ich hab gedacht, eure Mutter ist ausgezogen. Ich hab gehört, sie ist in das kleine Haus drüben an der Chicago Street gezogen.

Sie antworteten nicht. Es wunderte sie nicht, dass er es wusste. Aber er hätte nicht darüber reden dürfen, in seinem Frisörladen an der Main Street, am Samstagmorgen.

Das erzählt man sich doch, oder?

Sie sahen ihn an und dann rasch den Jungen, der an der Wand saß und sie immer noch beobachtete. Sie schwiegen weiter und schauten auf den Boden, auf die abgeschnittenen Männerhaarbüschel unter dem hochgestellten Sessel mit der lederbezogenen Lehne.

Lass sie in Ruhe, Harvey.

Ich tu ihnen doch nichts. Ich hab sie doch bloß was gefragt.

Lass sie in Ruhe.

Nein, sagte Harvey wieder zu den Jungen. Denkt mal drüber nach. Ich kauf euch Zeitungen ab, und ihr lasst euch von mir die Haare schneiden. So läuft das. Er deutete mit der Schere auf sie. Ich kaufe was bei euch, und ihr kauft was bei mir. Das nennt man einen Handel.

Es macht zwei Dollar fünfzig, sagte Ike.

Der Frisör sah ihn einen Moment lang streng an und wandte sich dann wieder dem Haar seines Kunden zu. Sie blieben an der Tür stehen und sahen ihn an. Als er mit der Schere fertig war, faltete er einen Streifen Krepppapier über den Kragen des Mannes, hinten über dem gestreiften Tuch, und seifte ihm den Nacken ein. Dann nahm er das Rasiermesser und rasierte den Nacken aus, schabte genau vom Haaransatz nach unten, wobei er den Schaum mit den Stoppeln jedes Mal an seinem Handrücken abstreifte, brachte diese Arbeit zu Ende, zog den Papierstreifen heraus, wischte das Rasiermesser daran ab, warf das schmutzige Papier weg und säuberte seine Hand, dann wischte er dem Mann mit einem Handtuch den Nacken und den ganzen Kopf ab. Er schüttete sich duftendes rosa Öl in die Handfläche, rieb die Hände aneinander und massierte das Öl in die Kopfhaut des Mannes ein, scheitelte mit einem feinen Kamm gewissenhaft das Haar auf der Seite und formte dann mit zwei Fingern eine steife Haarwelle über der hohen Stirn. Der Mann besah sich stirnrunzelnd im Spiegel, zog die Hand unter dem Tuch hervor und drückte die affige Locke wieder flach.

Ich wollte dir nur ein bisschen Sexappeal verschaffen, sagte Harvey.

Nicht nötig, sagte der Mann. Ich hab sowieso schon zu viel davon.

Er erhob sich aus dem Stuhl, der Frisör nahm ihm den Umhang ab, schüttelte die Haare auf den Fliesenboden, riss das Tuch hoch und schwenkte es einmal, dass es schnalzte. Der

Mann zahlte und legte ein Trinkgeld auf die Marmorplatte unter dem Spiegel. Gib den beiden ihr Geld, Harvey, sagte er. Sie warten drauf.

Wird mir wohl nichts anderes übrig bleiben. Sonst stehen die mir da noch den ganzen Tag. Er nahm drei Dollarscheine aus der Schublade der Registrierkasse und hielt sie ihnen hin. Na? sagte er.

Ike trat vor und nahm das Geld, gab das Wechselgeld heraus und überreichte Harvey Schmidt einen Abschnitt aus dem Quittungsbuch.

Bist du sicher, dass es so stimmt? fragte der Frisör.

Ja.

Na und, was sagst du jetzt?

Was?

Was sagt man, wenn jemand seine Rechnung bezahlt?

Danke, sagte Ike.

Sie gingen hinaus. Vom Bürgersteig aus schauten die beiden Jungs noch einmal durch das große Fenster in den Frisörsalon zurück. Hinter den bogenförmig angeordneten Goldbuchstaben über dem Fenster zog der Mann mit dem frischen Haarschnitt seine Jacke an, und der Junge, der gewartet hatte, kletterte auf den Stuhl.

Blödmann, sagte Bobby. Scheißkerl. Aber es half nicht. Ike sagte nichts.

Sie schwangen sich auf ihre Räder und fuhren einen halben Block nach Süden, zu Duckwall's, betraten das Geschäft und gingen an der Auslage mit Mädchenslips und zusammengefalteten Büstenhaltern vorbei, ohne diesmal auch nur einen Gedanken daran zu verschwenden, vorbei an den Kämmen, Haarklemmen, Spiegeln und Plastikschalen, vorbei an den Kissen, Vorhängen und Brauseschläuchen, und klopften an die Tür des Direktors. Er ließ sie ein und zahlte sie aus, rasch und gleichgültig, ohne viel Getue, und sie gingen wieder hinaus, fuhren über die Second Street und kassierten in Schultes Kaufhaus an der Ecke, fuhren weiter zu Bradburys Bäckerei und stiegen vor den Hochzeitstorten in dem großen Schaufenster ab.

Ike fragte, Willst du erst da rein oder erst nach oben?

Nach oben, sagte Bobby. Dann haben wir sie hinter uns.

Sie stellten ihre Räder ab, öffneten die etwas zurückgesetzte Tür und betraten den kleinen, dunklen Hausflur. An einer Hartfaserplatte hinter der Tür waren schwarze Briefkästen befestigt, ein Paar braune Männerschuhe standen auf dem Boden. Sie stiegen die Treppe hinauf und gingen oben den langen, düsteren Gang entlang, der nach hinten zur Feuerleiter über der Gasse führte. Hinter einer der Türen bellte ein Hund. Vor der letzten Tür blieben sie stehen, die *Denver News* vom Morgen lag noch auf der Fußmatte. Ike hob die Zeitung auf und klopfte. Mit gesenkten Köpfen standen sie vor der Tür, schauten auf die Holzdielen und horchten. Ike klopfte noch einmal. Jetzt hörten sie sie kommen.

Wer ist da? Ihre Stimme klang, als hätte sie seit Tagen nicht gesprochen. Sie hustete.

Wir möchten das Zeitungsgeld kassieren.

Wer?

Der Zeitungsjunge.

Sie öffnete die Tür und spähte durch den Schlitz.

Kommt herein, Jungs.

Es macht zweifünfzig, Mrs. Stearns.

Kommt doch rein.

Schlurfend gab sie den Weg frei, und sie betraten die Wohnung. Es war erstickend heiß in dem Raum, der mit allerlei Krimskrams voll gestopft war. Pappschachteln. Papiere. Kleiderberge. Stapel vergilbter Zeitungen. Blumentöpfe. Ein Schwenkventilator. Ein Kastenventilator. Ein Hutständer. Eine Sammlung von Sears-Katalogen. An einer Wand ein aufgeklapptes Bügelbrett mit einer Reihe voller Einkaufstüten darauf. In der Zimmermitte stand ein Fernseher, der in ein Holzschränkchen eingebaut war, ein kleineres, tragbares Fernsehgerät saß auf dem größeren wie ein Kopf. Gegenüber stand ein Polstersessel, Handtücher waren über die Armlehnen gebreitet, und seitlich davon war ein verblichenes Sofa ans Fenster geschoben.

Fasst nichts an, sagte sie. Setzt euch dorthin.

Sie setzten sich nebeneinander auf das Sofa und schauten zu, wie sie an zwei Metallstöcken durchs Zimmer humpelte. Zwischen den Schachteln und den schiefen Papierstapeln war noch eine Gasse, durch die ging sie zu dem Polstersessel, ließ sich dann ächzend hineinsinken und stellte die zwei silbernen Stöcke zwischen ihre Knie.

Sie war eine alte Frau in einem dünnen, geblümten Hauskittel mit einer langen Schürze darüber. Sie hatte einen Buckel und brauchte ein Hörgerät, ihr Haar war gelb und zu einem Knoten zusammengefasst, ihre bloßen Arme hatten Flecke und Sommersprossen, und die Haut hing in Falten über die Ellbogen. Auf dem einem Handrücken hatte sie einen ausgezackten blauen Fleck, der wie ein Geburtsmal aussah. Als sie saß, griff sie nach einer brennnenden Zigarette, zog daran und blies den Rauch an die Decke. Durch ihre Brille beobachtete sie die beiden Jungen. Ihr Mund war leuchtend rot.

Also, sagte sie, ich warte.

Sie schauten sie an.

Redet, sagte sie.

Wir bekommen zwei Dollar und fünfzig Cent, Mrs. Stearns, sagte Ike. Für die Zeitung.

Das ist kein Reden, sagte sie. Das ist bloß Geschäft. Was habt ihr denn? Wie ist das Wetter?

Sie drehten sich um und schauten durch den Fensterstore; er roch stark verstaubt. Der Blick ging auf eine Gasse hinter dem Haus. Die Sonne scheint, sagte Bobby.

Heute geht kein Wind, sagte Ike.

Aber die Blätter fallen.

Das ist doch kein Wetter, sagte Ike.

Bobby drehte den Kopf und sah seinen Bruder an. Aber es hat was damit zu tun.

Aber es ist kein Wetter.

Lass nur, sagte Mrs. Stearns. Sie streckte den runzligen Arm auf der breiten Sessellehne aus und klopfte die Asche von ihrer Zigarette. Was macht ihr denn in der Schule? Ihr geht doch zur Schule?

Ja.

Und?

Sie sagten nichts.

Du, sagte sie. Der Ältere. Wie heißt du?

Ike.

In welche Klasse gehst du?

In die Fünfte.

Und wer ist deine Lehrerin?

Miss Keene.

Eine große, kräftige Frau?

Ja, schon, sagte Ike.

Ist sie eine gute Lehrerin?

Wenn wir in der Schule Hausaufgaben machen, dürfen wir so lang brauchen, wie wir wollen. Wir dürfen auch an die Tafel schreiben. Dann kopiert sie es und schickt es an die anderen Klassen in der Schule, damit die sich's ansehen.

Also ist sie eine gute Lehrerin, sagte Mrs. Stearns.

Aber einmal hat sie zu einem Mädchen gesagt, sie soll die Klappe halten.

Ach ja? Und warum?

Die wollte nicht neben einem sitzen.

Neben wem wollte sie nicht sitzen?

Richard Peterson. Sie hat gesagt, der riecht schlecht.

Je nun, sagte Mrs. Stearns. Seine Eltern haben Milchkühe. Stimmt doch, oder?

Er riecht wie ein ganzer Kuhstall.

Das würdet ihr auch, wenn ihr auf einer Farm mit Kühen zu Hause wärt und mitarbeiten müsstet, sagte Mrs. Stearns.

Wir haben Pferde, sagte Ike.

Iva Stearns musterte ihn einen Augenblick. Sie schien über

seine Bemerkung nachzudenken. Dann zog sie an ihrer Zigarette und drückte sie aus. Sie wandte sich an Bobby. Und du? fragte sie. Wer ist deine Lehrerin?

Miss Carpenter, sagte Bobby.

Wer?

Miss Carpenter.

Die kenn ich nicht.

Sie hat lange Haare und ...

Und was? fragte Mrs. Stearns.

Sie trägt immer Pullover.

Tatsächlich?

Meistens, sagte er.

Was verstehst du schon von Pullovern?

Ich weiß nicht, sagte Bobby. Eigentlich hab ich nichts gegen Pullover.

Hm, sagte sie. Du bist noch zu jung, um über Frauen in Pullovern nachzudenken. Sie schien leise zu lachen. Es war ein seltsames Geräusch, ungeübt und zaghaft, als wüsste sie nicht, wie es geht. Dann begann sie plötzlich zu husten. Darin war sie geübt. Sie legte den Kopf zurück, und ihr Gesicht verdunkelte sich, während ihre eingefallene Brust unter der Schürze und dem Hauskleid zitterte.

Die Jungen beobachteten sie aus dem Augenwinkel, fasziniert und ängstlich. Sie hielt sich den Mund zu, schloss die Augen und hustete. Kleine Tränen quollen hervor. Aber schließlich hörte sie auf, nahm die Brille ab, holte ein verfilztes Papiertaschentuch aus der Schürzentasche, tupfte sich die Augen ab und schnäuzte sich. Sie setzte die Brille wieder auf und sah die beiden Brüder an, die auf dem Sofa saßen und sie anschauten. Dass ihr mir ja nie zu rauchen anfangt, sagte sie. Es war nur noch ein krächzendes Flüstern.

Aber Sie rauchen doch auch, sagte Bobby.

Was?

Sie rauchen.

Warum, meinst du, sag ich euch das? Wollt ihr so enden wie

ich? Eine alte Frau, ganz auf sich allein gestellt, in einer Wohnung, die ihr nicht mal gehört? Wollt ihr in einem schäbigen Haus nach hinten hinaus wohnen?

Nein.

Dann lasst die Finger davon, sagte sie.

Die Jungen blickten erst sie an, dann schauten sie sich im Zimmer um. Aber haben Sie denn keine Verwandten, Mrs. Stearns? fragte Ike. Niemand, mit dem Sie zusammenleben könnten?

Nein, sagte sie. Nicht mehr.

Was ist mit denen allen passiert?

Sprich lauter. Ich versteh dich nicht.

Was ist mit Ihren Verwandten passiert? sagte Ike.

Die sind alle weg, sagte sie. Oder tot.

Sie starrten sie an, gespannt, was sie noch sagen würde. Sie wussten auch nicht, was Mrs. Stearns hätte tun können, um anders zu leben, als sie es jetzt musste. Aber sie sagte nichts mehr darüber. Sie schaute an ihnen vorbei zu dem Fenster mit dem Vorhang, das auf die Gasse ging. Hinter den Brillengläsern hatten ihre Augen das zarte Blau von feinem Briefpapier, und auch das Weiße wirkte bläulich, mit winzigen roten Pünktchen. Es war ganz still im Zimmer. Als sie sich die Hand vor den Mund hielt, um den Husten zu unterdrücken, hatte sie sich den knallroten Lippenstift aufs Kinn geschmiert. Sie schauten sie an und warteten. Aber sie sagte nichts.

Schließlich sagte Bobby, Unsere Mutter ist zu Hause ausgezogen.

Langsam kehrten die Augen der alten Frau zurück. Was hast du gesagt?

Sie ist vor ein paar Wochen ausgezogen, sagte Bobby. Er sprach leise. Sie wohnt nicht mehr bei uns.

Nein?

Nein.

Wo wohnt sie jetzt?

Halt den Mund, Bobby, sagte Ike. Das geht keinen was an.

Schon gut, sagte Mrs. Stearns. Ich sag's nicht weiter. Wem auch?

Lange musterte sie Bobby und dann seinen Bruder. Sie saßen auf dem Sofa und warteten darauf, dass sie wieder etwas sagte.

Das tut mir sehr Leid, sagte sie schließlich. Das mit eurer Mutter tut mir sehr Leid. Ihr müsst sehr einsam sein. Und ich sitze hier und rede nur von mir.

Darauf wussten sie keine Antwort.

Na gut, sagte sie. Ihr könnt zu mir kommen, wann immer ihr wollt. Werdet ihr das tun?

Sie sahen sie zweifelnd an, immer noch auf dem Sofa, in dem stillen Zimmer, wo die Luft um sie herum nach Staub und Zigarettenrauch roch.

Wollt ihr?

Endlich nickten sie.

Na denn, sagte sie. Bringt mir mal meine Börse, damit ihr zu euerm Geld kommt. Sie liegt da drüben im anderen Zimmer auf dem Tisch. Einer von euch kann sie mir bringen. Seid ihr bitte so nett? Dann könnt ihr gleich gehen, wenn ihr wollt. Ich will euch nicht länger quälen.

Victoria Roubideaux

Sie war sich sicher. Tief drinnen wusste sie es.

Aber Maggie Jones sagte, Das kommt vor. Aus den verschiedensten Gründen, aus Gründen, die man nicht vorhersehen kann, die man nicht erwartet und von denen man nichts weiß. Es könnte etwas anderes sein. Man weiß einfach nicht immer, was los ist. Man muss sicher sein.

Trotzdem spürte sie tief drinnen, dass sie sicher sein konnte, schon allein deshalb, weil es bei ihr noch nie ausgeblieben war. Bis auf die letzten Monate war es immer so zuverlässig gewesen wie ein Uhrwerk, und auch, weil sie sich seit einiger Zeit anders gefühlt hatte, nicht nur so wie in der Frühe, als sie noch zu Hause war und spürte, wie es ihr hochkam, ehe sie noch richtig wach war, oder an dem Tag, als ihre Mutter hereinkam und es mit ihrem Rauchen noch schlimmer machte, wie sie da neben ihr im Bad stand und sie ansah, sondern auch zu anderen Zeiten. Da hatte sie ein Gefühl gehabt, über das sie nicht sprechen und das sie niemandem erklären konnte. Und es gab auch noch andere Anzeichen, sie war manchmal müde, und manchmal war ihr nach Weinen zumute und sie musste ohne vernünftigen Grund weinen. Oder weil ihre Brust so empfindlich war. Manchmal abends, wenn sie ins Bett ging, war ihr aufgefallen, dass ihre Brustwarzen jetzt ganz dunkel und geschwollen aussahen.

Aber Maggie Jones sagte, Trotzdem, du musst sicher sein.

Und deshalb hatte sie, Maggie Jones, ihr eines Abends den

Test mitgebracht. Sie waren draußen in der Küche. Maggie Jones sagte, Versuch's wenigstens. Dann wissen wir's genau.

Soll ich es wirklich machen?

Ja, ich finde schon.

Und wie geht das? fragte sie.

Hier steht, man muss die saugfähige Spitze in den Urinstrahl halten. Halt sie einfach unter dich, wenn du aufs Klo gehst. Dann wartest du fünf Minuten, und wenn sich beide Linien in dem Sichtfenster rot verfärben, dann bist du schwanger. Hier. Nimm es.

Sie meinen, jetzt gleich? fragte das Mädchen.

Warum nicht?

Ich weiß nicht, Mrs. Jones. Das ist so komisch. Dass ich es auf die Art erfahre, so endgültig, und dass Sie wissen, was ich mache.

Schätzchen, sagte Maggie Jones. Du musst aufwachen. Höchste Zeit, dass du aufwachst.

Also nahm sie die kleine flache Testschachtel mit dem Bild von der jungen honigblonden Frau, die wie in religiöser Verzückung strahlte, und einem großen, sonnigen Garten im Hintergrund, in dem Blumen blühten, Rosen vielleicht, aber das war nicht zu erkennen, ging damit ins Bad und schloss sich ein, öffnete die Packung und tat, was darauf stand, hielt es unter sich, während sie mit gespreizten Beinen dasaß. Ein bisschen tröpfelte auf ihre Finger, aber das war jetzt nicht wichtig, und hinterher legte sie es auf den Waschtisch. Und während sie wartete, dachte sie: Was, wenn ich's wirklich bin? Aber vielleicht bin ich's ja gar nicht, und wie wäre das nach den vielen Wochen, in denen ich geglaubt habe, dass ich's bin? Das wäre vielleicht noch schlimmer, dieser Verlust, nachdem ich mir schon Gedanken darüber gemacht und ein bisschen damit gerechnet, schon vorausgedacht habe. Aber wenn ich's wirklich bin? Dann war genug Zeit vergangen, mehr als die vorgeschriebenen fünf Minuten, und sie schaute in das Sichtfenster, und beide Linien waren verfärbt, also war sie's. Sie stand auf und betrachtete im Spiegel ihr Gesicht. Ich hab's sowieso schon gewusst, sagte sie sich, ich war mir sicher, also hat sich doch nichts geändert, also kann man's mir noch nicht am Gesicht ansehen, auf keinen Fall, man sieht's nicht, noch nicht mal an den Augen.

Sie schloss die Tür auf, nahm den Test mit in die Küche und zeigte ihn Maggie Jones, die auch in das Fensterchen schaute. Ja, Schätzchen, ja, sagte sie. Jetzt wissen wir's. Alles in Ordnung mit dir?

Ich glaub schon, sagte das Mädchen.

Gut. Ich besorg dir einen Termin.

Muss das jetzt schon sein?

Es ist besser, wenn du sofort hingehst. Du darfst das nicht auf die leichte Schulter nehmen. Du hättest schon früher gehen sollen. Hast du denn jemanden, zu dem du gehen kannst?

Nein.

Wann warst du das letzte Mal bei einem Arzt? Egal, weswegen.

Weiß ich nicht mehr, sagte das Mädchen. Vor sechs oder sieben Jahren. Damals war ich krank.

Wer war das?

Ein alter Mann. Ich weiß seinen Namen nicht mehr.

Das kann nur Dr. Martin gewesen sein.

Aber Mrs. Jones, sagte das Mädchen. Gibt es denn keine Ärztin, zu der ich gehen könnte?

Nicht hier. Nicht in Holt.

Vielleicht könnte ich ja in eine andere Stadt fahren.

Schätzchen, sagte Maggie Jones. Victoria. Hör mir zu. Du bist jetzt hier. Du bist hier und nicht woanders.

Ike und Bobby

Mitternacht. Er kam aus dem Bad in das verglaste Zimmer, in dem sein Bruder friedlich in dem einzigen Bett an der Nordwand schlief. Trotz der Fenster auf drei Seiten war das Zimmer dunkel. Es schien kein Mond. Er blickte einmal nach Westen, dann blieb er stehen und spähte hinaus. In dem verfallenen, leer stehenden Haus im Westen flackerte Licht. Er sah es hinter der Rückwand des Nachbarhauses, das dem alten Mann gehörte. Undeutlich, wie durch Dunst oder Nebel verschleiert, aber es war da. Ein schwaches, flackerndes Licht. Dann sah er, dass in dem Haus auch jemand war.

Er stieß Bobby an.

Was ist? Bobby drehte sich herum. Hör auf.

Das musst du dir ansehen.

Lass das. Hör auf, mich zu knuffen.

In dem alten Haus, sagte Ike.

Was soll da sein?

Bobby kniete sich im Schlafanzug hin und sah aus dem Fenster. Am Ende der Railroad Street flackerte das Licht und tanzte im kleinen Fenstergeviert des alten Hauses.

Na und?

Da drüben ist jemand.

Dann ging wieder jemand hinter dem Fenster vorbei, eine Silhouette vor dem schwachen Licht.

Ike drehte sich weg und fing an, sich anzuziehen.

Was hast du denn vor?

Ich geh da rüber. Er zog die Hose über den Schlafanzug und bückte sich, um seine Socken überzustreifen.

Jetzt warte doch, sagte Bobby. Er schlüpfte aus dem Bett und zog sich schnell an.

Sie gingen mit den Schuhen in der Hand den Flur entlang und blieben am Treppenabsatz stehen, wo sie ins Zimmer ihres Vaters sehen konnten, es war dunkel; durch die offene Tür hörten sie ihn, es war wie ein Rasseln, dann wurde es leiser, dann eine Pause, dann wieder das Rasseln. Sie gingen hintereinander die Treppe hinunter, ganz leise, schlichen auf die Veranda hinaus und setzten sich auf die Stufen, um ihre Schuhe anzuziehen. Draußen war es frisch, fast kalt. Der Himmel war klar und mit Sternen übersät, die hart und rein funkelten. Die letzten Blätter, die noch in den Wipfeln der Pappeln hingen, raschelten und flatterten im leichten Nachtwind.

Sie gingen vom Haus weg, durch die Einfahrt hinaus auf die Railroad Street, an der rötlich leuchtenden Straßenlaterne vorbei, die auf ihrem hohen Mast summte, hielten sich am Rand der ungeteerten Straße und gerieten aus dem Lichtschein in zunehmende Dunkelheit. Das Haus des alten Mannes nebenan stand still und fahl, wie die grauen Häuser der Träume. Sie gingen am Straßenrand entlang. Dann sahen sie es. Dreißig Meter vor ihnen stand im Gras neben der Straße ein dunkles Auto.

Sie blieben abrupt stehen. Ike machte eine Handbewegung, sie liefen geduckt in den Eisenbahngraben und gingen im trockenen Gras leise weiter. Auf der Höhe des Autos blieben sie wieder stehen. Sie schauten es an, das schwach schimmernde Sternenlicht auf der runden Motorhaube und dem Kofferraumdeckel, die silbernen Radkappen. Es war nichts zu hören, sogar der Wind war verstummt. Sie stiegen aus dem Graben und schlichen auf das Auto zu, fühlten sich ausgesetzt jetzt auf der offenen Straße, aber als sie sich aufrichteten und durch die Fenster in das Auto schauten, sahen sie, dass niemand und nichts darin war, nur leere Bierdosen auf dem Wagenboden und eine auf den Rücksitz geworfene Jacke. Sie machten einen Bogen um die Robinien im Vorgarten und blieben stehen, gingen dann weiter, betraten den mit Traubenkraut und verdorrten Sonnenblumen überwucherten Grund, überquerten ihn und gelangten an die Seite des Hauses. Sie glitten an den alten Holzschindeln entlang, bis sie an das Fenster kamen, aus dem das flackernde Licht in den Garten schien, wo es schwächer flackerte, eine Art Lichtecho auf Erde und vertrockneten Pflanzen.

Dann hörten sie Stimmen von drinnen. Das Fenster hatte keine Scheiben mehr, sie waren schon vor Jahren eingeworfen worden. Aber ein alter, vergilbter Häkelvorhang hing noch über der leeren Öffnung, und durch den filigranen Vorhang konnten sie, wenn sie die Köpfe hoben, ein blondes Mädchen sehen, das auf einer alten Matratze auf dem Boden lag. Zwei Kerzen steckten in Bierflaschen auf dem Fußboden, und in dem flackernden Licht sahen sie, dass es eines von den High-School-Mädchen war, das sie oft auf der High Street sahen. Sie war völlig nackt. Eine Militärdecke war über die Matratze gebreitet, das Mädchen lag mit hochgezogenen Knien auf der Decke, und sie sahen das feuchte Haar zwischen ihren Beinen glitzern, ihre weichen, abgeflachten Brüste, ihre Hüften und dünnen Arme. Sie war ganz cremeweiß und rosa. Sie bestaunten sie verblüfft und mit einer Art religiöser Verwunderung und Ehrfucht. Neben ihr lag ein großer, muskulöser, rothaariger Junge, der bis auf ein graues T-Shirt mit abgeschnittenen Ärmeln genauso nackt war wie sie. Auch er war von der High School. Sie hatten auch ihn schon gesehen. Und jetzt sagte er, Nein, das ist es nicht, weil, es ist doch nur das eine Mal.

Warum? fragte das Mädchen.

Hab ich dir doch gesagt. Weil er heut Abend mit uns mitgekommen ist. Weil ich ihm gesagt hab, wenn er mitkommt, kann er.

Aber ich will nicht.

Dann tu's für mich.

Du liebst mich nicht, sagte das Mädchen.

Doch. Hab ich dir doch gesagt.

Blödsinn. Dann würdest du so was nicht von mir verlangen.

Ich verlang's ja gar nicht. Ich sag nur, tu ihm doch den Gefallen.

Aber ich will nicht.

Na schön, Sharlene. Scheiß drauf. Keiner zwingt dich.

Der Junge stand von der Matratze auf. Die beiden Jungen beobachteten ihn von draußen. Er stand in seinem ärmellosen T-Shirt im Kerzenlicht, mit nackten Beinen, muskulös, hoch gewachsen. Er hatte einen Großen. Die Haare darüber waren auch rot, aber heller, fast orange. Die Spitze war dunkelrot. Er bückte sich, hob seine Jeans auf, stieg hinein, zog sie hoch und schnallte den Gürtel zu.

Russ, sagte das Mädchen. Sie schaute von der Matratze zu ihm hoch, beobachtete sein Gesicht.

Was?

Bist du sauer?

Ich hab's ihm versprochen, sagte er. Jetzt weiß ich nicht, was ich ihm sagen soll.

Also gut, sagte sie. Ich mach's, dir zuliebe. Aber eigentlich will ich nicht.

Er sah sie an. Ich weiß, sagte er. Ich sag ihm Bescheid.

Aber du musst es auch anerkennen, verdammt noch mal.

Ich erkenne es ja an.

Ich meine, du musst es hinterher auch anerkennen, sagte das Mädchen.

Er ging durch die offene Tür hinaus. Jetzt war sie allein. Sie beobachteten sie von draußen im Dunkeln. Sie drehte sich zu ihnen hin auf die Seite, schüttelte Zigaretten aus einem roten Päckchen und zündete sich eine an, indem sie sich zur Kerzenflamme vorbeugte. Ihre kegelförmigen Brüste pendelten ungehindert, ihr schlanker Schenkel und ihre Mädchenhüfte schimmerten glatt im tanzenden Kerzenlicht, dann legte sie sich wieder auf den Rücken und rauchte, blies den Rauch senkrecht nach oben in den Raum, schnippte die Asche auf den Boden.

Sie hob den anderen Arm, besah prüfend ihren Handrücken, fuhr sich mit der Hand durchs blonde Haar und strich es sich aus dem Gesicht. Dann stand plötzlich ein anderer Junge in der Tür und sah sie an. Er kam ins Zimmer. Auch er war ein großer Junge aus der High School.

Das Mädchen schaute ihn nicht einmal an. Ich tu das nicht für dich, sagte sie. Also bild dir bloß nichts ein.

Ich weiß, sagte er.

Will ich auch hoffen.

Darf ich mich hinsetzen?

Ich hab nicht vor aufzustehen, sagte sie.

Er hockte sich auf die Decke und sah sie an. Dann streckte er die Hand aus und berührte mit den Fingern eine ihrer dunklen Brustwarzen.

Was soll das? fragte das Mädchen.

Er sagte, Das gehört dazu.

Scheiße, das gehört überhaupt nicht dazu. Aber ich hab's ihm versprochen. Also mach schnell.

Ich mach ja schon, sagte der Junge.

Zieh dich endlich aus, sagte sie, Herrgott noch mal.

Er schlenkerte seine Schuhe weg, öffnete seinen Gürtel und ließ Hose und Unterhose fallen, und die beiden draußen schauten ihn an und sahen, dass auch er Haare hatte. Seiner war noch größer, er sah geschwollen aus und stand steil nach oben, und ohne ein Wort zu ihr zu sagen, streckte er sich auf ihr aus, legte sich auf sie, schob sich zwischen ihre Beine. Sie hatte die Knie hochgezogen, wieder gespreizt, und rückte sich unter seinem Gewicht zurecht. Er fing sofort an, sich auf ihr zu bewegen. Sie sahen seine weißen Hinterbacken auf- und abgehen. Dann wurde er immer schneller und heftiger, und bald darauf schrie er laut etwas Unverständliches, als hätte er Schmerzen, rief an ihrem Hals irgendwelche Worte, zuckte und zitterte, und dann hörte er auf. Die ganze Zeit lag sie still und reglos da, hatte die Arme seitlich flach ausgestreckt, und schaute, als wäre sie ganz woanders und er überhaupt nicht in ihrem Leben.

Los, steig runter, sagte sie.

Der große Junge richtete sich auf und sah ihr ins Gesicht, rollte von ihr herunter und legte sich rücklings auf die Decke. Nach einer Weile sagte er, Hey.

Sie nahm ihre Zigarette von dem Blechdeckel, auf den sie sie gelegt hatte, als er hereingekommen war, und zog daran, aber sie war ausgegangen. Sie beugte sich zur Kerzenflamme vor und zündete sie wieder an.

Hey, sagte er noch einmal. Sharlene?

Was?

Du bist richtig gut.

Du nicht.

Er stützte sich mit dem Ellbogen auf der Matratze auf und schaute sie an. Und warum?

Sie sah ihn nicht an. Sie lag wieder ausgestreckt da, rauchte und schaute senkrecht nach oben auf die Stelle, wo das Kerzenlicht an der schmutzigen Decke flackerte. Jetzt hau endlich ab, verdammt noch mal.

Was war denn so schlecht daran, wie ich's gemacht hab? wollte er wissen.

Hau endlich ab, Mensch. Sie schrie jetzt fast.

Er stand auf, zog sich an und schaute dabei die ganze Zeit auf sie hinab. Dann ging er hinaus.

Der erste Junge kam wieder herein, vollständig angezogen. Er trug jetzt eine High-School-Jacke.

Das Mädchen sah ihn von der Matratze aus an.

Na, wie war's? fragte er.

Soll das ein Witz sein? Komm wenigstens her und gib mir einen Kuss.

Er kauerte sich hin, küsste sie auf den Mund, tätschelte ihre Brust und legte die Hand zwischen ihre Beine.

Lass das, sagte sie. Nein. Nichts wie raus hier. Mir wird's hier langsam unheimlich.

Draußen vor dem Fenster sahen die beiden Jungen zu, wie der große High-School-Junge aus dem Zimmer ging. Dann sahen sie zu, wie das Mädchen in ihre Unterhose stieg und sie hochzog, ihren weißen Büstenhalter anlegte, mit abgespreizten Ellbogen hinter dem Rücken nestelte und den Büstenhalter zurechtschob, dann stieg sie in ihre Jeans und zog sich ein Hemd über den Kopf. Zum Schluss bückte sie sich und blies die zwei Kerzen aus. Sofort wurde es stockdunkel in dem Raum, sie hörten nur ihre Schritte, die sich über den nackten Kiefernboden entfernten. Sie schlichen zur Vorderseite des Hauses, drückten sich im Dunkeln an die kalten Schindeln und sahen schweigend zu, wie das Mädchen und die zwei großen Jungen in den verwilderten Garten kamen, unter den Bäumen hinausgingen und ins Auto stiegen, dann fuhren sie auf der Railroad Street in die Dunkelheit, bis man nur noch die roten Augen der Schlusslichter sah, die im dünnen Staub über der Straße kleiner wurden, während der Wagen Richtung Main Street davonraste, in die Stadt hinein.

So ein Scheißkerl, sagte Ike.

Der andere aber auch, sagte Bobby. Oder vielleicht nicht?

Sie gingen wieder durch das Traubenkraut und die dürren Sonnenblumen und machten sich auf den Heimweg.

Die McPherons

Sie hatten die Kühe schon im Pferch, die Mutterkühe und die zweijährigen Färsen warteten, es war ein heller, kalter Spätherbstnachmittag. Die Kühe wimmelten muhend durcheinander, der Staub stieg in die kalte Luft und hing braun über den Pferchen wie Wolken von Mückenschwärmen. Die alten McPherons, zwei Brüder, standen am anderen Ende des Pferchs und musterten die Kühe durch. Sie trugen Jeans und Stiefel, Arbeitsjacken aus Segeltuch und Mützen mit Ohrenklappen aus Flanell. An Harolds Nasenspitze zitterte ein wässriger Tropfen, der schließlich abfiel, und Raymonds Augen waren vom Staub und von der Kälte trüb und gerötet. Sie waren jetzt fast fertig. Sie warteten nur noch darauf, dass Tom Guthrie kam, um ihnen zu helfen, damit sie die Arbeit für diesen Herbst abschließen konnten. Sie standen im Pferch und schauten über die Kühe hinweg prüfend zum Himmel.

Ich würde sagen, es hält noch, sagte Raymond. Sieht nicht mehr so aus, als ob's noch schneit.

Ist zu kalt zum Schneien, sagte Harold. Und zu trocken.

Es könnte in der Nacht anfangen zu schneien, sagte Raymond. Alles schon da gewesen.

Es wird nicht schneien, sagte Harold. Schau dir den Himmel da drüben an.

Da schau ich ja hin, sagte Raymond.

Sie musterten wieder die Kühe. Ohne ein weiteres Wort verließen sie den Pferch und fuhren zum Pferdestall, setzten mit dem Pickup durch die breite Schiebetür der Banse zurück und fingen an, die Impfpistolen, das Ivermec, die Medizinampullen und die elektrischen Viehtreiber hinten einzuladen. Sie hoben den Petroleumofen zusammen mit den anderen Gerätschaften hinein und machten das hohe, verrußte Ofenrohr mit Draht an den Seitenbrettern fest, dann fuhren sie zum Pferch zurück, um die Schleuse herzurichten und die Utensilien auf der umgedrehten Kabeltrommel auszulegen, die sie als Tisch benutzten. Den Ofen bauten sie neben der Schleuse auf, und Harold beugte sich steif darüber und hielt ein Zündholz daran. Als das Feuer brannte, stellte er die Klappe so ein, dass der Ofen Wärme abstrahlte, der Rauch stieg schwarz und nach Petroleum riechend in die Winterluft und vermischte sich mit dem Kuhstaub.

Als sie von drüben hinterm Haus ein Motorgeräusch hörten, schauten sie auf: Guthries Pickup bog gerade von der Landstraße ab. Er fuhr ums Haus und um die wenigen Nebengebäude herum, vorbei an den verkrüppelten Bäumen, und hielt dicht vor der Stelle, wo sie standen und warteten. Guthrie und die beiden Jungen stiegen in Winterjacken und Mützen aus.

Na, was haben wir denn da für Taglöhner? sagte Harold. Er besah sich Ike und Bobby, die neben ihrem Vater standen.

Sie wollten unbedingt mit, sagte Guthrie.

Hoffentlich sind sie nicht zu teuer, sagte Harold. Stadtlöhne können wir uns hier nicht leisten, das weißt du, Tom. Er sprach mit ernster, gespielt besorgter Stimme. Die beiden Jungen sahen ihn an.

Raymond kam heran. Na, was sagt ihr, Jungs? Wie viel wird uns das heute kosten?

Sie wandten sich dem zweiten Alten zu, der jünger war als der andere. In der kalten Luft sah sein Gesicht rau und verwittert aus, und er hatte seine verdreckte Mütze tief über die vom Staub geröteten Augen gezogen. Wie viel wollt ihr uns abknöpfen dafür, dass ihr bei diesem Abenteuer mitmachen dürft? fragte er.

Sie wussten nicht, was sie sagen sollten. Sie zuckten die Achseln und sahen ihren Vater an.

Na schön, sagte Raymond. Dann müssen wir das hinterher aushandeln. Wenn wir gesehen haben, wie ihr euch anstellt.

Zwinkernd wandte er sich ab, da wussten sie, dass alles in Ordnung war. Sie gingen hinüber zu der Schleuse, stellten sich an den improvisierten Tisch und sahen sich die Impfpistolen und die Schachteln mit den Ampullen an. Sie inspizierten alles, voller Respekt vor der Hornschere mit den scharfen, gebogenen, blutverkrusteten Spitzen, schoben sich langsam an den Ofen heran und hielten ihre behandschuhten Hände in die aufsteigende Wärme. Plötzlich brüllte in der Mitte des Pferchs eine Kuh, und sie bückten sich und schauten durch die Bretter, um zu sehen, welche es war, aber die Kühe wimmelten durcheinander und harrten der Dinge, die da kommen sollten.

Die Männer gingen an die Arbeit. Guthrie kletterte in den Pferch. Sofort beäugten ihn die Rinder und wichen langsam ans andere Ende des umzäunten Geländes zurück. Er ging entschlossen auf sie zu. Die Kühe drängten sich zusammen und schoben sich am hinteren Zaun entlang, aber er rannte rasch auf sie zu, trennte die letzten beiden Tiere von den anderen, eine schwarze Färse und eine alte Kuh mit gescheckten Gesicht, und trieb sie über die zertrampelte Erde. Sie wollten ausbrechen, aber er wedelte jedes Mal mit den Armen und schrie sie an, und schließlich trotteten sie misstrauisch in die schmale Gasse, an deren Ende die Schleuse war. Von außen schob Raymond hinter ihnen eine Stange durch den Zaun, damit sie nicht nach hinten ausbrechen konnten, und dann stieß er der Färse den elektrischen Viehtreiber in die Flanke, dass es zischte. Sie schnaubte und war mit einem Satz in der Schleuse. Er schloss ihren Kopf in die Haltevorrichtung ein, aber sie sträubte sich und schlug aus, bis er die Seitenstangen gegen ihre Rippen drückte. Sie hob ihr schwarzes, gummiartiges Maul und brüllte in panischer Angst.

Unterdessen hatte Harold seine Segeltuchjacke abgelegt und

ein altes, orangefarbenes Sweatshirt angezogen, an dem ein Ärmel abgeschnitten war. Den nackten Arm hatte er sich mit Vaseline eingeschmiert. Jetzt trat er von hinten an die Schleuse und legte der Färse den Schwanz über den Rücken. Er griff mit der Hand hinein, scharrte den lockeren, warmen, grünen Dung heraus, schob den Arm tiefer hinein und tastete nach einem Kalb. Sein Gesicht an der Flanke der Kuh war zum Himmel gekehrt, er schloss die Augen, um sich zu konzentrieren. Er fühlte den harten runden Knoten des Gebärmutterhalses und die größere Schwellung dahinter. Er ließ die Hand darüber wandern. Die Knochen bildeten sich schon.

Ja. Sie hat eins, rief er Raymond zu.

Er zog den Arm heraus. Der Arm war rot und glitschig, bedeckt mit Schleim und Kotklumpen und dünnen Blutfäden. Er hielt ihn vom Körper weg, und der Arm dampfte in der kalten Luft, und während er auf die Nächste wartete, stellte er sich zu den beiden Jungen an den Ofen, um sich zu wärmen. Fasziniert schauten sie seinen Arm an und dann sein altes, gerötetes Gesicht, und er nickte ihnen zu, und sie drehten sich um und betrachteten die Färse in der Schleuse.

Während sein Bruder im Innern der Färse nach einem Kalb tastete, hatte Raymond Augen und Maul kontrolliert, und jetzt impfte er sie hoch oben in die Flanke, mit zwei Impfpistolen, spritzte ihr Ivermec gegen Läuse und Würmer und Lepto gegen eine Fehlgeburt. Als er fertig war, öffnete er die Schleuse, und die Färse schoss mit ein paar Bocksprüngen davon, schleuderte lockere Erde und harte Kotbrocken hoch und kam erst in der Mitte des Haltepferchs zum Stehen, wo sie den Kopf herumwarf, jämmerlich in die Winterluft brüllte und ein langes silbriges Spuckeseil über die Schulter warf.

Raymond trieb die Nächste in die Schleuse, die alte Kuh mit dem scheckigen Gesicht, klemmte ihren Kopf ein und schob die Seitenstangen dichter an sie heran, und Harold trat vor und hob ihren Schwanz, räumte den grünen Brei aus, schob Hand und Arm hinein und tastete. Aber es gab nichts zu ertasten;

sie war leer. Er wackelte mit den Fingern, um zu fühlen, was eigentlich da sein sollte, aber da war nichts.

Sie ist leer, rief er. Ist anscheinend nicht geblieben. Was sollen wir mit ihr machen?

Bis jetzt hat sie immer gute Kälber gehabt, sagte Raymond.

Schon, aber sie wird alt. Schau sie an. Schau, wie mager sie um die Flanken geworden ist.

Vielleicht bleibt sie ja das nächste Mal.

Das reicht mir nicht, ich hab keine Lust mehr, sie weiter durchzufüttern.

Na gut, dann kommt sie weg, sagte Raymond. Aber sie war eine gute Mutter, das muss man ihr lassen.

Er schwang das Tor vor ihr auf und öffnete die Schleuse, und die alte Kuh trottete hinaus in den leeren Verladepferch, aus dem sie mit dem Lastwagen fortgebracht werden würde; sie hob ihr geschecktes Gesicht, schnupperte in die Luft, drehte sich einmal um sich selbst und stand dann still. Sie wirkte nervös, verstört, verängstigt. Die schwarze Färse im Haltepferch auf der anderen Seite des Zauns muhte sie an, die alte Kuh trottete zu den Stangen hinüber, wo sie stehen blieb, und über den Zaun hinweg schnauften sie einander an.

Vom Ofen aus sahen die Jungen sich alles an. Sie stampften mit den Füßen und schlugen mit den Armen in ihren Winterjacken, wärmten sich und sahen ihrem Vater und den alten McPheron-Brüdern bei der Arbeit zu. Der Himmel war so blau wie frisch gespültes Kaffeegeschirr, die Sonne schien hell. Aber es wurde noch kälter. Im Westen braute sich etwas zusammen. Weit hinter den Bergen türmten sich Wolken auf. Die Jungen blieben am Ofen, um sich warm zu halten.

Später, als nur noch wenige Kühe und Färsen zu untersuchen waren, kam ihr Vater an den Zaun neben dem Ofen. Er schnäuzte sich ausgiebig in ein blaues Taschentuch, legte es zusammen und steckte es wieder ein. Na, habt ihr Lust hereinzukommen und mir zu helfen? fragte er sie.

Ja.

Ich könnte euch brauchen.

Sie kletterten auf den Zaun und sprangen in den Pferch. Die übrig gebliebenen Kühe scheuten, beäugten sie nervös und ängstlich, die Köpfe wachsam erhoben wie Antilopen oder Hirsche. Die Luft im Pferch war so staubig, dass die Jungen sich am liebsten etwas vor Nase und Mund gehalten hätten.

Also. Seht mir zu, sagte der Vater. Die sind schon aufgeregt. Macht also nichts Unnötiges.

Die Jungen sahen die Kühe an.

Bleibt gleichauf mit mir. Schwärmt ein bisschen aus. Aber passt auf, dass sie euch nicht treten. So können sie euch nämlich wehtun. Vor allem die große Rote.

Welche meinst du? fragte Ike.

Die alte Große da, sagte Guthrie. Die ohne weiße Flecken an den Vorderbeinen. Seht ihr sie?

Was ist mit der?

Sie ist schreckhaft. Ihr müsst sie im Auge behalten.

Die Jungen blieben auf einer Linie mit dem Vater. Zu dritt bewegten sie sich fächerförmig durch den Pferch. Die Kühe wurden unruhig, rotteten sich zusammen, drängten einander zurück; sie strudelten und sammelten sich am hinteren Zaun. Hinter ihnen krachte ein Brett. Da löste sich das Knäuel zu einer Kette auf, die Kühe glitten einzeln am Zaun entlang. Im letzten Moment rannte Guthrie vor, schrie sie an, schlug mit einer dünnen, geflochtenen Peitsche nach ihnen und zog einer alten Kuh mit weiß geränderten Ohren eins über die Nase, und sie rutschte im Dreck aus, schnaubte und warf sich dann herum. Hinter ihr stand eine junge, weißgesichtige Färse, die sich gleichzeitig mit ihr umdrehte.

Guthrie und die Jungen trieben die beiden durch den Pferch. Die Jungen hielten links und rechts von ihm einigen Abstand, und die Tiere trotteten dahin, traten Dreckklumpen und Staub von dem zertrampelten Boden los, aber am Eingang zur Gasse scheute die junge Färse plötzlich und machte kehrt.

Treibt sie rein, rief Guthrie. Lasst sie nicht vorbei. Jagt sie zurück.

Bobby wedelte mit den Armen und schrie, Hey! Hey!

Die Färse glotzte ihn aus weiß umrandeten Augen an, dann warf sie sich herum, reckte den Schwanz hoch, bockte einmal und schlug aus, stürmte weiter in die Gasse hinein und zwängte sich an der alten Kuh vorbei, die schon dort stand. Raymond rammte hinter ihnen die Stange hinein.

Na gut, sagte der Vater. Meint ihr, ihr schafft es?

Was denn?

Genau dasselbe, jedes Mal. Immer zwei auf einmal reintreiben. Aber nehmt euch in Acht.

Und wo bist du? fragte Ike.

Ich muss vorne helfen, sagte Guthrie. Raymond wird allmählich müde. Es ist zu viel für einen allein. Und die zweite Kuh da hat ein Horn, das entfernt werden muss. Er sah die Jungen an. Hier, die kannst du nehmen.

Er reichte Ike die dünne Viehpeitsche, der nahm sie, wog sie in der Hand und schwang sie locker über die Schulter und zurück. Er schlug damit nach einem Mistklumpen. Der Klumpen machte einen Satz.

Und was krieg ich? wollte Bobby wissen. Ich brauch doch auch was.

Ihr Vater sah sich um. Na schön, sagte er. Er rief Raymond zu: Wir brauchen hier einen von deinen elektrischen Stöcken.

Der alte Mann brachte einen der Viehtreiber und reichte ihn über den Zaun. Guthrie nahm ihn und zeigte ihnen, wie man damit umgeht, den Griff drehen und den kleinen Knopf loslassen, dann gibt's einen elektrischen Schlag. Hast du gesehen? fragte er. Er hielt ihn an seine Schuhspitze, und ein Funke sprang über. Er gab Bobby den Viehtreiber, Bobby untersuchte ihn und hielt ihn sich an den Schuh. Es zischte, und er zog blitzschnell den Fuß zurück. Dann sah er die anderen beiden an. Der Schreck stand ihm ins Gesicht geschrieben.

Ich will auch damit arbeiten, sagte Ike.

Ihr könnt ja abwechseln, sagte Guthrie. Du gibst ihm dafür die Peitsche. Aber übertreibt's nicht. Nehmt die Dinger nur im Notfall. Außerdem müsst ihr sowieso erst mal nahe genug rankommen, um sie einzusetzen.

Tut das denen weh? fragte Bobby.

Sie mögen es nicht, sagte Guthrie. Jedenfalls spüren sie es, da kannst du dich drauf verlassen. Er legte ihnen die Hände auf die Schultern. Also. Alles klar?

Ich glaub schon.

Wenn was sein sollte, ich bin gleich da drüben.

Er kletterte aus dem Pferch und ging zu den McPherons an der Schleuse. Sie trieben die Färse hinein, und Harold untersuchte sie. Sie war trächtig. Raymond setzte zweimal die Impfpistole an und ließ die Färse dann hinaus zu den anderen im Haltepferch. Dann schoben sie die Kuh hinein, und nachdem sie untersucht und geimpft worden war, schlang Guthrie die Arme um ihren Kopf und zog ihn mit aller Gewalt zur Seite, so dass der Hals straff gespannt war und sie entsetzt die Augen aufriss, während Raymond die scharfen Enden des Enthorners über das missgebildete Horn schob. Das Horn war ein hartes, hässliches Ding, das schief an der Stelle herauswuchs, wo es schon einmal unfachmännisch abgeschnitten worden war. Er setzte den Enthorner an, drehte ihn, übte Druck auf die Griffe aus und schnitt das Horn schließlich durch. Das Horn fiel ab wie ein abgesägtes Stück Holz, und zurück blieb eine weiße, empfindlich wirkende Mulde am Kopf der Kuh. Sofort trat Blut in dünnen Spritzern aus und bildete eine kleine Pfütze auf der Erde. Guthrie hielt weiter den Kopf der Kuh fest, die laut brüllte, in Todesangst die Augen rollte und sich wehrte, während Raymond blutstillendes Pulver auf die Schnittstelle streute; das Blut saugte das Pulver auf und tröpfelte ihr übers Gesicht. Raymond schüttete noch mehr Pulver darauf, drückte es in die Wunde und verteilte es mit dem Finger, und dann entließen sie die Kuh in den Haltepferch. Sie rannte los und riss immer wieder den Kopf hoch, wobei ihr noch immer Blut übers Auge rann.

Im Pferch plagten sich die beiden Jungen inmitten von Dreck und Staubwolken mit den restlichen Kühen. Es gelang ihnen, noch zwei Tiere in die Gasse zu treiben, wo die Männer sie sich vornahmen. Aber es zeigte sich, dass eine der beiden Kühe leer war. Sie entließen sie in den Verladepferch zu der alten Kuh mit dem gescheckten Gesicht, und die beiden Tiere beschnupperten einander und stellten sich mit den Köpfen in die Richtung, aus der sie gekommen waren.

Noch eine, die nie geblieben ist, sagte Harold.

Vielleicht solltet ihr für die Besamung doch den alten Doc Wycloff holen, sagte Guthrie. Mit seiner erstklassigen Ausrüstung.

Klar, könnten wir machen, sagte Raymond. Aber der nimmt's wirklich von den Lebendigen.

Dabei fällt mir ein, sagte Harold. Haben wir dir schon mal erzählt, wie Raymond und ich ihn erwischt haben?

Kann mich nicht erinnern, sagte Guthrie.

Tja, also, sagte Harold. Einmal sind Raymond und ich wegen irgendwas zu ihm gegangen. Eine kranke Kuh oder so. In seine Klinik da. Wir sind durch den Haupteingang rein. Hinter der Empfangstheke kamen Geräusche hervor, wie wenn sich zwei prügeln oder einer um sich schlägt. Wir konnten uns nicht erklären, was es war, also haben wir über die Theke geschaut. Der alte Doc hatte auf dem Fußboden ein Mädchen auf den Rücken gelegt, und die hielt ihn mit Armen und Beinen umschlungen, als wär er ein Fünfzigdollarschein. Sie hat aufgeschaut und uns gesehen. Das hat ihr aber nichts ausgemacht, sie war nicht mal besonders überrascht. Sie hat nur einfach aufgehört, sich zu bewegen, und ihre Umklammerung gelockert. Dann hat sie ihm, ohne uns aus den Augen zu lassen, an den Kopf getippt und ganz aufgehört, sich zu bewegen und rumzumachen, und da hat auch der Doc aufgehört. Was ist los? fragt er. Wir haben Gesellschaft, sagt sie. Ach ja? fragt der Doc. Tatsache, sagt sie. Also dreht er den Kopf so, dass er zu uns hochschauen kann. Hallo, Jungs, sagt er. Handelt sich's um einen

Notfall? Kann warten, sagten wir. Gut, sagt er. Ich stehe euch in ein paar Minuten zur Verfügung.

Guthrie lachte. Das sieht ihm ähnlich, sagte er.

Ja, nicht? sagte Harold.

Wir mussten nicht lange warten, sagte Raymond. Wahrscheinlich war er sowieso schon fast fertig gewesen.

Und sie auch, kann ich mir denken, sagte Harold.

Und warum hat sie's gemacht? fragte Guthrie. War sie ihm was schuldig?

Nein, sagte Harold. Das glaub ich nicht. Es war eher so, als hätten sich beide ganz plötzlich für dieselbe Idee erwärmt und sich einfach nicht beherrschen können.

Soll vorkommen, sagte Guthrie.

Tja, sagte Harold. Wird wohl so sein.

Schon möglich, sagte Raymond. Sie schauten über das flache, offene, baumlose Land zum Horizont hin, wo Wälle von Sandhügeln blau schimmerten.

Schließlich war nur noch die rotbeinige Kuh übrig, die, vor der ihr Vater sie gewarnt hatte. Sie war jetzt noch nervöser. Mit erhobenem Kopf behielt sie die Jungen ständig im Blick, wie ein wildes Tier, das noch nie einen Menschen auf zwei Beinen gesehen hat. Die Jungen hatten sich von ihr fern gehalten. Sie fürchteten sich vor ihr und wollten nicht getreten werden. Aber jetzt gingen sie auf sie zu, und sie beäugte sie und fing an, am Zaun entlangzutrotten. Sie trieben sie in die Enge. Sie war groß und hatte vier rote Beine ; ihre Augen waren weiß gerändert. Sie senkte den Kopf, fuhr herum, den Stummelschwanz steif in die Höhe gereckt, und galoppierte auf die andere Seite hinüber. Wieder gingen sie ihr nach und stellten sich hinter sie, als sie in einer Ecke war. Sie drehte sich zu ihnen um, mit tückischem Blick und bebenden Flanken, und Ike trat näher, schwang die Peitsche und traf sie quer übers Gesicht. Das überraschte sie. Sie tat einen Satz zur Seite und sprang dann vorwärts. Sie galoppierte auf Bobby zu und überrannte ihn, bevor er zur Seite springen konnte. Er landete auf dem Rücken und prallte noch einmal hoch wie ein durch die Luft geworfenes Holzscheit. Sie trat mit den Hinterbeinen nach ihm und galoppierte auskeilend auf die andere Seite des Pferchs hinüber. Bobby lag flach auf dem Boden. Seine Mütze war ihm vor die Füße gefallen, der elektrische Viehtreiber seitlich weggeflogen. Bobby lag auf der zertrampelten Erde und rang nach Atem. Aber er bekam keine Luft und grub die Füße in die lockere Erde, während Ike sich entsetzt über ihn beugte und auf ihn einredete. Bobby hatte die Augen angstvoll aufgerissen. Dann strömte auf einmal wieder Luft in seine Lungen, er würgte und stieß einen quietschenden Seufzer aus.

Der Vater hatte alles gesehen, war in den Pferch gesprungen und zu ihm hingerannt, jetzt kniete er neben seinem Kopf und beugte sich über ihn. Bobby. Alles in Ordnung? Mein Sohn?

Die Augen des Jungen drehten sich in alle Richtungen. Er wirkte erschrocken und verwundert. Er sah in die Gesichter über ihm. Ich glaub schon, sagte er.

Meinst du, du hast dir was gebrochen? fragte ihn Guthrie.

Er befühlte sich. Er bewegte probehalber Arme und Beine. Nein, sagte er. Ich glaub nicht.

Kannst du dich aufsetzen?

Der Junge setzte sich auf und ließ die Schultern hängen. Er drehte den Kopf hin und her.

Das war übel, sagte Guthrie. Aber anscheinend fehlt dir nichts. Oder? Er half ihm auf die Beine und wischte ihm den Dreck von Schultern und Hinterkopf. Hier, sagte er. Putz dir die Nase, mein Sohn. Bobby nahm das Taschentuch und schnäuzte sich, wischte sich die Nase und inspizierte das Taschentuch auf Blut, aber es war nur Dreck und Staub daran. Er gab es dem Vater zurück. Sein Bruder setzte ihm die Mütze wieder auf.

Ihr habt eure Sache prima gemacht, sagte Guthrie. Ich bin stolz auf euch.

Sie schauten zu ihm hoch und dann über den Pferch.

Ihr wart toll. Ihr habt euer Bestes gegeben, sagte er.

Aber was ist mit ihr? fragte Ike.

Gib mir die Peitsche, sagte Guthrie. Ihr könnt mir helfen, wenn ihr wollt. Aber bleibt ihr aus dem Weg.

Wieder näherten sie sich der rotbeinigen Kuh. Sie wartete auf der anderen Seite des Pferchs, stand quer zu ihnen, beobachtete sie. Sie wirkte wie eine verwilderte Katze, als ob sie am liebsten über das fast zwei Meter hohe Gatter geklettert wäre, um ihre Freiheit zu erlangen. Sie fing an, sich in kleinen Schritten zu bewegen, entfernte sich langsam. Guthrie ging entschlossen auf sie zu. Die Jungen folgten ihm. Als sie sich umdrehte, rannte er blitzschnell hinter sie und schlug sie hart mit der Peitsche, sie keilte wütend nach ihm aus, verfehlte aber sein Gesicht, und er rannte hinter ihr her und versetzte ihr noch einen Hieb mit der Peitsche, und dann, gerade als sie schon in die Gasse laufen wollte, wirbelte sie jäh herum und rannte gegen den Zaun, sammelte sich und sprang hoch. Sie kam nur halb hinüber. Sie brach durch das oberste Brett und blieb hängen. Jetzt hing sie hilflos über dem Zaun und fing an zu brüllen, wahnsinnig vor Angst. Sie trat und strampelte.

Herrgott noch mal. Hör auf damit, schrie Harold. Er und Raymond waren herübergerannt. Schluss jetzt. Lass das, du altes Mistvieh, du blödes!

Sie standen um sie herum, wollten sie besänftigen, sie so weit bringen, dass sie damit aufhörte, aber sie trat und strampelte wie verrückt, und sie kamen nicht an sie heran. Schließlich kletterte Guthrie über den Zaun und ging von vorn auf sie zu, um sie zurückzustoßen, um zu sehen, ob er sie so vom Zaun bekam, aber sie hatte so heftig gestrampelt und getreten und auf dem Zaunbrett geruckelt und geschaukelt, dass ihre vordere Hälfte das Übergewicht bekam. Plötzlich stürzte sie mit dem Kopf voran in den Haltepferch und schlug einen gewaltigen Purzelbaum. Erst fiel ihr alter, kantiger Kopf, dann rutschte der Hinterleib über den Zaun und schlug mit einem dumpfen Geräusch auf der Erde auf. Dann lag sie still.

Na prost Mahlzeit, sagte Harold zu ihr. Nur weiter so. Vielleicht ist dir das wenigstens eine Lehre. Meinetwegen kannst du da liegen bleiben.

Sie schauten sie an. Die Flanken der Kuh hoben und senkten sich, aber sonst regte sie sich nicht. Ihre Augen glotzten starr. Guthrie trat zu ihr hin und hob mit dem Fuß ihren Kopf an. Das schien sie aufzuwecken. Sie fing an zu zittern, und plötzlich stand sie auf. Guthrie trat zurück, und sie stellte sich auf die wackligen Beine und schaute sich mit finsteren Blicken um. An der einen Flanke, wo sie sich an dem zersplitterten Brett verletzt hatte, klaffte eine Wunde. Das aufgerissene Fell zitterte, hellrotes Blut tröpfelte auf die Erde, Nacken und Rücken waren mit einer Schmutzschicht bedeckt. Sie sah aus wie ein Fabeltier in einem mittelalterlichen Umzug, verdreckt und blutig, bedrohlich. Sie schüttelte den Kopf, machte ein paar Schritte und hinkte dann hinüber zu den anderen Kühen und Färsen, die misstrauisch vor ihr zurückwichen.

Guthrie fragte, Soll ich sie wieder zurücktreiben?

Nein. Lass sie in Ruhe, sagte Harold. Die müssten wir mehr oder weniger umbringen, um sie noch mal hier reinzukriegen. Entweder ist sie geblieben, als der Stier bei ihr war, oder nicht. Anscheinend denkt sie, sie hat ein Kalb, weil sie unbedingt da rüber wollte. Er schaute hinüber zu ihr, sie stand jetzt bei den anderen Kühen. Jedenfalls kann sie dich anscheinend auf den Tod nicht ausstehen, Tom.

Ich hol sie zurück, sagte er, wenn du willst.

Nein. Lass sie in Ruhe. Wir behalten sie im Auge.

Und die Verletzung?

Das wird schon wieder. Ich kann mir denken, dass sie viel zu angewidert ist von uns, um sich irgendwo zu verkriechen und zu sterben. Den Triumph würde sie uns nicht gönnen.

Die beiden Jungen halfen, die kontrollierten Kühe auf die nahe gelegene Weide zu treiben. Die wilde rotbeinige Kuh hinkte zwischen den anderen dahin. Die beiden leeren Kühe blieben im Haltepferch, muhten mit hochgereckten Köpfen nach den anderen, brüllten kläglich und trotteten zum Zaun hinüber, wo sie dann standen und zwischen den Brettern hindurch schauten. An der Schleuse sammelten die Jungen die Medikamente und Impfpistolen ein und legten sie hinten in den Pickup. Dann stiegen sie in den Dodge und saßen neben ihrem Vater, und die Heizung blies ihnen warme Luft auf die Knie, während er sich noch ein bisschen mit Harold unterhielt. Raymond kam auf ihre Seite herüber.

Kurbel das Fenster runter, sagte der Vater. Er will euch was sagen.

Der alte Mann stand in dem sandigen Kies in der Kälte neben dem Pickup, holte eine weiche Lederbörse aus einer Innentasche seiner Segeltuchjacke, hielt die Börse in der Hand und zog den Reißverschluss auf. Er fingerte darin herum, nahm zwei Scheine heraus und reichte sie den beiden Jungen durchs offene Fenster. Ich hoffe, das ist eine angemessene Entlohnung.

Verlegen nahmen sie das Geld und dankten ihm.

Ihr könnt jederzeit wiederkommen, Jungs, sagte er. Ihr seid uns immer willkommen.

Moment mal, sagte der Vater. Das ist nicht nötig.

Du hältst dich da raus, sagte Raymond. Das ist eine Sache zwischen mir und den beiden Jungen hier. Das geht dich nichts an, Tom. Also, Jungs, ihr könnt jederzeit wiederkommen.

Er trat zurück. Die beiden Jungen schauten ihn an. Sahen sein altes, wettergegerbtes Gesicht und die geröteten Augen unter der Wintermütze. Er wirkte ruhig und freundlich. Sie hielten das Geld in den geballten Fäusten und warteten ab, bis ihr Vater sich endgültig verabschiedet und den Pickup in Gang gesetzt hatte, bis sie von der Viehschleuse weg und am Haus vorbeigefahren waren und über die schmale Straße holperten, wo der Kies von unten gegen die Kotflügel knallte, und dann nach Westen fuhren, wo der Himmel jetzt zu dämmern begann. Dann erst besahen sie sich das Geld. Sie drehten und wendeten es. Er hatte jedem einen Zehndollarschein gegeben.

Das ist zu viel, sagte ihr Vater.

Sollen wir's zurückbringen?

Nein, sagte er. Er nahm den Hut ab, kratzte sich am Hinterkopf und setzte den Hut wieder auf. Lieber nicht. Dann wären sie beleidigt. Sie wollen, dass ihr's behaltet. Es hat ihnen Spaß gemacht, euch da draußen zu haben.

Dad? sagte Ike.

Ja?

Warum haben die nie geheiratet? Und eine Familie gegründet wie alle anderen?

Ich weiß es nicht, sagte Guthrie. Manchmal heiraten Leute nicht.

Im Pickup war es jetzt warm. Auf der anderen Seite des Straßengrabens lief der Zaun entlang, in dem sich Gestrüpp und Steppenhexen verheddert hatten. Hoch oben auf dem Querholz eines Telegraphenmasts saß ein Habicht, kupferfarben in der sinkenden Sonne, sie sahen ihn an, aber er drehte nicht einmal den Kopf, als sie unter ihm vorbeifuhren.

Wahrscheinlich haben sie einfach nicht die Richtige gefunden, sagte ihr Vater. Aber ich kann's wirklich nicht sagen.

Bobby schaute aus dem Fenster. Er sagte, Vielleicht wollte keiner den anderen verlassen.

Guthrie warf ihm einen Blick zu. Schon möglich, sagte er. Vielleicht ist es so gewesen, mein Sohn.

Auf der Landstraße fuhren Guthrie und die beiden Jungen nach Norden, und es war jetzt ruhiger im Pickup, weil sie auf Asphalt fuhren, auf die Stadt zu. Guthrie schaltete das Radio ein, um die Abendnachrichten zu hören.

Victoria Roubideaux

Als sie ihren Namen sagte, schaute die Frau mittleren Alters, die hinter dem Schalter saß, sie an und sagte, Ja, Mrs. Jones hat angerufen, dann hakte sie etwas auf dem vor ihr liegenden Terminkalender ab und gab dem Mädchen drei Formulare auf einem Klemmbrett, die sie ausfüllen sollte. Sie ging damit zu ihrem Platz auf der anderen Seite des Wartezimmers zurück, hielt die Formulare auf den Knien und beugte sich darüber. Die Haare fielen ihr wie ein dichter Vorhang übers Gesicht, bis sie sie mit einem geübten Ruck hinter die Schultern zurückwarf. Es waren Fragen dabei, die sie nicht beantworten konnte. Die wollten wissen, ob in ihrer Familie jemand Krebs gehabt hatte, ob bei den Verwandten ihres Vaters Herzkrankheiten oder in der Familie ihrer Mutter Syphilis aufgetreten war. Insgesamt waren es über hundert Fragen. Sie beantwortete alle, bei denen sie sich einigermaßen sicher war, hielt es aber nicht für richtig, bei den anderen bloße Vermutungen anzustellen, wie es vielleicht bei einem Test in der Schule vertretbar gewesen wäre. Als sie fertig war, reichte sie der Frau das Klemmbrett und die Formulare durch das Schalterfenster.

Bei manchen hab ich nichts gewusst, sagte sie.

Aber Sie haben alle beantwortet, wo Sie etwas wussten?

Ja.

Dann nehmen Sie bitte wieder Platz. Wir rufen Sie auf.

Sie setzte sich wieder hin. Das Wartezimmer war ein langer, schmaler Raum mit kerzengerade hochgebundenen Topfpflanzen vor den vier Fenstern. Außer ihr waren noch drei Leute da. Eine Frau mit einem kleinen Jungen, dessen Gesicht gelb wie ein Notizblock war und dessen Augen zu groß für seinen Kopf wirkten. Der Junge lehnte sich teilnahmslos an seine Mutter, die ihm den Hinterkopf kraulte, und nach einer Weile legte er das Gesicht in ihren Schoß und schloss die Augen, und sie streichelte ihm die kränklich gelbe Wange, während sie selbst blicklos zu den Fenstern hinüberstarrte. Der Dritte im Raum, an der Wand gegenüber, war ein alter Mann mit einem neuen perlgrauen Filzhut, der steif und fest wie eine Behauptung auf seinem Kopf saß. Er hatte die rechte Hand aufs Knie gestützt und hielt den Daumen hoch. Der Daumen war dick mit einer weißen Binde umwickelt und stand in die Höhe wie ein hastig verhülltes Schaustück in einem Kuriositätenkabinett. Er sah das Mädchen mit fröhlichen Augen an, als wollte er jeden Moment etwas sagen, ihr erklären, was passiert war, aber er tat es nicht. Er sah sie an, aber keiner sagte etwas. Schon bald rief eine Schwester die Frau mit dem kranken Jungen, dann kam sie wieder und winkte dem Mann mit dem schlimmen Daumen, und nach einer Weile rief sie das Mädchen.

Sie stand auf und folgte der Frau, die einen weißen Kittel und Sandalen trug, den schmalen Gang entlang, vorbei an mehreren geschlossenen Türen. Vor einer Waage blieben sie stehen, sie wurde gewogen, ihre Körpergröße wurde gemessen, dann gingen sie in einen kleinen Raum, in dem eine Untersuchungsliege, ein Schrank mit eingebautem Waschbecken und zwei Stühle waren. Die Frau fühlte ihr den Puls und maß Blutdruck und Temperatur, alles ohne ein Wort zu sagen, und schrieb die Ergebnisse in die Akte.

Dann sagte sie, Ziehen Sie sich jetzt bitte aus. Und legen Sie das hier an. Er wird sich gleich um Sie kümmern. Sie ging hinaus und schloss die Tür.

Das Mädchen fühlte sich unbehaglich, tat aber, was man ihr gesagt hatte. Sie zog die Papierjacke an, die vorne offen war, dann setzte sie sich auf den Untersuchungstisch und legte sich einen Bogen Papier über die Beine, sowohl der Bogen als auch die Jacke waren grellweiß und unangenehm kratzig. Sie wartete und betrachtete an der Wand vor sich ein Bild von Herbstbäumen, irgendwelche Laubbäume in einer Gegend, die mit Holt in Colorado nichts zu tun hatte, denn so hohe und dichte, so bunte Bäume hatte sie noch nie gesehen. Dann kam er herein, ein alter Mann, der alte Doktor, stattlich und formell, elegant und freundlich, in einem dunkelblauen Anzug und einem strahlendweißen Hemd mit einer kastanienroten Schleife, die tadellos am gestärkten Kragen saß. Nachdem er die Tür geschlossen hatte, schüttelte er ihr herzlich die Hand und stellte sich vor.

Ich war schon einmal bei Ihnen, sagte sie.

Ach, wirklich? Ich erinnere mich nicht.

Vor sechs oder sieben Jahren.

Er sah sie aufmerksam an und lächelte. Die Augen hinter der randlosen Brille waren heller als sein Anzug. Sein Gesicht war grau, aber die Augen waren sehr lebendig. An den Schläfen hatte er Altersflecken.

Das ist eine lange Zeit, sagte er. Wahrscheinlich haben Sie sich ein wenig verändert, seit Sie das letzte Mal bei mir waren. Er lächelte wieder. Also, Miss Roubideaux, ich muss Sie jetzt untersuchen. Und wenn ich damit fertig bin, werden wir uns darüber unterhalten, was ich festgestellt habe. Sind Sie schon einmal gynäkologisch untersucht worden?

Nein.

Aha. Nun, es ist nicht besonders angenehm. So Leid es mir tut, Sie müssen das über sich ergehen lassen, aber ich werde vorsichtig sein und versuchen, Ihnen nicht wehzutun und so schnell zu machen wie möglich, aber auch so gründlich zu sein wie nötig. Er nahm ein silbernes Instrument von dem Tablett auf dem Schrank. Ich werde diesen Spiegel benutzen. Haben Sie so ein Instrument schon einmal gesehen? Es öffnet sich so in Ihrem Körper – er zeigte es ihr, indem er mit Daumen und Zeigefinger einen Ring bildete, das Instrument hindurchschob und es dann öffnete –, und Sie werden vielleicht hören, wie ich diese kleine Mutter festziehe, damit es offen bleibt. Versuchen Sie, nicht den Muskel hier unten anzuspannen – er zeigte auf die Stelle zwischen Zeigefinger und Daumen –, denn dadurch würde es für mich schwieriger und für Sie unangenehmer. Dies hier ist das Licht, das in Ihrem Inneren leuchtet, damit ich den Gebärmutterhals sehe, und ich werde auch mit diesem Wattestäbchen einen Abstrich machen. Haben Sie dazu eine Frage?

Das Mädchen sah ihn an und schaute weg. Sie schüttelte den Kopf.

Der alte Mann zog seine blaue Anzugjacke aus und legte sie sorgfältig über die Stuhllehne, krempelte seine gestärkten weißen Hemdsärmel hoch, streifte Gummihandschuhe über, nahm den Spiegel und drückte etwas Gleitmittel aus einer Tube darauf. Dann setzte er sich auf einen Hocker zwischen ihren Knien und drückte das Papier herunter, um ihr Gesicht sehen zu können.

Das ist jetzt der unangenehme Teil, sagte er. Er zog den Papierbogen zurecht. Rutschen Sie bitte ganz nach vorn. Danke. So ist's gut. Das fühlt sich vielleicht kalt an. Er wärmte das Instrument kurz in seinen Händen.

Sie spürte es und zuckte zusammen.

Habe ich Ihnen wehgetan? Entschuldigung.

Sie sah senkrecht nach oben. Er saß tief, seine Augen waren auf der Höhe ihrer gespreizten Beine.

So ist's richtig, sagte er. Entspannen Sie sich. Dann sehen wir uns das einmal an.

Sie starrte an die Decke und spürte, was er tat, wartete und ertrug es und lauschte der ruhigen Stimme, die ihr beharrlich erklärte, was er gerade untersuche und warum und was als Nächstes kommen würde und dass alles in Ordnung sei und sie es bald überstanden habe. Sie sagte nichts. Er machte mit seinen Untersuchungen weiter. Noch ein Weilchen, dann war er fertig, erlöste sie von dem unangenehmen Instrument und sagte, Ja. Sehr schön. Das hier kann ich Ihnen leider auch nicht ersparen. Er tastete die Eierstöcke und die Gebärmutter ab, eine Hand außen und eine innen, und auch jetzt erklärte er ihr, was er tat, und hinterher zog er die Gummihandschuhe aus und untersuchte ihre Brüste, während sie immer noch lag, sagte ihr, sie müsse das regelmäßig selbst machen, und zeigte ihr wie. Danach trat er ans Waschbecken, wusch sich die Hände, schlug die Manschetten seines gestärkten weißen Hemdes herunter und zog die Jacke an. Sie können sich jetzt anziehen, sagte er. Ich komme wieder, dann unterhalten wir uns.

Das Mädchen setzte sich auf, schlüpfte aus der Papierjacke und zog ihre eigenen Sachen an. Als er zurückkam, saß sie wartend auf dem Tisch.

Also, sagte er. Miss Roubideaux, Sie sind, wie Sie sicherlich schon wissen, schwanger. Über drei Monate, würde ich sagen. Eher schon vier. Wann hatten Sie Ihre letzte Periode?

Sie sagte es ihm.

Ja. Nun, Sie können damit rechnen, dass Sie im Frühjahr ein Baby bekommen. Mitte April nach meiner Berechnung, plusminus zwei Wochen. Aber ich frage mich, ob das eine gute Nachricht für Sie ist oder nicht.

Ich hab's schon gewusst, falls Sie das meinen, sagte das Mädchen. Ich war mir ganz sicher.

Ja. Anders könnte ich es mir auch nicht vorstellen, sagte er. Aber damit ist meine Frage nicht beantwortet.

Er legte ihre Akte auf den Schrank, zog einen Stuhl heran, setzte sich neben sie in seinem blauen Anzug und dem weißen Hemd und sah sie an. Sie saß etwas höher als er auf der Untersuchungsliege, die Hände im Schoß, abwartend, das Gesicht gerötet und wachsam.

Ich will offen mit Ihnen sprechen, sagte er. Das braucht aber nicht über diesen Raum hinauszugelangen. Verstehen Sie? Sie und ich, wir unterhalten uns. Wir führen ein Gespräch unter vier Augen.

Was meinen Sie? fragte das Mädchen.

Miss Roubideaux, sagte er. Wollen Sie es behalten?

Rasch hob sie den Blick. Sie hatte jetzt Angst, ihre Augen schauten dunkel und unverwandt, abwartend.

Ja, sagte sie. Ich will es behalten.

Sind Sie sich da auch wirklich sicher? Absolut sicher?

Sie sah ihm ins Gesicht. Sie meinen, ob ich es zur Adoption freigeben will?

Das auch, vielleicht, sagte er. Aber außerdem habe ich gemeint, ob Sie dieses Baby behalten wollen? Es austragen und zur Welt bringen?

Das habe ich vor.

Und Sie wollen es auch wirklich?

Ja.

Und da Sie mir das nun gesagt haben, werden Sie auch keine Dummheiten machen und etwa versuchen, die Schwangerschaft selbst mit irgendwelchen Mitteln zu beenden?

Nein.

Nein, wiederholte er. Das wäre also geklärt. Ich glaube Ihnen. Das musste ich wissen. Sie werden wahrscheinlich allerlei Beschwerden haben. Das ist nun mal so. Das ist bei vielen Teenagermüttern der Fall. Sie sollten eigentlich noch kein Kind bekommen. Ihr Körper ist noch nicht so weit. Sie sind noch zu jung. Andererseits sind Sie offenbar kräftig. Und Sie machen auch nicht den Eindruck, als neigten Sie zur Hysterie. Neigen Sie zur Hysterie, Miss Roubideaux?

Ich glaube nicht.

Dann müsste ja alles gut gehen. Rauchen Sie?

Nein.

Fangen Sie nicht damit an. Trinken Sie Alkohol?

Nein.

Fangen Sie auch damit nicht an, jedenfalls nicht jetzt. Nehmen Sie irgendwelche Drogen oder Medikamente?

Nein.

Sagen Sie mir auch wirklich die Wahrheit? Er sah sie an und wartete. Das ist wichtig. Denn alles, was Sie zu sich nehmen, geht auf das Baby über. Das wissen Sie doch, oder?

Ja, das weiß ich.

Sie müssen sich richtig ernähren. Auch das ist wichtig. Mrs. Jones kann Ihnen da sicher helfen. Ich nehme an, sie ist eine gute Köchin. Sie müssen etwas zunehmen, aber nicht viel. Tja, gut. Das wäre alles im Moment. Wir sehen uns in einem Monat wieder, und weiter einmal im Monat, bis zum achten Monat. Von da an kommen Sie dann einmal pro Woche. Haben Sie noch irgendwelche Fragen?

Da erst ließ sich das Mädchen ein wenig gehen. Ihre Augen füllten sich mit Tränen. Es war, als sei das, was sie ihn fragen wollte, wichtiger und beängstigender als alles, was einer von ihnen beiden bis jetzt gesagt oder getan hatte. Sie sagte, Geht's dem Baby gut? Würden Sie mir das bitte sagen?

Oh, sagte er. Aber sicher, ja. Soweit ich feststellen kann, ist alles in schönster Ordnung. Habe ich das nicht zum Ausdruck gebracht? Es gibt keinen Grund, warum sich das ändern sollte, solange Sie auf sich Acht geben. Ich wollte Ihnen keine Angst machen.

Lautlos weinte sie ein bisschen vor sich hin, ihre Schultern sackten nach vorn, die Haare fielen ihr übers Gesicht. Der alte Doktor nahm ihre Hand und drückte sie einen Moment herzlich mit beiden Händen, saß still bei ihr und schaute ihr nur einfach in die Augen, gelassen, großväterlich, ohne etwas zu sagen. Er tat dies aus Respekt und Freundlichkeit, aus seiner langen Erfahrung mit Patienten in Untersuchungszimmern.

Hinterher, als sie sich wieder beruhigt hatte, nachdem der Arzt hinausgegangen war, trat sie vor der Holt County Clinic in die frische Luft hinaus, und das Licht auf der Straße kam ihr hart vor, scharf begrenzt, präzise, als wäre es nicht mehr nur die Stunde vor Einbruch der Dämmerung an einem Spätherbstnachmittag, sondern vielmehr genau Mittag genau mitten im Sommer und als stünde sie im vollen Sonnenlicht.

Guthrie

In der letzten Stunde saß er an seinem Pult vorne im Klassenzimmer, hörte sich die Referate seiner Schüler an und schaute zum Fenster hinaus zu der Stelle, wo die tief stehende Sonne die wenigen kahlen Bäume beschien, die längs der Straße gewachsen waren. Draußen schien es kalt und trostlos zu sein.

Das hoch gewachsene Mädchen, das im Moment vor der Klasse sprach, kam gerade zum Schluss. Es ging irgendwie um Hamilton. Sie hatte den halben Vortrag auf das Duell mit Burr verwendet. Alles war ziemlich zusammenhanglos. Nach dem letzten Satz schaute sie Guthrie an, trat an sein Pult und übergab ihm ihre Aufzeichnungen. Danke, sagte er. Sie drehte sich um und ging zu ihrem Platz an den Westfenstern zurück, und er notierte sich, was er ihr bei der Besprechung sagen würde. Wieder blickte er auf die vor ihm liegende Liste und schaute dann auf. Alle machten Gesichter, als erwarteten sie eine unvermeidliche Katastrophe, den Weltuntergang schlechthin. Bis auf die, die ihr Referat schon gehalten hatten. Die gaben sich gelangweilt und gleichgültig. Glenda, sagte er.

Ein Mädchen in der Mittelreihe sagte, Ja, Mr. Guthrie?

Ja.

Ich bin noch nicht so weit.

Haben Sie Ihre Aufzeichnungen dabei?

Ja. Aber ich bin noch nicht so weit.

Na, kommen Sie schon. Machen Sie's halt, so gut es geht.

Ich weiß nicht.

Kommen Sie.

Sie stand auf, trat vor die Klasse und fing an, rasch von ihren Aufzeichnungen abzulesen, ohne ein einziges Mal aufzuschauen, ein eintöniger Redestrom, der sogar sie selbst gelangweilt hätte, wenn sie nicht so aufgeregt gewesen wäre. Etwas über Cornwallis. Die Schlacht von Yorktown. Sie kam nicht bis zur Kapitulation. Plötzlich war sie fertig. Sie drehte das Blatt um, aber auf der Rückseite stand nichts mehr. Sie schaute Guthrie an. Ich hab ja gesagt, ich bin noch nicht so weit, sagte sie.

Sie stand vor ihm, dann gab sie ihm ihre Aufzeichnungen, kehrte hastig zu ihrem Platz in der Mitte des Raums zurück, mit hochrotem Gesicht, setzte sich und betrachtete angelegentlich ihre Handflächen, als könnte sie darin eine Erklärung oder wenigstens Trost und Hilfe irgendwelcher Art finden, dann sah sie ihre Banknachbarin an, eine große Brünette, die ihr andeutungsweise zunickte, aber das reichte ihr offenbar nicht, denn schließlich schob sie die Hände unter die Schenkel und setzte sich darauf.

Guthrie vorne an seinem Pult notierte etwas und sah wieder in die Namensliste. Er rief den Nächsten auf. Ein großer Junge in schwarzen Cowboystiefeln erhob sich und kam von ganz hinten nach vorn gestampft. Er sprach stockend und hörte nach weniger als einer Minute wieder auf.

War's das schon? fragte Guthrie. Finden Sie, dass das Thema damit ausreichend dargestellt ist?

Ja.

Das war aber ziemlich dürftig.

Ich hab nicht mehr gefunden, sagte der Junge.

Sie haben nichts über Thomas Jefferson gefunden?

Nein.

Die Unabhängigkeitserklärung.

Nein.

Die Präsidentschaft. Sein Leben in Monticello.

Nein.

Wo haben Sie überall nachgelesen?

Überall, was mir eingefallen ist.

Da ist Ihnen aber nicht viel eingefallen, sagte Guthrie. Zeigen Sie mir mal Ihre Aufzeichnungen.

Ich hab bloß die eine Seite.

Geben Sie sie mir trotzdem.

Der große Junge überreichte ihm das eine Blatt, stampfte zurück und setzte sich. Guthrie sah ihn an. Der Junge spielte den Beleidigten. Er starrte stur geradeaus. Es war mäuschenstill im Raum, die Schüler warteten alle und sahen ihn an. Er schaute weg und blickte aus dem Fenster. Die Bäume an der Bordsteinkante vor der Schule waren an der Spitze noch von der Sonne beschienen; sie warfen nur ganz schwache Schatten, die wirkten, als wären sie auf die Straße und das braune Gras gesprüht worden. Seit Wochen war es sehr trocken, und in den Nächten gab es schon strengen Frost. Er wandte sich wieder der Klasse zu und rief Victoria Roubideaux auf.

Sie kam nach vorn. Sie trug einen schwarzen Rock und einen weichen gelben Pullover, ihr kohlschwarzes Haar fiel ihr über den Rücken; Guthrie bemerkte, dass sie es schnurgerade abgeschnitten trug. Sie sah jetzt besser aus, gepflegter. Sie blieb vor der Klasse stehen, drehte sich langsam um und begann sofort zu sprechen. Sie war so leise, dass er sie kaum verstand.

Könnten Sie bitte etwas lauter sprechen? sagte Guthrie.

Noch einmal von vorne?

Nein, machen Sie einfach weiter.

Sie fuhr fort, ihre Aufzeichnungen abzulesen, mit einer Stimme, die kaum lauter war als zuvor. Er betrachtete ihr Profil. Das Mädchen wohnte jetzt bei Maggie Jones. Maggie hatte es ihm erzählt. Es war besser so. Wahrscheinlich hatte Maggie ihr die Haare so geschnitten.

Plötzlich entstand Unruhe im Raum. Sie hörte mittendrin auf, weil jemand von hinten etwas gesagt hatte, und jetzt drehten sich alle Mädchen um und schauten Russell Beckman an. Er saß in der hintersten Ecke, die roten Locken in die Stirn gekämmt, ein langer Kerl, der ein T-Shirt unter der rotweißen High-School-Jacke trug.

Sie hörte auf zu lesen. Schweigend starrte sie die Gesichter ihrer Mitschüler an, ihre Aufzeichnungen vor sich in den Händen. Es sah aus, als hätte sie auf einmal panische Angst.

Was ist? fragte Guthrie.

Sie drehte den Kopf und sah ihn an, die Augen dunkel und wachsam.

Was geht hier vor?

Sie sagte nichts, beklagte sich auch nicht, sondern wandte sich wieder der Klasse zu, den Reihen ausdruckslos gewordener Gesichter, die sie ihrerseits anstarrten, und blickte über ihre Köpfe hinweg zu Beckman hin, der in der hintersten Reihe in seine Bank eingezwängt saß und mit Unschuldsmiene die Hände auf dem Tisch gefaltet hatte, als sei er für diese Störung so wenig verantwortlich wie für den Sonnenuntergang. Von vorn schaute das Mädchen zu ihm hin, drehte sich wortlos um und ging zur Tür. Als sie sie erreicht hatte, rannte sie bereits. Die Tür krachte gegen die Wand, dass es hallte, und man hörte, wie ihre schnellen Schritte im Gang leiser wurden.

Die Schüler saßen da und schauten auf die Tür, die noch immer zitterte. Guthrie stand auf. Alberta, sagte er. Gehen Sie, laufen Sie ihr nach und sehen Sie zu, was Sie tun können.

Ein kleines blondes Mädchen in der ersten Reihe stand auf. Und wenn ich sie nicht finde?

Suchen Sie sie. Sie kann noch nicht weit sein.

Aber ich weiß doch nicht, wo sie hin ist.

Suchen Sie sie einfach. Nun gehen Sie schon.

Sie lief aus dem Klassenzimmer auf den Gang hinaus.

Guthrie ging im Gang zwischen den Pulten nach hinten zu Russell Beckman, der noch immer mit gefalteten Händen dasaß. Die anderen drehten sich um und sahen Guthrie nach. Er blieb dicht vor Beckman stehen. Was haben Sie zu ihr gesagt?

Ich hab überhaupt gar nichts zu ihr gesagt. Er machte eine Handbewegung. Er wischte etwas weg.

Doch, Sie haben etwas gesagt. Was war es?

Ich hab doch überhaupt nicht mit ihr gesprochen. Ich hab mit ihm gesprochen. Er deutete mit einer Kopfbewegung auf seinen Nebenmann. Fragen Sie ihn doch.

Guthrie sah den Jungen mit den schwarzen Cowboystiefeln an, der neben Beckman saß. Der Junge starrte verdrossen geradeaus. Was hat er gesagt?

Hab's nicht gehört, sagte der Junge.

Sie haben es nicht gehört.

Nein.

Wieso haben es dann alle anderen gehört?

Keine Ahnung. Fragen Sie sie.

Guthrie warf ihm einen Blick zu. Er wandte sich wieder an Russell Beckman. Kommen Sie mit mir hinaus auf den Gang.

Ich hab doch nichts getan.

Kommen Sie.

Russell Beckman sah seinen Nebenmann an. Das Gesicht des anderen zeigte jetzt einen Anflug von Veränderung. Beckman schnaubte kurz, der Gesichtsausdruck des anderen wurde etwas deutlicher, und jetzt sah man auch etwas in seinen Augen. Russell Beckman seufzte laut, als sei ihm großes Unrecht widerfahren, stand auf und ging aufreizend langsam zwischen den Bänken hindurch nach vorne und auf den leeren Gang hinaus. Guthrie folgte ihm und schloss die Tür. Sie standen voreinander.

Sie haben etwas zu Victoria gesagt, was sie verletzt hat. Ich möchte wissen, was hier vorgeht.

Ich hab ihr nichts getan, sagte der Junge. Ich hab ja nicht mal mit ihr geredet. Hab ich doch schon gesagt.

Und jetzt sage ich Ihnen was. Sie stehen ohnehin schon auf der Kippe. Sie haben seit Wochen nichts getan. Wenn sich das nicht ändert, lasse ich Sie durchfallen.

Denken Sie, das macht mir was aus?

Das werden wir noch sehen.

Vergessen Sie's. Sie wissen überhaupt nichts von mir.

Ich weiß mehr von Ihnen, als ich wissen will.

Gehen Sie zum Teufel.

Guthrie packte den Jungen am Arm. Sie rangelten, und der Junge fiel rückwärts gegen die Schließfächer. Er riss sich los. Die Jacke war ihm halb von der Schulter gerutscht, und er zog sie gerade. Sein Gesicht war jetzt hochrot.

Halten Sie die Klappe, sagte Guthrie. Und lassen Sie sie zu. Was immer Sie zu ihr gesagt haben, wagen Sie nicht, noch einmal so etwas zu sagen.

Sie können mich mal.

Guthrie packte ihn erneut, aber er machte sich los, holte aus und versetzte Guthrie einen Faustschlag ins Gesicht, dann drehte er sich blitzschnell um, lief den Gang hinunter und ins Freie, Richtung Parkplatz. Guthrie beobachtete ihn durch die Gangfenster. Der Junge stieg in sein Auto, einen dunkelblauen Ford, fuhr mit quietschenden Reifen los und verschwand. Guthrie blieb auf dem Gang stehen und atmete tief ein und aus, bis er sich beruhigt hatte. Seine linke Gesichtshälfte fühlte sich taub an. Wahrscheinlich würde es später richtig wehtun. Er zog ein Taschentuch hervor, wischte sich den Mund ab, spürte etwas auf der Zunge, spuckte ins Taschentuch und sah es an. Ein blutiges Stück von einem Zahn. Er steckte es in seine Brusttasche, wischte sich noch einmal den Mund ab und steckte das Taschentuch ein. Dann öffnete er die Tür des Klassenzimmers, in dem augenblicklich eine unnatürliche Stille eintrat. Die Schüler schauten ihn an.

Nehmen Sie Ihre Bücher heraus, sagte er. Lesen Sie, bis es läutet. Ich will heute keinen Mucks mehr hören, von keinem von Ihnen. Mit den Referaten machen wir morgen weiter.

Die Schüler schlugen ihre Bücher auf. Unmittelbar vor dem Läuten kam Alberta zurück und trat zu ihm ans Pult. Sie wich seinem Blick aus.

Haben Sie sie gefunden?

Die muss nach Hause gegangen sein, Mr. Guthrie.

Haben Sie auch in den Toiletten nachgesehen?

Ja.

Und draußen? Vor der Schule?

Ich wollte das Gebäude nicht verlassen. Ohne Erlaubnis darf man das Gebäude nicht verlassen.

In einem Notfall schon.

Aber normalerweise darf man's nicht.

Na gut. Setzen Sie sich.

Die Schülerin setzte sich an ihren Platz. Er ließ den Blick durch die Bankreihen wandern und sah, dass keiner las. Alle beobachteten ihn und warteten. Dann läutete die Glocke. Langsam standen sie auf, und Guthrie sah wieder zum Fenster hinaus über die Straße, wo die Sonne jetzt die Bäume rot anstrahlte.

Ike und Bobby

Nur ein einziges Mal nahmen sie einen anderen Jungen mit in das leer stehende Haus und den Raum, in dem es passiert war. Sie wollten es selbst noch einmal sehen, wollten darin herumgehen und spüren, wie sie sich dabei fühlten, wie es sein würde, es jemand anderem zu zeigen, doch hinterher bereuten sie, dass sie das jemals hatten wissen oder irgendetwas davon hatten tun wollen. Er war aus Ikes Klasse, ein Großer, Donny Lee Burris.

Sie machten es eines Tages nach Schulschluss. Sie waren durch den Stadtpark gekommen und hatten die Eisenbahngleise bereits überquert. Dann waren sie draußen auf der Railroad Street, vor ihrem Haus, ein Stück daran vorbei, und Ike blieb stehen und kauerte sich in den feinen Staub. Es war ein heller, kühler, windstiller Tag im November, und der Nachmittag war schon so weit fortgeschritten, dass sie ihre Schatten wie dunkle Tücher auf der ungeteerten Straße hinter sich herzogen. Die Straße war pulvertrocken. Hier. Das könnten seine Autospuren sein, sagte er. Tretet nicht drauf.

Bobby und der andere Junge, Donny Lee, kauerten sich neben ihn und studierten die doppelte Spur des Autos von dem High-School-Jungen im Staub. Sie schauten die Straße entlang zu der Stelle, wo die Spuren herkommen mussten, wo das Auto in jener Nacht vor dem alten leer stehenden Haus gestanden hatte, am Ende der Railroad Street, hundert Meter entfernt, und darüber hinaus, wo die unbefahrene Straße sich in Beifuß und Seifenkraut verlor. Der andere Junge stand auf. Wieso sollen das seine sein? fragte er. Die könnten doch von sonstwem sein.

Es sind seine, sagte Ike.

Der Junge schaute die Straße entlang, drehte sich um und schaute in die andere Richtung zurück. Dann fuhr er mit der Schuhspitze quer durch die Reifenspur und verwischte einen Teil davon.

Was machst du denn? sagte Ike. Nicht!

Ich dachte, wir wollen uns das alte Haus ansehen, sagte der Junge.

Na gut, sagte Ike.

Sie gingen nach Westen auf das leer stehende Haus zu. Das Haus des alten Mannes auf dem Grundstück neben ihrem eigenen war still und fahl wie immer hinter den wuchernden Büschen und dem hohen Traubenkraut, und von dem alten Mann selbst war nichts zu sehen.

Als sie vor dem leeren Haus am Ende der Straße standen, schauten sie das Haus und alles ringsherum genau an. Die abgebrochenen, verwahrlosten Robinien mit ihrer zerfaserten Rinde, den verwilderten Garten, die abgestorbenen Sonnenblumen mit ihren vollen, schweren Köpfen, die überall gewachsen waren, alles dürr und braun jetzt im Spätherbst, staubbedeckt, und das verfallene Haus selbst kleiner geworden und verwittert, die Haustür offen, die Fenster eingeworfen im Lauf der Jahre und die einzige noch heile Scheibe im Dachfenster mit dem Fliegendraht davor, der sich an einer Ecke gelöst hatte und so seltsam herunterhing, dass das Fenster aussah wie ein schläfriges Auge.

Worauf wartet ihr? wollte der Junge wissen.

Auf nichts. Wir schauen nur.

Ich geh jetzt rein.

Am Straßenrand waren noch Spuren zu sehen, wo das Auto abgestellt worden war, und Fußabdrücke in der Erde, wo die beiden Jungen und das Mädchen aus- und eingestiegen waren. Ike und Bobby inspizierten die Spuren.

Ich geh jetzt, sagte der Junge.

Warte, sagte Ike. Du gehst hinter mir her. Sie gingen um die Fußabdrücke herum, betraten auf dem mit Unkraut überwucherten Weg das Grundstück, stiegen auf die Veranda, deren alte Bretter trocken wie Feuerholz und völlig ohne Farbe waren, und gingen durch die offene Tür. In der Mitte des Raums stand ein kaputter Stuhl wie etwas Verkrüppeltes, das die letzten Bewohner zurückgelassen hatten, weil es zu nichts mehr taugte, und hoch oben an der Nordwand war der Putz von tief herabreichenden Regenspuren verunziert. Im Schornstein gähnte ein rußgeschwärztes Loch, in dem früher das Ofenrohr gesteckt hatte, und auf dem Boden lagen vergilbte Zeitungen. Außerdem alte Zigarettenkippen und grünliche Glasscherben. Eine verrostete Dose.

Hier drin haben sie's gemacht? fragte der andere Junge.

Ike und Bobby sahen sich in dem Raum um.

Sie war im Schlafzimmer, sagte Ike.

Dann sehen wir uns das an, sagte der Junge.

Sie gingen ins nächste Zimmer. Die Matratze lag auf dem nackten Fußboden, und die Kerzenstummel steckten in den Bierflaschen auf beiden Seiten. In dem Blechdeckel lagen noch ihre Zigarettenstummel, die Mundstücke rot beschmiert von Lippenstift. Die Militärdecke war über die Matratze gebreitet. Ike und Bobby gingen zu dem Fenster, durch das sie in der Nacht das Mädchen und die beiden Jungen beobachtet hatten, beugten sich hinaus und sahen das niedergetretene Gras, wo sie selbst in der Nacht gestanden und zugeschaut hatten.

Der andere Junge kniete sich neben die Matratze. Die hat bestimmt wie am Spieß geschrien, sagte er.

Ike sah ihn an. Warum?

Weil sie das immer machen. Die schreien sich die Seele aus dem Leib, wenn sie ihn in die Muschi reingesteckt kriegen. Weil er so groß ist, und weil ihnen das so gefällt.

Die beiden Brüder musterten ihn argwöhnisch. Wo hast du denn den Quatsch her? fragte Ike.

Das ist nun mal so.

Das ist gelogen. Ich glaub das nicht.

Mir doch egal.

Na, die hat jedenfalls nicht geschrien, sagte Ike.

Sie hat bloß einfach auf dem Rücken gelegen, sagte Bobby. Sie hat bloß auf dem Rücken gelegen und nach oben geschaut und darauf gewartet, dass er aufhört, sie zu belästigen.

Na klar, sagte der andere Junge. Von mir aus. Er beugte sich über die raue Decke, hielt das Gesicht daran, schnupperte und verdrehte theatralisch die Augen.

Was soll das? Was machst du denn da? fragte Ike.

Riechen, ob sie noch da ist, sagte der Junge.

Sie wunderten sich über sein seltsames Verhalten. Er hielt sich Teile der Decke ans Gesicht und verschob sie, um an verschiedenen Stellen zu riechen. Es gefiel ihnen nicht, dass er in diesem Raum solche Sachen machte. Damit waren sie nicht einverstanden.

Lass das, sagte Bobby.

Wieso, ich tu doch keinem was.

Finger weg, sagte Bobby.

Los, steh auf, sagte Ike. Hör auf damit.

Der Junge verzog das Gesicht, als sei die Decke zu dreckig zum Anfassen, und ließ sie fallen. Dann zog er den Kerzenstummel aus dem Hals einer Bierflasche. Dann nehm ich mir eben nur so einen mit.

Das lässt du auch bleiben, sagte Ike.

Das gehört euch doch nicht. Es ist Abfall. Alter, vergammelter Mist. Was ist denn so schlimm dabei, wenn ich was mitnehme?

Sie wollten ihm gerade sagen, was schlimm daran sei, dass er etwas mitnahm, aber auf einmal war jemand draußen auf der Veranda. Sie hörten es genau. Die harten Sohlen seiner Schuhe auf den Bodenbrettern und dann die Schritte, die ins Haus kamen.

Wer ist da?

Es war die Stimme des alten Mannes, hoch und quengelig, verrückt. Sie gaben keine Antwort. Mit aufgerissenen Augen sahen sie zum Fenster hinüber.

Also, was ist, rief er. Hört ihr mich? Wer ist in diesem gottverfluchten Haus?

Sie hörten ihn durch den vorderen Raum kommen, und dann stand er in der Tür und sah sie an, der alte Mann aus dem Nachbarhaus in seinem verdreckten Overall und seinen schwarzen Stiefeln und dem verwaschenen, blauen Arbeitshemd, die Augen rot und irre, wässrig, die Wangen mit zwei Tage alten Bartstoppeln bedeckt. Er fuchtelte mit einer verrosteten Flinte herum.

Ihr kleinen Rotzlöffel, sagte er. Was habt ihr hier zu suchen?

Wir sehen uns nur um, sagte Ike. Wir gehen schon.

Ihr habt hier nichts verloren. Ihr verdammten Rabauken kommt einfach hier rein und macht alles kaputt.

Wir tun doch nichts, sagte der andere Junge. Ihnen gehört das Haus doch auch nicht, oder? Es ist nicht ihr Eigentum.

Na warte, du kleiner Mistkerl. Ich blas dir die Rübe weg. Er legte an und zielte auf den Jungen. Ich puste dich in die Hölle.

Moment mal, nein, sagte Ike. Ist doch alles in Ordnung. Wir gehen ja schon. Sie brauchen sich keine Sorgen zu machen. Kommt, sagte er.

Er schob Bobby vor sich her und zog den anderen Jungen am Arm. Als sie an dem alten Mann vorbeikamen, fiel ihnen auf, dass er nach Petroleum und Schweiß und etwas Saurem wie Silofutter roch. Er drehte sich um, als sie vorbeigingen, und folgte ihnen mit der erhobenen Flinte in den zitternden Händen.

Lasst euch hier ja nicht mehr blicken, ihr kleinen Scheißer, sagte er. Das nächste Mal schieß ich sofort. Dann stell ich keine Fragen mehr vorher.

Wir haben doch gar nichts gemacht da drin, sagte der andere Junge.

Was? sagte der alte Mann. Bei Gott, am liebsten würde ich

dir auf der Stelle deine dreckige Rübe wegpusten. Wieder hob er die Flinte, fuchtelte bedrohlich damit herum.

Nein. Schauen Sie, sagte Ike. Wir gehen. Warten Sie.

Die Jungen gingen aus dem Haus und durch das Unkraut zurück auf die Railroad Street. Der alte Mann kam auf die Veranda heraus und sah ihnen nach. Einmal schauten sie zu ihm zurück, da stand er immer noch in der schräg einfallenden Sonne auf der Veranda in seinem dreckigen Overall und seinem blauen Hemd und hielt immer noch die Flinte hoch. Als er sah, wie sie vor dem Haus stehen blieben, richtete er wieder die Flinte auf sie, als ob er auf sie zielte. Sie gingen weiter.

Als sie so weit weg waren, dass der alte Mann sie nicht mehr deutlich sehen konnte, sagte der andere Junge, Wenigstens hab ich das hier mitgehen lassen. Er blieb stehen und holte den Kerzenstummel aus der Gesäßtasche.

Den hast du mitgenommen? fragte Bobby. Den hättest du nicht mal anfassen dürfen.

Wieso denn? Ist doch bloß ein Kerzenstummel.

Das ist egal, sagte Ike. Er gehört dir nicht. Du hast sie nicht gesehen.

Da kann ich auch drauf verzichten. Die ist mir scheißegal.

Du hast nicht gesehen, wie sie in der Nacht war.

Pah, ich hab schon Unzählige ohne was an gesehen. Ich hab ihre rosa Titten gesehen, schon ganz oft.

Aber sie hast du nicht gesehen, sagte Ike.

Na und?

Sie war anders. Sie war hübsch, stimmt's, Bobby?

Ich hab sie schon hübsch gefunden, sagte Bobby.

Da geb ich keinen Rattenarsch drauf. Die Kerze behalt ich.

Sie gingen auf der Straße zu ihrem Haus zurück. An der kiesbestreuten Einfahrt ging der andere Junge allein weiter Richtung Stadt, aber die beiden Brüder bogen ab und gingen an ihrem leeren Haus vorbei zur Koppel, wo die beiden Pferde dösend nicht weit vom Stall standen. Sie gingen auf die Koppel, um an einem Ort zu sein, wo es Pferde gab.

Victoria Roubideaux

Eines Abends, als sie mit dem Geschirrspülen im Holt Café fertig war und sich hinterher an die Theke gesetzt und selbst zu Abend gegessen hatte, ging sie nicht gleich zu Maggie Jones' Haus zurück. Sie lief allein in der Stadt herum, den Mantel bis zum Kinn zugeknöpft, die Hände in die Ärmel zurückgezogen.

Am Stadtrand, wo an der Landstraße eine kurze Parkbucht mit einem Picknicktisch unter vier struppigen, unbelaubten Chinesischen Ulmen war, benutzte sie ein öffentliches Telefon. Viehhändler telefonierten hier tagsüber, beugten sich beim Reden über die Motorhauben ihrer verstaubten Pickups, zogen das Telefon so weit weg, wie das Kabel es erlaubte, und schrieben Zahlen auf kleine Notizblöcke. Jetzt war es dunkel. Die Sonne war vor zwei Stunden untergegangen, ein scharfer, kalter Winterwind blies Staub und Erde in braunen Schlieren über die Fahrbahn und schob sie an den Bordsteinen zu Strängen zusammen. Die neuen, gelblichen Straßenlaternen brannten am Rand des leeren Asphalts, beleuchteten die Zufahrt zur Stadt. Sie rief die Auskunft in Norka an, wo er herkam, die nächste Stadt, wenn man von Holt aus nach Westen fuhr. Sie bekam die Nummer, die unter dem Namen seiner Mutter eingetragen war.

Als sie die Nummer wählte, nahm die Frau am anderen Ende sofort ab, und sie klang von Anfang an verärgert.

Könnte ich bitte Dwayne sprechen? fragte das Mädchen.

Wer ist denn da?

Ich bin eine Freundin von ihm.

Dwayne ist nicht da. Er wohnt nicht hier.

Ist er in Denver?

Wer will das wissen?

Victoria Roubideaux.

Wer?

Das Mädchen sagte es noch einmal.

Den Namen hat er nie erwähnt, sagte die Frau.

Ich bin eine Freundin von ihm, sagte das Mädchen. Wir haben uns diesen Sommer kennen gelernt.

Das sagen Sie. Woher soll ich wissen, ob das wahr ist? sagte die Frau. Für mich könnten Sie genauso gut Nancy Reagan sein.

Das Mädchen schaute über die Straße. Ein Papierfetzen taumelte durch den Staub im Rinnstein. Können Sie mir nicht einfach seine Telefonnummer geben? fragte sie. Bitte, ich muss mit ihm sprechen. Ich muss ihm etwas sagen.

Also hören Sie mir mal zu, sagte die Frau. Ich hab Ihnen doch gesagt, dass er nicht hier ist. Ich kann doch nicht jedem seine Nummer geben, der sie verlangt. Er muss an seine Privatsphäre denken. Er geht zur Arbeit, und das muss er auch. Egal, wer Sie sind, lassen Sie ihn gefälligst in Ruhe. Haben Sie verstanden? Sie legte auf.

Das Mädchen hängte den Hörer wieder ein. Sie fühlte sich jetzt sehr allein, zum ersten Mal abgeschnitten und verängstigt. Sie musste sich am Morgen nicht mehr so oft übergeben, aber es war ihr immer noch oft nach Weinen zumute, und neuerdings waren ihre Jeans und Röcke so eng in der Taille, dass sie den Knopf offen ließ und innen ein Stück Gummiband mit Nadeln feststeckte, um den Bund zusammenzuhalten, ein Tipp, den Maggie Jones ihr gegeben hatte. Sie schaute in beiden Richtungen die Straße entlang. Niemand war unterwegs, bis auf einen Tanklaster, der von Westen her angerattert kam. Sie hörte das Pfeifen der Druckluftbremsen, als er unter den ersten Straßenlaternen langsamer wurde. Als der Fahrer, der hoch droben in der Kabine der Zugmaschine saß, an ihr vorbeifuhr, musterte er sie gründlich und verdrehte dabei den Kopf, als hätte er sich den Hals gebrochen.

Auf der anderen Straßenseite, einen Block weit in die Stadt hinein, war das Shattuck's, und sie beschloss, dort hinzugehen. Sie wollte noch nicht zu Maggies Haus zurück. Sie war noch unterwegs, auf einer Lehrerkonferenz, und der alte Mann war allein zu Hause. Sie machte sich auf den Weg. Sie hegte freundliche, herzliche Gefühle für das Lokal, als würde sie von ihren Erinnerungen zu ihm hingezogen. Dort hatte er im Sommer die Hamburger und Colas für sie beide gekauft, und dann hatten sie die Tüte mit den Sachen ins Auto mitgenommen und waren aufs flache, offene Land im Norden der Stadt hinausgefahren, auf namenlosen, ungeteerten Straßen, waren allein hinausgefahren, in der Stunde, da der Himmel gerade erst anfing, dunkler zu werden und sich zu verfärben, die ersten Sterne hervorkamen und die Vögel von den Feldern heimwärts flogen.

Das Shattuck's hatte an der Seite einen schmalen Raum mit drei Cafétischen an der Wand, wo man sitzen und etwas essen konnte, wenn man nicht aus dem Auto heraus bestellte. Als sie den Raum betrat, saß eine Frau mit zwei kleinen Mädchen an einem der Tische. Die Frau hatte steifes rotes Haar, das gefärbt wirkte. Sie aß Chili aus einer Styroporschüssel, die beiden Mädchen aßen einen Hotdog und tranken durch Strohhalme Kakao.

Am Schalter verlangte das Mädchen eine Cola, die alte Mrs. Shattuck stellte das Glas auf die Platte, und sie ging damit an den Tisch in der Ecke, wo man durchs Fenster die Straße beobachten konnte. Sie setzte sich, legte ihre rote Tasche auf den Tisch und knöpfte sich den Mantel auf. Sie trank einen Schluck und schaute auf die Straße hinaus. Ein Auto voller High-School-Kids fuhr vorbei, mit heruntergekurbelten Fenstern und dröhnender Musik. Nach einer Weile ratterten zwei Viehtransporter vorbei, dicht hintereinander, dass die Fensterscheiben des Cafés klirrten. Sie sah das braune Fell der Rinder durch die Luftlöcher in den Aufbauten, deren Aluminiumplatten auf der ganzen Länge Flecken von der ausgelaufenen Jauche hatten.

Im Café kam Country Music aus den Deckenlautsprechern. Die rothaarige junge Mutter an dem anderen Tisch war mit ihrem Chili fertig und rauchte eine Zigarette. Sie wippte mit dem Fuß im Rhythmus der Musik. Eine Mädchenstimme sang jetzt *You really had me going, baby, but now I'm gone*. Der Fuß der Frau bewegte sich mit der Musik. Plötzlich sprang sie auf und schrie, Ach, Herrgott. Ach, mein Gott. Kannst du nicht aufpassen? Sie riss das kleinere der beiden Mädchen am Arm vom Stuhl hoch und stellte es unsanft auf die Beine. Hast du das nicht kommen sehen? Eine Kakaopfütze aus einem umgefallenen Glas breitete sich auf dem Tisch aus und floss über die Kante wie ein graubrauner Wasserfall. Das kleine Mädchen trat vom Tisch zurück, schaute kreidebleich zu und fing zu greinen an. Untersteh dich, herrschte die Frau das Kind an. Fang gar nicht erst damit an. Sie zerrte Papierservietten aus dem Spender und wischte über den Tisch, vergrößerte die Pfütze, tupfte sich dann die Hände ab. Scheiße, sagte sie. Jetzt sieh dir das an. Schließlich schnappte sie sich ihre Handtasche und stürmte hinaus. Die beiden kleinen Mädchen klapperten in ihren harten Schuhen hinter ihr her über den Fliesenboden und riefen, sie solle auf sie warten.

Das Mädchen beobachtete sie durchs Fenster. Die Frau hatte den Wagen bereits angelassen und wollte gerade über den Kies zurücksetzen, aber dem größeren Mädchen gelang es, die Beifahrertür zu öffnen, und sie hüpften mit dem anfahrenden Wagen mit und versuchten hineinzukommen. Sie sprangen eins nach dem anderen hinein, aber die Tür war zu weit aufgegangen, sie konnten sie nicht zuziehen. Ruckartig blieb der Wagen stehen. Die Frau sprang heraus und rannte auf die andere Seite, knallte die Tür zu, stieg wieder ein und fuhr im Rückwärtsgang mit Vollgas auf die Straße, legte den Vorwärtsgang ein und raste davon.

Auf dem Boden unter dem Tisch hatte der Kakao eine dünne,

schlammbraune Pfütze gebildet. Mrs. Shattuck kam mit einem Mopp aus der Küche und fing an, den Kakao aufzuwischen. Sie hielt inne und sah das Mädchen an. Was sagst du zu dieser Schweinerei? fragte sie.

Die Kleine hat's doch nicht absichtlich gemacht, sagte das Mädchen.

Das hab ich nicht gemeint, sagte Mrs. Shattuck. Hast du das wirklich gedacht?

Es war zehn vorbei, als das Mädchen zu dem Haus zurückkehrte. Aber es war immer noch zu früh. Maggie Jones war noch nicht da. Das Mädchen ging leise durch den Flur zum Zimmer des alten Mannes, machte die Tür einen Spaltbreit auf und schaute hinein. Er schlief in diesem Hinterzimmer, wo sich die Heizung am besten regulieren ließ, und sie war so weit aufgedreht, dass es dem Mädchen unerträglich heiß vorkam, doch er war trotzdem vollständig angezogen und hatte sich die Decke bis ans Kinn hoch gezogen. Seine Schuhe bildeten einen Höcker unter der Decke. Auf seiner Brust lag ein aufgeschlagenes Buch. Sie schloss die Tür und ging zurück ins Nähzimmer, das ihr als Schlafzimmer diente, legte ihre Kleider ab und zog sich das Nachthemd an.

Sie schrubbte sich gerade im Badezimmer das Gesicht, als auf einmal die Tür aufging. Sie drehte sich um. Er stand in der Tür. Die Haare standen ihm vom Kopf ab wie der dürre Fadenschopf eines Maiskolbens. Seine blutunterlaufenen, glasigen Augen starrten sie an.

Was haben Sie in diesem Haus zu schaffen? sagte er.

Sie sah ihn aufmerksam an. Ich wohne hier, sagte sie.

Wer sind Sie? Wer hat Ihnen erlaubt, hier hereinzukommen?

Mr. Jackson –

Verschwinden Sie, sonst rufe ich die Polizei.

Mr. Jackson, ich wohne hier. Sie erinnern sich bestimmt an mich.

Ich hab Sie noch nie gesehen.

Aber Mrs. Jones hat mich eingeladen, sagte das Mädchen.

Mrs. Jones ist tot.

Nein, ihre Tochter. Diese Mrs. Jones.

Und, wo ist sie?

Ich weiß es nicht. Bei einer Konferenz, glaube ich. Sie wollte um diese Zeit schon zurück sein.

Das ist eine dreckige Lüge.

Er kam auf sie zu. Das Mädchen wich zurück. Plötzlich riss er den Arm hoch und schlug sie ins Gesicht, schlug noch einmal zu. Ihre Nase fing an zu bluten.

Mr. Jackson, schrie sie. Nein. Sie stand mit dem Rücken an der Duschkabine, drehte sich etwas zur Seite und hielt sich die Hand über den Bauch, um sich zu schützen, falls er versuchte, sie auch woandershin zu schlagen. Nein. Bitte nicht. Das dürfen Sie nicht tun.

Ich tu's wieder. Machen Sie, dass Sie hier rauskommen.

Das tu ich ja. Wenn Sie kurz rausgehen, verlasse ich das Haus.

Er stand still da, wartete ab. Seine Augen blickten irr. Es ist auf der Bank, sagte er. Sie kriegen es nie in die Finger.

Was? Nein. Bitte gehen Sie doch hinaus.

Ich hab's. Nicht Sie. Sie haben den Schlüssel nicht.

Ja, ich weiß. Aber bitte warten Sie doch draußen. Nur eine Minute. Würden Sie das tun?

Warum sollte ich?

Ich möchte mir das Gesicht abtrocknen.

Er sah sie an. Ich halte das nicht mehr aus, sagte er. Er schaute sich im Badezimmer um, die geröteten Augen hatten noch immer diesen irren Blick. Endlich schlurfte er rückwärts hinaus.

Sie schloss sofort die Tür ab, er blieb draußen stehen und murmelte vor sich hin. Sie hörte, dass er die Tür bewachte, auf sie wartete. Eine Stunde blieb sie im Bad. Sie klappte den Deckel herunter, setzte sich auf die Toilette und hielt sich Toilettenpapier an die Nase, und die ganze Zeit hörte sie ihn auf dem Flur reden und räsonieren. Es klang so, als hätte er sich mit dem Rücken zur Wand auf den Boden gesetzt.

Er war noch immer da, als Maggie Jones nach elf heimkam. Sie trat in den Flur und fand ihn auf dem Boden sitzen. Ach, Dad, sagte sie. Was machst du denn für Sachen?

Sie ist da drin, sagte er. Ich hab sie in der Falle. Aber sie kommt nicht raus.

Mrs. Jones? rief das Mädchen. Sind Sie das?

Das ist sie, sagte er. Die da drin japst.

Dad, sagte Maggie Jones, sie wohnt hier. Das ist Victoria. Erinnerst du dich nicht? Sie wandte sich zur Tür. Alles in Ordnung, Schätzchen?

Was hab ich denn getan? sagte das Mädchen durch die Tür. Warum regt er sich so auf?

Schon gut. Ist ja gut. Ich weiß, dass du nichts getan hast, Schätzchen.

Sie will meinen Schlüssel. Da ist sie drauf aus.

Nein, Dad. Das stimmt nicht. Das weißt du doch. Komm, wir gehen jetzt schön ins Bett.

Das wollen sie alle.

Sie zog ihren alten Vater am Arm hoch und führte ihn in sein Zimmer. Er ging jetzt fügsam mit. Sie half ihm aus den Kleidern, zog ihm die Schuhe aus und stellte sie neben das Bett auf den Boden. Er stand nackt in dem heißen Zimmer, mit hängenden Armen, die Haut an Ellbogen und Knien schlaff, die Oberschenkel dünn wie Stöckchen. Seine alten grauen Hinterbacken hingen traurig herab. Er stand da wie ein Kind, das darauf wartet, was als Nächstes kommt. Sie half ihm in die Schlafanzughose und knöpfte ihm das Oberteil zu, und dann legte er sich ins Bett. Sie deckte ihn zu.

Dad, sagte sie. Sie strich ihm das strähnige Haar glatt. So etwas darfst du nicht noch mal machen. Bitte. Das geht nicht. Hör auf mich.

Was denn? fragte er.

Bitte, sagte sie. Tu das nie wieder. Dieses Mädchen hat schon genug Sorgen.

Sie kriegt ihn sowieso nicht in die Finger.

Nein. Sei jetzt still. Wir reden morgen früh darüber. Versuch zu schlafen. Sie beugte sich hinab, gab ihm einen Kuss und hielt lange ihr Gesicht an seine Wange gedrückt. Allmählich entspannte er sich. Sie strich ihm mit der Hand über die Augen und schloss sie. Sie streichelte weiter sein Gesicht. Endlich schlief er ein. Sie ging auf den Flur hinaus. Das Mädchen war in dem provisorischen Schlafzimmer im hinteren Teil des Hauses. Sie stand vor der Frisierkommode. Sie hatte große Augen und wirkte müde und blass in dem langen weißen Nachthemd. Ein junges High-School-Mädchen mit dunklem Haar und langsam schwellendem Leib.

Hat er dir wehgetan? fragte Maggie Jones.

Nicht der Rede wert, sagte das Mädchen.

Fehlt dir auch bestimmt nichts?

Trotzdem, Mrs. Jones. Ich glaube, ich muss woandershin. Er kann mich nicht leiden.

Schätzchen, er kennt dich nicht mal.

Er macht mir Angst. Ich weiß nicht, was ich tun soll.

Kannst du nicht zu einer Freundin ziehen?

Ich wüsste nicht, zu wem, sagte das Mädchen. Ich möchte niemanden fragen.

Also jetzt geh erst mal ins Bett, Schätzchen, sagte Maggie Jones. Jetzt bin ich ja da.

Ike und Bobby

Am Nachmittag saßen sie auf der Chicago Street am Bordstein auf ihren Fahrrädern genau gegenüber und schauten es an: Ein kleines, hell verputztes Haus, eigentlich nur ein Häuschen, hinter drei niedrigen Ulmen, von denen eine einen langen Harzausfluss hatte, von der Stelle herab, wo ein Ast abgesägt worden war. Ein Plattenweg führte zur Haustür. Es war ein gemietetes Haus, ebenerdig und ohne Keller, obwohl in dieser Gegend die meisten Häuser einen Keller hatten. Es war zu einem fahlen Grün verblasst und hatte ein graues Schindeldach, und obwohl sie wussten, dass sie drin war, wirkte es leer und unbewohnt. Hinter den Fenstern rührte sich nichts. Sie schauten es lange an.

Dann schoben sie die Räder über die Straße, blieben stehen und schauten es wieder an, klappten die Ständer heraus, stellten die Räder auf dem Weg ab und gingen zur Haustür. Na mach schon, sagte Bobby.

Ike klopfte an die Tür aus unlackiertem Holz.

Das hört sie doch nicht, sagte Bobby.

Dann mach du's doch.

Bobby schaute weg.

Na gut.

Ike klopfte erneut, nur ein bisschen lauter, und sie starrten die Tür an und warteten. Hinter ihnen war die Straße still und ohne Verkehr. Als sie schon nicht mehr daran glaubten, schwang die Tür langsam nach innen, und da war ihre Mutter. Sie stand auf der Schwelle und schaute sie mit stumpfen, glanzlosen Augen an. Sie sah schlecht aus. Sie war völlig erschöpft, das sahen sie sofort. Sie war eine hübsche Frau gewesen, mit weichem braunem Haar, schlanken Armen und schmaler Taille. Aber jetzt sah sie krank aus. Ihre Augen waren eingesunken und hatten dunkle Ringe, und ihr Gesicht wirkte teigig, hager und eingefallen, als hätte sie tagelang nicht daran gedacht, etwas zu essen, oder als schmeckte nichts, was sie in den Mund nahm, noch gut genug, um gekaut und geschluckt zu werden. Sie war noch im Bademantel, obwohl der Nachmittag schon fortgeschritten war, und auf einer Seite klebten ihr die Haare am Kopf.

Ja, sagte sie. Ihr Stimme war flach und tonlos.

Hallo, Mutter.

Ist was? Mit der Hand schirmte sie die Augen gegen die helle Nachmittagssonne ab.

Wir wollten dich nur mal sehen. Sie waren verlegen und wandten sich ab, blickten zurück über die verwaiste Straße zu dem Punkt am Bordstein, von dem aus sie das Haus angeschaut hatten.

Wollt ihr reinkommen? fragte sie.

Wenn es dir nichts ausmacht.

Sie folgten ihr in das kleine Vorderzimmer, wo sie irgendwann, bei Tag oder bei Nacht, ihre Sachen über die fremden Möbel geworfen, Geschirr aus der Küche irgendwo auf den Teppich gestellt hatte, Kaffeetassen und Teller mit angetrockneten, geschrumpften Essensresten.

Ich hab keinen Besuch erwartet, sagte sie.

Sie setzte sich auf die Couch und schlug die Beine unter. Die Jungen standen noch.

Wollt ihr euch nicht hinsetzen?

Sie setzten sich auf die zwei Holzstühle gegenüber der Couch und schauten zu ihr hin, doch nach dem ersten Mal schauten sie ihr nicht mehr in die Augen. Sie spielte mit dem Gürtel des Bademantels, wickelte ihn um einen Finger und dann wieder ab. Unter dem Bademantel schauten ihre bleichen Beine und die fahlgelben Füße heraus.

Hat euer Vater euch geschickt? fragte sie.

Nein, sagte Ike. Er hat uns nicht geschickt.

Er weiß nicht mal, dass wir hier sind, sagte Bobby.

Fragt er manchmal nach mir?

Wir sprechen über dich, sagte Ike.

Und was sagt ihr?

Wir sagen, dass du uns fehlst. Wir fragen uns, wie's dir geht.

Wir fragen uns, wie du zurechtkommst, so ganz allein in dem neuen Haus hier, sagte Bobby.

Das ist lieb von euch, sagte sie. Es beruhigt mich, das zu wissen. Sie schaute zu ihnen hin. Wie geht's ihm?

Dad?

Ja.

Dem geht's gut.

Ich hab gehört, dass er jetzt kaum noch zu Hause ist.

Manchmal geht er abends noch aus, wenn wir schon im Bett sind, sagte Ike.

Wohin?

Das wissen wir nicht.

Sagt er's euch nicht?

Nein.

Das gefällt mir nicht, sagte sie. Sie betrachtete prüfend ihre Hände, die Spitzen ihrer langen, schmalen, wohlgeformten Finger. Er muss denken, dass ich verrückt bin. Dass ich total übergeschnappt bin. Bestimmt denkt er das von mir. Sie hob den Blick. Wisst ihr, dass er nicht mehr will, dass ich zurückkomme? Auch nicht, wenn ich es wollte. Das hat er mir zu verstehen gegeben.

Wir wollen, dass du zurückkommst, Mutter.

Noch bin ich nicht verrückt, sagte sie. Ich glaub's jedenfalls nicht. Haltet ihr mich für verrückt?

Nein.

Nein. So weit bin ich noch nicht. Ich glaub auch nicht mehr, dass ich's noch werde. Sie blickte starr ins Leere. Ich hab's für möglich gehalten, aber jetzt nicht mehr. Das Dumme ist nur, ich weiß nicht, was ich von dem halten soll, was ich denke. Ich denke die ganze Zeit und kann gar nicht aufhören, aber ich weiß auch nicht, was ich davon halten soll. Sie schaute die beiden wieder an. Ganz schön verzwickte Lage, was?

Vielleicht solltest du mehr rausgehen, sagte Ike.

Meinst du, das würde mir helfen?

Vielleicht.

Aber was meinst du denn, wann du wieder heimkommst? fragte Bobby.

Das kann ich nicht sagen. Ihr dürft mich nicht drängen. Ich brauche Zeit. Frag mich das jetzt nicht, okay?

Okay.

Sie lächelte ihn traurig an. Danke, sagte sie.

Mutter, sollen wir ein bisschen Ordnung machen? fragte Ike.

Warum? Was meinst du damit?

Die Sachen hier. In dem Haus. Er sah sich um und machte eine ausgreifende Handbewegung.

Ach so. Nein. Nett von dir. Aber ich bin irgendwie müde. Sie zog den Kragen des Bademantels enger zusammen. Ich glaub, ich leg mich wieder hin. Mir ist nicht gut.

Du solltest zum Arzt gehen.

Ich weiß. Macht es euch was aus, wenn ich mich jetzt hinlege?

Du siehst müde aus, Mutter.

Wir kommen später noch mal vorbei, sagte Bobby.

Können wir dir was besorgen? fragte Ike.

Sie sah sie an. Tja. Ich weiß nicht. Ich hab keinen Kaffee mehr, sagte sie. Könntet ihr mir ein bisschen Kaffee besorgen?

Ja.

Lasst es bei Johnson für mich anschreiben.

Sie stand auf und ging langsam ins Schlafzimmer, und die Jungen gingen hinaus und beratschlagten auf dem Bürgersteig. Dann fuhren sie in die Stadtmitte zu Johnsons Lebensmittelladen auf der Main Street, gingen nach hinten zu dem Regal, wo der Kaffee nach Marke und Preis sortiert stand, wählten eine grüne Dose, die ihnen bekannt vorkam, und ließen es an der Kasse für ihre Mutter anschreiben. Dann gingen sie zu Duckwall's hinüber, in der Mitte desselben Blocks, stellten sich an die Parfümtheke und diskutierten eine Viertelstunde, während ihnen die Verkäuferin hinter der Vitrine kleine Fläschchen zeigte.

Wie viel kostet das hier? fragte Ike.

Das hier?

Ja.

Das kostet fünf Dollar.

Schließlich entschieden sie sich für eines, das sie sich leisten konnten, von ihrem Zeitungsgeld und dem Rest des Geldes, das ihnen Raymond McPheron für ihre Arbeit bei den Kühen gegeben hatte – ein kleines blaues Fläschchen, auf dessen Etikett Evening in Paris stand, mit einem wunderbaren Duft und einem silbernen Stöpsel, und dann hatten sie immer noch genug Geld übrig, um eine kleine Schachtel mit einem glasklaren Deckel zu kaufen, die ein Dutzend verschiedenfarbiger runder, weicher Kugeln mit Schaumbad enthielt. Von der Verkäuferin, einer Frau mittleren Alters, ließen sie sich die beiden Schachteln in hübsches Geschenkpapier mit einer Schleife einpacken.

Dann fuhren sie zurück zu dem Haus an der Chicago Street. Inzwischen war es Spätnachmittag, und draußen wurde es kalt. Die langen Schatten reichten schon über die Straße. Sie mussten lange warten, bis ihr Klopfen beantwortet wurde, und als ihre Mutter an die Tür kam, sah sie aus, als sei sie aus tiefem Schlaf erwacht.

Sie gaben ihr die Dose Kaffee, die sie unbeholfen entgegennahm, und dann hielten sie ihr die beiden Schachteln von Duckwall's hin.

Habt ihr die auch gekauft?

Ja.

Was ist drin?

Willst du sie nicht aufmachen, Mutter?

Aber was ist drin?

Sie sind für dich.

Langsam löste sie die Schleifen, wickelte das bunte Papier ab. Als sie sah, was in den Schachteln war, fing sie an zu weinen. Die Tränen rannen ihr über die Wangen, sie kümmerte sich nicht darum. O mein Gott, sagte sie. Mit den Schachteln in den Händen umarmte sie weinend die beiden Jungen. O mein Gott, was soll ich nur machen?

Die McPherons

An einem kalten Samstagnachmittg fuhr Maggie Jones zur Farm der McPherons hinaus. Siebzehn Meilen südöstlich von Holt. Neben der Straße waren Schneeflecken auf den gelbbraunen Feldern, vom Wind gehärtete Wächten und Wirbel. Schwarze Baldy-Rinder standen in weiten Abständen auf den abgeernteten Maisfeldern, alle mit dem Hinterteil in Windrichtung, und fraßen unentwegt mit gesenkten Köpfen. Als Maggie Jones in die ungeteerte Nebenstraße einbog, flogen Schwärme kleiner Vögel auf und ließen sich vom Wind davontreiben. Am Zaun entlang leuchtete der Schnee hell in der Sonne.

Sie fuhr auf dem Feldweg zu dem alten Haus, das eine Viertelmeile von der Straße entfernt war. Neben dem Haus standen ein paar niedrige, kahle Ulmen innerhalb des Hofs, der von einem starken Maschendrahtzaun umschlossen war. Als sie ausstieg, kam ein gefleckter alter Hofhund angelaufen und beschnupperte ihre Hand und ihre Lederstiefel. Sie tätschelte ihm den Kopf, ging durch das Maschendrahttor zum Haus. Stufen führten auf eine kleine Veranda mit einem Fliegengitter, dessen Risse und Löcher mit weißem Bindfaden geflickt worden waren. Dahinter lag die Küche. Sie stieg die Stufen zur Veranda hinauf und klopfte an die Fliegentür. Sie schaute hinein, die Küche war einigermaßen aufgeräumt. Der Tisch war abgeräumt, und das Geschirr stand im Ausguss, aber an der hinteren Wand stapelten sich *Farm Journals* und Zeitungen. Auf allen Stühlen lagen Maschinenteile – Zahnräder, alte Kugellager, Bolzen und Muttern – auf ölverschmierten Lappen, mit Ausnahme der beiden, die einander gegenüber an dem Kiefernholztisch standen. Sie machte die Tür auf und rief hinein. Hallo? Ihre Stimme hallte wider und erstarb tief im Raum.

Sie ging wieder hinaus, zurück zu ihrem Auto. Von fern hörte sie das Tuckern eines Traktors, der sich von der südlichen Weide dem Haus näherte. Sie ging dem Geräusch entgegen und stellte sich an die Ecke des Pferdestalls, wo sie vor dem Wind geschützt war. Jetzt sah sie die beiden. Die Brüder waren auf dem Traktor, Raymond stand hinter Harold, der am Steuer saß und den uralten, sonnengebleichten Farmall lenkte. Als Windschutz hatten sie eine Abdeckplane über dem Motorblock festgebunden und bis zu den Kotflügeln hochgezogen. Der Traktor zog einen leeren Anhänger. Sie hatten draußen auf der Winterweide die Kühe gefüttert, mit Heuballen und Baumwollsaatkuchen, die sie in die Futtertröge geschüttet hatten. Sie holperten durch das Tor und hielten an, Raymond stieg ab, schloss das Tor und stieg wieder auf den Traktor, dann fuhren sie ratternd und klappernd an den Pferchen und den Verladeschleusen vorbei zur Scheune. Der Deckel oben auf dem Auspuffrohr des Traktors flatterte von den Stößen schwarzen Qualms. Als sie den Motor abstellten, blieb der Deckel liegen, und plötzlich hörte Maggie Jones wieder den Wind.

Sie ging ein paar Schritte von der Scheune weg und blieb stehen, um auf die beiden zu warten. Sie stiegen ab und kamen langsam auf sie zu, gravitätisch wie Kirchenälteste, als wären sie kein bisschen überrascht, sie zu sehen. Sie bewegten sich unbeholfen in ihren Overalls, hatten tief herabgezogene, dicke Mützen und klobige Winterhandschuhe an.

Sie werden sich den Tod holen, wenn Sie noch lange da im Wind stehen, sagte Harold. Verfahren?

So könnte man's nennen, sagte Maggie Jones lachend. Aber ich wollte mit Ihnen sprechen.

Oh, oh. Das klingt aber gar nicht gut.

Sagen Sie bloß, ich hab Sie jetzt schon vergrätzt.

Na ja, sagte Harold, Sie wollen doch was von uns.

Stimmt, sagte sie.

Kommen Sie lieber ins Haus, sagte Raymond.

Danke. Wenigstens einer von Ihnen ist ein Kavalier.

Sie gingen im Wind über den gefrorenen Boden zu dem alten Haus. Der Hund kam, um sie zu begrüßen, beschnupperte Maggie Jones erneut und zog sich wieder in die offene Garage zurück. Sie stiegen die Stufen zum Haus hinauf. Auf der Veranda bückten sich die Brüder und öffneten die Schnallen ihrer mit Dung verkrusteten Überschuhe. Gehen Sie schon rein, sagte Raymond. Warten Sie nicht auf uns. Sie öffnete die Tür und ging in die Küche. Es war nicht warm im Haus, aber wenigstens ging hier kein Wind. Die Männer kamen hinter ihr herein, schlossen die Tür, zogen die Handschuhe aus und legten sie auf die Anrichte, wo sie steif wie Feuerholz in der Form der Hände gekrümmt dalagen. Sie zogen die Reißverschlüsse ihrer Overalls auf. Darunter trugen sie schwarze Strickwesten, Flanellhemden und lange Unterhosen.

Möchten Sie Kaffee? fragte Raymond.

Ach, nur keine Umstände, sagte Maggie.

Wir haben sowieso nur den, der vom Mittagessen übrig ist.

Er stellte einen Tiegel auf den Herd und goss den Kaffee aus der Kanne hinein. Dann nahm er die Mütze ab, die Haare standen in kurzen, steifen, grauen Büscheln von seinem runden Kopf ab. Maggie fand seinen Kopf schön, er hatte eine vollkommene Form. Harold hatte die öligen Maschinenteile von einem der überzähligen Stühle genommen und den Stuhl an den Tisch gezogen. Er ließ sich gewichtig darauf nieder. Im Haus liefen die Gesichter der McPheron-Brüder rot an und glänzten, ihre Köpfe dampften in dem kühlen Raum. Sie sahen aus wie einem alten Gemälde entsprungen, einem Bild von Bauern, von schwer arbeitenden Menschen, die sich nach ihrem Tagewerk ausruhen.

Maggie Jones knöpfte sich den Mantel auf und setzte sich. Ich bin gekommen, weil ich Sie um einen Gefallen bitten möchte, sagte sie zu den beiden.

Ach ja? sagte Harold. Na ja, bitten können Sie immer.

Worum geht's? fragte Raymond.

Ein Mädchen, das ich kenne, braucht Hilfe, sagte Maggie. Sie ist ein anständiges Mädchen, aber sie ist in Schwierigkeiten. Ich glaube, Sie könnten ihr helfen. Es wäre schön, wenn Sie darüber nachdenken und mir dann Bescheid geben würden.

Was fehlt ihr denn? erkundigte sich Harold. Braucht sie Geld?

Nein. Sie braucht sehr viel mehr.

Was für Schwierigkeiten hat sie denn? fragte Raymond.

Sie ist siebzehn, sagte Maggie Jones. Sie ist im vierten Monat schwanger und hat keinen Mann.

Aha, sagte Harold. Da kann man allerdings von Schwierigkeiten reden.

Ich habe sie vorübergehend bei mir aufgenommen, aber mein Vater kann sich nicht damit abfinden. Er ist nicht mehr ganz bei sich. Er bringt alles durcheinander, und manchmal wird er gewalttätig. Inzwischen hat sie Angst, mit ihm allein im Haus zu sein.

Und was ist mit ihren Leuten? fragte Harold. Hat sie keine Familie?

Ihr Vater ist schon vor Jahren weg. Ich weiß nicht genau, wie lange das schon her ist. Und jetzt lässt ihre Mutter sie nicht mehr ins Haus.

Weil sie in anderen Umständen ist?

Ja, sagte Maggie. Ihre Mutter hat ihre eigenen Probleme. Wahrscheinlich wissen Sie schon, von wem ich rede.

Von wem?

Betty Roubideaux.

Oh, sagte Harold. Leonards Frau.

Haben Sie ihn gekannt?

Gut genug, um einen mit ihm zu trinken.

Was aus dem wohl geworden ist?

Nichts Gescheites, darauf können Sie wetten.

Vielleicht ist er ja nach Denver, sagte Raymond. Er könnte auch wieder nach Rosebud in South Dakota gegangen sein. Ich glaub nicht, dass da jemand was drüber weiß. Er ist schon ziemlich lange weg.

Aber das Mädchen ist noch da, sagte Maggie. Das ist der springende Punkt. Seine Tochter ist noch da. Und sie ist ein guter Mensch. Sie heißt Victoria.

Und der Erzeuger? fragte Harold.

Wer? fragte sie. Ach, Sie meinen den Vater des Kindes.

Welche Rolle spielt der?

Überhaupt keine. Sie will mir nicht mal sagen, wer es ist, außer dass er nicht hier wohnt. Er lebt woanders. Er will nichts mehr von ihr wissen, sagt sie. Und auch nichts von dem Kind, wie's scheint. Obwohl, vielleicht weiß er gar nichts von dem Kind. Ich weiß nicht, ob sie's ihm gesagt hat.

Auf dem Herd hatte der Kaffee zu sieden angefangen. Raymond stand auf, stellte drei Tassen auf den Tisch und goss den Kaffee ein. Es zischte laut, als er den Tiegel kippte. Der Kaffee war stark und schwarz und dampfte wie Teer. Möchten Sie etwas hinein? fragte er Maggie Jones.

Maggie schaute in ihre Tasse. Vielleicht ein bisschen Milch?

Er nahm einen Krug Milch aus dem Kühlschrank, stellte ihn auf den Tisch und setzte sich wieder. Sie nahm den Deckel ab und goss ein wenig in ihre Tasse.

Aber jetzt, sagte Harold. Wir sind ganz Ohr. Geld möchten Sie keins. Was möchten Sie dann?

Sie trank prüfend einen Schluck Kaffee, schaute wieder in ihre Tasse und stellte sie auf den Tisch zurück. Sie sah die beiden alten Brüder an. Sie warteten gespannt, über den Tisch gebeugt. Sie werden es nicht für möglich halten, was ich von Ihnen möchte. Eine Zumutung. Ich möchte, dass Sie sich überlegen, ob Sie dieses Mädchen aufnehmen können. Sie hier bei sich wohnen lassen.

Sie starrten sie an.

Sie machen Witze, sagte Harold.

Nein, sagte Maggie. Ich mache keine Witze.

Sie waren wie vor den Kopf geschlagen. Sie schauten sie an, betrachteten sie wie etwas Gefährliches. Dann sahen sie in ihre dicken, schwieligen Hände, die sie ausgebreitet vor sich auf den Tisch gelegt hatten, und schließlich schauten sie aus dem Fenster zu den kahlen, verkrüppelten Ulmen hinüber.

Ich weiß schon, es klingt verrückt, sagte Maggie. Wahrscheinlich ist es das auch. Ich weiß nicht. Ist mir auch egal. Aber das junge Mädchen braucht jemanden, und ich bin zu jeder Verzweiflungstat bereit. Sie braucht ein Zuhause für die vor ihr liegenden Monate. Und Sie – sie lächelte die beiden an –, zwei so einsame alte Kerle wie Sie brauchen auch jemanden. Jemanden, für den Sie sorgen, etwas, worüber Sie sich Gedanken machen können, nicht nur immer ihre alten roten Kühe. Schauen Sie sich doch an. Eines Tages werden Sie sterben, ohne jemals im Leben genug Sorgen gehabt zu haben. Jedenfalls nicht die richtige Sorte. Das ist Ihre Chance.

Die McPheron-Brüder rutschten auf ihren Stühlen herum. Sie sahen sie misstrauisch an.

Na? fragte sie. Was meinen Sie?

Sie sagten nichts.

Sie lachte. Offenbar hat es Ihnen die Sprache verschlagen. Werden Sie wenigstens mal darüber nachdenken?

Also wissen Sie, Maggie, sagte Harold schließlich. Kommen wir doch mal aufs Geld zurück. Geld wäre viel einfacher.

Das stimmt, sagte sie. Das wäre es. Aber es würde nicht annähernd so viel Spaß machen.

Spaß, sagte er. Ein schönes Wort für das, was Sie meinen. Chaos und Heimsuchung, das wäre wohl richtiger. Herrgott im Himmel.

Na schön, sagte sie. Ich hab's versucht. Das war ich mir schuldig. Sie stand auf und knöpfte sich den Mantel zu. Sie können mir ja Bescheid geben, wenn Sie sich's anders überlegt haben.

Sie ging hinaus zu ihrem Auto. Sie folgten ihr, standen in der eisigen Kälte an dem kleinen Maschendrahttor und sahen zu, wie sie zurücksetzte, auf dem zerfurchten Weg auf sie zukam und am Haus vorbei hinausfuhr, zur Straße zurück. Im Vorbeifahren winkte sie ihnen zu. Sie hoben die Hände und winkten zurück.

Als sie weg war, sprachen sie nicht miteinander, sondern gingen in die Küche zurück und tranken den Kaffee aus. Dann setzten sie ihre Wintermützen auf, zogen Handschuhe und Überschuhe an, schnallten die Überschuhe zu und gingen auf den Hof hinaus, um sich wieder an die Arbeit zu machen, so stumm und benommen, als hätte der Schock über dieses Ansinnen sie zu ewiger Schweigsamkeit verdammt.

Später, als die Sonne untergegangen, der Himmel dämmrig und faserig geworden war und die dünnen blauen Schatten sich über den Schnee gebreitet hatten, sprachen die Brüder dann doch. Sie waren draußen auf der Pferdekoppel und arbeiteten an der Tränke. Die Tränke war zugefroren. Die zottigen alten Reitpferde, schon im Winterfell, standen alle mit dem Hinterteil zum Wind und sahen den beiden Männern zu. Ihre Schweife wehten im Wind, schnaubend stießen sie weiße Wolken aus, die der Wind in Fetzen davontrug.

Harold hackte mit einer Axt auf die Eisschicht der Tränke ein, führte einen gewaltigen Hieb nach dem anderen, bis er schließlich ins Wasser durchbrach. Das Blatt der Axt sank bis zum Stiel ein und wurde plötzlich schwer, aber er zog sie heraus und hackte weiter. Dann schöpfte Raymond die Eisbrocken mit seiner Maiskolbengabel heraus und warf das Eis zu den anderen Brocken hinter sich auf die harte Erde. Als die Tränke eisfrei war, nahmen sie den Deckel von dem verzinkten wasserdichten Kasten ab, der darin schwamm. In dem Kasten war der Wasserwärmer. Als sie hineinschauten, sahen sie, dass die Zündflamme ausgegangen war. Harold zog die Handschuhe aus, nahm ein langes Zündholz aus seiner Innentasche, riss es am Daumennagel an, schützte das Flämmchen mit den hohlen Händen und hielt es tief in den Kasten hinein. Als die Zündflamme brannte, stellte er sie ein und zog den Arm heraus, und Raymond befestigte den Deckel wieder. Dann kontrollierten sie die Propangasflasche, die etwas abseits stand. Sie war in Ordnung.

Eine Weile standen sie im ersterbenden Tageslicht unterhalb der Windmühle. Die durstigen Pferde kamen herbei, schauten sie an, schnupperten am Wasser und fingen an zu trinken, sogen das Wasser in tiefen Zügen ein. Danach trotteten sie ein Stück beiseite und beobachteten die beiden Brüder, ihre Augen waren so groß und vollkommen wie Kugeln aus mahagonifarbenem Glas.

Es war jetzt fast dunkel. Nur ein schmaler violetter Lichtstreifen lag noch im Westen über dem tiefen Horizont.

Also, sagte Harold. Ich weiß, wie ich drüber denke. Was meinst du, was wir mit ihr machen sollen?

Wir nehmen sie auf, sagte Raymond. Er sprach ohne zu zögern, als hätte er nur darauf gewartet, dass sein Bruder davon anfing, um es loszuwerden und die Sache hinter sich zu bringen. Vielleicht macht sie ja gar nicht so viel Ärger, sagte er.

Davon rede ich noch gar nicht, sagte Harold. Er sah in die zunehmende Dunkelheit. Ich rede davon – Herrgott, schau uns doch an. Zwei alte Männer, allein. Hinfällige alte Junggesellen hier draußen auf dem Land, siebzehn Meilen von der nächsten Stadt, und auch die macht nicht viel her, wenn man hinfährt. Schau uns an. Verschroben und ungebildet. Einsam. An Unabhängigkeit gewöhnt. In jeder Hinsicht festgefahren. Wie willst du das alles in diesem Alter noch ändern?

Weiß ich auch nicht, sagte Raymond. Aber ich versuch's. So viel steht fest.

Was stellst du dir eigentlich vor? Wieso soll sie keinen Ärger machen?

Ich hab nicht gesagt, dass sie keinen Ärger machen wird. Ich hab gesagt, vielleicht macht sie doch nicht so viel Ärger.

Wieso soll sie nicht so viel Ärger machen? So viel wie wer oder was? Hast du schon jemals mit einem Mädchen zusammengelebt?

Nein, das weißt du doch, sagte Raymond.

Na also, und ich auch nicht. Aber ich sag dir eins. Mädchen sind anders. Die wollen alles Mögliche haben. Die brauchen regelmäßig bestimmte Sachen. Mädchen haben Wünsche, die du und ich uns nicht mal vorstellen können. Die haben Flausen im Kopf, von denen wir nicht mal was ahnen. Und dann auch noch das Baby. Was verstehst du von Babys?

Nichts. Nicht das kleinste bisschen versteh ich von ihnen, sagte Raymond.

Ja, und?

Ich muss jetzt noch nichts über Babys wissen. Vielleicht ist ja noch Zeit, etwas zu lernen. Also, machst du jetzt mit, oder nicht? Weil ich mach's auf alle Fälle, so oder so.

Harold wandte sich ihm zu. Alles Licht war aus dem Himmel gewichen, er konnte nicht erkennen, was für ein Gesicht sein Bruder machte. Nur die vertraute Gestalt zeichnete sich dunkel vor dem erloschenen Horizont ab.

Na gut, sagte er. Von mir aus. Eigentlich sollte ich's besser wissen, aber ich mach mit. Ich versuch, mich mit dem Gedanken anzufreunden. Aber eins muss ich dir vorher noch sagen.

Nämlich was?

Du wirst in letzter Zeit verdammt dickköpfig und unverträglich. Mehr sag ich nicht. Raymond, du bist mein Bruder. Aber du wirst immer unleidlicher, geradezu unausstehlich. Und noch was muss ich dir sagen.

Ja?

Das wird kein gottverdammtes Sonntagsschulen-Picknick.

Nein, bestimmt nicht, sagte Raymond. Aber ich kann mich auch nicht erinnern, dass du jemals zur Sonntagsschule gegangen wärst.

Ella

Als er zu ihrem Häuschen an der Chicago Street fuhr, nachdem sie ihn in der Schule angerufen hatte, war es schon spät am Nachmittag. Er parkte und ging an den drei Ulmen vorbei. An der einen sah man noch immer den dunklen Harzfleck, allerdings war er jetzt nicht mehr so roh und frisch. Auf der Veranda merkte er, dass sie schon an der Tür auf ihn gewartet hatte. Sie machte auf, bevor er anklopfen konnte. Sie ließ ihn ein, er betrat das kleine Vorderzimmer und sah sofort, dass sie gepackt hatte. Ihre zwei Koffer standen auf dem Boden, und das Zimmer war wieder so sauber und aufgeräumt wie bei ihrem Einzug. Staubfrei und anonym, war es wieder das, was es zuvor gewesen war: ein kleines, zu vermietendes Haus an der Chicago Street, im Ostteil von Holt.

Bei näherem Hinsehen stellte er fest, dass auch sie selbst besser aussah. Nicht so gut wie früher, aber ihr Haar war wieder schön, nur gewaschen und aus dem Gesicht gekämmt, sie trug eine Wollhose und eine gute weiße Bluse. Sie hatte abgenommen, seit er sie zum letzten Mal gesehen hatte, aber er hatte nicht den Eindruck, dass sie noch mehr abnehmen würde.

Er zeigte auf die Koffer. Fährst du weg?

Das wollte ich dir ja sagen, sagte sie. Deshalb hab ich dich angerufen.

Also, dann sag's mir.

Sie schaute ihn an. Ihre Augen hatten immer noch eine wunde Direktheit, als wären Trauer und Zorn nur knapp unter die Oberfläche gesunken. Ich hatte gehofft, du würdest heute nicht so sein, sagte sie.

Wie denn?

Ich wollte nicht, dass es wieder so ist, diesmal nicht.

Jetzt sag mir einfach, was du vorhast. Du hast in der Schule angerufen, und hier bin ich.

Können wir uns wenigstens hinsetzen? Bist du dazu bereit?

Von mir aus.

Sie ließ sich auf der Couch nieder, und er setzte sich ihr gegenüber auf einen Stuhl. Auf der Couch wirkte sie klein, fast schmächtig. Er nahm eine Zigarette aus der Brusttasche. Hast du was dagegen, wenn ich rauche?

Es wär mir lieber, du lässt es.

Er sah sie an. Er behielt die Zigarette in der Hand, zündete sie aber nicht an. Also, schieß los, sagte er. Ich hör dir zu.

Tja, sagte sie, ich wollte dir mitteilen, dass ich beschlossen habe, zu meiner Schwester nach Denver zu fahren. Eine Zeit lang bei ihr zu wohnen. Ich hab sie angerufen, es ist alles abgemacht. Sie hat ein Zimmer übrig, das überlässt sie mir. Dann bin ich nicht mehr im Weg, und ich hab Zeit zum Nachdenken. Wir glauben beide, dass es das Beste sein wird.

Für wie lange?

Ich weiß es nicht. Das kann ich noch nicht sagen. So lange, wie es dauert.

Wann?

Meinst du, wann ich abreise?

Ja, wann willst du fahren?

Morgen früh. Ich nehme das Auto.

Du nimmst das Auto. Interessant.

Du brauchst es doch nicht. Du hast den Pickup.

Er sah sich um, schaute in das kleine Esszimmer und durch den Bogen in die Küche. Er wandte sich wieder ihr zu. Und du meinst, das ist jetzt die Lösung? Einfach so zu verschwinden?

Sie sah ihn unverwandt an. Weißt du, manchmal bin ich es wirklich leid mit dir.

Das beruht auf Gegenseitigkeit, sagte er.

Sie sahen einander an, und Guthrie merkte, dass sie angestrengt nachdachte, um die Unterredung so zu gestalten, wie sie es sich vorgenommen hatte. Aber daraus konnte nichts werden. Zu viel war passiert.

Sie sprach wieder. Mir tut das alles Leid, für uns beide, sagte sie. Mir tut so vieles Leid. Und ich finde, damit muss jetzt Schluss sein.

Er wollte etwas sagen, aber sie ließ ihn nicht zu Wort kommen.

Lass mich bitte ausreden.

Ich wollte nur sagen –

Ich weiß. Lass mich ausreden. Damit ich 's nicht vergesse. Ich will mehr vom Leben. Das ist mir jetzt klar geworden. Ich war gar nicht mehr da, mir selbst entfremdet. Die ganzen Jahre habe ich noch etwas anderes von dir gewollt, mehr. Ich wollte jemanden, der mich so will, wie ich bin. Nicht seine eigene Version von mir. Wenn man es so ausdrückt, klingt das simpel, aber genau das ist es. Jemanden, der mich um meiner selbst willen haben will. Und bei dir ist das nicht so.

Aber es war so. Früher mal.

Und was ist dann passiert?

Alles Mögliche. Es hat sich abgenutzt. Er zuckte die Achseln. Ich hab nicht zurückbekommen, was ich dir gegeben habe, keine Gegenleistung.

Was du wolltest? Sie wurde wütend, sprach jetzt hitzig. Und ich? Wer fragt danach, was ich will?

Was willst du denn? fragte er. Er war jetzt ebenfalls aufgebracht. Ich glaube, das weißt du selber nicht. Ich wollte, du wüsstest es, aber ich glaub nicht, dass du's weißt. Das ist wieder mal ein Beispiel.

Das darfst du nicht sagen, sagte sie. Dazu hast du kein Recht. Das ist meine Sache.

Sie saßen einander gegenüber, durch den Raum getrennt, und Guthrie dachte, also sind wir wieder an diesem Punkt angekommen. Es hatte nicht lange gedauert. Sie waren wieder an derselben Stelle, trotz aller guten Vorsätze. Es half alles nichts, es würde immer wieder so enden. So ging das nun schon drei oder vier Jahre. Er sah sie an. Beide warteten ab, jeder versuchte für sich, wenigstens teilweise die Beherrschung wiederzugewinnen. Im hinteren Teil des kleinen Hauses schaltete sich die Heizung ein, und der Ventilator blies warme Luft ins Zimmer.

Und die Jungen? fragte er.

Das hab ich mir lange überlegt. Du wirst sie bei dir behalten müssen.

Du meinst, im Gegensatz zu dem, was ich bereits tue?

Ich weiß, dass du dich allein um sie gekümmert hast, sagte sie. Ich kann im Moment nicht mehr tun. Aber ich möchte, dass sie heute hier bei mir übernachten. Am Morgen fahre ich dann los. Vorher bringe ich sie zurück.

Sie tragen immer noch die Zeitung aus.

Sie werden rechtzeitig zu Hause sein.

Und mit dem Geld? fragte er.

Ich nehme mir die Hälfte von unserem Ersparten.

Ausgeschlossen.

Es gehört zur Hälfte mir, sagte sie. Das ist nur gerecht.

Er holte Zündhölzer hervor und steckte sich die Zigarette an, die er in der Hand gehalten hatte. Er blies den Rauch zur Deckenlampe hinauf und schaute zu ihr hinüber. Na gut, sagte er. Nimm das Geld.

Schon geschehen, sagte sie. Du wirst doch gut zu den Jungen sein, ja? Und dich um sie kümmern? Außerdem will ich, dass sie mich anrufen dürfen und du mich mit ihnen sprechen lässt. Versprich mir, dass du deswegen keine Schwierigkeiten machen wirst.

Du kannst jederzeit anrufen, sagte er. Das werden sie auch wollen. Du fehlst ihnen jetzt schon. Es wird noch schlimmer sein, wenn du weg bist.

Er rauchte und sah sich nach einem Aschenbecher um, aber

es war keiner da, und sie machte keine Anstalten, ihm einen zu holen. Er klopfte die Asche in die hohle Hand.

Das wär's dann also?

Ja, ich glaub schon.

Gut. Dann geh ich mal wieder.

Ohne ein weiteres Wort stand er auf und ging auf die Veranda hinaus. Sie folgte ihm und schloss die Tür. Draußen wischte er sich die Asche von der Hand. Am Abend fuhr er die beiden Jungen in dem alten Pickup zum Haus ihrer Mutter, quer durch die Stadt. In einer Einkaufstüte, die zwischen ihnen stand, waren ihre frisch gewaschenen Schlafanzüge. Die blauen Straßenlaternen brannten an allen Straßenecken, und die ganze Stadt wirkte ruhig und friedlich. Er hielt vor dem Haus. Drinnen waren die Lampen an.

Mom bringt euch morgen früh zurück, sagte er. Eure Schlafanzüge habt ihr?

Sie nickten.

Dann ist ja alles bestens.

Dürfen wir dich anrufen, wenn wir was brauchen? fragte Bobby.

Natürlich. Aber ihr werdet schon klarkommen. Ganz sicher. Ihr werdet Spaß haben.

Guthrie und die beiden Jungen saßen im warmen Auto und schauten zu dem kleinen Haus mit den erleuchteten Fenstern hin. Einmal sahen sie die Mutter mit etwas auf dem Arm am Fenster vorbeigehen. Schneeflecken unter den kahlen Bäumen im Garten glänzten im Licht der Außenlampe.

Okay? sagte Guthrie. Das wird richtig gut. Es wird euch gefallen. Wer weiß, vielleicht wollt ihr ja gar nicht mehr nach Hause. Er tätschelte ihnen die Beine. Kleiner Scherz.

Aber sie lächelten nicht. Sie sagten nichts.

Tja, dann mal los. Eure Mutter wartet. Bis morgen früh.

Gute Nacht, Dad.

Gute Nacht.

Sie stiegen aus und gingen hintereinander über den Weg,

klopften an und standen da und warteten, ohne sich noch einmal nach ihm umzudrehen, und dann machte sie die Tür auf. Sie hatte sich umgezogen und trug jetzt ein hübsches blaues Kleid. Er fand, dass sie schlank aussah und von der Tür hübsch umrahmt wurde. Sie ließ die Jungen ein und schloss die Tür. Er fuhr die Chicago Street entlang, vorbei an den kleinen, von der Straße zurückgesetzten Häusern auf ihren kleinen Grundstücken. Die Rasenflächen waren ganz winterbraun, in den Häusern brannten die abendlichen Lampen, und die Leute setzten sich in der Küche an den Abendbrottisch oder sahen im Wohnzimmer fern, während in manchen der Häuser, wie er nur zu gut wusste, bereits hinten im Schlafzimmer Streit ausbrach.

Beim Hereinkommen sahen Ike und Bobby, dass sie in dem kleinen Esszimmer schon den Tisch gedeckt hatte. Es sah hübsch aus, brennende Kerzen standen darauf, deren Flämmchen sich in Gläsern und Besteck spiegelten, und in der Küche standen Chili mit Hackfleischbällchen fertig zum Auftragen und ein runder Schokoladekuchen, den sie eigens für sie gebacken hatte. Es sollte festlich sein.

Na, immer hereinspaziert, sagte sie. Fremdelt nicht. Zieht die Jacken aus. Ich hab alles fertig.

Wir haben schon gegessen, sagte Bobby mit einem Blick auf den Tisch. Wir haben nicht gewusst, dass es Abendessen gibt.

Ach, nein? Sie sah ihn an. Ihre Hände lagen auf einer Stuhllehne. Sie schaute seinen Bruder an. Ich dachte, ihr esst bei mir. Ich dachte, das verstünde sich von selbst.

Wir können schon noch was essen, sagte Ike.

Unsinn, da wird euch bloß schlecht.

Nein, wir haben noch Hunger, Mutter.

Wirklich?

Ja, haben wir.

Ehrlich, sagte Bobby.

Sie setzten sich und aßen, was sie gekocht hatte. Sie verdrückten ansehnliche Portionen, während sie ihnen von ihrem

Entschluss erzählte, nach Denver zu ziehen. Sie hörten ihr zu, ohne etwas zu sagen, weil Guthrie ihnen schon alles erzählt hatte. Sie müssten sie bald einmal besuchen kommen, sagte sie, und dass sie fortzog, würde für alle das Beste sein, auch für sie beide, auch wenn sie sich das jetzt noch nicht vorstellen könnten, denn sie würde sich schon bald wieder als ihre Mutter fühlen können, und wenn es ihr dann richtig gut ging, würden sie alle miteinander beratschlagen, wie es weitergehen sollte. Ob sie nicht auch meinten, dass sich so alles zum Besseren wenden könnte. Sie sagten, sie wüssten es nicht. Vielleicht, sagten sie. Vorerst müssten sie sich damit abfinden, sagte sie, mehr könne sie sich im Moment nicht erhoffen.

Nach dem Abendessen spielten sie mit ihr Blackjack, das sie ihnen vor einem Jahr beigebracht hatte. Sie ging an den Schrank, nahm ein paar Münzen aus ihrer Geldbörse, und das war dann ihr Einsatz, wobei vorher abgemacht wurde, dass alle Münzen gleich viel wert sein sollten, auch die Vierteldollars und die Pennys. Während des Kartenspiels saß sie ihnen gegenüber auf dem Teppich, die bestrumpften Beine hatte sie seitlich untergeschlagen, das Kleid bedeckte ihre Knie. Sie tat so, als sei sie richtig glücklich, als hätten sie Grund zum Feiern, und neckte sie mit kleinen Scherzen, und einmal stand sie auf und brachte jedem noch ein Stück Kuchen aus der Küche, und sie saßen auf dem Boden und aßen ihn auf. Sie beobachteten sie mit gesenkten Köpfen und lächelten, wenn sie scherzhafte Bemerkungen machte.

Später zogen sie im Bad ihre Schlafanzüge an, dann gingen sie ins Schlafzimmer und legten sich in ihr Bett.

Sie zog sich ebenfalls im Bad aus. Sie bürstete sich das Haar, wusch sich das Gesicht und zog ein langes Nachthemd an, dann kam sie ins Schlafzimmer. Sie sagte, sie habe ihnen im anderen Zimmer das Bett gemacht. Aber sie baten, bei ihr schlafen zu dürfen. Nur das eine Mal? Sie seien ja schon in dem Bett. Sie stand neben dem Bett und sah sie an. Sie wollten rechts und links von ihr schlafen, aber sie sagte, das wäre zu warm.

Sie legte sich an den Rand, Bobby lag in der Mitte, Ike neben ihm. Die Flurlampe schien durch die halb offene Tür herein. Sie legten sich zurecht und hielten still. Ab und zu fuhr draußen auf der Straße ein Auto vorbei. Sie redeten ein bisschen in dem dämmrigen Licht.

Mutter, wird es dir in Denver wieder gut gehen? fragte Ike.

Ich hoffe es, sagte sie. Ich wünsche es mir. Ich ruf euch an, wenn ich da bin. Werdet ihr mich auch ab und zu anrufen?

Ja, sagte er. Wir rufen dich jede Woche an.

Hat Dad deine Nummer? erkundigte sich Bobby.

Ja. Und ihr wisst, wie lieb ich euch habe, nicht wahr? Alle beide. Das dürft ihr nie vergessen. Ihr werdet mir sehr fehlen. Aber ich weiß ja, dass es euch gut geht.

Wenn du nur nicht wegfahren müsstest, sagte Ike.

Ich versteh überhaupt nicht, warum das sein muss, sagte Bobby.

Es ist schwer zu erklären, sagte sie. Ich weiß einfach, dass ich es tun muss. Könnt ihr euch damit abfinden, auch wenn ihr es nicht versteht?

Sie sagten nichts.

Hoffentlich, sagte sie.

Nach einer Weile sagte sie, Wollt ihr sonst noch was fragen?

Sie schüttelten den Kopf.

Meint ihr, ihr könnt schlafen?

In der Nacht, als sie eingeschlafen waren, stand sie auf und schaute aus dem Fenster in den Vorgarten, auf die leere Straße und die kahlen Bäume, die wie erstarrte Strichfiguren auf dem Rasen standen. Sie ging in die Küche. Sie machte Kaffee, nahm ihn mit ins Wohnzimmer und legte sich aufs Sofa, und nach einer Stunde oder später schlief sie ein. Aber sie wurde früh wach, rechtzeitig, um die beiden zu wecken und ihnen die Frühstücksflocken zu machen, und dann brachte sie sie an dem kalten Wintermorgen mit dem Auto nach Hause. Sie beugte sich auf dem Vordersitz hinüber und küsste beide, und

Guthrie kam zur Begrüßung auf die Veranda heraus. Sie wendete den Wagen, fuhr auf die Railroad Street hinaus und durch Holt hindurch, was nicht lange dauerte, und dann war sie auf dem Land und fuhr auf der US 34 nach Westen, ihrem neuen Leben in Denver entgegen.

Victoria Roubideaux

Als Maggie das zweite Mal hinausfuhr, hatte sie das Mädchen dabei, neben sich auf dem Vordersitz. Das Mädchen wirkte bedrückt und verängstigt, als müsste sie zur Beichte oder ins Gefängnis oder an einen anderen schrecklichen Ort, wo sie nur bleiben würde, wenn es gar nicht anders ging. Es war Sonntag. Ein kalter, heller Tag, der Schnee leuchtete noch immer wie Glas unter der Sonne, und der Wind blies wie gewöhnlich in plötzlichen, aber regelmäßigen Stößen, sodass draußen, jenseits der Stadtgrenze, alles genauso war wie tags zuvor, nur dass der Wind über Nacht nach West gedreht hatte. Die Kühe, dieselben zottigen schwarzen, über die abgeernteten Maisfelder verteilten Baldy-Rinder waren noch da. Es war nur so, als wären in der Nacht alle zusammen rechtsum geschwenkt, als der Wind umsprang, und hätten dann weiter die liegen gebliebenen Maiskörner aufgeschleckt, die Zungen um die vertrockneten Maishülsen geschlungen, die Köpfe gehoben und in die Ferne gestarrt und währenddessen stetig gekaut.

Sie hatten schon mehr als die Hälfte des Wegs zu den McPherons zurückgelegt, bevor das Mädchen ein Wort herausbrachte. Jetzt sagte sie:

Mrs. Jones, würden Sie bitte anhalten?

Was ist denn?

Bitte fahren Sie rechts ran.

Maggie bremste und lenkte den Wagen auf die zerfurchte Bankette. Eine verfestigte Schneewehe füllte den Straßengraben, und am Heck das Wagens wurden weiße Abgaswölkchen von dem böigen Wind weggerissen.

Was ist? Ist dir schlecht?

Nein.

Was dann?

Mrs. Jones, ich weiß nicht, ob ich das machen kann.

Ach. Doch Schätzchen, das kannst du.

Ich weiß nicht, sagte das Mädchen.

Maggie wandte sich ihr zu. Das Mädchen blickte geradeaus, die Hand am Türgriff. Sie saß steif und verkrampft auf dem Sitz, als wartete sie nur auf den richtigen Moment, aus dem Auto zu springen und wegzurennen.

Also gut, ich sag's dir noch einmal. Garantieren kann ich dir gar nichts. Verlang das bitte nicht von mir. Aber du musst es als gute Gelegenheit sehen. Sie haben gestern Abend angerufen und gesagt, sie würden dich aufnehmen, sie wollten es versuchen. Das muss sie große Überwindung gekostet haben. Ich glaube, alles wird gut gehen. Du brauchst keine Angst vor ihnen zu haben. Die beiden sind so gutherzig, wie Männer überhaupt nur sein können. Sie sind vielleicht schroff und ungehobelt, aber das hat nichts zu bedeuten, es liegt nur daran, dass sie schon so lange allein sind. Stell dir vor, du müsstest ein halbes Jahrhundert allein leben, so wie sie. Das würde nicht spurlos an dir vorübergehen. Lass dich also von ihrer raubeinigen Art nicht abschrecken. Ja, sie haben ihre Ecken und Kanten. Die sind eben nie geglättet worden. Aber da draußen bist du gut aufgehoben. Du kannst nach wie vor in die Schule fahren, mit dem Bus, und ganz normal weitermachen. Aber du darfst nicht vergessen, was die beiden für ein Leben geführt haben. Ihre Eltern sind bei einem Unfall mit einem Lastwagen umgekommen, als diese alten Männer jünger waren als du heute. Daraufhin haben sie einfach die Schule abgebrochen, wenn sie überhaupt jemals regelmäßig hingegangen sind, was ich bezweifle, sind zu Hause geblieben und haben die Arbeit von Farmern und Ranchern gemacht, und das ist so ziemlich alles, was sie von der Welt wissen und jemals wissen mussten. Bis jetzt hat das gereicht.

Sie hielt inne. Sie versuchte, am Gesichtsausdruck des Mädchens abzulesen, welche Wirkung ihre Worte hatten.

Das Mädchen schaute über die Motorhaube auf die gerade, zweispurige Straße hinaus. Nach einer Weile sagte sie, Aber Mrs. Jones, glauben Sie, die werden mich mögen?

Ja, das glaube ich. Wenn du ihnen eine Chance gibst, werden sie dich mögen.

Aber es kommt mir so verrückt vor, da hinauszuziehen, um mit zwei alten Männern unter einem Dach zu leben.

Das stimmt schon, sagte Maggie. Aber es sind nun mal verrückte Zeiten. Manchmal denke ich, wir leben in der verrücktesten Zeit, die es je gegeben hat.

Das Mädchen drehte den Kopf und schaute durchs Seitenfenster auf die Weide hinter dem Straßengraben und dem Zaun. Die Blütenstände des Seifenkrauts standen wie zersplitterte Stöcke in die Höhe, die Samenkapseln trocken und dunkel vor dem Wintergras. Haben die einen Hund? fragte sie.

Ja, einen alten Hofhund.

Und Katzen?

Hab ich keine gesehen. Aber bestimmt sind welche da. Ich kann mir keine Farm vorstellen, auf der nicht mindestens eine oder zwei streunende Katzen die Ratten und Mäuse in Schach halten.

Ich müsste meinen Job im Holt Café aufgeben. Ich müsste es Janine sagen.

Ja. Aber du wärst nicht die Erste, die aufhört, bei Janine Geschirr zu spülen. Damit rechnet sie.

Wirklich?

Ja.

Das Mädchen schaute weiter durchs Fenster. Maggie Jones wartete. Bei jedem Windstoß schaukelte der Wagen auf den Rädern. Nach einer Weile drehte das Mädchen den Kopf und schaute wieder nach vorne. Sie können weiterfahren, wenn Sie möchten, sagte sie. Es geht mir schon wieder einigermaßen.

Gut, sagte Maggie. Ich hab nichts anderes erwartet. Sie lenkte den Wagen zurück auf die Fahrbahn, und sie fuhren auf der schmalen Straße weiter. Nach ein paar Meilen bogen sie nach Osten auf die Nebenstraße ab und dann auf den Fahrweg zu dem alten Haus mit dem verrosteten Maschendrahtzaun und den verkrüppelten, kahl aufragenden Ulmen im Hof. Sie stiegen aus.

Die McPheron-Brüder hatten nach ihnen Ausschau gehalten. Sie kamen sofort aus dem Haus, blieben auf der Veranda stehen und sahen den beiden Frauen entgegen. Aber keiner von beiden sagte etwas oder machte eine Geste. Sie wirkten so steif und erstarrt, als wären sie aus Gips geformt und wie Statuen zweier minderer Heiliger auf der Veranda aufgestellt worden.

Als sie aus dem Wagen stieg, wehte der Wind dem Mädchen das Haar vors Gesicht, sodass ihr erster Blick auf die McPherons durch ihr eigenes dichtes, dunkles Haar getrübt wurde. Aber die alten Männer waren dem Anlass entsprechend gekleidet. Sie trugen neue Hemden mit Perlmutt-Druckknöpfen und saubere Sonntagshosen. Ihre roten Gesichter waren glatt rasiert, und ihr eisengraues Haar hatten sie mit so viel Haaröl angeklatscht, dass es schwer und steif war und sich nicht einmal in einem Windstoß bewegte. Das Mädchen folgte Maggie Jones auf die Veranda. Maggie machte sie miteinander bekannt. Harold und Raymond McPheron, sagte sie, das ist Victoria Roubideaux. Victoria, das ist Harold. Und das ist Raymond.

Die beiden Brüder traten wie in einer Varieténummer nacheinander vor, noch ohne das Mädchen direkt anzusehen, und gaben ihr beide die Hand, einer nach dem anderen, drückten einmal rasch und schmerzhaft zu und lockerten den Griff sofort wieder, als sie spürten, wie klein, weich und geschmeidig die Mädchenhand in ihrer großen, verhärteten, schwieligen Hand lag, und traten wieder zurück. Dann schauten sie sie an. Schweigend stand sie in ihrem Wintermantel und den

Bluejeans neben Maggie Jones, ein junges Mädchen mit langen schwarzen Haaren und schwarzen Augen, mit einer roten Tasche über der Schulter ihres dunklen Mantels. Aber sie hätten nicht zu sagen gewusst, ob sie schwanger war oder nicht, sie kam ihnen jung und schlank vor.

Ja dann, sagte Harold. Dann kommt lieber mal rein. Hier draußen ist es furchtbar.

Sie ließen das Mädchen in die Küche vorgehen. Dann folgte Maggie, und schließlich gingen sie hinein. Drinnen sah man sofort, dass sich die McPheron-Brüder gewaltig angestrengt hatten. In der Spüle stand kein Geschirr, der Tisch war geschrubbt, auf den Stühlen war nichts mehr von den Lappen und Maschinenteilen zu sehen, und der Boden wirkte so sauber gefegt, als hätte eine Immigrantin den Besen geschwungen.

Das ist die Küche, sagte Harold, was du hier siehst. Da drüben ist der Ausguss. Daneben steht der Gasherd. Er hielt inne und sah sich um. Aber das sieht wohl jeder auf den ersten Blick. Das brauche ich dir nicht zu sagen. Hier geht's ins Esszimmer und in die gute Stube.

Sie gingen weiter ins Haus hinein, in zwei größere Räume, die von Lichtstreifen zerschnitten wurden, da die rissigen braunen Rollos über den Fenstern seit Jahren nicht mehr heruntergelassen worden waren, sodass beide Zimmer im grellen Tageslicht lagen wie Räume einer Dorfschule oder eines kleinen Bahnhofs auf dem Lande. Im ersten, dem Esszimmer, stand unter einer Hängelampe auf einem stabilen Säulenfuß ein alter, quadratischer Nussbaumtisch mit vier Stühlen. Der Tisch war erst vor kurzem abgeräumt worden, auf der sonnengebleichten Platte sah man noch die dunklen Umrisse von Büchern und Zeitschriften. Dahinter, im nächsten Raum, standen zwei abgewetzte, karierte Sessel wie übergroße, fügsame Haustiere vor einem Fernsehgerät, dazwischen, genau in der Mitte, stand eine Stehlampe, und auf dem Linoleum vor den Sesseln waren Stöße von Zeitungen und *Farm Journals* verteilt. Das Mädchen drehte sich hierhin und dorthin, schaute, nahm alles in sich auf.

Du möchtest sicher gern wissen, wo dein Schlafzimmer ist, sagte Harold. Er zeigte auf das kleine Zimmer neben dem Esszimmer. Sie gingen hinein. Es wurde fast vollständig von einem Doppelbett ausgefüllt, über das ein uralter Quilt gebreitet war. An der Innenwand stand eine schwere Mahagonikommode. Das Mädchen ging um das Fußende des Bettes herum und öffnete die Schranktür. Drinnen waren verstaubte Pappschachteln, und von einer silbernen Stange hingen die dunklen Kleider eines Mannes und einer Frau, Kleider, die so alt waren, dass sie nicht mehr schwarz, sondern fast violett wirkten.

Das hat alles ihnen gehört, sagte Harold. Hier drin haben sie immer geschlafen.

Ihre Mutter und Ihr Vater? fragte Maggie.

Als sie von uns gegangen waren, sagte er, haben wir das Zimmer mehr und mehr als Abstellkammer benutzt. Er sah das Mädchen an. Natürlich kannst du alles umstellen, wie's dir beliebt.

Danke, sagte das Mädchen.

Weil, wir kommen hier nicht rein, sagte Raymond. Das hast du ganz für dich allein. Wir schlafen oben.

Ah, sagte sie.

Ja, sagte er.

Tja, sagte Harold. Und hier wär dann der Abtritt.

Das Mädchen sah ihn fragend an.

Gleich nebenan. Praktisch für dich.

Das Mädchen verstand immer noch nicht. Sie wandte sich Maggie Jones zu.

Sieh mich nicht an, sagte Maggie. Ich weiß auch nicht, was er meint.

Was? sagte Harold. Nun aber! Sie wissen schon. Die Örtlichkeit. Das Häuschen im Haus. Oder wie sagt man dazu?

Schon in Ordnung, sagte Maggie.

Unsere Mutter hat es immer den Abtritt genannt.

Wirklich?

So hat sie es immer genannt, sagte er. Er kratzte sich den

Kopf. Also wissen Sie, Maggie, ich geb mir ja nur Mühe, den Anstand zu wahren. Ich will bloß, dass wir's von Anfang an richtig machen. Ich will sie nicht gleich vergraulen.

Maggie tätschelte ihm die glatt rasierte Wange. Sie machen das goldrichtig. Weiter so.

Sie verließen das Schlafzimmer. Und während die anderen im Esszimmer warteten, ging sie ins Bad. In dem kleinen Raum gab es ein Waschbecken, eine Toilette und eine frei stehende emaillierte Badewanne, in der unter dem Wasserhahn zusammengerollt ein roter Schlauch mit einer Handbrause lag. In dem Regal über dem Waschbecken standen verschiedene halb volle Gläschen mit Einreibemitteln und Maisschäler-Handbalsam sowie Tuben mit verschiedenen Salben gegen Rücken- und Muskelschmerzen, außerdem Zahnpulver, Haftcreme und Rasierzeug, und über einer der Trockenstangen neben der Badewanne hing neben zwei gebrauchten Handtüchern auch ein einzelnes frisches, an dem noch das Preisschild befestigt war. Das Mädchen ging wieder hinaus. Soll ich jetzt meinen Koffer holen? sagte sie.

Keine schlechte Idee, sagte Maggie Jones.

Brauchst du Hilfe? fragte Raymond.

Nein, danke. Das schaffe ich schon, sagte das Mädchen und ging durch die Küche hinaus zum Auto.

Als sie weg war, sagte Harold, Sehr kräftig ist sic ja nicht, oder? So ein schmächtiges Ding. Man sieht nicht mal was von dem Baby, ich jedenfalls nicht.

Nein, noch nicht viel, sagte Maggie. Aber ihre Sachen werden ihr allmählich zu eng. Es fällt mehr auf, wenn sie den Mantel auszieht, Sie werden sehen.

Hat sie Angst vor uns? fragte Raymond. Sie sagt so wenig.

Was denken Sie denn?

Raymond schaute durchs Fenster zum Auto hinaus, wo das Mädchen seine Habseligkeiten aus dem Kofferraum nahm. Aber das braucht sie doch nicht. Wir würden ihr kein Haar krümmen. Wir würden ihr nie und nimmer was antun.

Das weiß ich, sagte Maggie. Aber sie weiß es noch nicht. Sie müssen ihr Zeit lassen.

Das Mädchen kam ins Haus zurück, mit einem einzigen Pappkoffer und einem Müllsack, den sie hinter sich herschleifte. Sie brachte die Sachen in ihr Zimmer. Sie hörten, wie sie auf dem Dielenboden umherging und dies oder jenes vorläufig richtete, dann kam sie wieder heraus.

Ich fürchte, das wird erst mal eine schwere Zeit für dich werden, sagte Raymond zu dem Mädchen. Er sah sie nicht an, sondern an ihr vorbei ins Leere. Aber wir wollen hoffen ... Ich meine, Harold und ich, wir würden uns freuen, wenn du dich irgendwann hier draußen ein bisschen zu Hause fühlen würdest. Mit der Zeit, meine ich. Nicht sofort, das ist wohl nicht möglich.

Sie sah ihn an, dann seinen Bruder. Danke, sagte sie. Danke, dass Sie mich hier bei sich wohnen lassen.

Nichts zu danken, sagte Raymond. Wirklich nicht.

Sie stand verlegen da, die Augen niedergeschlagen.

Alsdann, sagte Maggie. Ich glaube, ich habe meine Schuldigkeit getan. Also fahr ich jetzt heim und überlasse euch drei Seelen euch selbst, damit ihr euch aneinander gewöhnt.

Das Mädchen sah erschrocken drein. Auf den Gesichtern der McPheron-Brüder spiegelte sich Panik. Müssen Sie denn schon fahren? fragte das Mädchen.

Ja, ich glaube schon, erwiderte Maggie. Ich denke, es ist besser so. Es wird Zeit.

Wir haben uns gedacht, Sie könnten vielleicht zum Abendessen bleiben, sagte Harold. Hätten Sie keine Lust?

Ein andermal, sagte sie. Ich komme wieder.

Sie ging hinaus, und die McPheron-Brüder und das Mädchen folgten ihr, standen auf der kleinen Veranda im Wind und sahen zu, wie sie wegfuhr. Dann kehrten sie ins Haus zurück, standen um den nackten Holztisch in der Küche herum und sahen einander an.

Tja, sagte Harold. Ich glaube –

Im Haus war es still. Draußen, in den Rotzedern neben der Garage, hörte man Vögel piepen und den an- und abschwellenden Wind.

Ich glaube, Raymond und ich gehen besser mal raus zum Füttern, bevor es ganz dunkel wird, sagte er. Wenn wir zurückkommen, wird es Zeit, ans Abendbrot zu denken.

Das Mädchen sah ihn an.

Dauert nicht lange, sagte er.

Was müssen Sie denn füttern?

Kühe.

Aha.

Mutterkühe und Färsen, erklärte Raymond.

Ah.

Die McPheron-Brüder und das Mädchen standen da und sahen einander an.

Dann kann ich ja inzwischen auspacken, sagte das Mädchen.

Die McPherons

Nach dem Abendbrot saßen sie stumm im Esszimmer. Der Tisch war schon abgeräumt, das Geschirr gespült und zum Trocknen aufgestellt. Raymond saß an einem Tischende, las im Lokalblatt *Holt Mercury,* das er vor sich ausgebreitet hatte, und leckte vor dem Umblättern den Finger an, die Nickelbrille tief auf der Nase. Dabei rollte er einen flachen Zahnstocher im Mund hin und her, ohne ihn auch nur einmal anzufassen. Harold saß am anderen Ende, vom Tisch abgewandt, mit gespreizten Beinen, und rieb das dicke Leder eines Arbeitsstiefels mit Black-Bear-Mountain-Nerzöl ein. Neben seinem Stuhl lag der andere Stiefel umgekippt auf dem gemusterten, rissigen Linoleum.

Draußen wehte der Wind jetzt stärker als am Nachmittag. Er heulte um die Hausecken und pfiff durch die kahlen Bäume. Der trockene Schnee wurde vom Wind aufgewirbelt, flog an den Fenstern vorbei und trieb im bläulichen Licht der Lampe, die an einem Telegrafenmast hing, in Böen über den vereisten Hof. Im Haus war es still.

Die Tür in der gegenüberliegenden Wand war geschlossen. Das Mädchen war nach dem Abendessen in ihr Zimmer gegangen, und seitdem hatten sie nichts mehr von ihr gehört. Sie wussten nicht, was sie davon halten sollten. Im Stillen fragten sie sich, ob alle siebzehnjährigen Mädchen nach dem Abendessen verschwanden.

Als beide Stiefel zu seiner Zufriedenheit eingeölt waren,

stand Harold auf und stellte sie an die Wand, wo sie still vor sich hin glänzten. Dann kam er zurück, ging an ihre Tür, horchte mit schräg gelegtem Kopf und starrem Blick. Er klopfte an.

Victoria? sagte er.

Ja.

Alles in Ordnung?

Sie können reinkommen, sagte sie.

Also ging er in ihr Zimmer. Es war schon ihres. Sie hatte es dazu gemacht. Es war jetzt weiblich, sauberer und ordentlicher, mit bedachtsam verteilten kleinen Sachen. Zum ersten Mal seit einem halben Jahrhundert hatte jemand Interesse an diesem Zimmer. Die alten Pappkartons standen unterm Bett, die Kleider im Schrank waren tiefer ins Dunkel geschoben. Die alte Mahagoni-Kommode, deren ovaler Spiegel getrübt war und an den Rändern feine Sprünge hatte, war abgestaubt und poliert worden. Jetzt lagen ihre Utensilien darauf, Haarbänder, Kamm und Bürste, Lippenstift, Eyeliner und Haarklemmen und ein kleines Schmuckkästchen aus Zedernholz, dessen Deckel einen winzigen Messingverschluss hatte.

Sie selbst saß im Bett, in einem Winternachthemd mit rechteckigem Ausschnitt und einem Pullover um die Schultern. Auf dem Schoß hatte sie einen blauen Notizblock, und die Lampe am Bett warf gelbes Licht auf ihr klares Gesicht und ihr glänzendes dunkles Haar.

Ich wollte mich nur überzeugen, sagte er, ob du's auch warm genug hast.

Ja, sagte sie. Alles bestens.

Es soll aber kalt werden heut Nacht.

Ach ja?

Und in diesem alten Haus ist es nicht besonders warm.

Mir geht's gut, sagte sie erneut. Sie sah ihn an. Er stand an der Tür, die Hände in den Hosentaschen. Sein wettergegerbtes rotes Gesicht glänzte im Lampenlicht.

Trotzdem, sagte er. Er sah sich um. Wenn du irgendwas brauchst, sag's uns. Wir kennen uns mit solchen Sachen nicht besonders gut aus.

Danke, sagte sie.

Er warf noch einen raschen Blick auf sie, wie ein scheues wildes Tier, und schloss die Tür.

Im Esszimmer saß Raymond wartend am Tisch, neugierig, die Zeitung noch in den Händen. Alles in Ordnung? fragte er.

Sieht so aus.

Braucht sie noch mehr Decken?

Hat nichts gesagt.

Um die anderen hat sie ja auch nicht gebeten.

Vielleicht holen wir ihr trotzdem noch welche. Für alle Fälle.

Ich weiß nicht. Hast du die Zeitung ausgelesen?

Es wird verdammt kalt heut Nacht.

Das hab ich ihr gesagt. Sie weiß es. Gib mir halt wenigstens den vorderen Teil. Den hast du doch schon durch.

Raymond gab ihm die Zeitung, er nahm sie, schüttelte sie zurecht und fing an zu lesen. Nach einer Weile fragte Raymond, Was hat sie denn da drinnen gemacht? Als du reingegangen bist?

Nichts. Gelesen. In ihre Schulbücher geschaut.

War sie im Bett?

Harold schaute auf. Wo soll sie denn sonst gewesen sein?

Raymond erwiderte den Blick seines Bruders. Dann fing Harold wieder an zu lesen. Draußen blies und pfiff der Wind. Etwas später räusperte sich Raymond. Viel gegessen hat sie ja nicht vorhin, sagte er. Finde ich jedenfalls.

Harold schaute nicht auf.

Vielleicht mag sie ja keine Steaks.

Ach, die hat schon genug gegessen. Sie ist einfach kein großer Esser.

Ich weiß nicht recht. Sie hat kaum was angerührt von dem, was ich ihr gegeben hab. Hab das meiste für den Hund abkratzen müssen.

Und, hat er's gefressen?

Wer?

Ob der Hund es gefressen hat.

Was denkst du denn? Natürlich hat er's gefressen.

Na gut, sagte Harold. Er schaute jetzt wieder auf, musterte seinen Bruder über den Rand der Zeitung hinweg. Nicht jeder mag Steaks mit einer dicken Pfefferschicht drauf.

Wer mag die nicht?

Victoria vielleicht.

Er vertiefte sich wieder in die Zeitung, und Raymond saß am Tisch und musterte ihn. Sein Gesicht nahm einen betrübten, erschrockenen Ausdruck an, als sei er bei einer Missetat ertappt worden. Meinst du, es hat ihr nicht geschmeckt? fragte er.

Woher soll ich das wissen? sagte Harold.

Der Wind sauste und heulte. Das Haus ächzte.

Eine Stunde später stand Raymond auf. Da hab ich überhaupt nicht dran gedacht, sagte er.

Woran?

Ob sie so viel Pfeffer auf dem Steak mag.

Er ging zur Treppe. Harold sah ihm nach.

Wo willst du hin?

Nach oben.

Schon ins Bett?

Nein.

Er ging weiter. Harold hörte, wie er oben auf den Holzdielen umherging. Dann kam er wieder herunter, mit zwei dicken Wolldecken auf dem Arm, die nach Staub und Rumpelkammer rochen. Er ging damit zur Haustür und schüttelte sie auf der Veranda in Sturm und Schneegestöber aus. Hinterher ging er an ihre Tür und klopfte leise an, um sie nicht zu wecken, falls sie schon schlief. Von drinnen kam kein Laut. Er ging hinein und sah, dass das Mädchen tief unter den Decken vergraben war und dass das Licht von der hohen bläulichen Lampe draußen bleich das Bett beschien. Er stand einen Moment da und schaute sie an, betrachtete den Raum und all die neuen Sachen und Störungen darin, und dann breitete er die beiden Decken über sie. Als er sich umwandte, um wieder hinauszugehen, stand Harold in der Tür. Sie gingen gemeinsam hinaus und ließen die Tür einen Spaltbreit offen.

Sie soll sich nicht erkälten, sagte Raymond. Nicht gleich in der ersten Nacht.

Mitten in der Nacht wachte sie schwitzend auf und schob die Decken zur Seite.

Guthrie

Da alle Beteiligten anwesend sind, sagte Lloyd Crowder, können wir beginnen.

Die fünf Leute hatten sich in einem kleinen Zimmer neben der Schulbibliothek versammelt und saßen an einem quadratischen Tisch in der Raummitte. Lloyd Crowder, der Direktor, führte den Vorsitz. Russell Beckman saß ihm gegenüber, flankiert von seinen Eltern. Seine Mutter war eine kleine, dicke Frau, deren rosa Pullover über den Armen und der Brust spannte, sein Vater war groß und dunkelhaarig und trug eine Sportjacke aus glänzend weißem Satin mit der Aufschrift HOLT HAWKS auf dem Rücken. Seitlich von den Beckmans saß Tom Guthrie. Er hatte nur einen Blick auf die Beckmans geworfen, als sie hereingekommen waren, und seither schweigend auf den Beginn der Besprechung gewartet. Vor ihm auf dem Tisch lagen Kopien der Formulare, die er unterschrieben hatte, weitere Formulare und sonstige Schriftstücke waren vor dem Direktor ausgebreitet. Es war spät am Nachmittag, zwei Stunden nach Unterrichtsschluss.

Ich glaube, Sie kennen einander schon, sagte Lloyd Crowder. Also kann ich mir die Vorstellung sparen und gleich zur Sache kommen. Damit wir das hinter uns bringen. Er legte seine großen, fleischigen Hände auf die vor ihm liegenden Papiere und beugte sich vor. Wir haben, wie Ihnen ordnungsgemäß mitgeteilt wurde, diese Besprechung anberaumt, weil Ihrem Sohn – er sah über den Tisch hinweg die Beckmans an – ein Verweis erteilt wurde, und in diesem Fall bin ich nach der Schulordnung verpflichtet, etwas zu unternehmen, und das will ich jetzt tun. Er schaute der Reihe nach in die vier ihm zugewandten Gesichter. Ich will es einfach ausdrücken: Russell hat vor ein paar Tagen während des Unterrichts ein unangemessenes, ungebührliches Verhalten gezeigt. Wir werden also jetzt besprechen, was er getan hat und welche Folgen das nach sich ziehen sollte.

Sie können gleich wieder aufhören, unterbrach ihn Mrs. Beckman. Was Sie da sagen, ist Blödsinn. Ihre Wangen hatten sich gerötet, ihr Pullover rutschte langsam nach oben. Das ist ja wie eine Verurteilung ohne Gerichtsverhandlung. Was hat er denn getan? Der hat doch überhaupt nix getan. Was soll er denn getan haben?

Darauf komme ich noch, sagte Lloyd Crowder. Immer eins nach dem anderen. Wenn Sie mich jetzt bitte weiterreden lassen. Er sprach ruhig und sah ihr dabei ins Gesicht. Er hielt eine kleine Broschüre hoch und fuhr fort: Erst werde ich Ihnen aber etwas aus der Schulordnung vorlesen. Auf Seite neun heißt es da: Im Folgenden sind die Verhaltensweisen aufgezählt, die einen Schulverweis oder andere Disziplinarmaßnahmen nach sich ziehen können. Ich gehe gleich weiter zu den Vergehen dritten Grades. Hier steht: Wiederholung eines Vergehens zweiten Grades. Gebrauch oder Besitz von Tabak oder Drogen auf dem Schulgelände. Feuerwerkskörper in der Schule. Belästigung. Insubordination. Tätliche Auseinandersetzungen. Physischer oder verbaler Angriff auf eine Lehrkraft. Einschüchterung oder Bedrohung eines Mitschülers. Diebstahl. Beschädigung oder Zerstörung von Schuleigentum. Besitz oder Gebrauch von Waffen. Und so weiter. Er schaute auf. Das ist die hier anzuwendende Vorschrift. Die Vorschrift, gegen die Russell verstoßen hat.

Ach ja? sagte Mrs. Beckman. Russell hat nie Waffen in die Schule mitgenommen. Und wie oder wann soll er Schuleigentum beschädigt haben?

Warten Sie, sagte der Direktor. Sie haben mich nicht ausreden lassen. Bitte sehen Sie sich das hier einmal an. Er reichte ihr eine Ausfertigung des Verweises. Sie besah sie misstrauisch. Ihr Mann und ihr Sohn beugten sich vor und lasen mit.

Bitte gehen Sie das mit mir durch, sagte Lloyd Crowder. Ganz oben steht sein Name und das Datum des Vorfalls. Darunter ist ausführlich beschrieben, was er getan und gesagt hat. Als Nächstes können Sie lesen, welche Strafe empfohlen wird, also welche Konsequenzen sein Verhalten haben wird. Das ist in diesem Fall ein fünftägiger Ausschluss vom Unterricht. Was da in so vielen Worten steht, besagt im Grunde genommen, dass Russell etwas Ungehöriges und Verletzendes zu einer Mitschülerin gesagt und sie damit vor der Klasse lächerlich gemacht und gedemütigt hat. Als sein Lehrer ihn dann draußen auf dem Flur zur Rede stellte, hat er ihn beschimpft und tätlich angegriffen. Womit wir bei dem Abschnitt der Schulordnung wären, den ich Ihnen gerade vorgelesen habe. Einschüchterung und Bedrohung eines Mitschülers. Physischer oder verbaler Angriff auf eine Lehrkraft.

Wer hat das geschrieben? wollte Mrs. Beckman wissen.

Die Sekretärin hat das Formular ausgefüllt, aufgrund der Angaben von Mr. Guthrie. Sie hat für die korrekte Formulierung gesorgt.

Wissen Sie, was das ist? sagte Mrs. Beckman. Das ist ein Haufen Scheiße.

Guthrie sah sie über die Tischecke hinweg an. So, meinen Sie?

Ja, das meine ich, sagte sie und funkelte ihn hasserfüllt an. Für mich ist das nichts anderes. Unser Sohn hat uns von Ihnen erzählt. Sie können ihn einfach nicht leiden. Das steckt dahinter. Sie haben Ihre Lieblinge, und er gehört nicht dazu. Vom ersten Schultag an sind Sie noch nie fair zu Russell gewesen. Der Wisch hier mit dem hochtrabenden Gelaber ist von A bis Z verlogen, und wenn Sie mich fragen: Genau das sind Sie auch.

Also bitte, sagte der Direktor. Das kann ich nicht dulden.

Aber das ist doch völlig einseitig, rief Mrs. Beckman. Abrupt wandte sie sich wieder dem Direktor zu, packte das Formular und schüttelte es angewidert in Tom Guthries Richtung. Da steht doch nur drin, was der da behauptet. Warum fragen Sie Russell nicht, was er dazu zu sagen hat? Oder ist Ihnen die Wahrheit egal?

Mäßigen Sie sich, sagte der Direktor. Sagen Sie nichts, was Ihnen hinterher Leid tun könnte. Natürlich darf ihr Sohn sich auch äußern. Also, Russell?

Der Schüler saß wie versteinert zwischen seinen Eltern. Er rührte sich nicht und sagte nichts. Er musterte den Direktor.

Na los, sagte seine Mutter. Worauf wartest du? Sag ihm, was du uns gesagt hast.

Er warf seiner Mutter einen Blick zu und starrte dann wieder vor sich hin. Ich hab überhaupt nichts zu ihr gesagt. Da kann der reden, was er will. Ich hab mit wem anderen geredet. Der hat überhaupt keinen Beweis. Der weiß noch nicht mal, ob ich überhaupt was gesagt hab oder nicht.

Er hat was gesagt, sagte Guthrie. Alle haben es gehört. Und nachdem er es gesagt hatte, unterbrach die Schülerin ihren Vortrag und sah ihn an. Dann lief sie aus dem Klassenzimmer.

Und was hab ich angeblich gesagt? Fragen Sie ihn mal. Er weiß es nicht.

Wissen Sie es, Tom?

Nein. Ich habe es nicht verstanden, sagte Guthrie. Aber ich kann mir denken, was es war. Ich habe die anderen Schüler gefragt, keiner wollte mit der Sprache heraus. Aber was es auch war, jedenfalls hat es sie veranlasst, fluchtartig das Klassenzimmer zu verlassen.

Woher will er das denn wissen? sagte Mrs. Beckman. Das ist doch bloß eine Vermutung.

Nein, sagte Guthrie. Es war mehr als eine Vermutung. Das haben alle gewusst. Warum wäre sie sonst hinausgerannt?

Na, mein Gott, sagte Mrs. Beckman. Dafür kann's einen

Haufen Gründe geben. Die ist doch schwanger, oder? Die kleine Schlampe hat einen Braten in der Röhre. Vielleicht ist sie rausgerannt, weil sie pissen musste.

Mrs. Beckman, sagte Tom Guthrie und sah sie an, Sie sind eine Dreckschleuder. Und eine Ignorantin.

Und Sie sind ein dreckiger Lügner!

Ich muss schon sehr bitten, sagte der Direktor. Ich habe Sie bereits gewarnt. Wir wollen doch alle zivilisiert bleiben.

Sagen Sie das lieber dem.

Ich sage es Ihnen beiden. Schluss damit.

Mrs. Beckman warf dem Direktor einen finsteren Blick zu, sah dann ihren Mann und dann ihren Sohn an. Sie zog ihren Pullover über Brust und Bauch straff. Na schön, sagte sie. Was war draußen auf dem Flur? Was ist da gewesen? Erzähl ihm aus deiner Sicht, was passiert ist. Mal sehen, wie er sich da rauswindet.

Der Junge saß da wie vorher, mürrisch und stocksteif, und starrte schweigend über den Tisch.

Mach schon, sagte seine Mutter. Erzähl's ihm.

Wozu denn? Was soll das denn nützen? Dem seine Meinung steht doch sowieso schon fest.

Erzähl's ihm trotzdem. Sag ihm, was du uns gesagt hast. Also los jetzt.

Er schaute vor sich hin, ohne irgendetwas anzusehen, und fing dann mit eintöniger Stimme zu reden an, als handelte es sich nur um eine lästige, völlig unwichtige Probe. Ich soll mit ihm auf den Flur rausgehen, hat er gesagt. Da bin ich mit ihm rausgegangen. Wir haben geredet. Auf einmal packt er mich am Arm, dreht ihn mir auf den Rücken und schubst mich gegen die Schließfächer. Ich hab gesagt, er soll damit aufhören. Hab ihm gesagt, er darf mich nicht anrühren. Dann hab ich mich losgerissen, bin rausgelaufen und heimgefahren.

Der Direktor wartete. Und das ist alles? Das war's schon? Mehr ist nicht passiert?

Nö.

Sie haben ihn nicht geschlagen?
Nein.
Sie haben auch sonst nichts zu ihm gesagt?
Was denn?
Das will ich ja von Ihnen wissen.
Nö. Ich hab sonst überhaupt nichts gesagt.
Das steht aber hier ganz anders, sagte der Direktor.
Na und? Der Junge starrte mürrisch vor sich hin. Das ist doch eh lauter Mist.

Der Direktor sah den Jungen länger an. Musterte ihn, überlegte. Dann kam er offenbar zu einem Entschluss. Er ordnete die vor ihm liegenden Schriftstücke und Broschüren und legte sie in eine Mappe. Die anderen am Tisch sahen ihm schweigend zu. Als er damit fertig war, schaute er auf. Ich glaube, das genügt für heute, sagte er. Ich glaube, wir haben genug gehört. Ich habe einen Beschluss gefasst. Russell Beckman, ich schließe Sie der Schulordnung entsprechend für fünf Tage vom Schulbesuch aus, beginnend mit dem morgigen Tag. Sie werden während dieser Zeit in allen Fächern null Punkte bekommen, und Sie haben sich der Schule vollständig fern zu halten; ich will Sie in den nächsten fünf Tagen nicht einmal in der Nähe der Schule sehen. Verstanden? Vielleicht schaffen Sie es ja, doch noch etwas zu lernen, auch wenn es nicht in einem Buch steht.

Als er geendet hatte, sprang Mrs. Beckman wie von der Tarantel gestochen auf und stieß dabei ihren Stuhl um. Er fiel krachend zu Boden. Sie war jetzt puterrot, und ihr Pullover war wieder hochgerutscht, sodass ein schmaler Streifen ihres weichen Bauchs hervorsah. Sie fuhr herum und schrie ihren Mann an: Mein Gott, dass ich das erleben muss! Mach endlich den Mund auf! Du hast ihn doch gehört. Du hast gehört, was er gesagt hat. Du bist sein Vater. Willst du einfach da sitzen bleiben, als ob nichts passiert wär?

Ihr großer, magerer Mann, der in seiner seidig glänzenden Sportlerjacke neben ihr saß, sah sie nicht einmal an. Er hielt den Blick auf den Direktor gerichtet. Wenn du vielleicht mal deine gottverfluchte Klappe halten kannst, sagte er ruhig, und zwar länger als drei Sekunden, dann sag ich was. Seine Frau sah ihn böse an. Sie machte den Mund auf, besann sich dann aber und kniff die Lippen zusammen. Ihr Mann hatte nach wie vor Lloyd Crowder im Blick. Nach einer kurzen Pause sagte er: Ich versteh nichts von diesem Kokolores mit Verweisen und Verweisungen, sagte er. Ist mir auch egal. Das lässt mich alles kalt. Aber das soll doch wohl nicht heißen, dass mein Junge nächstes Wochenende nicht Basketball spielen darf?

Genau das heißt es, sagte der Direktor. Er darf nicht trainieren. Er darf seinen Dress nicht anziehen. Er darf die nächsten fünf Schultage bei keinem Basketballspiel mitmachen.

Sie wissen doch, dass dieses Wochenende zwei Spiele sind, sagte Beckman. Das wissen Sie. Es ist ein Turnier.

Und ob ich das weiß. Ich habe den ganzen Tag deswegen am Telefon gehangen.

Und jetzt sagen Sie mir, Sie wollen ihn nicht spielen lassen.

Nicht, bevor die fünf Tage um sind.

Und alles bloß wegen dem, was Guthrie behauptet. Weil mein Sohn irgendwas zu irgendeinem angebumsten, miesen Schulmädchen gesagt haben soll.

Genau. Und wegen dem, was sich draußen auf dem Flur abgespielt hat.

Ist das Ihr letztes Wort? Haben Sie sich das auch gut überlegt?

Ja.

Unwiderruflich?

So ist es.

Na gut, Sie widerlicher Fettsack, sagte Beckman. Es gibt auch andere Mittel und Wege.

Der Direktor beugte sich schwer über den Tisch zu Beckman hinüber. Jetzt reicht's, sagte er. Wollen Sie mir drohen?

Denken Sie, was Sie wollen. Sie haben gehört, was ich gesagt hab.

Herrgott noch mal, das brauche ich mir nicht anzuhören. Ich bin schon sehr lange hier. Und ich bleibe hier, so lange es mir passt. Und weder Sie noch sonst jemand in diesem Raum sollte sich etwas anderes einbilden. Die Besprechung ist beendet.

Beckman starrte ihn eine Weile an. Dann stand er auf und drehte sich abrupt zu seiner Frau und seinem Sohn um. Die beiden gingen zur Tür, und er folgte ihnen, aber auf der Schwelle drehte er sich noch einmal um. Vergessen Sie das nicht, Sie Fettkloß, es gibt immer Mittel und Wege. Ich vergesse es jedenfalls nicht, verlassen Sie sich drauf. Ich werde nichts von dem allem vergessen. Dann wandte er sich um und schob Frau und Sohn hinaus, und alle drei entfernten sich durch den Flur.

Als sie weg waren, blieb der Direktor noch einen Moment nachdenklich sitzen und sah zerstreut zur offenen Tür hin. Nach einer Weile schüttelte er sich und wandte sich an Tom Guthrie. Tja, sagte er. Da sehen Sie, was für einen Schlamassel Sie angerichtet haben. Jetzt ist mir doch der Kragen geplatzt, dabei hatte ich mir fest vorgenommen, ruhig zu bleiben. So hab ich mir's nicht vorgestellt. Das ist nicht meine Art, Verhandlungen zu führen. Aber lassen Sie sich eins sagen: Seien Sie ab sofort lieber vorsichtig.

Mit denen, meinen Sie? fragte Guthrie.

Genau.

Und Sie?

Ach, der wird mir nichts tun. Das war bloß Theater. Der musste sich aufspielen. Aber Sie sollten es lieber gut sein lassen. Lassen Sie sich mit denen nicht ein. Und wenn der Junge wiederkommt, lassen Sie um Himmels willen mal fünfe gerade sein. Wie gesagt, wir wollen, dass er seine Prüfung macht und hier verschwindet.

Dann muss er aber auch seine Arbeit machen.

Nein, auch wenn er nichts tut.

Ich bleibe bei meiner Meinung, sagte Guthrie.

Hören Sie lieber auf mich. Schlagen Sie meinen Rat nicht in den Wind.

Ike und Bobby

Am Nachmittag nach der Schule gingen sie die Holztreppe hinauf und durch den langen, schwach erhellten Gang, aber nicht, um Zeitungsgeld zu kassieren. Als sie die Tür aufmachte, sagte Iva Stearns: Es ist nicht Samstag. Was ist los? Kassiert ihr jetzt früher?

Nein, sagte Ike.

Was dann? Warum seid ihr gekommen?

Sie sahen über die Schulter zurück in den Gang, zu schüchtern und verlegen, um zu sagen, was sie wollten, obwohl sie es genau wussten.

Mrs. Stearns schaute sie an. Ich verstehe, sagte sie. Wenn das so ist, dann kommt doch rein.

Wortlos traten sie ins Zimmer. Die Wohnung war so wie immer: die vollgestellten, überheizten Räume, die Stapel von Papieren und alten Rechnungen auf dem Boden, die Einkaufstüten auf dem Bügelbrett mit dem alten Kram, von dem sie sich nicht trennen konnte, der tragbare Fernseher auf der großen Hartholztruhe und über allem der unvermeidliche Geruch nach Zigarettenrauch und dem gesammelten Staub der County Holt. Sie machte die Tür zu und sah die beiden an, überlegte, eine bucklige Frau in einem dünnen blauen Hauskleid mit Schürze, die in ihren ausgetretenen Hausschuhen Männersocken trug und sich auf ihre zwei silbernen Stöcke stützte.

Ich weiß was Besseres, sagte sie. Ich wollte sowieso Plätzchen backen. Aber ich habe nicht alle Zutaten im Haus, und zum Einkaufen bin ich zu lahm und zu faul. Könntet ihr das für mich erledigen?

Was brauchen Sie?

Ich mache eine Liste. Esst ihr Zimtplätzchen?

Ja. Die mögen wir.

Sehr gut. Dann machen wir die.

Sie ließ sich in den Sessel an der Wand sinken. Das dauerte eine ganze Weile. Als sie saß, holte sie erst einmal Luft und stellte die beiden Stöcke neben den Sessel. Sie zog Kleid und Schürze über ihren knochigen Knien zurecht, dann sagte sie: Bringt mir bitte die Handtasche von dem Tisch da drin. Ihr wisst ja, wo sie liegt.

Bobby ging in das andere Zimmer, das genauso vollgestellt und überheizt war, fand ihre Handtasche, trug sie hinüber und legte sie ihr in den Schoß. Die Jungen standen vor dem Sessel und warteten. Da sie den Kopf gesenkt hatte, sahen sie, dass ihr feines, gelbweißes Haar kaum die Kopfhaut bedeckte und ihre Ohren unter den Brillenbügeln rot entzündet waren. Das Kabel ihres altmodischen Hörgeräts schlängelte sich in den Halsausschnitt ihres Hauskleids und verschwand darin.

Sie öffnete die lederne Handtasche und entnahm einer Geldbörse zehn Dollar. Sie gab das Geld Ike. Das müsste dicke reichen, sagte sie. Bringt das Wechselgeld wieder.

Ja, Ma'am.

Also, was brauchen wir? Sie schaute die beiden mit zusammengekniffenen Augen an, als könnten sie es wissen. Geduldig erwiderten sie ihren Blick und blieben einfach abwartend vor ihr stehen. Wir brauchen fast alles, sagte sie.

Sie brachte einen Füller zum Vorschein und kramte in der Handtasche, fand aber nicht, was sie suchte.

Gebt mir was zum Schreiben, sagte sie. Die Zeitung tut's auch. Gebt mir die Zeitung. Es war die *Denver News* vom selben Tag, noch zusammengerollt und mit dem Gummiband, das die Jungen am Morgen darübergestreift hatten. Sie entrollte sie, riss einen Fetzen von der ersten Seite ab und fing an, die Einkaufsliste auf den weißen Rand zu schreiben – Hafermehl, Eier, brauner Zucker –, in der alten, fließenden Palmer-Schrift, die sie in der Schule gelernt hatte, die jetzt aber krakelig war, als zitterte sie vor Kälte oder Fieber. Da, sagte sie. Das Geld habt ihr. Sie schaute Ike an. Den Einkaufszettel geb ich dir, Bobby. Sie gab ihm den Fetzen. Also dann, ab mit euch. Ich warte.

Aber wo bekommen wir das denn, Mrs. Stearns? fragte Ike.

Bei Johnson's. In dem Lebensmittelladen, den kennt ihr doch.

Ja, den kennen wir.

Da kauft ihr die Sachen.

Sie drehten sich um und gingen zur Tür.

Moment noch, sagte sie. Wie wollt ihr denn hier wieder reinkommen? Ich möchte nicht gleich wieder aufstehen und zur Tür gehen. Sie nahm einen Schlüssel aus der Handtasche und gab ihn den Jungen.

Sie verließen die Wohnung und gingen die Treppe hinunter, hinaus in die beißende Winterluft auf der Main Street und weiter zu Johnson's an der Ecke Second Street. Der Einkauf war wesentlich komplizierter, als sie gedacht hatten. Braunen Zucker gab es von zwei verschiedenen Marken. Außerdem gab es Instant-Hafermehl und normales Hafermehl und obendrein noch in zwei Packungsgrößen. Und bei den Eiern waren es drei Größen und zwei Farben. Sie standen zwischen den Regalen und beratschlagten miteinander, während ringsherum die anderen Kunden, hauptsächlich ältere Frauen und junge Mütter, sie neugierig ansahen und dann ihre vollen Einkaufswagen weiterschoben.

Wir haben den billigen braunen Zucker genommen, sagte Ike.

Ja, sagte Bobby.

Und die Großpackung normales Hafermehl.

Ja.

Also nehmen wir jetzt die mittelgroßen Eier.

Warum?

Weil die in der Mitte sind.

Und?

Na ja, weil dann das eine in der Mitte zwischen den beiden anderen ist. Dann gleicht sich's aus.

Bobby sah ihn an und überlegte. Na gut, sagte er. Und welche Farbe?

Welche Farbe?

Braun oder weiß?

Sie wandten sich noch einmal dem Kühlregal zu und besahen sich die Reihen der Eierkartons. Mutter hat weiße gekauft, sagte Ike.

Sie ist aber nicht unsere Mutter, sagte Bobby. Vielleicht will sie braune.

Warum sollte sie braune wollen?

Sie hat ja auch braunen Zucker aufgeschrieben.

Na und?

Da gibt's ja auch weißen, sagte Bobby. Aber sie hat braunen bestellt.

Also gut, sagte Ike. Braune Eier.

Also gut, sagte Bobby.

Mittelgroße.

Von mir aus.

Sie trugen die Eier, das Hafermehl und den Zucker nach vorn zur Kasse und bezahlten bei der Kassierin. Sie lächelte ihnen zu. Na, macht ihr euch was Leckeres? fragte sie. Sie antworteten nicht, sondern nahmen nur das Wechselgeld aus ihrer Hand, gingen hinaus und die Treppe hinauf zu der dunklen, überheizten Wohnung der alten Frau in der Seitengasse. Sie benutzten den Schlüssel, gingen hinein, ohne anzuklopfen, und fanden sie im Sessel schlafend vor. Sie atmete schwach, ein leises Stöhnen und Sicherholen, ihr Kopf war nach vorn auf die Passe ihres blauen Hauskleids gefallen. Zögernd stellten sie sich vor sie hin und sahen, wie kraftlos ihre Brust sich bewegte, sahen das schwache Heben und Senken des Hauskleids und bekamen es ein wenig mit der Angst. Ike beugte sich vor und sagte, Mrs. Stearns? Wir sind wieder da. Sie warteten. Mrs. Stearns, sagte Ike. Er beugte sich abermals vor. Wir sind da. Er berührte sie am Arm.

Abrupt hörte sie zu atmen auf. Sie würgte ein bisschen. Flatternd gingen ihre Augen hinter den Brillengläsern auf, und sie hob den Kopf und sah sich um. Ach. Seid ihr wieder da?

Wir sind gerade reingekommen, sagte Ike. In dem Moment.

Habt ihr in dem Laden Schwierigkeiten gehabt?

Nein, keine. Wir haben alles gekriegt.

Gut, sagte sie.

Sie gaben ihr das restliche Geld und den Kassenzettel, und sie hielt die flache Hand vors Gesicht, zählte mit dem Finger das Geld und verstaute die Scheine und Münzen in ihrer Handtasche. Sie wollten ihr den Schlüssel zurückgeben, aber sie sagte, Den vertrau ich euch an. Ihr könnt reinkommen, wenn ihr's nötig habt. Und wenn ich nicht aufstehen muss, um euch reinzulassen. Vielleicht möchtet ihr das ja ab und zu mal. Sie sah sie an. In Ordnung? Sie nickten. Schön, sagte sie. Jetzt muss ich mal sehen, ob ich hochkomme.

Langsam begann sie, sich aus dem Sessel zu erheben, indem sie sich mit den Fäusten von den Armlehnen abstieß. Sie hätten ihr gern geholfen, wussten aber nicht, wo sie sie anfassen sollten. Schließlich hatte sie es geschafft. Es ist lächerlich, so alt zu werden, sagte sie. Dumm und lächerlich. Sie nahm ihre Stöcke. Geht mal ein Stückchen zurück, damit ich nicht über euch stolpere.

Sie schlurfte los, und sie folgten ihr in die Küche, in der sie noch nie gewesen waren: ein kleiner Raum mit einem kleinen Fenster, durch das man auf die Dachpappe des Nachbarhauses sah, ein schlichter Holztisch mit einem Toaster darauf, ein kleiner Kühlschrank, ein Abfalleimer und ein alter emaillierter Ausguss, mit einer schmutzigen Kaffeetasse und den Toastkrümeln von Mrs. Stearns Frühstück.

Wascht euch erst mal die Hände, sagte sie. Hier.

Sie stellten sich nebeneinander an den Ausguss. Mrs. Stearns gab ihnen ein Handtuch. Dann mussten sie die übrigen Zutaten aus dem Schrank nehmen und sie auf den Tisch stellen, in der Reihenfolge des alten Rezepts, das sie einmal aus dem Deckel einer Hafermehlpackung ausgeschnitten hatte und das grau, abgegriffen und fettig, aber immer noch leserlich war.

Was kommt als Nächstes? fragte sie. Lies vor.

Vanille.

Da oben. In der Mitte. Und dann?

Backpulver.

Dort. Sie zeigte darauf. Sonst noch was?

Nein, das ist alles.

Na gut, sagte sie. Habt ihr begriffen? Wer lesen kann, der kann auch kochen und backen. Ihr könnt euch jederzeit selbst versorgen. Vergesst das nicht. Damit meine ich, nicht nur hier. Auch, wenn ihr wieder zu Hause seid. Versteht ihr mich?

Sie sahen sie ernst an. Bobby las noch einmal das Rezept. Was bedeutet denn schaumig schlagen? fragte er.

Wo?

Hier steht, Butter und Zucker schaumig schlagen.

Das bedeutet, dass man die Butter und den Zucker so lange verrührt, bis sie eine weiche Masse bilden, sagte sie. So ähnlich wie dicke Sahne.

Aha.

Dazu nimmt man eine Gabel.

Sie fingen an, die Zutaten in die Schüssel zu geben und sie zu verrühren, und Mrs. Stearns stand daneben, beaufsichtigte sie und gab ihnen Ratschläge. Dann setzten sie Teigbatzen mit einem Löffel auf das eingefettete Backblech und schoben es in den Ofen.

Ich hab mir was überlegt, sagte sie. Ich zeig euch was. Wir müssen jetzt sowieso warten.

Sie schlurfte ins andere Zimmer und kam mit einem flachen, ziemlich ramponierten Pappkarton zurück, stellte ihn auf den

Tisch und nahm den Deckel ab. Dann zeigte sie ihnen Fotos, die an den Nachmittagen und Abenden ihres einsamen Lebens oft in die Hand genommen worden waren, Fotos, die herausgenommen und betrachtet und wieder in das schwarze Album zurückgelegt worden waren. Auch das Album selbst war altmodisch. Die Bilder zeigten alle ihren Sohn Albert. Das ist er, sagte sie und zeigte mit nikotingelbem Finger auf eines der Fotos. Das ist mein Sohn. Er ist im Krieg gefallen. Im Pazifik.

Die Jungen beugten sich vor und betrachteten ihn.

Das ist mein Albert in seiner Marineuniform. Das ist mein Lieblingsfoto von ihm als erwachsener Mann. Seht ihr diesen Ausdruck auf seinem Gesicht? Ach, er war so ein hübscher Junge.

Er war ein hoch gewachsener, schlanker junger Mann in einer dunklen Marineuniform, seiner Ausgehuniform, auf dem Kopf eine runde weiße Matrosenmütze, die Schuhe blankgewienert. Er blinzelte in die Sonne. Er stand vor einem belaubten Baum und einem großen Schattenfleck. Und er grinste aus Leibeskräften.

Er fehlt mir jeden Tag, sagte sie. Immer noch.

Sie blätterte um, und auf der nächsten Seite war ein Foto von demselben jungen Mann, wie er den Arm um die Schultern einer schlanken Frau mit dunklem, gewelltem Haar gelegt hatte, die ein weißes Gabardinekleid trug.

Wer ist denn das? wollten sie wissen. Die Dame, die da bei ihm ist.

Na, was meint ihr? fragte sie.

Sie zuckten die Achseln. Sie wussten es nicht.

Das bin ich. Hättet ihr euch das nicht denken können?

Sie sahen sie an, musterten ihr Gesicht.

So hab ich früher ausgesehen, sagte sie. Ich war auch mal jung, stellt euch vor.

Ihr Gesicht war ganz nahe, alt und bebrillt, voller Altersflecken; sie hatte weiche Hängebacken, trug das schüttere Haar zurückgekämmt. Sie roch nach Zigarettenrauch. Wieder betrachteten sie das Bild von ihr, als sie eine junge Frau in einem hübschen Kleid gewesen war und ihr Sohn den Arm um sie gelegt hatte.

Das war, als Albert zum letzten Mal Heimaturlaub hatte, sagte sie.

Wo war sein Vater? fragte Ike. War er auch zu Hause?

Nein, war er nicht. Ihre Stimme veränderte sich. Sie klang jetzt müde und verbittert. Da war er schon weg. Sein Vater war nirgendwo. Jetzt wisst ihr es.

Bobby sagte, Unsere Mutter ist jetzt in Denver.

Oh, sagte sie. Sie schaute ihn an. Ihre Gesichter waren dicht voreinander. Ja, ich glaube, das hab ich irgendwo gehört.

Sie hatte das Haus nur gemietet, sagte Ike. Sie ist jetzt bei ihrer Schwester in Denver.

Aha.

Wir besuchen sie bald. Zu Weihnachten.

Das wird sicher schön. Ihr müsst ihr schrecklich fehlen. Mir würde das jedenfalls so gehen. Wie die Luft zum Atmen. Ich weiß, dass es bei ihr auch so ist.

Manchmal ruft sie an, sagte Ike.

Die Uhr am Herd klingelte. Sie nahmen die ersten Hafermehlkekse aus dem Rohr, und sofort roch es in der kleinen Küche nach Zimt und frischem Gebäck. Die Jungen setzten sich an den Tisch, aßen Plätzchen und tranken dazu die Milch, die Mrs. Stearns in blaue Gläser gegossen hatte. Sie sah ihnen an den Unterschrank gelehnt zu, trank in kleinen Schlückchen eine Tasse heißen Tee und biss von einem Keks ab, aber sie hatte keinen Hunger.

Nach einer Weile rauchte sie eine Zigarette und klopfte die Asche in den Ausguss.

Ihr sagt ja kaum was, sagte sie. Ich möchte wissen, was ihr die ganze Zeit denkt.

Worüber?

Über irgendwas. Über die Plätzchen, die ihr gebacken habt.

Sie sind gut, sagte Ike.

Ihr könnt sie mit nach Hause nehmen, sagte sie.

Möchten Sie sie nicht?

Ein paar behalte ich. Die Übrigen könnt ihr mitnehmen, wenn ihr nach Hause geht.

Guthrie

Maggie Jones sagte, Du willst doch nicht schon gehen?

Guthrie stand mit seiner Winterjacke in der Hand im Hausflur. Hinter Maggie standen andere Lehrer und Lehrerinnen in Grüppchen herum, aßen von kleinen Papptellern, tranken und unterhielten sich, wieder andere saßen in Sesseln oder auf dem Sofa. In einer Ecke des Wohnzimmers hörte eine Lehrerin Maggie Jones' Vater zu. Der alte Mann trug ein Cordhemd mit grünem Schlips, gestikulierte mit beiden Händen und erzählte der Frau etwas, irgendeine Geschichte aus der Zeit, als er noch jung gewesen war.

Warum denn jetzt schon? fragte Maggie. Es ist doch noch früh.

Ich hab für solche Feten nicht viel übrig, sagte Guthrie. Ich glaube, ich zieh mal weiter.

Wohin gehst du?

Auf einen Drink rüber ins Chute. Komm doch mit.

Ich kann doch meine Gäste nicht allein lassen.

Guthrie zog sich die Jacke an und machte den Reißverschluss zu.

Wart auf mich, sagte sie. Ich komm nach, wenn ich kann.

In Ordnung. Aber ich weiß nicht, wie lange ich dort bleibe.

Er machte die Tür auf und ging hinaus. Sofort spürte er die Kälte auf dem Gesicht, an den Ohren und in der Nase. Vor ihrem Haus und um die Ecke standen überall Autos. Er ging zu seinem Pickup und stieg ein. Der Anlasser drehte sich widerwillig, dann sprang der Motor an. Er ließ ihn ein bisschen warm laufen und steckte so lange die Hände in die Jackentaschen, dann fuhr er auf der fast leeren Straße drei Blocks nach Süden und hielt beim Gas and Go; er ließ den Motor laufen, kaufte sich eine Schachtel Zigaretten, ging wieder hinaus und fuhr das letzte Stück bis zum Chute. Das Lokal war verräuchert, die Jukebox spielte. Die üblichen Gäste, wie an jedem Samstagabend.

Er setzte sich an die Bar. Monroe trocknete sich die Hände an einem weißen Handtuch ab und kam zu ihm herüber. Was darf's denn sein, Tom? Guthrie bestellte ein Bier, Monroe zapfte es und stellte es vor ihn auf den Tresen. Er wischte an einem Fleck in dem polierten Holz herum, aber es war etwas in der Maserung. Bleibst du länger?

Ich glaub nicht. Guthrie gab ihm einen Schein, und Monroe drehte sich um, ging an die Kasse vor dem großen Spiegel, kam zurück und legte das Wechselgeld neben Guthries Glas.

Na, wie läuft's so?

Es ist noch früh, sagte Monroe.

Er ging ans andere Ende der Bar, und Guthrie schaute sich um. Links von ihm saßen drei oder vier Männer und hinter ihnen in den Nischen noch ein paar Gäste, andere an den Tischen in der Mitte und am Shuffleboardtisch im anderen Raum. Judy, die Schulsekretärin, saß mit einer Frau an einem der Tische. Als sie sah, dass er zu ihr hinschaute, hob sie das Glas und winkte mit zwei Fingern wie ein junges Mädchen. Er nickte ihr zu, wandte sich ab und schaute in die entgegengesetzte Richtung. Noch zwei Männer, und auf dem letzten Hocker zusammengesunken eine Frau in einer Armyjacke. Der Mann neben ihm drehte sich um. Es war Buster Wheelright.

Bist du's wirklich, Tom?

Hallo, wie geht's?

Jammern bringt schließlich nichts, oder?

Nicht dass ich wüsste.

Jedenfalls nicht hier, sagte Buster.

Guthrie trank einen Schluck und sah ihn an. Was hast du gemacht, eine Schlankheitskur? Ich hab dich gar nicht erkannt.

Genau, Mann. Und, wie seh ich aus?

Steht dir gut.

Ich hab gerade eine Entziehungskur hinter mir. Da drin hab ich auch ein bisschen abgenommen.

Und, wie war das so?

Die Entziehungskur?

Ja.

Ach, es ging. Bloß einmal, da war ich so nüchtern, dass ich furchtbar depressiv geworden bin. Hab die ganze Zeit geheult. Der Arzt hat mir ein paar Antidepressiva gegeben. Dann war's wieder gut. Nur scheißen konnte ich nicht mehr.

Guthrie schüttelte grinsend den Kopf. Vom Regen in die Traufe, was?

Das kannst du laut sagen, Tom. Man kann nicht leben, wenn man nicht scheißen kann, oder?

Da hast du wohl recht.

Genau. Also hat er mir Abführmittel gegeben. Mich ordentlich ausgeräumt. Da nimmt man ganz schön ab, das kann ich dir sagen. Ich bin kaum noch nachgekommen. Die ganze Zeit da drin hab ich gefressen wie ein Pferd, aber geschissen wie ein ausgewachsener Elefant. Buster lachte. Im linken Oberkiefer fehlten ihm ein paar Zähne.

Klingt ganz nach einer Rosskur, sagte Guthrie.

Ja, es gibt Schöneres, sagte Buster.

Sie tranken beide. Guthrie schaute über die Schulter in den anderen Raum. Judy lachte mit den Leuten an ihrem Tisch über irgendetwas. Ein großer Mann mit Locken saß jetzt mit am Tisch.

Wo ist denn dein Partner? fragte Guthrie. Ich seh ihn nirgends.

Wer?

Terrel.

Ach herrje. Hast du das nicht gehört?

Nein.

Tja, also, Terrel ist gestern früh mit seinem Laster von Norden her in die Stadt gekommen, da rennt vor ihm die kleine gefleckte Hündin von Smythe auf die Straße. Terrel hatte Angst, er überfährt sie. Also hat er gebremst, die Tür aufgemacht und nach hinten geschaut, und dabei ist er, ob du's glaubst oder nicht, auf die Straße gefallen. Der Laster ist ohne ihn weitergefahren und durch Helen Shattucks Sichtschutzzaun in ihren Garten gekracht. Sie haben ihn ins Krankenhaus gebracht, weil sie dachten, er hätte einen Herzanfall gehabt. Als er wieder zu sich gekommen war, hat er ihnen erzählt, wie's wirklich war. Er ist einfach aus dem Laster gefallen. Weil er zu dick ist und sich zu weit rausgelehnt hat. Muss das Gleichgewicht verloren haben. Und ist mitten auf der Hoag Street direkt auf den Kopf gefallen.

Guthrie schüttelte den Kopf und grinste. Ist er schwer verletzt?

Ach nein, dem fehlt nichts. Bloß ordentlich Schädelbrummen hat er.

Und der Hund, hat er den überfahren?

Nö. Keine Spur. Dem Hund ist nichts passiert. Der hat die Kurve gekratzt. Meinst du, wir können da was draus lernen?

Gut möglich, sagte Guthrie.

Meine Mama hat immer gesagt, in allem steckt eine Lehre, man muss nur Augen haben, sie zu sehen, sagte Buster.

Da hat sie Recht gehabt, sagte Guthrie. Deine Mutter war eine kluge Frau.

Jawohl, das war sie, sagte Buster. Sie ist jetzt seit siebenundzwanzig Jahren tot.

Guthrie zündete sich eine Zigarette an und hielt Buster die Schachtel hin. Buster nahm sich eine, inspizierte sie und steckte das Filterende in den Mund. Sie rauchten und tranken ein Weilchen. Monroe brachte Guthrie noch ein Bier und Buster ein Bier und einen Schnaps. Der geht auf mich, sagte Guthrie. Buster nickte zum Dank, nahm das kleine Gläschen, kippte den Schnaps und beugte sich dann sofort vor und nahm einen tiefen Zug Bier.

Als er das Glas absetzte, kam Judy aus dem Hinterzimmer, blieb hinter Guthrie stehen und tippte ihm auf die Schulter. Er drehte sich um, und sie sagte, Ich hab gedacht, Sie sind auf der Party bei Maggie.

War ich auch. Aber Sie hab ich dort nicht gesehen.

Ich hab genug Schule in der Schule, sagte sie. Lauter Lehrer. Immer dieselben Gespräche.

Tja, sagte Guthrie. Sie sehen gut aus.

Oh, danke. Sie wandte sich ihm ganz zu, mit einer tänzerischen Bewegung. Sie trug ein tief ausgeschnittenes weißes Top, enge Jeans und Stiefel aus weichem rotem Leder. Das enge Top formte ihre Brüste zu hübschen runden Hügelchen.

Darf ich Sie zu einem Drink einladen?

Eigentlich bin ich rübergekommen, um Ihnen einen auszugeben.

Sie können ja die nächste Runde zahlen, sagte Guthrie.

Na gut. Ich merk's mir.

Monroe brachte ihr ein Glas Cola mit Rum, sie probierte, rührte mit einem Strohhalm um und probierte noch einmal.

Möchten Sie sich setzen? fragte Guthrie.

Wohin denn?

Sie können meinen Hocker haben. Ich kann auch mal ein Weilchen stehen.

Nichts da. Ich bin jünger als Sie.

Ach ja?

Ich bin jünger als alle hier drin. Ich bin das jüngste Mädchen auf Samstagabendtour. Sie reckte die Faust und schüttelte sie.

Der Mann auf dem Barhocker links neben Guthrie hatte zugehört, er drehte sich um und sah sie an. Er trug einen großen schwarzen Hut mit einer bunten Feder im Band. Ich mach Ihnen einen Vorschlag, sagte er. Sie können meinen Platz haben, wenn Sie mir vorher einen Gutenachtkuss geben. Ich wollte sowieso gerade gehen.

Kennen wir uns? fragte sie.

Nein. Aber ich bin leicht kennen zu lernen. Ich habe nichts, wenn Sie das meinen.

Also gut, sagte sie. Beugen Sie sich runter, Sie sind zu groß für mich. Er bückte sich aus der Hüfte, und sie nahm sein Gesicht in beide Hände, duckte sich unter seinen Hut und küsste ihn fest auf den Mund.

Na, wie war das? fragte sie.

Allmächtiger, sagte er und leckte sich die Lippen. Vielleicht bleib ich doch noch da.

Nichts da, sagte sie. Sie zog ihn am Arm.

Er stand auf, tätschelte ihr die Schulter und verließ das Lokal. Sie setzte sich neben Guthrie an die Bar und wandte sich ihm zu. Wer war denn das? fragte sie.

Ach, der wohnt am Südende, sagte Guthrie. Er ist ab und zu mal hier. Ich weiß nicht, wie er heißt.

Den hab ich noch nie gesehen.

Er ist ungefähr alle zwei Wochen hier.

Guthrie und Judy unterhielten sich über verschiedene Dinge, über die Schule, über Lloyd Crowder und ein paar Schüler, aber nicht lange. Stattdessen erzählte sie von ihrer Tochter, die im ersten Jahr in Fort Collins studierte, und davon, wie es sei, das ganze Haus jetzt für sich zu haben, meistens sei es ihr zu still. Und Guthrie sprach ein bisschen von seinen Söhnen, erzählte ihr, was sie so machten. Dann erzählte sie ihm die Geschichte von der Blondine in der Chartermaschine nach Hawaii, und er fragte sie im Gegenzug, ob sie wisse, was das Schlimmste sei, was man zu einem Mann sagen kann, der an einem Urinal steht. Sie bestellten sich noch etwas, und sie bestand darauf zu zahlen.

Als die Getränke gekommen waren, fragte sie, Darf ich Sie etwas fragen?

Was denn?

Ist Ihre Frau noch in Denver?

Guthrie sah sie an. Ja, sie ist noch dort.

Wirklich?
Ja.
Wie soll das weitergehen?
Kann ich nicht sagen. Vielleicht bleibt sie dort. Sie wohnt bei ihrer Schwester.
Werden Sie sich denn nicht wieder zusammentun?
Das bezweifle ich.
Wollen Sie nicht?
Er schaute sie an. Können wir vielleicht über was anderes reden?
Entschuldigung, sagte sie.
Er zündete sich eine Zigarette an. Sie sah ihm beim Rauchen zu. Dann nahm sie ihm die Zigarette aus der Hand, zog daran, blies zwei Rauchfahnen durch die Nase, nahm noch einen Zug und gab sie ihm zurück.
Behalten Sie sie.
Nein, mehr will ich nicht. Ich hab aufgehört.
Die eine können Sie doch rauchen.
Nein, schon gut. Aber wissen Sie was? Hätten Sie keine Lust, mal zu mir zu kommen, dann mache ich Ihnen ein Steak, oder was anderes? Sie wirken so einsam. Und mir fällt so oft die Decke auf den Kopf, wenn ich die ganze Zeit allein im Haus bin.
Da könnte man drüber reden.
Das sollten wir mal machen. Wirklich.
Mal sehen.
Ein paar Minuten später kam die andere Frau aus dem Nebenzimmer und zerrte Judy an ihren Tisch zurück. Mein Gott, sagte die Frau, du kannst mich doch mit dem nicht allein lassen.
Bis dann, sagte Judy, und Guthrie sah ihnen nach, wie sie wieder in den Nebenraum gingen. Die beiden Frauen zogen den Lockenkopf vom Stuhl hoch und führten ihn zum Shuffleboardtisch. Guthrie sah ihnen eine Zeit lang beim Spielen zu. Als er sich wieder zur Bar umdrehte, war Buster Wheelright

verschwunden. Er hatte etwas Kleingeld auf den Tresen gelegt und war gegangen. Guthrie schaute sich um. Die Frau mit der Armyjacke schlief noch immer am anderen Ende der Bar. Er trank sein Bier aus, ging wieder in die kalte Nacht hinaus und fuhr über die Main Street nach Hause.

Victoria Roubideaux

Im Dezember erschien das Mädchen während Maggie Jones' Vorbereitungsstunde auf der Schwelle des Klassenzimmers. Maggie saß an ihrem Pult und korrigierte mit einem roten Füller.

Mrs. Jones? sagte das Mädchen.

Die Lehrerin blickte auf. Victoria. Komm herein.

Das Mädchen kam ins Zimmer und stellte sich vor das Pult. Sonst war niemand im Raum. Das Mädchen war jetzt schwerer, man sah es ihr schon an, und ihr Gesicht war breiter und voller. Ihre Bluse spannte jetzt stärker über dem Bauch, sodass der Stoff glatter und glänzender wirkte. Maggie schob ihre Papiere beiseite. Komm mal her, sagte sie. Lass dich anschauen. Ja, meine Güte. Langsam wird's ernst, nicht wahr? Dreh dich mal, ich möchte dich von der anderen Seite sehen.

Das Mädchen tat es.

Geht's dir gut?

In letzter Zeit bewegt es sich manchmal. Ich spüre es.

Ja, wirklich? Sie lächelte das Mädchen an. Wolltest du etwas von mir? Hast du nicht gerade Unterricht?

Ich hab Mr. Guthrie gesagt, ich muss auf die Toilette.

Ist irgendwas nicht in Ordnung?

Das Mädchen schaute sich im Raum um und sah dann wieder die Lehrerin an. Sie stellte sich vors Pult und nahm einen Briefbeschwerer in die Hand, dann legte sie ihn wieder weg. Mrs. Jones, sagte sie, die reden nicht.

Wer redet nicht?

Die sagen nie mehr als zwei Worte auf einmal. Das ist ungerecht. Ich glaube nicht, dass die jemals miteinander reden.

Oh, sagte Maggie. Du meinst die McPherons.

Es ist so still da draußen, sagte das Mädchen. Ich weiß nicht, wie ich mich verhalten soll. Wir essen zu Abend. Sie lesen die Zeitung. Ich gehe in mein Zimmer und lerne. Und das war's dann auch schon. Jeden Tag geht das so.

Aber sonst ist alles in Ordnung?

Ja, ja, freundlich sind sie zu mir, wenn Sie das meinen. Richtig nett sind sie.

Aber sie reden nicht, sagte Maggie.

Ich bin mir nicht sicher, ob sie mich überhaupt haben wollen, sagte das Mädchen. Ich hab keine Ahnung, was sie denken.

Versuchst du manchmal, sie von dir aus anzusprechen? Du könntest ja selbst ein Gespräch anfangen.

Das Mädchen sah die ältere Frau entgeistert an. Mrs. Jones, sagte sie, ich verstehe nichts von Kühen.

Maggie musste lachen. Sie legte den roten Füller auf den Stapel Schülerarbeiten, lehnte sich zurück und dehnte die Schultern. Soll ich mal mit den beiden reden?

Ich weiß, sie meinen es nur gut, sagte das Mädchen. Ich weiß, dass sie es nicht böse meinen.

Zwei Tage später sah Maggie Jones nachmittags nach Schulschluss zufällig Harold McPheron im hinteren Teil des Lebensmittelgeschäfts am Highway 34 auf der Ostseite von Holt vor der Kühltruhe mit dem Fleisch stehen. Er hielt gerade die Nase an eine Packung Schweinebraten. Sie ging zu ihm hin.

Was meinen Sie, ist das noch frisch? fragte er. Er hielt ihr das Fleisch hin.

Es sieht blutig aus, sagte sie.

Ich kann nicht feststellen, ob es gut riecht. Wegen dieser verdammten Plastikfolie. In der Verpackung würde man nicht mal das Hinterteil eines Stinktiers am Geruch erkennen.

Ich wusste gar nicht, dass man Stinktiere essen kann.

Davon rede ich ja. Man weiß überhaupt nicht mehr, was man isst, mit diesem gottverfluchten Plastikzeug. Es ist nicht wie unser eigenes Rindfleisch aus der Tiefkühltruhe – wenn ich mir da was nehme, weiß ich, was ich habe. Er legte den Schweinebraten unsanft in die Truhe zurück und nahm eine andere Packung heraus. Er hielt sie sich dicht unter die Nase und schnüffelte, schnitt Grimassen und zwinkerte. Er drehte sie um und besah misstrauisch die Unterseite.

Maggie schaute ihm amüsiert zu. Ich hatte gehofft, Sie irgendwo zu treffen, sagte sie. Aber das wird wohl noch warten müssen. Ich will Sie nicht von Ihrem Einkauf abhalten.

Harold sah sie an. Weswegen wollen Sie mich sprechen? Was hab ich getan?

Nicht genug, sagte sie. Keiner von Ihnen beiden.

Er legte das Fleisch zurück und wandte sich ihr voll zu. Er trug seine Arbeitskleidung, abgewetzte Jeans und die Arbeitsjacke aus Segeltuch, und auf seinem Kopf saß, schräg auf einem Ohr, ein alter schmutziger weißer Hut.

Wovon reden Sie? fragte er.

Sie und Ihr Bruder wollen doch das Mädchen da draußen bei sich behalten, oder?

Ja, natürlich, sagte er. Warum fragen Sie?

Weil Sie sicher finden, dass es irgendwie nett ist, ein Mädchen im Haus zu haben. Sie haben sich ein bisschen daran gewöhnt, dass Sie bei Ihnen ist, stimmt's?

Was haben wir falsch gemacht? fragte er.

Sie reden nicht mit ihr, sagte Maggie Jones. Sie und Raymond reden nicht, wie sie mit dem Mädchen reden sollten. Wir Frauen unterhalten uns gern am Abend. Wir glauben nicht, dass das zu viel verlangt ist. Wir lassen uns ja einiges von euch Männern gefallen, aber am Abend wollen wir ein bisschen Ansprache haben. Wir wollen uns zu Hause mit jemandem unterhalten können.

Und worüber? fragte Harold.

Ganz gleich. Was Ihnen so einfällt.

Jetzt schlägt's aber dreizehn, Maggie, sagte Harold. Sie wissen doch, dass ich nicht weiß, wie man sich mit Frauen unterhält. Das haben Sie schon gewusst, bevor Sie sie zu uns gebracht haben. Und Raymond, der hat da auch keine Ahnung. Wir wissen es beide nicht. Schon gar nicht bei so einem jungen Mädchen.

Deswegen sag ich's Ihnen ja, sagte Maggie. Es wird Zeit, dass Sie's lernen.

Aber um Himmels willen, worüber sollen wir denn mit ihr reden?

Da wird Ihnen schon was einfallen.

Sie ließ ihn stehen und schob ihren Einkaufswagen weiter zwischen den Regalen durch, ihr langer dunkler Rock wirbelte um ihre Beine. Unter der schmutzigen Krempe seines Huts hervor starrte Harold ihr nach. Aus seinem Blick sprachen Ratlosigkeit und Bestürzung.

Kurz vor dem Dunkelwerden kam er nach Hause. Raymond war noch draußen. Er fand ihn hinter dem Pferdestall und zog ihn in eine der Boxen, als müsste er dafür sorgen, dass niemand sie belauschen konnte. Mit gelinder Aufregung in der Stimme berichtete er Raymond, was Maggie Jones im Lebensmittelladen zu ihm gesagt hatte, als er vor der Fleischtruhe stand und einen Braten fürs Abendessen aussuchen wollte.

Raymond nahm die Neuigkeit schweigend auf. Dann schaute er auf und sah seinem Bruder einen Moment lang prüfend ins Gesicht. Das hat sie wirklich gesagt?

Ja. Das hat sie gesagt.

Und, war das alles? Mehr nicht?

Nicht dass ich wüsste.

Dann müssen wir was unternehmen.

Das ist auch meine Meinung, sagte Harold.

Ich meine, wir müssen gleich heute was unternehmen, sagte Raymond. Nicht erst nächste Woche.

Sag ich doch. Ich geb mir Mühe, mit dir einer Meinung zu sein.

Die McPherons starteten ihren Versuch noch am selben Abend. Sie waren zu dem Schluss gekommen, dass es sicherer war, bis nach dem Abendessen zu warten, glaubten aber, nicht noch länger warten dürfen. Nach dem Essen fassten sie sich ein Herz.

Sie und das Mädchen hatten Braten mit roten Zwiebeln gegessen, dazu Pellkartoffeln, Kaffee, grüne Bohnen und Brot, und sich eine Dose Pfirsiche christlich geteilt. Es war das übliche schweigsame Abendbrot gewesen, eine fast feierliche Handlung im Esszimmer, und hinterher hatte das Mädchen den quadratischen Nussbaumtisch abgeräumt, das Geschirr in die Küche getragen, es abgewaschen und wieder weggestellt und wollte gerade in ihr Zimmer gehen, als Harold zu ihr sagte:

Victoria. Er musste sich räuspern. Er setzte noch einmal an. Victoria. Raymond und ich wollten dich was fragen, wenn es dir nichts ausmacht. Wenn wir dürfen. Bevor du wieder zu deinen Büchern gehst.

Ja? sagte sie. Was wollten Sie denn fragen?

Wir wüssten gern – wie du über den Markt denkst.

Das Mädchen sah ihn an. Was? sagte sie.

Im Radio, sagte er. Der Mann hat gesagt, dass die Sojabohnen heute einen Punkt runter sind. Aber lebende Rinder haben sich behauptet.

Und jetzt wüssten wir gern, sagte Raymond, wie du darüber denkst. Was würdest du sagen, soll man kaufen oder verkaufen?

Ach, sagte das Mädchen. Sie sah sie ungläubig an. Die Brüder hingen mit den Blicken an ihr, erwartungsvoll, fast flehentlich. Sie saßen da, die Gesichter nüchtern und verwittert, aber trotzdem noch freundlich, noch wohlmeinend, und ihre glatten weißen Stirnen glänzten wie Marmor unter der Esszimmerlampe.

Da bin ich überfragt, sagte sie. Dazu kann ich nichts sagen. Ich versteh doch überhaupt nichts davon. Aber vielleicht können Sie's mir ja erklären.

Na ja, sicher, sagte Harold. Versuchen können wir's ja mal. Weil, der Markt ... Aber willst du dich nicht erst wieder setzen? Hier zu uns an den Tisch?

Raymond stand diensteifrig auf und zog ihr einen Stuhl heraus. Sie ließ sich langsam nieder, und er schob ihr den Stuhl unter, sie dankte ihm, und er ging wieder um den Tisch herum und setzte sich auf seinen Platz. Das Mädchen rieb sich einen Moment lang den Bauch, dort, wo es spannte, dann merkte sie, dass die beiden ihr höchst interessiert zusahen, und legte die Hände auf den Tisch. Sie sah sie an. Ich höre zu, sagte sie. Wollen Sie jetzt weitermachen?

Ja, natürlich, sagte Harold. Also, wie gesagt, begann er mit lauter Stimme. Der Markt, damit ist gemeint, was Sojabohnen und Mais und lebende Rinder und Sommerweizen und Mastschweine und Bohnenmehl am heutigen Tag für einen Preis bringen. Er liest das jeden Mittag vor, der Mann im Radio. Sechs Dollar Sojabohnen. Mais zweivierzig. Schweine achtundfünfzig Cent. Bar auf die Hand, heute verkauft.

Das Mädchen sah ihn aufmerksam an und folgte seinem Vortrag.

Das hören die Leute, sagte er, und dann wissen sie, wie die Preise stehen. So halten sie sich auf dem Laufenden. Wissen, was sich so tut.

Schweinebäuche nicht zu vergessen, sagte Raymond.

Harold hatte gerade den Mund aufgemacht, um weiterzusprechen, doch jetzt hielt er inne. Er und das Mädchen wandten sich Raymond zu.

Wie war das? fragte Harold. Sag's noch mal.

Schweinebäuche. Die sind auch ein Posten. Die hast du nicht erwähnt. Von denen hast du ihr nichts erzählt.

Na ja, klar, sagte Harold. Die auch. Ich hab ja gerade erst angefangen.

Die kannst du auch kaufen, sagte Raymond zu dem Mädchen. Wenn dir danach ist. Er sah sie feierlich an. Oder verkaufen, wenn du welche hast.

Was sind denn Schweinebäuche? fragte das Mädchen.

Na ja, das ist Speck, sagte Raymond.

Oh, sagte sie.

Das fette Fleisch unterhalb der Rippen.

Stimmt, bestätigte Harold. Die werden auch auf dem Markt angeboten. Also, sagte er und sah das Mädchen an. Verstehst du's jetzt?

Sie sah von dem einen alten Mann zum anderen. Sie waren gespannt, warteten auf eine Reaktion, als hätten sie ihr die juristischen Feinheiten eines Testaments erklärt oder ihr auseinander gesetzt, welche Vorkehrungen man gegen eine schwere Krankheit oder gegen Ansteckung mit der Pest ergreifen muss. Ich glaube nicht, sagte sie. Ich verstehe nicht, woher der Mann die Preise weiß.

Der Mann im Radio? fragte Harold.

Ja.

Die rufen sie von den Großmärkten ab. Er kriegt Marktberichte aus Chicago oder Kansas City. Oder vielleicht aus Denver.

Aber wie verkauft man etwas?

Na gut, übernahm Raymond. Er beugte sich zu ihr vor, um ihr diese Zusammenhänge zu erklären. Nimm zum Beispiel mal an, du willst Weizen verkaufen, sagte er. Nehmen wir an, du hast ihn schon in dem Getreidesilo an den Eisenbahngleisen in Holt, da hast du ihn nach der Ernte im Juli hingebracht. Jetzt willst du einen Teil davon abstoßen. Also rufst du im Getreidesilo an und sagst dem Mann, er soll, na ja, sagen wir fünftausend Scheffel Weizen verkaufen. Also verkauft er ihn zum Tagespreis, und dann kommen die großen Getreidelaster, die Sattelschlepper, die man auf der Landstraße sieht, und transportieren ihn ab.

Aber an wen verkauft er ihn? fragte das Mädchen.

Da gibt's viele Möglichkeiten. Meistens an eine der großen Getreidemühlen. Aus dem Weizen wird hauptsächlich Mehl zum Backen gemacht.

Und wann kriegt man sein Geld?

Der stellt einem noch am selben Tag einen Scheck aus.

Wer?

Der Chef von dem Getreidesilo.

Außer man muss Lagergebühren zahlen, schaltete Harold sich wieder ein. Die zieht er ab. Plus die Trocknungsgebühr, wenn eine anfällt. Nur, weil wir ja hier von Weizen reden, beim Weizen fallen fast nie nennenswerte Trocknungsgebühren an. Das ist mehr beim Mais.

Sie hielten wieder inne und sahen abermals das Mädchen an. Sie fühlten sich jetzt besser, ein klein wenig zufriedener mit sich selbst. Sie wussten, dass sie noch nicht aus dem Wald waren, aber sie gestatteten sich immerhin die Hoffnung, dass das, was sie vor sich sahen, wenigstens eine schwache Spur war, die zu einer Lichtung führte. Sie sahen das Mädchen an und warteten ab.

Sie schüttelte den Kopf und lächelte. Wieder fiel ihnen auf, wie schön ihre Zähne waren, wie glatt ihr Gesicht. Sie sagte, Ich glaub, ich versteh das immer noch nicht. Sie haben auch was von Rindern gesagt. Wie ist es mit denen?

Ach ja, sagte Harold. Gut. Also dann jetzt die Rinder.

Und so redeten die zwei McPheron-Brüder weiter über Schlachtvieh und Zuchtstiere, Färsen und Mastkälber und erklärten ihr auch diese, und zu dritt diskutierten sie alles gründlich durch, bis spät in den Abend. Redeten. Unterhielten sich. Und streiften hin und wieder sogar andere Themen. Die beiden alten Männer und die Siebzehnjährige saßen nach dem Abendessen und nach dem Abräumen und Abwaschen am Esstisch, während draußen, außerhalb der Wände und der kahlen Fenster, ein kalter, blauer Nordwind sich anschickte, den nächsten Wintersturm auf den High Plains zu entfachen.

Ike und Bobby

Wie verabredet verbrachten sie die Weihnachtswoche bei ihrer Mutter in Denver. Guthrie brachte sie im Pickup in die Stadt und fuhr mit ihnen in den sechsten Stock des Apartmenthauses an der Logan Street hinauf, wo die Schwester ihrer Mutter wohnte. Oben angekommen, gingen sie auf einem Läufer durch einen langen, hellen Flur. Guthrie lieferte sie in der Diele ab und sprach kurz mit ihrer Mutter, wollte sich aber nicht setzen und verabschiedete sich bald.

Ihre Mutter wirkte ruhiger. Vielleicht hatte sie jetzt mehr Frieden. Ihr Gesicht war nicht mehr so verkniffen und blass, nicht mehr so abgespannt. Sie freute sich, sie zu sehen. Sie hielt sie lange in den Armen und lächelte unter Tränen, dann setzten sie sich zusammen auf die Couch, und sie hielt die Hände der Jungen auf ihrem Schoß. Es war klar, dass sie ihr gefehlt hatten. Aber in gewisser Weise stand sie jetzt unter dem Einfluss ihrer Schwester, die drei Jahre älter war, einer kleinen Frau, penibel und betulich, mit dezidierten Meinungen, eher hübsch als schön, mit grauen Augen und einem kleinen, harten Kinn. Hin und wieder stritt sie sich mit der Mutter der Jungen über Kleinigkeiten – die Tischdekoration, die Heizung –, aber in wichtigen Fragen setzte sich immer die Schwester durch. Dann wirkte die Mutter abwesend und passiv, als brächte sie nicht die Kraft auf, sich zur Wehr zu setzen. Aber so dachten die beiden Jungen nicht. Sie fanden ihre Tante herrisch. Sie hätten sich gewünscht, dass die Mutter sich gegen ihre Tante auflehnte.

Die Wohnung hatte zwei Schlafzimmer, und die Jungen blieben bei der Mutter im Zimmer, schwatzten, erzählten Witze und spielten Karten. Nachts schliefen sie am Fußende ihres Bettes auf Matratzen, unter warmen Decken, es war wie beim Campen. Aber oft konnten sie nicht bei ihrer Mutter im Zimmer sein, weil sie wieder einen ihrer stummen Zustände hatte, und dann wollte sie im verdunkelten Raum allein sein. Diese Anfälle begannen am vierten Tag ihres Aufenthalts in Denver, nach Weihnachten. Weihnachten war eine Enttäuschung gewesen. Der rote Pullover, den sie ihrer Mutter gekauft hatten, war zu groß, obwohl sie sagte, er gefalle ihr trotzdem. An ein Geschenk für ihre Tante hatten sie nicht gedacht. Ihre Mutter hatte jedem ein farbiges Hemd gekauft, und als sie sich einmal besser fühlte, fuhr sie mit ihnen ins Zentrum und kaufte ihnen neue Schuhe und Hosen, Unterwäsche und mehrere Paar Socken. An der Kasse sagte Ike, Mutter, das ist zu teuer. Wir brauchen nicht so viel.

Euer Vater hat mir ein bisschen Geld geschickt, sagte sie. Sollen wir jetzt heimfahren?

In der Wohnung der Tante war es sehr still. Die Tante war höhere Verwaltungsangestellte beim Gericht mit einem Büro in der Innenstadt; sie arbeitete dort schon seit dreiundzwanzig Jahren und machte sich folglich keine Illusionen über Menschen, ihre Unzulänglichkeiten und ihren schier unbegrenzten Einfallsreichtum hinsichtlich krimineller Taten. Sie war einmal verheiratet gewesen, drei Monate lang, und hatte seither nie daran gedacht, sich noch einmal zu verehelichen. Sie hatte nur noch zwei Leidenschaften: einen dicken gelben kastrierten Kater namens Theodore und die Fernsehserie, die jeden Werktag um ein Uhr mittags lief, während sie im Büro war, eine Sendung, die sie gewissenhaft aufzeichnete und sich unweigerlich jeden Abend nach der Arbeit ansah.

Die Jungen langweilten sich von Anfang an. Sie hatten gedacht, ihrer Mutter gehe es besser, aber als die Anfälle wiederkamen, war sie wieder niedergeschlagen und blieb auch tagsüber im Bett, und ihre Tante sagte ihnen, sie müssten still sein und sie ruhen lassen. Das sagte sie, nachdem sie eines Abends ins Zimmer der Mutter gegangen war und die beiden eine Stunde lang hinter verschlossener Tür geredet hatten. Dann war sie herausgekommen und hatte gesagt, Ihr müsst still sein und sie ruhen lassen.

Wir sind doch still.

Wollt ihr euch mit mir streiten?

Was hat Mutter denn?

Eure Mutter ist nicht auf dem Posten.

So ging also die Tante zur Arbeit, und die Mutter legte sich wieder ins Bett und lag mit dem angewinkelten Arm über den Augen in dem verdunkelten Zimmer, und sie waren sich selbst überlassen, in der Wohnung im sechsten Stock in Denver, mit dem striktem Verbot, aus dem Haus zu gehen. Sie lasen ein bisschen und sahen fern, bis sie nicht mehr aus den Augen schauen konnten, wobei sie aber Acht geben mussten, dass sie in der entscheidenden Stunde nichts taten, was womöglich die Aufzeichnung der Lieblingsserie ihrer Tante gestört hätte. Ihre einzige Zuflucht war der Balkon auf der Vorderseite der Wohnung, auf den sie hinauskonnten, wenn sie die Glasschiebetür aufmachten. Von dort aus sahen sie auf die Logan Street hinunter, wo am Bordstein in ununterbrochener Reihe Autos parkten, außerdem konnten sie von oben auf die kahlen Kronen der Winterbäume sehen. Sie gewöhnten sich an, auf den Balkon hinauszugehen, um den unten vorbeifahrenden Autos zuzusehen und Leute zu beobachten, die ihre Hunde ausführten. Sie zogen ihre Jacken an und blieben immer länger draußen. Irgendwann kamen sie auf die Idee, Dinge vom Balkon fallen zu lassen. Sie beugten sich übers Geländer und beobachteten, was der Wind mit ihrer Spucke machte. Dann erfanden sie ein Spiel, bei dem es darauf ankam, Papierschnipsel möglichst weit fliegen zu lassen, wobei die Papierfetzen wie Federn in der Luft tanzten, und dachten sich ein Punktesystem für Entfernung und Platzierung aus. Aber das war zu unberechenbar.

Der Wind spielte dabei eine zu große Rolle. Sie kamen zu dem Schluss, dass es besser wäre, Sachen mit einigem Gewicht fallen zu lassen. Eier waren dafür besonders gut geeignet.

Nachdem das zwei, drei Tage so gegangen war, sagte irgendjemand aus dem Haus ihrer Tante Bescheid. Als sie am Abend in die Wohnung kam, zog sie den Mantel aus und hängte ihn an die Garderobe, dann packte sie die beiden am Handgelenk und führte sie ins Zimmer ihrer Mutter. Weißt du, was die beiden gemacht haben?

Ihre Mutter setzte sich im Bett auf. Nein, sagte sie. Sie war wieder blass und hager. Aber es wird schon nicht so schlimm gewesen sein.

Sie haben Eier auf dem Bürgersteig zerplatzen lassen.

Wie?

Sie haben sie vom Balkon fallen lassen. Ein überaus intelligenter Zeitvertreib.

Stimmt das? fragte sie und sah ihnen ins Gesicht.

Sie standen da und sahen sie gleichgültig an. Die Tante hielt sie immer noch an den Handgelenken fest.

Sie haben es getan.

Na ja, sie tun's bestimmt nicht wieder. Sie haben zu wenig Beschäftigung hier oben.

Das dürfen sie auf keinen Fall mehr tun. Ich dulde es nicht.

Damit war also Schluss. Es wurde ihnen verboten, auf den Balkon hinauszugehen.

Am Ende der Woche wachten sie eines Nachts im Dunkeln auf und merkten, dass ihre Mutter nicht im Zimmer war. Sie machten die Tür auf und gingen ins Wohnzimmer. Es brannte kein Licht, aber der Vorhang war von der verglasten Balkontür zurückgezogen, und die Lichter der Stadt schienen ins Zimmer. Ihre Mutter saß in eine Decke gehüllt auf dem Sofa. Soviel sie sehen konnten, war sie wach, tat aber nichts.

Mutter?

Was ist? fragte sie. Warum schlaft ihr nicht?

Wir wollten wissen, wo du bist.

Ich sitze hier nur, sagte sie. Alles in Ordnung. Geht wieder ins Bett.

Dürfen wir uns nicht zu dir setzen?

Wenn ihr wollt. Aber es ist kühl hier.

Ich hol eine Decke, sagte Ike.

Aber es wird euch keinen Spaß machen, sagte ihre Mutter. Ich bin nicht besonders unterhaltsam.

Mutter, kannst du nicht wieder heimkommen? fragte Bobby. Was ist denn hier so schön?

Nein. Noch nicht.

Wann denn?

Ich weiß es nicht. Ich bin mir nicht sicher. Na, kommt mal ein bisschen näher. Ihr friert doch. Ich sollte euch ins Bett zurückschicken. Lange Zeit saßen sie da und schauten aus dem Fenster.

Die Jungen waren froh, als tags darauf ihr Vater kam, um sie abzuholen. Sie wollten wieder nach Hause, aber es war ihnen nicht wohl dabei, die Mutter in Denver in der Wohnung ihrer Schwester zurückzulassen. Auf der Rückfahrt wollte Guthrie sie zum Reden bringen. Aber sie sagten kaum etwas. Sie wollten ihrer Mutter nicht in den Rücken fallen. Die Fahrt kam ihnen endlos lang vor. Aber als sie zu Hause waren und in ihr Zimmer hinaufgehen konnten, wurde es besser. Wenn sie aus dem Fenster schauten, sahen sie die Koppel und die Windmühle und den Pferdestall.

Die McPherons

Zwischen Weihnachten und Neujahr war schulfrei. Victoria Roubideaux blieb draußen auf dem Land in dem alten Haus bei den McPheron-Brüdern, und die Tage waren lang. Die Erde war von dünnen, schmutzigen Eisschollen bedeckt, und es blieb kalt, die Temperatur stieg nie über den Gefrierpunkt, und nachts herrschte bittere Kälte. Victoria blieb im Haus, las in Illustrierten und backte in der Küche, während die Brüder ein und aus gingen, den Kühen Heu brachten, das Eis in den Viehtränken aufhackten und dabei ständig auf den Fortschritt der Trächtigkeit bei den zweijährigen Färsen achteten, denn die würden beim Kalben den meisten Ärger machen. Wenn sie von Hof und Weide bereift und halb erfroren in die Küche zurückkamen, tränten ihre Augen und ihre Wangen wurden so rot, als wären sie verbrannt. Weihnachten war ein stilles Fest gewesen, und auch für Neujahr war nichts Besonderes vorgesehen.

Nach den ersten Tagen hatte das Mädchen angefangen, lange Stunden in ihrem Zimmer zu bleiben. Morgens schlief sie lange, und abends blieb sie auf, hörte Radio und richtete sich die Haare, las Artikel über Säuglingspflege, dachte nach, schrieb etwas in ein Heft.

Die McPheron-Brüder wussten nicht recht, was sie von solchen Gewohnheiten halten sollten. Sie hatten sich an ihren Tagesablauf während der Schulwoche gewöhnt. Da war sie jeden Morgen früh aufgestanden, hatte mit ihnen gefrühstückt und war dann mit dem Bus in die Schule gefahren, am Nachmittag war sie von der Schule heimgekommen und hatte oft im Wohnzimmer gesessen und in einer Zeitschrift gelesen oder ferngesehen, wenn sie am Abend ins Haus kamen. Sie unterhielten sich jetzt schon unbefangener mit ihr, besprachen gemeinsam die Ereignisse der letzten Tage und fanden Themen, die alle drei interessierten. Deshalb störte es die beiden, dass sie so viel allein in ihrem Zimmer war. Sie wussten nicht, was sie dort machte, wollten sie aber auch nicht fragen. Sie glaubten, sie hätten kein Recht dazu. Stattdessen fingen sie an, sich Sorgen zu machen.

Als sie am Ende der Woche abends mit dem Pickup zum Haus zurückfuhren, fragte Harold, Findest du nicht, dass Victoria in letzter Zeit irgendwie traurig und unglücklich wirkt?

Ja. Ist mir auch aufgefallen.

Dass sie so lange schläft. Das ist nur eins.

Vielleicht machen die das alle, sagte Raymond. Vielleicht machen das alle jungen Mädchen so, von Natur aus.

Bis halb zehn? Neulich bin ich noch mal ins Haus zurück, weil ich was vergessen hatte, da ist sie gerade aufgestanden.

Ich weiß auch nicht, sagte Raymond. Er schaute über die klappernde Motorhaube des Pickups in die Ferne. Ich könnte mir denken, sie langweilt sich und fühlt sich einsam.

Möglich, sagte Harold. Aber das kann doch nicht gut sein für das Baby.

Was ist nicht gut für das Baby?

Dass sie sich so einsam fühlt und so traurig ist. Das kann nicht gut sein für das Kleine. Noch dazu, wenn sie bis tief in die Nacht aufbleibt und dann am Morgen nicht aus dem Bett kommt.

Na ja, sagte Raymond. Sie braucht ihren Schlaf.

Sie braucht regelmäßigen Schlaf. Das braucht sie. Sie braucht ein regelmäßigeres Leben.

Woher willst du das wissen?

Ich weiß es nicht, sagte Harold, ich hab keine Beweise. Aber nimm doch mal eine zweijährige Färse, die ein Kalb trägt. Die bleibt auch nicht die halbe Nacht wach und läuft unruhig rum, oder?

Was redest du da? sagte Raymond. Was ist denn das für ein Vergleich?

Neulich hab ich drüber nachgedacht. Über die Ähnlichkeiten. Beide sind jung. Beide sind hier draußen auf dem Land, wo nur wir sind, um auf sie aufzupassen. Beide haben zum ersten Mal im Leben ein Baby im Bauch. Überleg doch mal.

Raymond sah seinen Bruder entgeistert an. Sie waren vor dem Haus angekommen und hielten vor dem Drahtzaun auf der hart gefrorenen, zerfurchten Zufahrt. Herrgott noch mal, sagte er, das ist eine Kuh. Du redest von Kühen.

Ich mein ja nur, sagte Harold. Du kannst ja wenigstens mal drüber nachdenken.

Du sagst doch praktisch, dass sie eine Kuh ist, was anderes sagst du doch nicht.

Das will ich damit überhaupt nicht sagen.

Sie ist ein Mädchen, um Himmels willen. Keine Kuh. Du kannst doch nicht Mädchen und Kühe in einen Topf werfen.

Ich hab ja nur gemeint, sagte Harold. Machst du dir eigentlich nie Gedanken?

Doch. Ich denk auch manchmal nach.

Na also.

Aber ich muss nicht gleich drüber reden.

Na gut. Ich hab geredet, bevor ich nachgedacht hab. Willst du mich gleich erschießen, oder wartest du, bis es finster ist?

Das wird dir noch rechtzeitig mitgeteilt, sagte Raymond. Er schaute aus dem Seitenfenster zum Haus, in dem schon die Lichter angegangen waren. Ich mein ja bloß, dass sie sich langweilt. Hier draußen kann man nichts machen. Keine Schule und sonst auch nichts.

Freunde scheint sie jedenfalls kaum welche zu haben, sagte Harold. Das steht fest.

Nein. Sie ruft niemand an, und niemand ruft sie an, sagte Raymond.

Vielleicht sollten wir mal mit ihr in die Stadt fahren, ins Kino. Irgend so was.

Raymond starrte seinen Bruder an. Also du machst mir vielleicht Spaß.

Was ist denn nun schon wieder?

Hast du vielleicht Lust, dich in ein Kino zu setzen? Kannst du dir vorstellen, dass wir beide das machen? Dasitzen und zusehen, wie irgendein Hollywood-Schauspieler es auf der Leinwand einem nackten Mädchen besorgt – und wir mampfen gesalzenes Popcorn und schauen ihm dabei zu, mit ihr neben uns?

Na ja.

Na also.

Okay, sagte Harold. Schon gut.

Nein, mein Lieber, sagte Raymond. Da hast du auch keine Lust drauf.

Aber verdammt noch mal, irgendwas müssen wir machen, sagte Harold.

Das bestreitet ja niemand.

Aber wir tun so, als wüssten wir's nicht.

Ich hab doch gesagt, ich weiß, sagte Raymond. Er rieb die Hände zwischen den Knien aneinander, um sie zu wärmen; sie waren abgeschürft, rot und rissig. Mir scheint, wir haben's doch gewusst, sagte er. Oder beinahe. An dem Abend, wo wir mit ihr über den Markt geredet haben. Ich sag dir, das ist fast, wie wenn man eine Sache fertig macht und sofort was anderes auftaucht. Als ob man bei einem jungen Mädchen wie ihr nie etwas ein für alle Mal hinkriegen könnte.

Ich hab schon verstanden, sagte Harold.

Die beiden Brüder schauten nachdenklich zum Haus hinüber. Das Haus war alt und verwittert, fast ohne Anstrich, die Fenster im Oberstock starrten blind in den Himmel. Neben dem Haus rüttelte der Wind an den kahlen Ulmen.

Ich sag dir trotzdem was, sagte Harold. Allmählich bekomme ich mehr Verständnis für die Leute mit Kindern heutzutage. Es sieht nur für den Außenstehenden leicht aus. Er sah seinen

Bruder an. Ich glaube, das stimmt, sagte er. Raymond schaute immer noch stumm zum Haus hin. Hörst du mir überhaupt zu? Ich hab gerade was gesagt.

Ich hab's gehört, sagte Raymond.

Na und? Warum sagst du nichts?

Ich denke nach.

Kannst du nicht nachdenken und dabei mit mir reden?

Nein, kann ich nicht, sagte Raymond. Nicht, wenn es um so was geht. Das erfordert meine ganze Konzentration.

Na dann eben nicht, sagte Harold. Dann denk mal schön nach. Ich halte den Mund, wenn das was hilft. Aber einer von uns beiden sollte verdammt rasch eine Idee haben. Es kann nicht gut für sie sein, dass sie die ganze Zeit in ihrem Zimmer bleibt. Und erst recht nicht für das Baby, das sie im Bauch hat.

Am selben Abend rief Harold McPheron bei Maggie Jones an. Er und Raymond hatten es so beschlossen. Das Mädchen war schon für die Nacht in ihr Zimmer gegangen und hatte die Tür zugemacht.

Als Maggie sich meldete, sagte Harold, Wo würden Sie hingehen, wenn Sie ein Kinderbettchen kaufen müssten?

Maggie schwieg. Dann sagte sie, Das muss einer der McPheron-Brüder sein.

Stimmt. Der gut aussehende, intelligente.

Aha, also Raymond, sagte sie. Nett, dass Sie anrufen.

Das ist nicht so komisch, wie Sie denken, sagte Harold.

Ach nein?

Nein, ist es nicht. Aber egal, wie lautet Ihre Antwort? Wo würden Sie ein Kinderbett kaufen, wenn Sie eins bräuchten?

Ich glaube, ich würde nach Phillips rüberfahren. Ins Kaufhaus. Die haben eine Babyabteilung.

Wo ist denn das?

Auf dem Platz gegenüber dem Gerichtsgebäude.

Auf der Nordseite?

Ja.

Okay, sagte Harold. Wie geht's Ihnen, Maggie?

Sie lachte. Mir geht's bestens.

Danke für die Auskunft und ein gutes Neues Jahr, sagte er und legte auf.

Am nächsten Morgen kamen die McPheron-Brüder dick eingemummt gegen neun von der Arbeit ins Haus, stampften auf der kleinen Veranda mit den Stiefeln auf und nahmen ihre dicken Mützen ab. Sie hatten die Zeit ihrer Rückkehr bewusst so gewählt, um das Mädchen noch im Esszimmer bei ihrem einsamen Frühstück am Nussbaumtisch vorzufinden. Sie schaute auf und sah sie unschlüssig auf der Schwelle stehen, dann kamen sie herein und setzten sich ihr gegenüber. Sie war in Strümpfen und trug noch ihr Flanellnachthemd und ihren dicken Pullover, und ihr Haar glänzte in der Wintersonne, die schräg durch die kahlen Südfenster hereinschien.

Harold räusperte sich. Wir haben nachgedacht, sagte er.

Oh? sagte das Mädchen.

Jawohl, Ma'am. Victoria, wir möchten mit dir nach Phillips fahren und ein bisschen was einkaufen. Wenn dir das recht ist. Wenn du nichts anderes vorhast heute.

Diese Ankündigung überraschte sie. Wozu? fragte sie.

Zum Spaß, sagte Raymond. Als kleine Abwechslung. Hättest du Lust? Wir haben gedacht, es könnte dir gefallen, mal aus dem Haus zu kommen.

Nein, ich meine, was wollen wir denn einkaufen?

Sachen für das Baby. Glaubst du nicht, dass dein Baby eines Tages etwas brauchen wird, worauf es sein Köpfchen betten kann?

Doch. Sicher.

Dann sollten wir dem kleinen Mann mal ein Bettchen kaufen.

Sie sah ihn an und lächelte. Und wenn's ein Mädchen ist?

Dann werden wir es trotzdem behalten müssen und das Beste draus machen, sagte Raymond. Er schaute übertrieben ernst drein. Aber auch ein kleines Mädchen braucht doch ein Bett, oder? Werden kleine Mädchen nicht auch müde?

Sie verließen das Haus gegen elf, nachdem die McPheron-Brüder das Vieh gefüttert hatten. Sie waren wieder hereingekommen, hatten sich gewaschen und saubere Hosen und Hemden angezogen, und bis sie die guten handgemachten Bailey-Hüte aufgesetzt hatten, die sie nur trugen, wenn sie in die Stadt fuhren, wartete das Mädchen schon auf sie, im Wintermantel am Küchentisch sitzend, mit der roten Tasche über der Schulter.

Sie brachen auf an diesem hellen, kalten Vormittag, im Pickup, das Mädchen zwischen ihnen mit einer Decke über dem Schoß. Bei jeder scharfen Kurve rutschten auf der Ablage über dem Armaturenbrett alte Papiere und Quittungen, eine Drahtzange, Phasenprüfer und schmutzige Kaffeetassen hin und her. Sie fuhren in nördlicher Richtung nach Holt, durch die Stadt, am neuen Wasserturm vorbei und weiter nach Norden, wo das flache Land mit Schneeflecken übersät war, Weizenstoppeln und Maisstengel schwarz aus der gefrorenen Erde stachen und der im Herbst ausgesäte Winterweizen edelsteingrün leuchtete. Einmal sahen sie einen einzelnen Kojoten, der in gleichmäßig ausgreifendem Trott durchs offene Gelände lief. Sein langer Schwanz wehte wie eine Rauchfahne hinterdrein. Dann erblickte er den Pickup, blieb stehen und lief wieder los, schneller jetzt. So schnell er konnte, überquerte er die Landstraße und rannte voll in einen Drahtzaun. Er wurde zurückgeworfen, sprang aber sofort wieder auf und rannte erneut in den Zaun, bis er schließlich wie ein Mensch in panischer Angst über den Zaun kletterte und weiterrannte. Wieder lief er mit ausgreifenden Sätzen übers offene Gelände, quer durch das weite Land auf der anderen Seite des Zauns, ohne einmal stehen zu bleiben oder auch nur langsamer zu werden, um zurückzuschauen.

Ist er okay? fragte das Mädchen.

Sieht so aus, sagte Raymond.

Jedenfalls bis einer Jagd auf ihn macht, sagte Harold, ihn mit Pickup und Kojotenhunden hetzt. Und ihn erschießt.

Tun die das denn?

Das tun die.

Sie fuhren weiter. Vereinzelte Farmhäuser waren über das flache, sandige Land verstreut, mit Ställen und Nebengebäuden, die sich um sie drängten, und dunkle Windbrecher aus Bäumen in der Ferne zeigten an, wo eine Farm war oder früher einmal gewesen war. Sie fuhren an einer Farm an der Straße vorbei, wo es Reitpferde und eine rote Scheune gab und wo der Farmer auf einer Länge von zweihundert Metern ausgetretene Cowboystiefel als Zierde über die Zaunpfähle gestülpt hatte. In Red Willow bogen sie nach Westen ab und fuhren weiter, vorbei am Landschulhaus in Lone Star und über das hochgelegene, offene Weizenland. Ein bisschen später kamen sie auf eine Anhöhe, wo sie ins breite, baumbestandene Tal des South Platte River hinabsehen konnten. Unter ihnen breitete sich die Stadt aus, und dahinter sah man in der Ferne die Berge. Sie fuhren die Kehren hinab, überquerten die Autobahn und gelangten in die Außenbezirke von Phillips.

Inzwischen war es etwa halb zwei. Sie parkten am Straßenrand vor dem Gerichtsgebäude, gingen zum Mittagessen in ein kleines Café und setzten sich an einen Tisch mit einem über Eck gelegten grünen Tischtuch. Der Ein-Uhr-Trubel war vorbei, sie waren die einzigen Gäste. Eine Frau stand sofort vom Tresen auf, wo sie geraucht und sich ausgeruht hatte, und brachte ihnen Wassergläser und Speisekarten. Das Mädchen bestellte ein gegrilltes Käsesandwich und Tomatensuppe. Raymond sagte zu ihr, Meinst du nicht, du solltest dir was Herzhafteres bestellen, Victoria? Bis zum Abendessen ist es noch lang.

Das Mädchen bat um ein Glas Milch.

Bringen Sie ihr ein großes Glas bitte, Ma'am, ja? sagte Raymond.

Und die Herren? fragte die Kellnerin.

Die McPheron-Brüder bestellten beide panierte Steaks mit Kartoffelpüree, grünen Bohnen, Maisgemüse aus der Dose und Karottensalat.

Das ist sehr gut, sagte die Frau.

Wirklich? fragte Harold.

Das esse ich selber gern, sagte sie.

Beruhigend, wenn die Bedienung im eigenen Lokal isst, sagte er. Was ist da für Soße dabei?

Gelbe.

Tun Sie was davon über die Steaks, ja?

Ich kann's ihm sagen. Selber mach ich das nicht.

Wenn Sie so nett wären, sagte er. Und auch ein bisschen schwarzen Kaffee, wenn Sie dazu kommen.

Die Frau gab die Bestellung weiter und brachte den Kaffee und die Milch, und bald darauf servierte sie das Essen. Sie saßen an dem Tisch in dem kleinen Café und aßen schweigend, bedächtig. Als die Brüder fertig waren, bestellten sie für sich und das Mädchen Apfelkuchen mit Eiscreme, aber das Mädchen schaffte nur die halbe Portion. Sie zahlten und gingen eine Straße weiter zu dem Kaufhaus.

In den Schaufenstern waren komplette Schlafzimmer und Wohnzimmersofas und Lampen ausgestellt. Sie gingen hinein, und sofort kam eine energische kleine Frau mittleren Alters in einem braunen Kleid auf sie zu. Kann ich Ihnen helfen? fragte sie.

Wo gibt's denn bitte Kinderbettchen? fragte Harold. Wir brauchen nämlich bald eins. Er zwinkerte dem Mädchen zu. Wir würden uns gerne mal ansehen, was Sie da so haben.

Wenn Sie mir bitte folgen wollen, sagte die Frau.

Sie gingen mit ihr quer durch den Raum in eine Ecke. Hier sehen Sie unser Angebot, sagte sie. Etwa ein Dutzend Kinderbettchen standen da, zusammengebaut und komplett ausgestattet mit Matratzen und Babydecken, zwischen dazu passenden Wickelkommoden. Die Brüder betrachteten sie verblüfft. Sie sahen das Mädchen an. Sie stand abseits und sagte kein Wort.

Vielleicht erklären Sie uns mal, worauf es da so ankommt, sagte Harold.

Mit dem größten Vergnügen, sagte die Frau. Zu den wichtigen Ausstattungsmerkmalen eines Kinderbetts gehört zum Beispiel die ungiftige, pflegeleichte Lackierung. Dann dieser Plastikumlauf zum Hineinbeißen. Ein solches Seitenteil, das sich zum leichteren Hineingreifen höher und tiefer stellen lässt. Verkleidete Rollen wie diese hier. Ein durchgehender Lattenrost. Stützen wie bei diesem Modell hier, mit denen man die Matratze auf verschiedene Höhen einstellen kann. Dieses Modell zeichnet sich durch ein Gitter aus, das man durch Kniedruck absenken kann, während sich das Gitter bei diesem Modell herunterklappen lässt, wenn man diese beiden Klemmen löst. Bei dieser Ausführung hier ist das Gitter abnehmbar, sodass man ein Tagesbettchen für ein Kleinkind erhält.

Sie hielt inne und stand abwartend mit den Händen auf dem Rücken da. Haben Sie irgendwelche Fragen?

Wozu um alles in der Welt braucht man verkleidete Rollen? erkundigte sich Harold.

Aus dekorativen Gründen.

Wie bitte?

Es sieht besser aus.

Es ist also wichtig, wie die Räder aussehen?

Ein attraktives Ausstattungsmerkmal, sagte die Frau. Manche Kunden legen Wert darauf.

Aha.

Die McPherons sahen sich die Kinderbettchen näher an. Sie probierten die verstellbaren Seitenteile aus, hoben und senkten sie, gingen um jedes Bett herum, verstellten die Stützen, schauten darunter und schoben die Bettchen auf den Rollen hin und her. Raymond beugte sich vor und schlug mit der Faust auf eine Matratze, dass sie in die Höhe sprang.

Was meinst du, Victoria? fragte er. Wie wär's mit dem hier?

Das ist zu teuer, sagte sie. Die sind alle zu teuer.

Lass das mal unsere Sorge sein. Welches gefällt dir am besten?

Ich weiß nicht, sagte sie. Sie schaute sich um. Das hier vielleicht. Sie zeigte auf das Billigste.

Das ist nicht schlecht, sagte Raymond. Aber mir persönlich gefällt das da besser. Sie schauten sich weiter die verschiedenen Modelle an.

Schließlich entschieden sich die McPherons für das Bettchen, das sich in ein Tagebett verwandeln ließ, das Teuerste von allen. Es hatte gedrechselte Gitterstäbe, Kopf- und Fußteil waren aus Massivholz. Es schien ihnen stabil, und das höhenverstellbare Seitenteil ließ sich ohne Anstrengung verschieben. Ihrer Meinung nach würde das Mädchen damit keine Schwierigkeiten haben.

Sie haben das doch auf Lager? fragte Harold.

Gewiss, sagte die Frau.

Dann lassen Sie doch eins holen.

Die Matratze ist aber nicht inbegriffen.

Nein?

Nein. Matratzen sind nicht inbegriffen. Nicht bei diesem Preis.

Tja, Ma'am, sagte Harold. Wir brauchen ein Bettchen. Und wir hätten auch gern eine Matratze dazu. Diese junge Dame bekommt ein Baby, und das kann schließlich nicht auf einem Brett schlafen. Auch nicht, wenn das Brett sich dreifach in der Höhe verstellen lässt.

Welche wäre Ihnen denn angenehm? fragte die Frau. Wir haben Matratzen in folgenden Ausführungen.

Sie zeigte ihnen die Matratzen. Sie wählten eine, die sich auf Druck und beim Umdrehen fest genug anfühlte, und dann suchten sie noch mehrere Laken und warme Decken aus.

Das Mädchen sah zu, als ginge sie das alles nichts an. Sie war immer unruhiger geworden. Schließlich sagte sie, Kann das nicht noch warten? Das ist zu viel. Sie sollten das nicht tun.

Wieso denn? fragte Harold. Uns macht's Spaß. Dir nicht?

Aber das ist doch viel zu teuer. Warum machen Sie das?

Ist schon in Ordnung, sagte er. Er wollte den Arm um sie legen, besann sich aber. Er schaute ihr ins Gesicht. Es ist alles in Ordnung, wiederholte er. Wirklich. Das musst du einfach glauben.

Dem Mädchen traten die Tränen in die Augen, aber sie gab keinen Laut von sich. Harold zog ein Taschentuch aus der Gesäßtasche und gab es ihr. Sie wischte sich die Augen und putzte sich die Nase, dann gab sie ihm das Taschentuch zurück. Willst du es nicht behalten? fragte er. Sie schüttelte den Kopf.

Die Frau sagte, Möchten Sie die Sachen immer noch kaufen?

Harold steckte das Taschentuch ein und drehte sich zu ihr um. Aber sicher, Ma'am. Wir haben es uns nicht anders überlegt. Wir wollen sie immer noch.

Sehr wohl. Ich wollte mich nur vergewissern, ob Sie dabei bleiben.

Wir bleiben dabei.

Sie rief einen Laufburschen und schickte ihn ins Lager, und er kam mit zwei großen, flachen Kartons auf einem Rollwagen wieder. Vor der Kasse blieb er stehen.

Die Frau tippte die Beträge ein. Bar oder Scheck? wollte sie wissen.

Ich stelle Ihnen einen Scheck aus, sagte Raymond. Er beugte sich über die Theke, stützte sich auf den Ellbogen und schrieb ungelenk in sein Scheckbuch. Als er fertig war, las er durch, was er geschrieben hatte, knickte den Scheck einmal an der Perforation, riss ihn heraus, blies darauf und überreichte ihn der Frau. Sie sah den Scheck an.

Könnte ich bitte Ihren Ausweis sehen?

Er nahm seine alte Brieftasche aus der Innentasche seiner Jacke und zog den Führerschein heraus. Sie las ihn und hob den Blick.

Ich wusste gar nicht, dass man auf einem Passfoto den Hut aufhaben darf, sagte sie.

In Holt darf man das, sagte er. Was haben Sie daran auszusetzen? Bin ich nicht gut getroffen?

Doch, doch, eine Ähnlichkeit ist durchaus vorhanden, sagte sie.

Sie gab ihm den Führerschein zurück, und er steckte ihn wieder ein. Sie drückte noch eine Taste und gab ihnen den Kassenzettel. Vielen Dank für Ihren Einkauf, sagte sie.

Der Laufbursche zog das Wägelchen Richtung Ausgang. Die flachen Kartons mit der Matratze und dem Bett waren mit farbigen Schablonenbuchstaben bedruckt. Schwungvoll bog er in den Ausgang ein. Aber er kam nicht weit.

Junger Mann, sagte Harold. Das reicht. Weiter ist nicht nötig.

Ich wollte die Sachen zu Ihrem Wagen bringen.

Schon gut.

Die McPheron-Brüder wuchteten die beiden Kartons hoch und trugen sie wie Leitern unter den Armen, wobei der eine alte Mann mit seinem Sonntagshut direkt hinter dem anderen ging, hinaus auf den Bürgersteig und zum Pickup, den sie an der nächsten Ecke geparkt hatten. Das Mädchen ging hinter ihnen her, mit der Tragetasche, in der die Bettwäsche und die Decken waren. Sie erregten Aufsehen, wie sie so im Gänsemarsch gingen, die Leute auf dem Platz, Frauen, Teenager und Rentner, drehten sich um und gafften den beiden alten Männern und dem schwangeren Mädchen nach. In der Winterluft draußen war es jetzt kälter, die Sonne neigte sich schon dem Horizont zu. Auf der anderen Straßenseite ragte das granitverkleidete Gerichtsgebäude grau und massiv unter seinem grünen Ziegeldach auf. Sie legten die Kartons hinten in den Pickup und banden sie mit gelber Schnur aus dem Werkzeugkasten fest. Dann setzten sie zurück und fuhren langsam aus der Stadt hinaus, aus dem Tal des South Platte River hinauf auf das winterlich kalte Flachland der High Plains.

Es war Abend, als sie zu Hause ankamen. Die frühe Dämmerung Ende Dezember. Der Himmel lastete auf dem Land. Als sie den letzten Anstieg vor der Abzweigung zum Haus hinauffuhren, sahen sie, dass Kühe auf der Straße waren. Ihre Augen leuchteten rubinrot im Scheinwerferlicht – eine der alten Mutterkühe und drei der stämmigen zweijährigen Färsen. Langsam, sagte Raymond.

Schon gesehen, sagte Harold.

Die alte Kuh stand mitten auf der Straße, den Kopf im Licht angehoben, und starrte dem herankommenden Wagen entgegen, dann warf sie sich herum und verschwand im Straßengraben. Die Färsen folgten ihr.

Vier, oder?

Harold nickte.

Sie fuhren langsam vorbei und sahen zu ihnen hin, fuhren das Mädchen zum Haus und gingen mit ihr hinein, zogen sich die Arbeitsstiefel und -jacken an, setzten die warmen Mützen auf und gingen wieder in die Kälte hinaus, fanden die ausgebrochenen Kühe und trieben sie durch den Straßengraben am Tor vorbei. Raymond stieg aus und machte das Tor auf, und Harold ließ den Motor des Pickups aufheulen und trieb die Kühe zurück. Sie wirbelten in dem hellen Scheinwerferlicht herum und trotteten durch das Unkraut im Straßengraben, warfen mit schwingenden Bäuchen und zitternden Flanken die Füße nach Art der Kühe ungeschickt auswärts und traten vereiste Schneebrocken los. Raymond wartete draußen auf der Straße. Als die Kühe ans Tor kamen, schrie er und wedelte mit den Armen, und sie trotteten folgsam hinein. Er kletterte in den Pickup, und sie trieben die Kühe weiter auf die Weide hinaus, weg vom Zaun. Sie schauten ihnen eine Weile nach, um zu sehen, in welche Richtung sie liefen. Inzwischen war es ganz dunkel und klirrend kalt. Sie fuhren aus der Weide hinaus, und als sie zum Haus kamen, war die Hoflampe angegangen und leuchtete rötlich-blau vom Mast neben der Garage.

Sie stiegen die Verandastufen hinauf und kratzten sich die Schuhe ab. Doch als sie die Küche betraten, blieben sie wie angewurzelt stehen. Der Raum war warm und strahlend hell, und auf dem Herd hatte das Mädchen schon das Abendessen fertig. Der quadratische hölzerne Küchentisch war liebevoll mit den alten Tellern und dem alten Silberbesteck gedeckt.

Was sagt man dazu, sagte Harold. Sieh dir das an.

Ja, sagte Raymond. Wie früher bei Mutter.

Wenn ich zu Tisch bitten dürfte, sagte das Mädchen. Sie stand am Herd und hatte sich ein weißes Geschirrtuch um die dick gewordene Taille gebunden. Ihr Gesicht glühte vom Kochen, ihre schwarzen Augen leuchteten. Es ist alles fertig, sagte sie. Vielleicht können wir heute mal hier essen. Wenn Ihnen das recht ist. Das ist gemütlicher.

Ja, natürlich, gern, sagte Harold, warum nicht.

Die Brüder wuschen sich, und dann aßen die drei gemeinsam in der Küche und unterhielten sich ein wenig über die Fahrt nach Phillips, über die Verkäuferin mit dem braunen Kleid und den Jungen mit dem Rollwägelchen, seinen Gesichtsausdruck, und nach dem Essen las das Mädchen aus der Anleitung vor, und die beiden McPherons bauten das Bettchen zusammen. Als es fertig war, stellten sie es im Zimmer des Mädchens an die warme Innenwand, mit einem der neuen Laken straff über der Matratze und der sorgfältig zusammengefalteten warmen Decke darüber. Anschließend gingen die Brüder ins Wohnzimmer und sahen sich die Zehn-Uhr-Nachrichten an, während das Mädchen das Geschirr vom Abendessen abwusch und die Küche sauber machte.

Später, als sie in dem weichen alten Doppelbett lag, das einst das Ehebett der McPheron-Eltern gewesen war, blieb sie noch eine Zeit lang wach und betrachtete froh und zufrieden das Bettchen. Es glänzte vor der verblassten rosa Blümchentapete. Der Lack blitzte. Sie stellte sich vor, wie es sein würde, wenn da ein kleines Köpfchen lag. Um halb elf hörte sie die Brüder die Treppe in ihre Schlafzimmer hinaufsteigen und oben auf den Kiefernholzdielen herumgehen.

Am nächsten Morgen schlief sie bis weit in den Vormittag hinein, wie an den vorangegangenen sechs Ferientagen, aber jetzt war es anders. Jetzt hatte alles seine Richtigkeit. Die McPheron-Brüder waren zu dem Schluss gekommen, dass das für eine Siebzehnjährige ganz normal war. Es machte nichts.

Sie hätten nicht gewusst, was dagegen zu tun wäre, selbst wenn sie etwas dagegen hätten tun wollen, aber das wollten sie jetzt gar nicht mehr.

Zwei Tage später war Neujahr, und tags darauf fing die Schule wieder an.

Guthrie

Rüschen, überall Rüschen, so kam es ihm vor. Um beide Schlafzimmerfenster drapiert, auf die Bettdecke genäht, an die Kopfkissen geheftet. Weitere Rüschen umrahmten den Spiegel über der Frisierkommode. Judy musste etwas daran finden. Sie war im Bad und stellte irgendetwas mit sich an, führte etwas ein. Er rauchte eine Zigarette und schaute zur Decke. Die Nachttischlampe warf einen kreisförmigen Lichtschein auf den rosa getünchten Putz.

Dann kam sie aus dem Bad, in einem kurzen Nachthemd mit nichts darunter, er sah die dunklen Medaillons ihrer Brustwarzen, die Umrisse ihrer kleinen Brüste und das dunkle V ihres Schamhaars.

Das hättest du nicht machen brauchen, sagte er. Ich hab mich sterilisieren lassen.

Woher willst du wissen, was ich gemacht habe?

Ich hab's halt angenommen.

Nimm nicht zu viel an, sagte sie. Dann lächelte sie.

Sie gingen ins Bett. Es war lange her. Ella und er hatten seit fast einem Jahr nicht mehr miteinander geschlafen. Judy fühlte sich warm an neben ihm im Bett.

Wo hast du die Narbe her? fragte sie.

Welche?

Die hier an der Schulter.

Weiß nicht. Stacheldrahtzaun wahrscheinlich. Hast du denn gar keine Narben?

Innerliche.

Ach ja?

Natürlich.

Merkt man dir nicht an.

Soll man auch nicht. Man hat doch nichts davon, oder?

Nein, meiner Erfahrung nach nicht.

Sie lag auf der Seite und schaute ihn an. Warum bist du heute zu mir gekommen?

Ich weiß es nicht. Wahrscheinlich, weil ich einsam bin. Wie du neulich schon im Chute bemerkt hast.

Sind wir das nicht alle?

Sie stützte den Oberkörper auf, beugte sich vor und küsste ihn, und er strich ihr das Haar aus dem Gesicht, und dann, ohne noch etwas zu sagen, legte sie sich auf ihn, und er spürte sie warm auf seinem Körper. Er schob beide Hände unter ihr Nachthemd, fühlte ihr schmale Taille und ihre glatten Hüften.

Was ist eigentlich aus Roger geworden? fragte er.

Was? Sie lachte. In so einem Moment fragst du mich nach ihm?

Ich hab an ihn denken müssen, als du im Bad warst.

Er ist weg. Es war für alle das Beste.

Und wie war das mit ihm?

Was meinst du damit? fragte sie.

Na ja, wie habt ihr euch kennen gelernt?

Sie stützte sich auf und sah ihn an. Willst du wirklich jetzt drüber sprechen?

Es interessiert mich eben.

Na ja. Ich war in einer Bar in Brush. Das ist lange her. An einem Samstagabend. Damals war ich viel jünger.

Du bist immer noch jung. Das hast du neulich selbst gesagt.

Ich weiß. Aber damals war ich noch jünger. Ich war also in der Bar, und da hab ich den Kerl kennen gelernt, der dann mein Mann werden sollte. Der konnte vielleicht Süßholz raspeln, der gute Roger. Mit seinen zuckersüßen Worten hat er mich dazu gebracht, die Welt mit seinen Augen zu sehen.

Wirklich?

Nach einer Weile war's dann nicht mehr süß.

Sie wirkte auf einmal traurig, und es tat ihm Leid, dass er davon angefangen hatte. Wieder strich er ihr die Haare aus den Augen. Sie schüttelte den Kopf und lächelte, beugte sich hinab und küsste ihn. Er hielt sie eine Zeit lang umschlungen, sie fühlte sich warm und weich an. Im Bad hatte sie auch Parfüm aufgelegt. Sie küsste ihn erneut.

Darf ich dich noch etwas fragen? sagte Guthrie.

Was denn?

Wie wär's, wenn du dein Nachthemd ausziehst?

Das ist was anderes. Da hab ich nichts dagegen.

Sie setzte sich halb auf und zog sich das Nachthemd über den Kopf. Sie sah sehr gut aus im Lampenlicht.

Besser so?

Ja, sagte Guthrie. Viel besser.

Zwei Stunden zuvor war er am Haus von Maggie Jones vorbeigefahren, hatte aber kein Licht mehr gesehen. Also war er eine Zeit lang in Holt herumgefahren, hatte sich Zigaretten und einen Sechserpack Bier gekauft und war ein Stück aus der Stadt hinausgefahren, aber ungefähr fünf Meilen südlich der Stadt, auf der schmalen Landstraße, hatte er es sich anders überlegt, war zurückgefahren und hatte vor ihrem Haus gehalten, dem Haus von Judy, der Schulsekretärin. Als sie die Tür aufmachte und ihn sah, sagte sie, Hallo, wen haben wir denn da? Möchtest du reinkommen?

Jetzt, hinterher, als er wieder ging, fragte sie, Kommst du wieder?

Vielleicht.

Du musst nicht, weißt du. Aber ich fände es schön, wenn du's tun würdest.

Danke, sagte Guthrie.

Für den Rest dieser Nacht und am nächsten Tag glaubte er, es würde unter ihnen beiden bleiben. Aber auch andere in Holt wussten es. Er ahnte nicht, dass Maggie Jones es schon wusste. Am Montag kam sie nachmittags nach der letzten Unterrichtsstunde in sein Zimmer.

Bleibt das jetzt so? fragte sie.

Was soll so bleiben? fragte Guthrie und sah sie an.

Hör auf damit. Du bist zu alt, um dich dumm zu stellen.

Er schaute sie an. Er nahm die Brille ab, putzte sie und setzte sie wieder auf. Sein schwarzes Haar wirkte schütter in dem Licht. Er sagte, Woher weißt du es?

Ist das hier eine Großstadt oder was? Meinst du, es gibt irgendjemanden in Holt, der deinen Pickup nicht kennt?

Guthrie drehte sich auf seinem Stuhl und schaute zum Fenster hinaus. Dieselben Winterbäume. Die Straße. Der Bordstein auf der anderen Seite. Er sah wieder zu ihr hin. Sie stand dicht an der Tür und beobachtete ihn. Nein, sagte er, so soll das nicht bleiben.

Und, was war das dann letzte Nacht?

Das, sagte er, war jemand, der sich eine Nacht um die Ohren schlagen musste und nicht wusste, was er anfangen sollte.

Du hättest zu mir kommen können. Ich hätte mich gefreut.

Ich bin bei dir vorbeigefahren. Es war alles dunkel.

Also hast du beschlossen, zu ihr zu fahren, ja?

So ähnlich.

Sie starrte ihn lange Zeit an. Wird das was Dauerhaftes? fragte sie schließlich.

Ich glaube nicht. Nein, sagte er. Wird es nicht. Sie würde es auch nicht wollen.

Na schön, sagte Maggie. Aber ich werde nicht um dich kämpfen. Ich lasse mich nicht auf einen Wettbewerb ein. Auf keinen Fall. Ach, verdammt, ich versteh dich nicht, du Idiot.

Sie ging hinaus und entfernte sich über den Flur. Den restlichen Tag fühlte sich Guthrie bis in die Nacht hinein in all seinen Bewegungen und Gedanken konfus und irgendwie taub.

Victoria Roubideaux

Sie war am Nachmittag in der Highschool auf dem Flur, als Alberta, eine kleine Blonde aus Geschichte, mit etwas in der Hand auf sie zukam und sagte, Er ist draußen. Er hat gesagt, ich soll dir das geben. Hier.

Wer?

Ich weiß nicht, wie er heißt. Er hat mich nur angehalten und gesagt, ich soll dir das geben, wenn ich dich sehe. Jetzt nimm's schon.

Sie faltete den Zettel auf. Es war ein Stück gelbes Papier von einem billigen Block, mit Bleistift beschrieben. *Vicky. Komm raus zum Parkplatz. Dwayne.* Sie drehte ihn um, auf der Rückseite stand nichts. Obwohl sie noch nie etwas Handgeschriebenes von ihm gesehen hatte, glaubte sie, dass seine Handschrift so aussehen würde wie dieses nach links geneigte Bleistiftgekritzel. Sie hielt es nicht für einen Scherz. Die Nachricht war von ihm, von niemandem sonst. Sie war nicht einmal besonders überrascht. Also war er zurückgekommen. Was bedeutete das? Fast den ganzen Herbst hatte sie sich das gewünscht. Jetzt, mitten im Winter, war es geschehen, als sie schon nicht mehr daran geglaubt oder es erhofft hatte. Alberta sah sie mit aufgerissenen Augen neugierig an, man hätte meinen können, sie spiele in einer Seifenoper mit und warte nur auf ihr Stichwort, um auf eine unmittelbar bevorstehende schockierende Eröffnung zu reagieren.

Victoria griff resolut an Alberta vorbei, öffnete die Blechtür ihres Schließfachs, holte ihre Winterjacke heraus, zog sie an und nahm dann ihre glänzende rote Tasche heraus.

Was hast du denn vor, Vicky? fragte Alberta. Sei lieber vorsichtig. Das ist *er*, oder?

Ja, sagte sie, das ist er.

Sie ließ Alberta stehen und ging durch den Flur und aus der Schule in die kalte Nachmittagsluft hinaus, unaufgeregt, nicht hastig, in einer Art Trance, und ging weiter zu dem vereisten Parkplatz hinter der Schule. Als sie um die Ecke des Schulgebäudes bog, sah sie seinen schwarzen Plymouth am Rand des asphaltierten Platzes stehen. Der Motor lief, sie hörte das vertraute leise Grummeln des Auspuffs, ein Geräusch, das den Sommer wiederbrachte. Er saß zusammengesunken auf dem Fahrersitz und rauchte eine Zigarette. Sie sah den Rauch dünn aus dem halb geöffneten Fenster aufsteigen. Sie ging zu ihm hin. Er sah sie kommen, setzte sich auf.

Du siehst gar nicht aus, als ob du schwanger wärst, sagte er. Ich hab gedacht, du wärst schon dicker.

Sie sagte noch nichts zu ihm.

Dein Gesicht ist rundlicher, sagte er. Er musterte sie, betrachtete sie ruhig, ein bisschen kritisch wie immer, wie er alles betrachtete. Diese Ruhe, diese Distanziertheit, die er hatte, dagegen kam man nicht an. Das fiel ihr jetzt wieder ein. Steht dir aber, sagte er. Dreh dich mal zur Seite.

Nein.

Dreh dich zur Seite. Ich will wissen, ob man von der Seite was sieht.

Nein, wiederholte sie. Was willst du? Was machst du hier?

Das weiß ich noch nicht, sagte er. Ich bin zurückgekommen, weil ich wissen wollte, wie's dir geht. Ich hab gehört, dass du ein Kind kriegst und draußen bei zwei alten Männern wohnst.

Wer hat dir das erzählt? Warst du denn nicht die ganze Zeit in Denver?

Doch, klar. Aber ich kenne trotzdem noch ein paar Leute hier, sagte er. Es klang erstaunt.

Na gut, und weiter? fragte sie.
Jetzt bist du sauer. Ich seh's dir an.
Vielleicht hab ich Grund dazu.
Ja, vielleicht, sagte er. Er schien über etwas nachzudenken. Er streckte den Arm aus und drückte die Zigarette im Aschenbecher aus. Seine Bewegungen waren ruhig, verrieten keine Nervosität. Er schaute sie wieder an. Jetzt sei doch nicht so, sagte er. Ich will doch nur sagen, ich bin zurückgekommen, weil ich dich sehen will. Weil ich dich fragen will, ob du nach Denver gehen willst.
Mit dir zusammen?
Warum nicht?
Was soll ich in Denver?
Was soll irgendjemand in Denver? fragte er zurück. Mit mir in meiner Wohnung leben. Wir könnten gemeinsam ein neues Leben anfangen. Wir könnten dort weitermachen, wo wir aufgehört haben. Du trägst doch mein Baby in dir, oder?
Ja. Ich bin schwanger.
Und ich bin der Vater, stimmt's?
Es kommt sonst keiner in Frage.
Das ist der Grund, sagte er. Davon rede ich.
Sie sah ihn an, wie er auf dem Fahrersitz saß. Der Motor lief immer noch. Ihr wurde kalt auf dem windigen Parkplatz. Sechs Monate waren vergangen, seit er gegangen war, und mit ihr war einiges geschehen, aber was hatte sich für ihn verändert? Er sah noch genauso aus wie im Sommer. Er war schmal und dunkel, sein Haar lockig, und sie fand immer noch, dass er gut aussah. Aber sie wollte keine Gefühle mehr für ihn haben. Sie hatte gedacht, über diese Gefühle sei sie hinweg. Sie glaubte, dass es so war. Er hatte sie verlassen, ohne es ihr vorher zu sagen, und da war sie schon schwanger gewesen. Hinterher hatte ihre Mutter sie nicht mehr ins Haus gelassen, und dann konnte sie wegen des alten Vaters nicht mehr bei Mrs. Jones bleiben, also war sie aufs Land gezogen, zu den beiden McPheron-Brüdern, und so seltsam ihr das anfangs vorgekom-

men war, hatte es sich doch eingespielt und war in letzter Zeit sogar richtig gut geworden. Und jetzt war er auf einmal wieder da. Sie wusste nicht, was sie fühlen sollte.

Steig doch ein, sagte er. Das kannst du doch wenigstens tun. Du wirst zum Eisblock gefrieren, wenn du da stehen bleibst. Ich bin nicht zurückgekommen, damit du dich erkältest.

Sie wandte den Blick ab. Die Sonne schien hell. Aber sie wärmte nicht. Es war ein klarer, kalter Wintertag, und nichts bewegte sich, niemand sonst ließ sich draußen blicken, die anderen Schüler hatten Nachmittagsunterricht. Sie sah ihre Autos auf dem Parkplatz an. Manche hatten Eisblumen an den Fenstern. Die Autos standen seit acht Uhr morgens da. Sie sahen kalt und trostlos aus.

Willst du nicht mal reden? fragte er.

Sie sah ihn an. Ich dürfte nicht mal hier stehen.

Doch. Ich bin zu dir zurückgekommen. Ich hätte dich irgendwann anrufen müssen, das weiß ich. Dafür entschuldige ich mich. Ich gebe zu, das war gemein von mir. Aber komm doch. Du frierst dich ja zu Tode.

Sie sah ihn immer noch an. Sie konnte keinen klaren Gedanken fassen. Er wartete. Ein Windstoß fegte über den Platz, sie spürte ihn im Gesicht. Sie sah zu den Schneeflecken auf dem Footballplatz hinüber, zu den beiderseits aufsteigenden, leeren Tribünen. Wieder schaute sie ihn an. Er sah sie immer noch an. Ohne zu wissen, warum, ging sie hinten um das Auto herum, stieg auf der anderen Seite ein und schloss die Tür. Drinnen war es warm. Sie saßen nebeneinander und sahen sich an. Er versuchte noch nicht, sie zu berühren. So gescheit war er immerhin. Nach einer Weile drehte er sich nach vorne und legte den ersten Gang ein.

Du hast mir gefehlt, sagte er. Er sprach direkt nach vorne, über das Lenkrad des schwarzen Plymouth hinweg.

Ich glaub dir nicht, sagte sie. Warum sagst du mir nicht die Wahrheit?

Das ist die Wahrheit, sagte er.

Sie verließen Holt auf der 34 in westlicher Richtung, fuhren hinaus in die winterliche Landschaft. Als sie nach einer halben Stunde Norka hinter sich gelassen hatten, sahen sie die ersten Berge, eine blassblaue Zackenlinie tief über dem Horizont, hundert Meilen weiter weg. Sie sprachen nicht viel. Er rauchte, das Radio spielte, ein Sender aus Denver, und sie schaute durchs Seitenfenster zu den braunen Weiden und den dunklen Maisstoppeln hinaus, zu den zottigen Rindern und den Telegrafenmasten, die sich in regelmäßigen Abständen aus dem dürren Unkraut der Gräben erhoben. Dann kamen sie nach Brush, fuhren auf die Interstate und weiter nach Westen, schneller jetzt auf der guten Straße, vorbei an Fort Morgan, wo der Nebel von der Kläranlage in der eisigen Luft über die Straße wehte, und ungefähr hier beschloss sie auszusprechen, woran sie in den letzten fünf Minuten gedacht hatte. Würdest du bitte im Auto nicht rauchen.

Er wandte sich ihr zu. Das hat dir früher nie was ausgemacht, sagte er.

Da war ich auch nicht schwanger.

Wo du Recht hast, hast du Recht.

Er kurbelte das Fenster herunter, schnippte die brennende Zigarette in den rauschenden Fahrtwind hinaus und kurbelte es wieder hoch.

Und wie ist es jetzt? fragte er.

Besser.

Warum sitzt du denn so weit weg? fragte er. Hab ich dich schon mal gebissen?

Vielleicht hast du dich ja verändert.

Rück ein bisschen näher, dann wirst du's schon sehen. Er grinste.

Sie rutschte auf dem Sitz zu ihm hin, er legte ihr den Arm um die Schulter und küsste sie auf die Wange, und sie legte ihm die flache Hand auf den Schenkel. So fuhren sie dahin, wie sie im Sommer nördlich von Holt aufs Land hinausgefahren waren, bevor sie am Abend bei dem alten Farmhaus unter den grünen

Bäumen angehalten hatten. Sie saßen noch immer so, als sie in der Abenddämmerung im Großstadtverkehr nach Denver hineinfuhren.

Von da an wusste sie nicht mehr, was sie mit sich anfangen sollte. Plötzlich war alles anders. Sie war siebzehn und bekam ein Kind, und sie war den größten Teil des Tages allein in einer Wohnung in Denver, während Dwayne, dieser Junge, den sie im Sommer kennen gelernt hatte und von dem sie nicht wusste, ob sie ihn überhaupt kannte, bei Gates in der Fabrik arbeitete. Er hatte zwei Zimmer mit Bad, und sie putzte schon am ersten Vormittag die ganze Wohnung. Am nächsten Tag räumte sie seine Schränke neu ein und machte die Wäsche, wusch die einzige Garnitur Bettwäsche, die er besaß, seine dreckigen Jeans und Arbeitshemden, alles an den ersten drei Vormittagen. Der einzige Mensch, dem sie bisher begegnet war, war eine Frau im Waschraum im Keller, die sie die ganze Zeit anstarrte, rauchte und kein Wort zu ihr sagte, sodass sie schon glaubte, die Frau müsse stumm sein oder sei vielleicht aus irgendeinem Grund über sie verärgert. An den ersten Tagen in Denver tat sie, was sie konnte, hatte jeden Abend das Essen fertig, und am ersten Samstagnachmittag, als er frei hatte, ging sie mit ihm einkaufen. Er kaufte ihr ein paar Sachen, zwei Shirts und eine Hose, als Ersatz für das, was sie in Holt zurückgelassen hatte. Aber sie hatte nicht genug zu tun und war öfter allein als je zuvor.

Als sie am ersten Abend ankamen, waren sie auf dem Parkplatz zwischen den Reihen dunkler Autos ausgestiegen, und er hatte sie die Treppe hinauf und durch einen gefliesten Gang zur Wohnungstür geführt und aufgeschlossen. Willkommen zu Hause, sagte er. Das ist unsere Wohnung. Es waren zwei Zimmer. Sie schaute sich um. Etwas später führte er sie ins Schlafzimmer, sie waren noch nie zusammen im Bett gewesen, in keinem richtigen Bett jedenfalls, und er zog sie aus und sah ihren Bauch an, diese runde, glatte, volle Wölbung, und er bemerkte die blauen Adern an ihren Brüsten, die jetzt angeschwollen und härter waren und größere, dunklere Brustwarzen hatten. Er legte die Hand über die harte Kugel ihres Bauchs. Bewegt es sich schon? fragte er.

Schon seit zwei Monaten.

Er ließ die Hand liegen, als wartete er darauf, dass es sich jetzt bewegte, für ihn, dann beugte er sich herab und küsste sie auf den Nabel. Er stand auf, zog sich aus und legte sich zu ihr ins Bett, küsste sie und schaute sie an.

Liebst du mich noch?

Vielleicht, sagte sie.

Vielleicht? Was soll das heißen?

Es heißt, dass es lange her ist. Du hast mich verlassen.

Aber du hast mir gefehlt. Das hab ich dir schon gesagt. Er begann, ihr Gesicht zu küssen, sie zu streicheln.

Ich weiß nicht, ob wir das tun sollten, sagte sie.

Warum nicht?

Darum. Das Baby.

Also, andere machen es auch noch, wenn die Frau schon schwanger ist, sagte er.

Aber du musst vorsichtig sein.

Ich bin immer vorsichtig.

Nein, bist du nicht. Nicht immer.

Wann war ich es nicht?

Ich bin schwanger, oder?

Er sah ihr ins Gesicht. Das war ein Unfall. Das hab ich nicht gewollt.

Jedenfalls ist es passiert.

Du hättest selber auch was tun können, weißt du, sagte er. Das war nicht nur meine Sache.

Ich weiß. Darüber hab ich oft nachgedacht.

Er sah in ihr Gesicht, ihre dunklen Augen. Irgendwie bist du jetzt anders. Du hast dich verändert.

Ich bin schwanger, sagte sie. Also bin ich anders.

Nein, es ist noch was anderes, sagte er. Aber es tut dir nicht leid, oder?

Wegen dem Baby?

Ja.

Nein, sagte sie. Es tut mir nicht leid wegen dem Baby.

Dann darf ich dich also küssen?

Sie sagte nichts, sie weigerte sich nicht. Und so begann er wieder, sie zu küssen und zu streicheln, und nach einer Weile war er über ihr, stützte sich auf, und etwas später drang er ein und begann sich langsam zu bewegen. Eigentlich kam ihr alles ganz normal vor. Trotzdem war sie besorgt.

Hinterher lagen sie still im Bett. Das Zimmer war nicht besonders groß. Zur Dekoration hatte er zwei Poster an die Wand genagelt. Vor dem Fenster war das Rollo heruntergezogen, und draußen hörte man den nächtlichen Verkehr von Denver.

Später standen sie auf, und er bestellte telefonisch eine Pizza. Er bezahlte den Boten und machte einen kleinen Scherz, über den der Junge lachen musste. Als er weg war, aßen sie die Pizza im Wohnzimmer und sahen bis Mitternacht fern. Am nächsten Morgen stand er früh auf und fuhr zur Arbeit. Kaum war er aus der Wohnung, fühlte sie sich einsam und wusste nicht, was sie mit sich anfangen sollte.

Die McPherons

Drei Stunden nach dem Dunkelwerden hielten sie mit dem Pickup vor dem Haus von Maggie Jones, stiegen in der Kälte aus und gingen auf die Veranda. Maggie trug noch ihre Schulkleidung, einen langen Rock und Pullover, hatte aber schon die Schuhe ausgezogen und lief auf Strümpfen. Was gibt's denn? fragte sie. Bitte, kommen Sie herein.

Sie schafften es nur bis in die Diele. Dann fingen beide zu reden an, beinahe gleichzeitig.

Sie ist heute nicht nach Hause gekommen, sagte Harold. Wir sind überall herumgefahren und haben sie gesucht.

Wir wissen nicht mal, wo wir mit dem Suchen anfangen sollen, sagte Raymond.

Wir sind über drei Stunden durch die Straßen gefahren und haben überall nachgesehen.

Sie sprechen natürlich von Victoria, sagte Maggie.

Sie hat keine Freunde, die wir fragen könnten, sagte Raymond. Jedenfalls nicht, soviel wir wissen.

Sie ist also nach der Schule nicht mit dem Bus gekommen?

Nein.

Ist das schon einmal vorgekommen?

Nein. Das ist das erste Mal.

Es muss was passiert sein, sagte Harold. Sie muss entführt worden sein oder so was.

Pass auf, was du sagst, sagte Raymond. Wir wissen doch nichts. An so was will ich noch gar nicht denken.

Ja, sagte Maggie, das stimmt. Darf ich zuerst ein paar Leute anrufen? Möchten Sie nicht weiterkommen und sich setzen?

Sie betraten ihr Wohnzimmer wie einen Gerichtssaal oder den Altarraum einer Kirche, sahen sich vorsichtig um und setzten sich schließlich auf das Sofa. Maggie ging zum Telefonieren wieder in die Küche zurück. Sie hörten sie reden. Sie hielten ihre Hüte zwischen den Knien und warteten einfach, bis sie wieder hereinkam.

Ich habe zwei, drei Mädchen aus ihrer Klasse angerufen, sagte sie, und dann noch Alberta Willis. Sie hat gesagt, sie hat Victoria einen Zettel von einem jungen Mann gegeben, der auf dem Parkplatz in einem Auto gewartet hat. Ich habe sie gefragt, ob sie weiß, was auf dem Zettel stand. Sie hat gesagt, es war persönlich, nicht für sie bestimmt. Aber du hast es trotzdem gelesen? habe ich sie gefragt.

Ja. Aber nur einmal, hat sie gesagt.

Bitte sag mir, was stand drauf?

Mrs. Jones, es hat überhaupt nichts draufgestanden. Nur komm raus zum Parkplatz, und dann sein Name, Dwayne.

Kennst du ihn? habe ich sie gefragt.

Nein. Aber er ist aus Norka. Da wohnt er aber nicht mehr. Keiner weiß, wo er wohnt.

Und Victoria ist wie verlangt zu ihm auf den Parkplatz gegangen?

Ja, sie ist hingegangen. Ich hab versucht, es ihr auszureden. Ich hab sie gewarnt.

Und danach hast du sie nicht mehr gesehen?

Nein, danach hab ich sie nicht mehr gesehen.

Tja, sagte Maggie zu den McPherons. Dann ist sie wohl mitgefahren. Mit diesem jungen Mann.

Die alten Brüder sahen sie längere Zeit schweigend an, musterten sie mit traurigen, müden Gesichtern.

Kennen Sie ihn überhaupt? fragte Harold schließlich.

Nein, sagte sie. Ich glaube nicht, dass ich ihn jemals gesehen habe. Die Schüler kennen ihn ein bisschen. Er war letztes Jahr bei ein paar Tanzveranstaltungen, vor allem im Sommer. Dabei hat Victoria ihn kennen gelernt. Sie hat mir ein bisschen davon erzählt. Aber seinen Namen hat sie mir nicht gesagt. Den Vornamen hab ich heute auch zum ersten Mal gehört.

Hat das Mädchen am Telefon auch den Nachnamen gewusst?

Nein.

Sie sahen sie erneut eine Zeit lang an, warteten ab, ob noch etwas kommen würde.

Also ist ihr nichts passiert, sagte Harold. Und verloren gegangen ist sie auch nicht.

Nein, wahrscheinlich nicht.

Sie ist nicht verloren gegangen, sagte Raymond. Mehr wissen wir nicht. Ob ihr was passiert ist, wissen wir nicht.

Ach, ich glaube, es geht ihr gut, sagte Maggie. Davon sollten wir jedenfalls ausgehen.

Aber warum ist sie weggefahren? fragte Raymond. Können Sie mir das sagen? Glauben Sie, wir haben ihr was getan?

Natürlich nicht, sagte Maggie Jones.

Wirklich nicht?

Aber wo denn. Natürlich nicht.

Harold sah sich langsam im Zimmer um. Ich glaub auch nicht, dass wir ihr was getan haben, sagte er. Ich kann's mir jedenfalls nicht vorstellen. Er schaute Maggie an. Ich hab hin und her überlegt, sagte er.

Natürlich nicht, sagte sie. Ich weiß, dass Sie nichts getan haben.

Harold nickte, sah sich wieder um und stand auf. Dann können wir genauso gut heimfahren, sagte er. Es gibt ja nichts zu tun. Er setzte seinen alten Arbeitshut wieder auf.

Raymond machte keine Anstalten aufzustehen. Meinen Sie, das ist der Bewusste? fragte er. Der, von dem sie das Kind hat?

Ja, sagte Maggie. Das wird er wohl sein.

Raymond musterte sie eine Zeit lang. Dann sagte er, Oh. Er machte eine Pause. Na ja. Ich werde alt. Ich bin nicht mehr der Schnellste. Und dann fiel ihm nichts mehr ein. Er stand auf, stellte sich neben seinen Bruder und sah an Maggie vorbei durchs Zimmer. Dann können wir jetzt wohl gehen, sagte er. Wir danken Ihnen für Ihre freundliche Hilfe, Maggie Jones.

Sie gingen wieder hinaus in die Kälte und fuhren davon. Zu Hause zogen sie ihre Segeltuch-Overalls an und gingen in die Dunkelheit hinaus, trugen eine Laterne in den Kälberstall, in dem sie eine Färse untergebracht hatten, weil sie gemerkt hatten, dass sie unruhig war. Eine von den Zweijährigen. Außerdem war ihnen aufgefallen, dass ihr Euter geschwollen war. Also hatten sie sie tags zuvor in den auf drei Seiten geschlossenen Stall neben den Pferchen gebracht.

Als sie jetzt durchs Tor traten und die Laterne hoch unters Knüppeldach hielten, sahen sie, dass es ihr nicht gut ging. Aus großen, verängstigten Augen starrte sie über das helle Stroh und den hart gefrorenen Boden zu ihnen herüber, krümmte sich und streckte den Schwanz steif von sich. Sie machte ein paar wacklige Schritte. Dabei sahen sie, dass hoch oben unter dem Schwanz die Fruchtblase bis auf ihre Hinterbeine herabhing und ein rosa Huf aus dem vorgefallenen Uterus herausschaute. Sichtlich unter Schmerzen wich die Färse mit kleinen Schritten an die Stallwand zurück, und der Huf ihres ungeborenen Kalbs ragte hinten aus ihr hervor wie mit schmutzigem Sackleinen umwickelt.

Sie schlangen der Färse einen Strick um den Hals, knüpften daraus rasch ein Halfter und banden sie dicht an die Stallwand. Dann zog Harold seine Fäustlinge aus und drückte so lange gegen den Huf, bis es ihm gelang, ihn wieder hineinzuschieben. Anschließend griff er mit der Hand hinein und versuchte den Kopf des Kalbs zwischen die Vorderfüße zu drücken, wo er hingehörte, aber der Kopf lag nicht richtig, und das Kalb wollte nicht kommen. Die kleine Färse war jetzt völlig erschöpft. Sie ließ den Kopf hängen, machte einen Buckel und stöhnte laut. Es blieb ihnen nichts anderes übrig, als die Kälberkette zu nehmen. Sie wickelten sie im Inneren der Kuh oberhalb der Fesselgelenke um die Beine des ungeborenen Kalbs, legten dann das U-förmige Teil über die Hinterbacken der Färse und begannen, das Kalb ruckweise herauszuziehen. Der Strick, mit dem der Kopf der Färse an der Stallwand angebunden war, wurde zum Zerreißen gespannt. Sie keuchte und stöhnte und hob einmal den Kopf und brüllte, die Augen panisch ins Weiße verdreht. Dann kam der Kopf des Kalbs mit den Vorderbeinen zum Vorschein, und auf einmal plumpste das ganze Kalb heraus, nass und glitschig. Sie fingen es auf, wischten ihm die Nüstern sauber und kontrollierten, ob es durchs Maul Luft bekam. Sie legten das Kalb ins Stroh. Die nächste Stunde stand die Färse keuchend und stöhnend da, während sie den vorgefallenen Uterus säuberten und wieder hineinschoben, und dann vernähten sie sie mit dickem Faden. Schließlich spritzten sie ihr Penicillin, stellten das Kalb auf die Beine und schoben es zum Euter seiner Mutter. Die Färse beschnupperte das Kalb, raffte sich auf und fing an, es abzulecken. Das Kalb stieß gegen sie und fing an zu saugen.

Inzwischen war es nach Mitternacht. Es war kalt und öde draußen vor dem Stall, und totenstill. Die Sterne am klaren Himmel wirkten kalt und arktisch wie Eis.

Sie kamen ins Haus zurück, ohne ihre Overalls auszuziehen, und setzten sich erst einmal erschöpft und blutig an den Küchentisch.

Meinst du, es wird wieder gut mit ihr? fragte Raymond.

Sie ist jung. Sie ist kräftig und gesund. Aber man weiß nie, was alles passieren kann. Man kann's nicht sagen.

Nein. Man kann's nicht sagen. Man weiß nicht, wie es ihr geht. Man weiß noch nicht mal, wo er sie hingebracht hat.

Vielleicht ist er mit ihr nach Pueblo oder Walsenburg. Oder in irgendeinen anderen Ort und nicht nach Denver. Man weiß nie.

Ich hoffe jedenfalls, es geht ihr gut, sagte Raymond.

Das hoffe ich auch, sagte Harold.

Sie gingen nach oben. Sie legten sich im Dunkeln ins Bett,

aber sie konnten nicht einschlafen, sondern lagen wach, in ihren Zimmern beiderseits des Flurs, und dachten an sie. Das Haus hatte sich verändert. Ganz plötzlich war es verwaist.

Guthrie

Lloyd Crowder rief ihn am frühen Abend an. Am besten, Sie kommen gleich mal rüber. Es sieht so aus, als wollten die Ihnen eins auswischen. Bringen Sie Ihr Klassenbuch mit und was Sie sonst an Unterlagen haben.

Von wem reden Sie? fragte Guthrie.

Von den Beckmans.

Er ging aus dem Haus, stieg in seinen Pickup und fuhr durch die Stadt zum Bezirksbüro neben der High School. Als er hineinging, sah er sie sofort. Sie saßen in der dritten Besucherreihe auf der anderen Seite. Beckman, seine Frau und sein Sohn. Sie drehten sich um und sahen ihn an, als er hereinkam. Er setzte sich in die hinterste Reihe. Die Mitglieder des Schulausschusses saßen vorne an dem langen Tisch, jeder mit seinem Namensschild vor sich. An der Wand hinter ihnen hingen gerahmte Porträts verdienter älterer Mitglieder aus vergangenen Jahren. Sie hatten bereits das Protokoll der letzten Sitzung, die Beschlussfassung über die laufenden Rechnungen und diverse Bekanntmachungen erledigt und beendeten gerade die Budgetbesprechung. Der Schulinspektor leitete die Sitzung. Es wurde abgestimmt, wo die Schulordnung dies vorsah, und alles lief reibungslos, da die einzelnen Punkte bereits in nichtöffentlicher Sitzung vorbereitet worden waren. Schließlich fragte der Ausschussvorsitzende, ob jemand aus dem Publikum ein Anliegen vorzubringen habe.

Eine schmächtige Frau stand auf und beklagte sich über

die Schulbusse. Ich möchte mich an dieser Stelle beschweren, sagte sie. Meine Kinder sind früher um sieben losgefahren und um vier heimgekommen, inzwischen sind wir bei halb sieben und Viertel vor fünf. Und nur weil die Busfahrer die Nase voll haben und immer langsamer fahren. Weil die Kinder ständig fluchen und von den Sitzen aufstehen. Also, die können ja gar nicht mehr normal reden, nur noch fluchen. Wenn wir denen das verbieten, könnten sie kein Wort mehr sagen.

Der Ausschussvorsitzende sagte, Es geht doch vor allem um Sicherheit. Meinen Sie nicht auch? Das muss unser Hauptanliegen sein.

Ich sage Ihnen, sagte die Frau, einmal musste der Bus sogar rechts ranfahren. Die Fahrerin hat angehalten, ist nach hinten gegangen und hat zu einem von den Mädchen gesagt, Seit du hier drin bist, hast du aus Leibeskräften geschrien, also dann schrei jetzt. Und das Mädchen hat's tatsächlich gemacht. Können Sie sich das vorstellen? Also, meine Tochter, der ist das Geschrei von der auf die Nerven gegangen. Ich finde, so was bräuchte sie sich nicht gefallen lassen.

Die Benutzung des Schulbusses, sagte der Vorsitzende, ist doch nur Kindern gestattet, die sich an die Vorschriften halten. Ist es nicht so? Er sah den Schulinspektor an.

Ganz recht, sagte der Schulinspektor. Nach drei Verstößen werden sie ausgeschlossen.

Dann können scheint's manche nicht bis drei zählen, sagte die Frau.

Ja, Ma'am, sagte der Vorsitzende. Bitte kommen Sie einmal in die Schule und sprechen Sie mit dem Direktor darüber. Über die Beschwerde, die Sie hier vorgetragen haben.

Hab ich doch schon gemacht.

Aha, sagte er. Vielleicht können Sie noch einmal mit ihm sprechen. Danke, dass Sie heute hier erschienen sind. Er sah ins Publikum. Noch etwas? fragte er.

Mrs. Beckman stand auf und sagte, Allerdings, es gibt noch etwas. Und wie ich sehe, hat ihm schon jemand gesteckt, dass er herkommen soll. Sie sah Guthrie an. Es ist mir egal, dass er hier ist, ich sag's trotzdem. Er hasst meinen Sohn. Er hat ihn letztes Semester durchgeschmissen. Hat ihn in Amerikanische Geschichte durchfallen lassen. Aber das ist nicht mit rechten Dingen zugegangen.

Ma'am, wovon sprechen Sie? fragte der Vorsitzende. Worum geht es?

Das kann ich Ihnen sagen. Erst streitet er sich mit ihm auf dem Flur wegen diesem kleinen Flittchen. Dann schließt er ihn vom Basketballturnier aus, was ihn das Stipendium am Phillips Junior College kosten kann, und dann lässt er ihn auch noch durchfallen, sodass er ein ganzes Semester verliert. Davon rede ich. Ich will wissen, was Sie dagegen tun wollen.

Der Ausschussvorsitzende schaute den Schulinspektor an. Der Schulinspektor sah zu Lloyd Crowder hinüber, der seitlich an einem anderen Tisch saß. Der Ausschussvorsitzende wandte sich an den Direktor. Lloyd, können Sie etwas zur Aufklärung dieser Angelegenheit beitragen?

Das kann er sich sparen, sagte Mrs. Beckman. Ich hab's Ihnen doch grade gesagt.

Ja, Ma'am, sagte der Vorsitzende. Aber wir würden gerne auch hören, was der Schuldirektor dazu meint.

Crowder stand auf, erklärte mit einer gewissen Ausführlichkeit, was beide Parteien in diesem Streit getan hatten, und erwähnte auch den fünftägigen Ausschluss vom Unterricht, der gegen den Schüler verhängt worden war.

Ist Mr. Guthrie anwesend? fragte der Vorsitzende.

Da hinten sitzt er doch, sagte Mrs. Beckman.

Ah, jetzt sehe ich ihn, sagte der Vorsitzende. Mr. Guthrie, möchten Sie etwas sagen?

Sie haben es bereits gehört, sagte Guthrie. Russell hat das ganze Semester nichts getan. Ich habe ihm mehrmals gesagt, dass er den Kurs nicht besteht, wenn er sich nicht bessert. Das ist nicht geschehen, also musste ich ihn durchfallen lassen.

Da haben Sie's, sagte Mrs. Beckman. Das ist genau das Lügenmärchen, das er allen erzählt. Wollen Sie vielleicht auch hier rumsitzen und sich von dem anlügen lassen?

Ich habe das Klassenbuch hier, wenn Sie sich selbst überzeugen möchten, sagte Guthrie. Aber ich würde es lieber nicht öffentlich herzeigen. Ich bin nicht einmal sicher, ob das rechtlich zulässig ist.

Lassen Sie sich's zeigen, rief Mrs. Beckman. Hoffentlich tut er's. Dann werden alle sehen, was er meinem Russell angetan hat. Ist sowieso alles erstunken und erlogen, was der sagt.

Der Ausschussvorsitzende warf ihr einen Blick zu. Ich muss schon sehr bitten, Ma'am, sagte er. Sie müssen eines wissen: Wir halten nichts davon, uns allzu sehr in die Unterrichtsgestaltung des Lehrers einzumischen.

Mischen Sie sich mal lieber doch ein. Dieser Guthrie ist ein Lügner und ein gemeiner Kerl.

Ma'am, so können Sie hier nicht sprechen. Bitte wenden Sie sich doch an den Schulinspektor, und dann besprechen wir die Angelegenheit in nichtöffentlicher Sitzung. Wir können unmöglich hier in der Öffentlichkeit eine Entscheidung fällen.

Aha, jetzt kommt's raus, sagte sie. Sie sind auch nicht besser wie die anderen alle. Wir haben Sie gewählt, und zum Dank behandeln Sie uns so.

Ma'am, ich werde mich dazu nicht mehr äußern. Vorerst.

Kriegt er also seinen Abschluss?

Ohne Amerikanische Geschichte? Das glaube ich kaum.

Kann er wenigstens auf die Bühne gehen und ein leeres Zeugnis entgegennehmen?

Vielleicht. Aber er wird den Kurs im Sommer wiederholen müssen. Und vorerst wird es wohl das Beste sein, wenn er den restlichen Stoff im Einzelunterricht bei jemand anderem nachholt. Das stimmt doch, Herr Schulinspektor?

Ja. Das lässt sich einrichten.

So ist es, sagte der Vorsitzende. Es lässt sich einrichten. Er sah die Familie an. Mr. Beckman, Sie haben sich gar nicht geäußert. Haben Sie noch etwas hinzuzufügen?

Worauf Sie sich verlassen können, sagte Beckman. Er stand auf. Wir sind noch nicht fertig miteinander. Das sag ich Ihnen hier und jetzt. Da können Sie verdammt noch mal Gift drauf nehmen. Wenn's sein muss, gehe ich vor Gericht. Oder denken Sie, ich trau mich nicht?

Victoria Roubideaux

In Denver ging sie eine Zeit lang arbeiten. Es war nichts Besonderes, nur ein Aushilfsjob im Lebensmittelladen einer Tankstelle am Wadsworth Boulevard, eine Meile von der Wohnung entfernt. Sie musste einspringen, wenn jemand sich krankmeldete. Sie war zum Vorstellungsgespräch gegangen, und der kleine Mann mit dem weißen Hemd, der Geschäftsführer, war mit ihr durch den Laden gegangen und hatte sie gefragt, Wo würden Sie die Wiener und die Sardinen einräumen? Sie hatte gesagt, Bei den Konserven, aber er hatte gesagt, Nein, gleich neben den Crackern. Die sollen beides auf einmal kaufen. Wir haben unsere guten Gründe für alles, was wir hier machen.

Er wollte wissen, wann es so weit sei, und sie hatte ihn belogen. Sie hatte einen späteren Termin genannt, Ende Mai. Wird Ihnen noch oft schlecht? hatte er gefragt.

Nein, sagte sie. Das war nur am Anfang.

Sie würden nur als Aushilfe arbeiten. Auf Abruf. Immer, wenn wir Sie brauchen. Immer wenn jemand anruft und behauptet, er wär krank. Ja, das wär's. Wollen Sie den Job immer noch?

Ja.

Na gut. Ab morgen lernen wir Sie an.

An drei Tagen fuhr sie hin und ließ sich anlernen von der Frau in der Nachmittagsschicht und dann von der Frau in der Nachtschicht, und dann musste sie anderthalb Wochen auf den ersten Anruf warten. Er kam am Montag zur Abendbrotzeit, und Dwayne war müde und wollte sie nicht hinfahren. Dann gehe ich eben zu Fuß, sagte sie und stand vom Tisch auf. Das beschämte ihn so, dass er sie doch hinfuhr, aber unterwegs sagte keiner von beiden ein Wort. Sie arbeitete die ganze Nacht ohne Zwischenfall, und als ihre Schicht am Morgen zu Ende war, fuhr sie mit dem Bus nach Hause, weil um diese Zeit Dwaynes Schicht bei Gates schon begonnen hatte. In der Wohnung fand sie einen Zettel von ihm, auf dem stand, *Bis heute Abend, ich bin nicht mehr sauer auf dich*, genau wie die andere Nachricht vor einem Monat mit Bleistift in schräger Kinderschrift auf ein Stück Papier gekritzelt.

Zwei Wochen später, als sie zum dritten Mal angerufen worden war, arbeitete sie an der Kasse. Um halb zwei Uhr früh kam ein Mann herein, sie war die Einzige im Laden. Er schlenderte durch die Gänge, nahm verschiedene Sachen in die Hand, stellte sie wieder zurück. Er war dürr, hatte ein stark verrunzeltes Gesicht und glattes braunes Haar. Mit leeren Händen kam er zur Kasse und sagte, Du kennst doch Doris, oder?

Wen?

Doris. Die arbeitet hier.

Ja, die hab ich schon mal gesehen.

Was hältst du von ihr?

Sie ist nett.

Sie ist ein Miststück. Sie hat mich ausgesperrt und mir die Bullen auf den Hals gehetzt.

Oh, sagte das Mädchen. Sie schaute ihn an, gespannt, was er tun würde.

Was meinst du, was ich in meinem Auto hab? fragte er. Na los, denk mal nach.

Ich weiß es nicht.

Eine Knarre hab ich da draußen, sagte er, und sah ihr direkt in die Augen. Mit drei Patronen drin. Weil wir zu dritt sind. Sie, ich und ihr verdammter Köter. Mann, tät ich dieses Mistvieh gern abknallen. Du hältst mich für verrückt, stimmt's?

Ich kenne Sie doch gar nicht.

Ich bin verrückt. Dieser Scheißköter. Aber dir würde ich nichts tun. Wann hast du hier Feierabend?

Das weiß ich noch nicht.

Klar weißt du's.

Nein. Es kann später werden. Ich weiß es nicht immer genau.

Da. Den Kaugummi kauf ich. Ihren Scheißköter hab ich sowieso schon. Ich hab ihn da draußen im Auto. Sie kann mich ja vielleicht aussperren, aber ich hab ihren Köter. Ich kann ja mit ihm anfangen, wenn es das ist, wo sie drauf aus ist. Alsdann, arbeite dich nicht tot. Er nahm seine Packung Kaugummi und ging hinaus.

Das Mädchen sah zu, wie er in sein Auto stieg und wegfuhr, notierte sich die Nummer und gab sie später dem Geschäftsführer. Die nächsten Tage schaute sie in den Zeitungen nach, ob irgendetwas über den Mann darin stand, fand aber nichts. Als sie Doris von ihm erzählte, meinte diese, der sei mehr oder weniger harmlos. Im Übrigen verstehe sie kein Wort, sie habe nämlich gar keinen Hund. Zum letzten Mal habe sie vor fünf Jahren einen Hund gehabt.

Ein paar Mal ging Dwayne mit ihr auf eine Party. Eine war an einem Freitagabend in der Wohnung von Leuten, die er aus der Arbeit kannte, Carl und Randy. Randy war ein kräftiges, großes Mädchen mit engen Jeans und dünnen Beinen, trug ein knappes Top und hatte feste Brüste. Carl war redselig. Als sie ankamen, war er schon völlig überdreht. Es waren auch noch viele andere Gäste in der Wohnung. Alle tranken und rauchten, und auf dem Couchtisch stand ein Korb mit Joints, aus dem sich alle bedienen durften. Die Wände waren mit Alufolie und blinkenden elektrischen Christbaumkerzen bedeckt, es war heiß in dem Raum, und die Musik war so laut, dass ihr Bauch vibrierte. Die Leute tanzten und lachten. Ein Mädchen tanzte auf dem Sofa und warf die Haare vor und zurück. Ein Junge tanzte zwischen zwei Mädchen und stieß abwechselnd an ihre Hüften. Randy brachte ihr einen Drink aus dem anderen Zimmer, und sie stellte sich an die Wand und sah zu. Dwayne ging mit Carl in die Küche. Randy sah sie an und sagte, Hey, amüsier dich, ja? Sie strahlte sie an und breitete die Arme aus, als wollte sie sagen: Du kannst das alles hier haben. Dann war sie weg. Und sie stand an der Wand und schaute zu.

Später ging sie in die Küche, nach Dwayne sehen. Er saß am Tisch, trank und spielte Karten mit ein paar anderen. Sie stellte sich hinter ihn, und einmal legte er ihr die Hand auf den Bauch, sagte, Wie geht's meinem kleinen Mann?, tätschelte sie und trank aus seinem Glas. Sie sah eine Zeit lang zu, ging dann hinaus und machte sich auf die Suche nach dem Bad. Die Tür war abgeschlossen, sie klopfte, jemand machte kurz auf, und durch den Spalt sah sie, dass zwei Jungen auf dem Badewannenrand saßen und warteten, während ein Mädchen einen anderen Jungen auf der Toilette bediente. Das Mädchen war von der Hüfte abwärts nackt und hatte die langen weißen Beine gespreizt, und es hätte Randy sein können, aber sie konnte nicht genug erkennen, weil die Tür gleich wieder zugeschlagen wurde. Der Junge, der sie aufgemacht hatte, sagte nur, Hier bist du falsch. Geh nach oben.

Als Dwayne mit ihr heimfuhr, war es ungefähr vier Uhr früh. Sie war genötigt worden, vier oder fünf Wodkacocktails zu trinken und an herumgereichten Joints zu ziehen. Sie fühlte sich so deplatziert und einsam, dass ihr eine Zeit lang alles egal war, dass sie dasselbe wollte wie alle anderen, und irgendwann gab sie sich ganz der Musik und dem Gefühl des Mitmachens hin, tanzte und tanzte und hielt sich den Bauch, stützte ihr Baby, während sie herumwirbelte. Als sie am nächsten Morgen erwachte, wurde ihr sofort schlecht wie in den ersten Monaten, nur diesmal aus einem anderen Grund. Hoch oben am Bein hatte sie einen roten Fleck, der wehtat, wenn sie ihn berührte, aber sie konnte sich nicht erinnern, woher sie ihn hatte. Sie drehte sich im Bett auf die andere Seite. Dwayne schlief noch. Sie blieb lange Zeit liegen, traurig und mit der Übelkeit kämpfend. Sie betrachtete den Sonnenstrahl am Rande des Rollos am Fenster. Sie wusste nicht einmal mehr, was für Wetter war. Die Sonne schien, aber was gab es sonst noch? Sie verfiel in einen Dämmerzustand aus Trauer und Fassungslosigkeit. Sie wollte nicht daran denken, was letzte Nacht ihrem Baby hätte zustoßen können. Sie konnte sich nur an den Anfang erinnern. Sie wusste nicht mehr, ob sie getanzt hatte, aber da waren auch noch andere Dinge. Sie wollte nicht darüber nachdenken. Aber das, woran sie sich nicht mehr erinnerte, machte ihr am meisten Angst.

Die McPherons

Als der Winter zu Ende ging, fuhr Raymond McPheron eines Abends in die Stadt zu einer Verwaltungsratssitzung der Getreidesilo-Genossenschaft der County Holt. Er war einer der sieben Farmer und Rancher, die in den Verwaltungsrat gewählt worden waren.

Nach der Sitzung fuhr er mit ein paar von den Männern ins Legion, um noch einen zu trinken. Er saß mit ihnen an einem Tisch, als sein Gegenüber, kein Farmer, sondern ein Mann aus der Stadt, den er nur dem Namen nach kannte, zu ihm sagte, Dumm gelaufen mit der Kleinen, was?

Na ja, sagte Raymond.

Aber ein bisschen seid ihr ja doch auf eure Kosten gekommen, oder?

Was soll das heißen?

Dass ihr euch bei ihr abgewechselt habt, meine ich. So war's doch, oder? Raus mit der Sprache! War's schön? Der Mann grinste. Er hatte kleine, ebenmäßige Zähne ohne große Lücken.

Raymond sah ihn eine Zeit lang schweigend an. Dann beugte er sich über den Tisch, packte den Mann dicht unterhalb der Manschette am Handgelenk und sagte, Wenn Sie noch mal so was über Victoria Roubideaux sagen, schlag ich Ihnen Ihren blöden Schädel ein.

Verdammt, was soll denn das? sagte der Mann. Er versuchte sich loszureißen. Lassen Sie mich sofort los!

Merken Sie sich das, sagte Raymond.
Hören Sie auf. Ich hab's doch nicht so gemeint.
Doch. Und ob.
Ich sag doch nur, was die anderen sagen.
Ich rede aber hier nicht mit den anderen.
Lassen Sie mich los. Was haben Sie denn?
Ich mein's ernst. Hüten Sie sich, so was auch nur von ihr zu denken.
Dann ließ er ihn los. Der Mann stand auf. War doch nur Spaß, Sie blöder Idiot, sagte er. Ich weiß überhaupt nicht, warum Sie sich so aufregen.
Wir haben uns schon verstanden, sagte Raymond.
Der Mann sah ihn an, ging zum Tresen und sprach mit dem Barkeeper und einem anderen Mann. Die beiden hatten alles mit angesehen. Er redete mit ihnen, rieb sich dabei das Handgelenk und sah zu Raymond hinüber.
Raymond trank sein Bier aus, stand auf, ging hinaus und fuhr in der mondlosen Nacht mit dem Pickup heim. Im Haus ging er ins Zimmer des Mädchens, knipste die Deckenlampe an und betrachtete das alte Ehebett mit dem Quilt darauf und das neue Kinderbett an der Wand mit dem straff gespannten Laken und der zusammengefalteten Decke, alles bereit für das Mädchen und ihr Baby, genau so, wie es gewesen war, bevor das Mädchen an dem bewussten Morgen aus dem Haus gegangen und nicht mehr zurückgekommen war. Er schaute sich eine Zeit lang im Zimmer um. Er überlegte, erinnerte sich, erwog dies und das. Schließlich machte er das Licht aus, ging die Treppe hinauf und blieb im Flur stehen. Dann stellte er sich in die offene Tür zum Schlafzimmer seines Bruders. Bist du wach? fragte er.
Jetzt ja, sagte Harold. Ich hab dich die Treppe raufkommen hören. Du musst ja völlig durcheinander sein, dem Krach nach, den du gemacht hast. Das Zimmer war dunkel, nur die Flurlampe schien hinein. Das graue Fensterviereck an der Hinterwand ging auf den Hof, zur Scheune und zu den Pferchen hi-

naus. Harold stützte sich im Bett auf. Was ist denn? Irgendwas Unangenehmes bei der Sitzung? Die Getreidepreise im Keller?

Nein.

Was dann?

Wir sind hinterher noch was trinken gegangen. Ein paar von den anderen und ich, ins Legion.

Ja, und? Das ist doch nicht verboten. Was war?

Die reden, sagte Raymond.

Wer?

Die Leute in der Stadt. Sie reden über Victoria. Über dich und mich und dass sie bei uns war. Sie reden über uns drei.

Also das ist es? sagte Harold. Was hast du denn erwartet? Zwei alte Männer nehmen ein Mädchen zu sich, hier draußen auf dem Land, wo weit und breit niemand ist, der sie beobachten kann. Noch dazu ist das Mädchen jung und hübsch, wenn auch schwanger, und die beiden alten Männer, die sie bei sich wohnen lassen, sind nun mal Männer, auch wenn sie so alt und vertrocknet sind wie versteinerter Pferdemist. Da gibt's nun mal Gerede, das kann nicht ausbleiben.

Kann schon sein, sagte Raymond. Er schaute seinen Bruder in dem dunklen Zimmer mit dem Fenster dahinter an. Aber ich kann's trotzdem nicht leiden. Die sollen sich verdammt noch mal ihre Mäuler nicht über sie zerreißen. Das kann ich auf den Tod nicht ausstehen.

Du wirst aber nicht allzu viel dagegen machen können.

Schon möglich, sagte Raymond. Er wandte sich ab, ging über den Flur in sein Zimmer, kehrte aber noch einmal um. Vielleicht kommt's ja noch so weit, dass ich's versteh, sagte er. Aber das heißt noch lange nicht, dass es mir gefällt. So weit wird es nie kommen.

Ike und Bobby

Früh am Morgen wachten sie fast im selben Moment im selben Bett auf, der Fleck über dem Nordfenster am anderen Zimmerende war schon gut zu erkennen. Ike stand auf und begann, sich anzuziehen. Dann stand Bobby auf und zog sich an, während sein Bruder unter dem Wasserfleck stand und aus dem Fenster schaute, am Brunnenhaus vorbei zum Stall und zum Zaun und zur Windmühle hinüber. Hinter dem Zaun machte Elko etwas Seltsames. Der ist wohl verrückt geworden, sagte Ike.

Wer?

Elko.

Bobby schaute hinaus.

Als er sich fertig angezogen hatte, gingen sie ins Erdgeschoss hinunter, wo Guthrie am Küchentisch schwarzen Kaffee trank, Zigaretten rauchte und wie jeden Sonntagmorgen eine Zeitung oder Zeitschrift las, die aufgeschlagen in der Sonne auf dem Tisch lag. Rasch liefen sie durch die Küche, die Veranda hinunter und über den Kies. Sie machten das Tor auf und betraten die Koppel. Zu diesem Zeitpunkt war das Pferd noch nicht tot. Es trat sich immer noch in den Bauch. Es stand für sich allein an der Stallwand, abseits von Easter und den Katzen, Hals, Brustkorb und Flanken waren dunkel von Schweiß. Vor ihren Augen ließ es sich fallen und wälzte sich auf der Erde, trat mit den Füßen in die Luft wie ein auf den Rücken gefallener, mit den Beinen zappelnder schwarzer Käfer und zeigte dabei seinen bräunlichen Bauch, der heller war als der übrige Körper. Dann schnaubte es, kam wieder auf die Beine und warf den Kopf herum, um seinen Bauch anzusehen. Sofort fing es an, danach zu treten, wie von Fliegen geplagt. Aber es waren nicht die Fliegen. Die beiden Jungen sahen ihm noch eine Weile zu, bis es sich wieder fallen ließ, dann rannten sie ins Haus zurück.

Guthrie stand am Herd und machte Rühreier. Moment, langsam, sagte er, kann bitte immer nur einer reden?

Sie sagten es ihm noch einmal.

Na gut, sagte er. Ich seh ihn mir mal an. Ihr bleibt hier und esst euer Frühstück.

Er ging hinaus. Sie hörten seine Schritte auf der Veranda. Als die Fliegentür zufiel, setzten sie sich an den blanken Holztisch und fingen an zu essen. Sie saßen einander gegenüber und kauten still, dann horchten sie auf und schauten einander an und kauten weiter. Mit ihren braunen Köpfen und blauen Augen sahen sie sich fast zum Verwechseln ähnlich. Ike stand auf, als er fertig war, und schaute aus dem Fenster. Er kommt zurück, sagte er.

Ich glaub, er wird sterben, sagte Bobby.

Wer?

Dein Elko.

Nein, wird er nicht. Iss weiter.

Ich bin schon fertig.

Dann nimm dir noch was.

Guthrie kam wieder ins Haus. Er ging zum Telefon und rief Dick Sherman an. Sie redeten kurz. Er legte auf, und Ike fragte: Was wird er mit ihm machen? Er tut ihm doch nicht weh?

Nein. Er hat sowieso schon Schmerzen.

Aber warum macht er das?

Ich weiß es nicht.

Tritt er sich immer noch?

Ja. Er muss irgendwas haben. Wahrscheinlich etwas im Bauch. Dick schaut ihn sich an.

Ich glaub, er stirbt, sagte Bobby.

Sei still, Bobby.
Könnte doch sein.
Aber du kannst es nicht wissen. Du verstehst doch gar nichts davon. Also halt gefälligst die Klappe.
Schluss jetzt, sagte Guthrie.
Die beiden Jungen schauten einander an.
Das gilt für euch beide, sagte er. Außerdem müsst ihr euch um eure Zeitungen kümmern. Ich hab den Zug schon vor einer halben Stunde gehört. Höchste Zeit, dass ihr losfahrt.
Können wir das nicht später machen?
Nein. Die Leute zahlen pünktlich, also wollen sie auch pünktlich ihre Zeitung bekommen.
Nur das eine Mal? Womöglich ist Dick Sherman dann schon wieder weg.
Kann sein. Aber ich erzähl euch alles. Also, ab mit euch.
Du lässt doch nicht zu, dass er ihm wehtut?
Nein, ich pass schon auf. Aber das würde Dick ohnehin nicht machen.
Trotzdem, sagte Bobby. Er hat sowieso schon Schmerzen.
Zum zweiten Mal an diesem Morgen gingen sie in das kalte Sonnenlicht hinaus und schoben ihre Räder auf die Straße. Sie schauten zum Stall und zur Koppel zurück. Elko stand immer noch gekrümmt auf drei Beinen, trat immer noch nach seinem Bauch. Sie stiegen auf die Räder, fuhren auf die Railroad Street hinaus und eine halbe Meile nach Osten zum Bahnhof.
Als sie die Zeitungen ausgetragen hatten, trafen sie sich wieder an der Main Ecke Railroad Street und radelten nach Hause. Es war etwas wärmer geworden, und sie schwitzten ein bisschen unter den Stirnhaaren. Sie fuhren am alten E-Werk an der Bahnlinie vorüber. Als sie am Haus von Mrs. Frank mit den Fliederbüschen im Garten vorbeikamen, deren Zweige jetzt kleine herzförmige Blätter bekamen, sahen sie, dass der zweite Pickup noch da war, er stand an der Koppel.
Dann ist er jedenfalls noch nicht mit ihm fertig, sagte Ike. Das ist der Pickup von Dick Sherman.

Wetten, dass er sich immer noch tritt? sagte Bobby. Und schnaubt.

Sie fuhren weiter, radelten über den losen Kies, vorbei an der schmalen Weide und der Silberpappel, bogen in die Einfahrt ein und ließen die Räder am Haus stehen. Sie liefen zur Koppel, gingen aber nicht hinein, sondern schauten nur durch die Zaunbretter. Elko lag am Boden. Ihr Vater und Dick Sherman standen bei ihm und sprachen miteinander. Elko lag auf der Seite und hatte den Hals ausgestreckt, als wollte er am Kalksteinsockel des Stalls trinken. Sie sahen sein dunkles Auge. Es war offen und blickte starr, und sie überlegten, ob das andere wohl auch so geöffnet war und blind in den Dreck unter seinem Kopf starrte und sich damit füllte. Sein Maul stand offen, sie sahen seine großen Zähne, gelb und verschmutzt, und seine lachsfarbene Zunge. Ihr Vater sah sie durch die Ritzen im Zaun und kam herüber.

Wie lange seid ihr schon da?

Nicht sehr lange.

Geht lieber wieder ins Haus.

Sie rührten sich nicht. Ike schaute noch immer durch den Zaun in die Koppel. Er ist tot, oder? fragte er.

Ja. Er ist tot, mein Sohn.

Was hat er denn gehabt?

Wir wissen es nicht. Aber ihr geht besser wieder ins Haus. Dick will sehen, ob er die Ursache findet.

Was will er mit ihm machen?

Er muss ihn aufschneiden. Das nennt man Obduktion.

Wozu denn das? fragte Bobby. Wo er doch schon tot ist.

Weil man nur so die Ursache feststellen kann. Aber dabei wollt ihr ihm doch sicher nicht zuschauen.

Doch, sagte Ike. Wir wollen zuschauen.

Guthrie musterte die beiden. Sie standen vor ihm auf der anderen Zaunseite, blauäugig, trocknenden Schweiß auf der Stirn. Sie warteten stumm, ein bisschen verzweifelt, aber immer noch geduldig, immer noch abwartend.

Na, meinetwegen, sagte er. Aber es wär besser, ihr würdet ins Haus gehen. Das ist kein schöner Anblick.

Wissen wir, sagte Ike.

Das glaub ich nicht, mein Sohn.

Aber wieso, sagte Bobby. Tote Hühner haben wir auch schon gesehen.

Ja, aber das hier ist kein Huhn.

Sie setzten sich auf den Zaun und sahen sich alles an. Dick arbeitete die meiste Zeit mit einem Messer mit Stahlgriff, das hinterher leichter zu säubern war und im Gegensatz zu einem mit Holzgriff nicht abbrechen konnte. Es war ein scharfes Messer, und er fing damit an, dass er es in den Bauch des toten Pferdes stieß und es dann in Längsrichtung wie ein Säge bewegte, nach oben durch die zähe Haut und das bräunliche Fell sägte und mit der anderen Hand den Schnitt weitete. Wenn das Messer vom Blut glitschig wurde, wischte er es am Fell über den Rippen ab und die Hände gleich mit. Dann war der einen Meter lange Schnitt ausgeführt, und Dick Sherman und ihr Vater begannen, die Haut zurückzuziehen, wobei Guthrie den oberen Lappen aus Fell und Haut fasste, während Sherman ihn auf der Unterseite mit dem Messer losschnitt, sodass sich die Haut von den Rippen und dem Bauchfell löste und eine dünne, gelbe Fettschicht und das schöne Bündel roter Muskeln sichtbar wurde. Dick Sherman kniete mit dem Messer am Bauch das Pferdes, ihr Vater war über den Rücken des Tieres gebeugt. Beide Männer gerieten ins Schwitzen. Ihre Hemden färbten sich am Rücken dunkler, ihre Gesichter glänzten. Aber sie legten nur kurze Pausen ein, um sich mit dem Unterarm die nasse Stirn abzuwischen, und arbeiteten gleich wieder weiter an dem Pferd. Das eine sichtbare Auge hatte sich, soweit die Jungen das vom Zaun aus beurteilen konnten, nicht verändert, sondern war nach wie vor weit offen, starrte immer noch gleichgültig in den leeren, eintönigen Himmel über dem Stall, als ob das Tier nicht wüsste, was mit ihm geschah, oder zumindest beschlossen hätte, nie wieder woandershin zu schauen. Aber Dick Sherman war noch nicht fertig.

Er trieb das Messer auf der Innenseite des oberen Hinterbeins in die Leistengegend, um den großen Muskel dort durchzuschneiden und anschließend die Sehne am Gelenk zu durchtrennen. Dann konnte er, unterstützt von ihrem Vater, das Bein zurückziehen, sodass die Gedärme frei zugänglich wurden. Er brauchte eine Weile, um durch wiederholte Probestiche die Sehne zu finden und dann das Gelenk freizulegen, aber schließlich fand er sie.

Versuch mal, sagte Sherman, ob du das Bein zurückziehen kannst, Tom.

Ihr Vater packte Elko am Mittelfuß und zog mit aller Kraft daran, riss das schlanke Bein nach hinten hoch, sodass es schließlich fast senkrecht zum Körper in die Luft ragte, ein furchtbarer Anblick, entsetzlich. Die Jungen, die auf dem Zaun saßen und zuschauten, begriffen allmählich, dass Elko tot war.

Das massige Muskelgewebe in der Leiste, wo Sherman das Pferd aufgeschnitten hatte, lag dick und schwer und blutig da, wie Fleisch beim Metzger. Die Haut war ein Stück eingerissen, als ihr Vater an dem Bein gezogen hatte, und blutete an dem Riss. Aber jetzt konnte der Darm freigelegt werden. Sherman durchtrennte das Bauchfell. Die gelben Säcke und die blauen, gefüllten Knoten ergossen sich auf die Erde und den getrockneten Dung. Schleimiges Blut war zu sehen und eine andere Flüssigkeit, gelb und bernsteinfarben. Die durchscheinenden Membranen glänzten silbrig in der Sonne.

Sherman sagte, Hast du eine Astschere, Tom? Ich könnte eine gebrauchen.

Im Stall, sagte Guthrie. Steif stand er auf, ging an der Seite des Stalls entlang zu dem dunklen Mitteltor und kam mit der großen, kräftigen Schere zurück, mit der er sonst Äste beschnitt. Er reichte sie Dick Sherman.

Sherman legte das Messer weg. Zieh die Haut bitte wieder zurück, ja? sagte er.

Ihr Vater bückte sich über das Pferd und zog mit beiden Händen die Haut vom Brustkorb zurück. Dann begann Dick Sherman, mit der Astschere die Rippen durchzuschneiden, eine nach der anderen, wobei es jedes Mal einen Knacks gab, wie wenn ein dürrer Stock zerbricht; er legte die Brusthöhle frei. Da begriffen die Jungen, dass Elko ganz und gar tot war. Diese Prozedur konnte er nicht überleben. Ihre Augen wurden groß und kugelrund, ihre Gesichter blass. Wie erstarrt saßen sie auf dem Zaun.

Als genug Rippen durchgeschnitten waren, schlug der Vater die nun lose Brustwand zurück, sodass Dick Sherman Herz und Lunge untersuchen konnte. Er nahm die Organe in die Hände, drehte sie um, stocherte und sondierte mit dem Messer. Dem Herzen fehlte nichts. Der Lunge auch nicht. Mit dem Messer untersuchte er auch die Aorta und die großen Adern, um zu sehen, ob sich infolge von Wurmbefall vernarbtes Gewebe gebildet hatte, fand aber nichts. Das Pferd war gründlich entwurmt worden. Also wandte er sich wieder dem Bauch zu, hob die Gedärme heraus, griff tiefer in die Bauchhöhle und hob noch mehr von dem feuchten gelben Geschlinge heraus. Er musste sich anstrengen, um die schweren Eingeweide aus dem Kadaver herauszubekommen. Offenbar kam mehr, als er wollte, denn er schob einen Teil davon zur Seite, suchte weiter und hob einzelne Abschnitte hoch, während der Rest sich glitschig wand und wieder hineinzurutschen drohte. Dann hatte er ein Stück Darm in der Hand, das zu dick und viel zu dunkel war, und hielt inne.

Da, sagte er. Siehst du das? Dieser große dunkle, fast blauschwarze Teil?

Guthrie nickte.

Er hatte eine Darmverschlingung. Die hat ihn umgebracht. Sherman hielt den Abschnitt hoch. Hier unterhalb der Verschlingung ist der Darm abgestorben. Deswegen ist er so schwarz verfärbt und aufgetrieben. Er ließ den toten Abschnitt fallen, und dieser glitt in das übrige Gedärm zurück, als wäre er noch lebendig. Der arme Teufel, er muss furchtbar gelitten haben.

Die beiden Männer standen auf. Dick Sherman bückte und streckte sich, schüttelte die Beine aus und hob die Arme über den Kopf, während Tom Guthrie hinter dem ausgeweideten Pferd stand und zu den beiden Jungen hinüberschaute. Sie saßen noch genauso da wie zuvor, auf dem obersten Zaunbrett. Na, ihr beiden, alles in Ordnung? fragte er.

Sie sagten nichts, sondern nickten nur.

Sicher? Ihr habt doch schon genug gesehen.

Sie schüttelten den Kopf.

Na gut. Das Schlimmste ist sowieso vorbei. Wir sind fast fertig.

Es ging schon auf Mittag. Das helle Sonnenlicht eines Sonntagvormittags gegen Ende April. Dick Sherman sagte, Wir brauchen etwas Bindedraht, Tom. Oder Garn. Garn wäre besser.

Also ging ihr Vater wieder in den Stall, und diesmal kam er mit Garn heraus, zwei langen gelben Strängen. Sherman nahm das Garn und fing an, Elkos Bauch zuzunähen. Unterhalb des Brustkorbs stach er mit dem Messer ein Loch in die Haut, zog das Garn durch das Loch, verknotete es, machte gegenüber ein zweites Loch und zog die beiden Hautlappen zusammen, ging dann zwei Handbreit weiter nach hinten und verfuhr dort genauso, immer wieder, immer weiter nach hinten, und zog das Garn jedes Mal fest, während ihr Vater half, die großen Organe und die glitschigen Darmschlingen hineinzuschieben, und sie festhielt, bis das Garn straff gezogen war. Schon bald waren seine Hände genauso rot und glitschig wie die von Sherman. Als sie Elkos Bauch vernäht hatten, so gut es ging, wickelten sie das Garn um das obere Hinterbein, zogen dieses wieder herunter, sodass es nicht mehr vom Körper des Pferdes in die Höhe ragte, und banden es am anderen Hinterbein fest, dann knüpften sie ein paar Knoten und ließen es gut sein.

Das Pferd lag neben dem Stall auf der Erde, Augen und Maul

offen, den Hals gestreckt, den langen, braunen Bauch mit gelbem Garn im Zickzackstich vernäht. Trotzdem konnten die beiden Jungen von ihrem Zaun aus seine dunklen, blutigen Eingeweide durch den ausgefransten Schlitz im Fell sehen, weil es Sherman und ihrem Vater nicht gelungen war, die Lücke ganz zu schließen. Es war einfach zu viel, so wie wenn man ein Loch in den Boden gräbt und die ausgeworfene Erde hinterher nicht mehr ganz hineinpasst. Man sieht noch etwas davon; die Narbe bleibt. So konnten die beiden Jungen immer noch in Elko hineinsehen, und das, was sie nicht mehr vor Augen hatten, war noch im Gedächtnis gegenwärtig, sie konnten sich jederzeit daran erinnern, sollten sie jemals den Wunsch haben, sich an irgendetwas davon zu erinnern.

Es war jetzt kurz vor Mittag. Die beiden Männer hatten sich erhoben, steif und verschwitzt, und waren zur Pferdetränke in der Ecke der Koppel gegangen, um sich unter dem kalten Wasser, das durch eine gusseiserne Leitung von der Windmühle kam, Hände und Arme zu waschen. Dann säuberte Dick Sherman sein Messer, und ihr Vater wusch die Astschere ab. Schließlich beugten sich beide Männer unter das kalte Rinnsal, wuschen sich das Gesicht, tranken und richteten sich wieder auf. Das Wasser lief ihnen am Hals hinunter, sie wischten sich mit dem Ärmel Mund und Augen ab.

Dann sagte ihr Vater: Es muss bald Essenszeit sein. Ich möchte dich zum Mittagessen ins Café einladen, Dick.

Klar, sagte Dick Sherman, würde ich gern annehmen. Aber ich kann nicht. Ich hab meinem Sohn versprochen, mit ihm am Chief Creek angeln zu gehen.

Hätt ich gar nicht gedacht, dass du schon alt genug bist für einen Sohn, mit dem du angeln gehen kannst.

Bin ich auch nicht. Aber er will's unbedingt mal probieren. Als ich heute Morgen losgefahren bin, hat er gemeint, ich komm bestimmt nicht rechtzeitig wieder. Sherman machte eine Pause und überlegte. Aber ich bin wirklich noch ziemlich jung, Tom.

Natürlich, sagte Guthrie. Sind wir doch alle.

Sie verließen die Koppel, Dick Sherman startete seinen Pickup und fuhr heim. Die beiden Jungen stiegen vom Zaun und stellten sich neben ihren Vater. Er legte ihnen die Hände auf die braunen Köpfe, die trocken und heiß waren von der Sonne, und musterte ihre Gesichter. Die Jungen waren jetzt nicht mehr so blass. Er strich ihnen die Haare aus der Stirn.

Eins muss ich noch machen, sagte er. Dann sind wir fertig. Haltet ihr das noch aus?

Was ist es denn? wollte Ike wissen.

Ich muss ihn auf die Weide hinausschleifen. Hier können wir ihn nicht liegen lassen.

Nein, wahrscheinlich nicht, sagte Ike.

Du kannst mir die Gatter aufmachen.

In Ordnung.

Mach zunächst das Koppelgatter auf. Bobby?

Ja?

Du paßt auf Easter auf, dass sie nicht rausläuft, solange das Gatter offen ist. Halt sie zurück.

Guthrie fuhr mit dem Pickup rückwärts in die Koppel, und während er eine Holzfällerkette um Elkos Hals schlang, schloss Ike das Gatter, dann stiegen die beiden Jungen hinten auf den Pickup und schauten über die Ladeklappe. Als sich der Wagen in Bewegung setzte, wurde Elko herumgerissen und folgte mit dem Kopf voran, schleifte schwer über die Erde, wobei sich vor ihm der Dreck ein wenig staute und der Staub aufstieg und kurz in der hellen Luft hing, und immer noch kam das Pferd hinter ihnen her, die Beine holperten schlaff dahin und hüpften ein bisschen, wenn sie an ein Hindernis stießen. Sie fuhren weiter um den Stall herum Richtung Weide und hinterließen eine breite, in die staubige Erde geschürfte Spur. Etwa fünfzig Meter trabte Easter neugierig mit, dann blieb sie stehen, ließ den Kopf hängen, keilte einmal aus, stand still und schaute zu, wie der Pickup und Elko verschwanden. Sie schleiften ihn über die erste kleine Weide nördlich vom Stall. Am Gatter zu der großen Weide im Westen hielt Guthrie an, und Ike sprang herunter und öffnete das Gatter, damit der Pickup durchfahren konnte.

Lass es offen, sagte Guthrie. Wir kommen gleich zurück.

Ike stieg wieder auf den Wagen, und sie fuhren weiter. Das Pferd war jetzt schmutzig, staubbedeckt. Das Garn an seinem Bauch war an mehreren Stellen gerissen, und sie sahen, wie ein schmutziges, seilartiges Stück davon hinterherschleifte, während sie über das Gras und den Beifuß auf die Weide hinausfuhren, dann blieb das Stück irgendwo hängen und riss ab.

Ihr Vater lenkte den Pickup in die Geröllmulde am Ende der Weide und hielt an. Er stieg aus und nahm die Kette von Elkos Hals. Sie waren fertig.

Will einer von euch auf dem Rückweg fahren? fragte er.

Sie schüttelten den Kopf.

Nein? Ihr könnt euch auch abwechseln.

Sie schauten noch immer das Pferd an.

Warum kommt ihr nicht wenigstens zu mir vor?

Wir bleiben lieber hier hinten, sagte Ike.

Was?

Wir wollen hier hinten bleiben.

Na gut. Aber wenn ihr wollt, dürft ihr fahren üben, sagte er.

Sie kamen heim. Guthrie fuhr mit ihnen zum Essen ins Holt Café an der Main Street, obwohl sie keinen großen Hunger hatten. Am Nachmittag verschwanden sie auf den Heuboden. Als sie nach zwei Stunden nicht zurückgekommen waren und sich auch nicht durch Geräusche bemerkbar gemacht hatten, ging Guthrie zum Stall, um nach ihnen zu sehen. Er stieg die Leiter hinauf und fand sie auf Heuballen sitzen und durchs Fenster zur Stadt hinschauen.

Was habt ihr denn? fragte er.

Nichts.

Alles in Ordnung?

Was wird jetzt mit ihm? fragte Ike.

Mit Elko, meinst du?

Ja.

Na ja. Irgendwann wird er nicht mehr da sein. Dann sind nur noch Knochen übrig. Das habt ihr doch bestimmt schon gesehen, oder? Aber jetzt kommt mit ins Haus.

Ich will nicht, sagte Bobby. Aber geh du ruhig.

Ich will auch nicht, sagte Ike.

Aber ihr bleibt nicht mehr lange, sagte Guthrie. Okay?

Am Abend aßen sie am Küchentisch, anschließend sahen die Jungen fern, während der Vater las. Dann war Schlafenszeit. In ihrem verglasten Zimmer lagen die Jungen zusammen im Bett, ein Fenster war einen Spalt geöffnet, die Luft war still, und einmal mitten in der Nacht, als der Vater schon schlief, meinten sie auf der großen Weide nordwestlich vom Haus ganz deutlich kläffende, jaulende Hunde zu hören. Sie standen auf und schauten aus dem Fenster. Aber es war nichts zu sehen. Nur die vertrauten hohen weißen Sterne und die dunklen Bäume und der weite Raum.

Maggie Jones

Spät am Abend, als sie langsam miteinander tanzten, fragte sie, Kommst du nachher noch zu mir?

Soll ich denn?

Ich finde schon.

Dann werd ich wohl kommen.

Seit zwei Stunden hatten sie im Legion an der Landstraße in Holt getanzt und getrunken und in den Tanzpausen mit ein paar anderen Lehrern von der High School an einem Tisch im Nebenzimmer gesessen, von wo aus man die Band und die Tanzfläche durch die großen Schiebetüren beobachten konnte, die für den Samstagabend aufgemacht worden waren.

Ike und Bobby waren übers Wochenende bei ihrer Mutter in Denver. Gegen zehn war Guthrie allein hereingekommen. Das Lokal war schon laut und verräuchert gewesen, als er die Treppe herunterkam, bei der Frau, die an der Tür auf einem Hocker saß, den Eintritt bezahlte und zur umlagerten Bar ging. Die Band machte gerade Pause, und die Leute standen dicht gedrängt am Tresen, unterhielten sich und bestellten Getränke. Er nahm ein Bier, stellte sich an den Rand der Tanzfläche und musterte die Tische und die Sitzbuchten an der Wand. Dabei sah er die Lehrer, die an einem Tisch im Nebenzimmer saßen, und stellte fest, dass Maggie Jones darunter war. Als sie ihn sah und ihm winkte, prostete er ihr zu und ging über die leere Tanzfläche. Willst du dich zu uns setzen? fragte sie.

Ist ja kein Stuhl mehr da.

Gleich wird einer frei.

Er schaute sich um. Es mussten an die hundert Leute sein, die an den Tischen saßen, am Rand der Tanzfläche standen oder sich um die Bar drängten. Alle tranken und redeten, erzählten Geschichten, und ab und zu lachte jemand auf oder rief etwas. Ein brodelndes, verräuchertes, lautes Lokal. Er schaute auf den Lehrertisch hinab. Maggie Jones sah sehr gut aus. Sie hatte schwarze Jeans und eine schwarze Bluse an; die Raffkordel ihrer Bluse war gelockert, sodass man einen tiefen Einblick hatte, und sie trug große Silberohrringe. In der schwachen Beleuchtung wirkten ihre dunklen Augen kohlschwarz. Als nach einer Weile noch niemand seinen Stuhl frei gemacht hatte, stand sie auf und lehnte sich neben ihm an die Wand. Ich habe mir gedacht, heute Abend kommst du vielleicht, sagte sie.

Tja, da bin ich, sagte er.

Die Musiker kamen zurück, stiegen aufs Podium und nahmen ihre Instrumente. Maggie sagte, Dass du mich auch ja zum Tanzen aufforderst.

Du weißt nicht, worauf du dich da einlässt, sagte Guthrie.

Doch. Ich hab dich schon tanzen gesehen.

Kann ich mir nicht vorstellen. Wo denn?

Hier.

Guthrie schüttelte den Kopf. Das muss aber lange her sein.

Ist es auch. Ich beobachte dich schon sehr lange. Länger, als du ahnst.

Da kriegt man ja direkt Angst.

Vor mir braucht niemand Angst zu haben, sagte Maggie. Aber ich bin auch kein kleines Mädchen mehr.

Das hab ich auch nie angenommen, sagte Guthrie.

Sehr gut. Dann vergiss es auch nie. Und jetzt kannst du mich zum Tanzen auffordern.

Bist du sicher?

Ganz sicher.

Na gut, sagte Guthrie. Hätten Sie Lust, mit mir zu tanzen, Mrs. Maggie Jones?

Allzu galant war das ja nicht, sagte sie. Aber es wird wohl reichen müssen.

Er nahm ihre Hand und führte sie auf die Tanzfläche. Ein schneller Song. Er schleuderte sie weg, sie tanzte zu ihm zurück, er wirbelte sie herum, sie entfernte sich und kam wieder zu ihm zurück, er drehte sie abermals, und als sie wieder bei ihm war, sagte sie, Verdammt, Tom Guthrie, muss ich denn hier die ganze Arbeit allein machen?

Aber Guthrie sah, dass sie mit den Augen lächelte.

Dann war es spät. Die Band hatte den Rausschmeißer gespielt, und die Lichter waren angegangen. Die Leute wollten noch mehr hören, aber die Musiker waren müde und wollten nach Hause. Noch mehr Lampen gingen an, und plötzlich war es taghell im Saal und über der Bar noch heller, und nach und nach standen die Leute aus den Sitzbuchten und von den Tischen auf, streckten sich und blickten umher, wie aus einem Traum erwachend, zogen ihre Jacken an und bewegten sich langsam auf den Ausgang zu.

Wo ich wohne, weißt du? fragte Maggie Jones.

Wenn du in letzter Zeit nicht umgezogen bist, sagte Guthrie.

Nein, es ist noch dasselbe Haus. Dann kommst du dahin. Sie ging vor ihm hinaus, und er stieg die Treppe hoch und ging auf die Toilette. Die Männer standen in Zweierreihe an den Urinalen, und er musste warten, bis er an die Reihe kam. Rechts vor ihm stand ein alter Mann mit einem blauen Hemd und redete mit seinem Nebenmann, beide wurden gerade fertig. Wie lange bist du jetzt verheiratet, Larry?

Zwölf Jahre.

Mann, da hast du ja noch allerhand vor dir.

Larry drehte den Kopf und sah ihn an, dann machte er seinen Reißverschluss zu und ging hinaus. Guthrie trat vor und nahm seinen Platz ein.

Draußen war die Mitternachtsluft frostig kalt. Hübsche glitzernde Eisstäubchen rieselten unter den Straßenlaternen herab. Über den Parkplatz hallten Rufe. In den Lücken der aufreißenden Wolkendecke zeigten sich frisch und klar Myriaden funkelnder Sterne. Guthrie ließ den alten Pickup an, fuhr über den Kies auf die Straße hinaus, bog an der zweiten Kreuzung nach Süden ab und fuhr noch einen Block weiter bis zu Maggies Haus. Die Verandalampe brannte, und hinter dem Wohnzimmerfenster glomm gedämpftes Licht. Er ging zur Haustür, wusste nicht recht, ob er anklopfen sollte oder nicht, und entschied sich dafür, einfach hineinzugehen. Drinnen war alles still. Dann kam Maggie aus der Küche. Sie war barfuß und blieb vor ihm stehen. Willst du mich küssen?

Wer ist sonst noch im Haus? fragte er.

Mein Vater. Ich hab gerade nach ihm gesehen. Er schläft tief und fest.

Na ja, sagte er. Einmal kann ich's ja probieren.

Sie beugte sich vor, und er küsste sie. Selbst ohne Schuhe war sie noch fast so groß wie er. Er machte einen kleinen Schritt auf sie zu und nahm sie in die Arme, und sie küssten sich ernsthafter.

Komm, gehen wir ins Schlafzimmer, sagte sie.

Maggie zog sich aus. Ihr Körper war weich und hell und cremig, wie gemalt. Sie hatte große, volle Brüste, breite Hüften und lange, muskulöse Beine. Er saß in einem Sessel neben dem Bett und schaute sie an. Zum ersten Mal, seit er sie kannte, kam sie ihm zurückhaltend vor, beinahe schüchtern. Ich bin bloß ein großes altes Mädchen, sagte sie. Nicht das, was du gewöhnt bist. Sie stand da, die Hand auf den Bauch gelegt.

Aber du bist schön, Maggie, sagte Guthrie. Weißt du das nicht? Atemberaubend schön.

Findest du wirklich?

Mein Gott, ja. Weißt du's wirklich nicht? Ich dachte, du weißt alles.

Ich weiß ziemlich viel, sagte sie. Aber es ist schön, so was zu hören. Ich danke dir. Sie legte sich ins Bett. Komm, beeil dich, sagte sie. Was machst du denn da?

Ich versuche, mir die Stiefel auszuziehen. Meine Füße sind so geschwollen von der vielen Tanzerei, zu der du mich gezwungen hast. Es ist, als wäre ich durch einen Bach gewatet oder so, sie sind klitschnass.

Du Ärmster.

Da hast du verdammt Recht.

Soll ich aufstehen und dir helfen?

Lass mir nur noch einen Moment Zeit.

Endlich gelang es ihm, sich beide Stiefel von den Füßen zu reißen, er stand auf, zog sich aus, stand nackt da, fröstelnd, und schaute auf sie hinab. Sie hob die Bettdecke an, und er kroch zu ihr hinein. Mein Gott, du bist ja kalt wie ein Frosch, sagte Maggie. Komm näher. Im Bett fühlte sie sich unglaublich warm und glatt an, sie war die anschmiegsamste Frau, die er je gekannt hatte. Sie lag an seinem Körper wie Seide.

Hör mal, sagte sie.

Ja, was?

Ich mach dir doch nicht wirklich Angst, oder?

Doch.

Sag mir die Wahrheit. Mir ist es ernst.

Das ist die Wahrheit. Manchmal weiß ich wirklich nicht, woran ich bei dir bin.

Wirklich?

Ja.

Wie meinst du das? Warum?

Weil du anders bist als alle anderen, sagte er. Man hat den Eindruck, dass du dich nie vom Leben unterkriegen lässt, dass es dir nie Angst einjagt. Du bleibst dir selber treu, egal, was kommt.

Sie küsste ihn. Ihre dunklen Augen ruhten im Halbdunkel auf ihm. Manchmal lasse ich mich schon unterkriegen, sagte sie. Und gelegentlich hab ich auch Angst. Aber ich bin einfach verrückt nach dir. Sie ließ ihre Hand nach unten wandern und berührte ihn. Der Teil von dir scheint aber ganz gut zu wissen, woran er bei mir ist.

Du verstehst dich eben darauf, Interesse zu wecken, sagte Guthrie.

Hinterher schliefen sie. Der Sternhimmel drehte sich im Lauf der Nacht nach Westen, und der Wind wehte nur ganz sacht. Gegen halb fünf weckte sie ihn und fragte ihn, ob er nicht vor Tagesanbruch heimfahren wolle.

Ist dir das wichtig?

Nein, mir nicht, sagte sie.

Sie schliefen wieder ein. Im Morgengrauen stand sie auf, als sie den alten Mann in der Küche rumoren hörten. Ich muss ihm seine Haferflocken machen, sagte Maggie.

Guthrie sah zu, wie sie aufstand, ihren Morgenmantel anzog und hinausging. Er blieb noch eine Zeit lang im Bett liegen und hörte zu, wie die beiden redeten, dann zog er sich an und ging ins Bad. Als er in die Küche kam, saß Maggies Vater mit einem umgebundenen Geschirrtuch vor einer Schüssel Haferbrei am Tisch. Der alte Mann sah ihn an. Wer sind denn Sie? fragte er.

Dad, das ist Tom Guthrie. Du kennst ihn doch.

Was will er? Wir brauchen kein neues Auto. Will er dir ein Auto aufschwatzen?

Guthrie verabschiedete sich von Maggie, fuhr heim, vertauschte die Stiefel gegen Sportschuhe, ging wieder hinaus und fuhr zum Bahnhof, wo ein mit Bindfaden verschnürtes, an den Rändern zerfleddertes Bündel der Sonntagsausgabe der *Denver News* neben dem Gleis lag. Er setzte sich auf die Kante des kopfsteingepflasterten Bahnsteigs, die Füße auf dem Schotter, und rollte die Zeitungen zusammen. Dann stand er auf, legte die Zeitungen auf den Beifahrersitz des Pickups, fuhr durch die morgendlich stillen Straßen von Holt und warf die Zeitungen durchs Autofenster ungefähr in die Richtung der Haustüren und Veranden. An der Main Street stieg er die Treppen zu den dunklen Wohnungen über den Ladengeschäften hinauf, und gegen zehn war er mit der Zeitungstour seiner

Söhne fertig und fuhr nach Hause. Er ging zum Stall und fütterte das eine Pferd, die Katzen und den Hund. In der Küche machte er sich Eier mit Toast und trank zwei Tassen schwarzen Kaffee am Küchentisch, wo die Sonne schräg auf seinen Teller schien. Eine Zeit lang saß er da und rauchte nur. Dann streckte er sich auf dem Sofa aus und las die Zeitung. Drei Stunden später erwachte er, mit der aufgefalteten Zeitung über sich wie ein Obdachloser. Er blieb eine Weile still liegen, allein in dem stillen Haus, dachte an die vergangene Nacht und daran, wie es gewesen war, und überlegte, was damit angefangen haben könnte, ob er wollte, dass es weiterging, und wohin es führen mochte. Am Spätnachmittag rief er sie an. Geht's dir gut? fragte er.

Ja, dir auch?

Ja, mir auch.

Gut.

Mir hat es sehr gefallen, sagte er. Meinst du, man könnte sich irgendwann wieder treffen?

Du denkst doch nicht an ein regelrechtes Rendezvous, oder? fragte Maggie. Am helllichten Tag?

Ich weiß nicht, wie man es nennen würde, sagte Guthrie. Ich wollte nur sagen, wenn du magst, lade ich dich ins Shattuck's zu einem Hamburger ein.

Und wann, dachtest du, soll das steigen?

Jetzt gleich. Heute Abend.

Lass mir eine Viertelstunde Zeit, mich herzurichten, sagte sie.

Er ging hinauf, zog sich ein sauberes Hemd an, putzte sich die Zähne und kämmte sich. Er besah sich im Spiegel. Du verdienst es nicht, sagte er laut. Bilde dir ja nie ein, dass du das verdient hast.

Victoria Roubideaux

In der darauf folgenden Woche kam er nach Hause und teilte ihr mit, dass er wieder auf eine Party gehen wolle. Aber sie wollte nicht mehr. Sie hatte Angst davor, was passieren konnte und wie sie sich hinterher fühlen würde, wegen der Gefahr für das Baby. Sie wusste, dass sie nichts Schädliches zu sich nehmen durfte, außerdem hatte sie sowieso keine Lust auf Partys. Sie war nicht glücklich mit ihm. Es war nicht das, was sie sich erwartet hatte, als sie noch davon träumte. Es war, als wären sie direkt in die mittleren Ehejahre gekommen, als hätten sie die Flitterwochen, den Spaß und die Jugendzeit verpasst oder einfach ausgelassen.

Da sie nicht mitkommen wollte, wurde er wütend, ging allein los und warf die Tür hinter sich zu. Als er weg war, sah sie eine Zeit lang fern und ging früh ins Bett. Mitten in der Nacht, gegen drei Uhr früh, hörte sie, wie er in der Küche etwas herunterwarf, das in Scherben ging, ein Krug oder ein Glas, worauf er wüst zu fluchen anfing und die Splitter beiseite kickte, dann hörte sie ihn im Bad nebenan, und schließlich kam er ins Schlafzimmer und zog sich aus. Er legte sich neben sie ins Bett, er roch nach Qualm und Bier. Mit geschlossenen Augen spürte sie, dass er sie ansah. Bist du wach? fragte er.

Ja.

Du hast was verpasst.

Ja? Was denn?

Du wolltest ja nicht mit. Ich erzähl dir nichts.

Er rutschte näher, berührte ihre Hüfte und ihren Schenkel, fuhr mit der Hand unter ihr Nachthemd. Er atmete jetzt dicht vor ihrem Gesicht, sein Atem strich heiß über ihre Wange, bewegte ihre Haare.

Nein, sagte sie. Ich bin zu müde.

Ich nicht.

Er hob das Nachthemd hoch, ließ die Hand über ihren geschwollenen Bauch gleiten und betastete ihre empfindlichen Brüste.

Nicht, sagte sie. Sie wollte sich abwenden.

Er küsste sie, bedrängte sie wieder, er roch streng. Dann zog er ihr die Unterhose herunter.

Ich kann nicht, sagte sie. Es ist nicht gut für das Baby.

So, seit wann?

Seit jetzt.

Und was gut für mich ist, danach fragt keiner?

Er drückte sich hart an sie. Er schob ihre Hand nach unten, sodass sie ihn spürte, drückte ihre Hand darüber.

Dann mach's anders, sagte er.

Es ist zu spät.

Morgen ist Sonntag. Komm schon.

Er legte sich auf den Rücken. Sie hatte sich noch nicht bewegt. Komm schon, sagte er. Sie zog das Nachthemd über ihren schweren Bauch und die Hüften herunter und kniete sich neben ihn, die Decke wie ein Tuch um die Schultern, nahm ihn in die Hand und begann, die Hand zu bewegen.

Nicht so, sagte er.

Also musste sie sich über ihn beugen, obwohl ihr Bauch hinderlich war. Ihre langes Haar fiel nach vorn, sie fasste es zusammen und hob es nach einer Seite. Er lag auf dem Rücken, die Beine steif und die Zehen aufgestellt, und weil er betrunken war, dauerte es sehr lange. Während sie sich über ihn beugte, versuchte sie, an gar nichts zu denken. Sie dachte nicht an ihn, sie dachte nicht einmal an das Baby. Schließlich stöhnte er und kam. Hinterher stand sie auf und ging ins Bad, putzte sich die

Zähne, betrachtete ihre Augen im Spiegel und wusch sich das Gesicht. Sie ließ sich Zeit, hoffte, er würde einschlafen, und er schlief auch, als sie wieder ins Schlafzimmer kam. Sie legte sich wieder neben ihn ins Bett, konnte aber nicht einschlafen. Zwei Stunden lag sie wach und überlegte, sah zu, wie die fahle Dunkelheit im Zimmer allmählich von einem schwachen Grau an der Decke abgelöst wurde, und die ganze Zeit dachte sie darüber nach, was sie tun sollte. Gegen halb sieben stieg sie vorsichtig aus dem Bett, zog leise die Tür hinter sich zu und ging ins Wohnzimmer. Sie rief die Auskunft an und bekam die Nummer in Holt. Maggie Jones meldete sich mit verschlafener Stimme.

Mrs. Jones?

Victoria, bist du das? Wo steckst du denn bloß?

Mrs. Jones, kann ich zurückkommen? Meinen Sie, die nehmen mich wieder?

Schätzchen, wo bist du?

In Denver.

Geht's dir gut?

Ja. Aber kann ich zurückkommen?

Natürlich kannst du zurückkommen.

Zu den beiden da draußen, meine ich.

Das kann ich nicht sagen. Wir werden sie fragen müssen.

Ja, sagte sie. In Ordnung.

Sie legte auf, ging ins Bad und sammelte die paar Sachen zusammen, die sie sich gekauft hatte, seit sie in Denver war, legte sie in ein Reißverschlusstäschchen, ging ins Schlafzimmer und suchte aus dem Schrank die wenigen Sachen heraus, die er ihr gekauft hatte, faltete sie über den Arm und wollte gerade hinausgehen, als er sich im Bett umdrehte und die Augen aufschlug.

Was machst du da? fragte er.

Nichts.

Was hast du mit den Sachen vor?

Ich will Wäsche waschen, sagte sie.

Er sah sie einen Moment lang prüfend an. Wie spät ist es?

Noch früh.

Er starrte sie an. Dann schloss er die Augen und schlief fast sofort wieder ein. Sie ging wieder ins Wohnzimmer. Seine Brieftasche und seine Schlüssel lagen auf dem Küchentisch in der umgedrehten Mütze, sie nahm sich Geld aus der Brieftasche, legte die zusammengefalteten Kleidungsstücke und ihre wenigen Toilettensachen in einen Pappkarton, band eine Schnur darum und verließ die Wohnung, in ihrer neuen Umstandshose, aber mit demselben Hemd, in dem sie gekommen war, und mit derselben Winterjacke und der roten Tasche, die sie schon immer gehabt hatte. Sie trug den Karton an der Schnur, ging den Flur entlang und trat in die Kälte hinaus. Mit raschen Schritten ging sie zur Bushaltestelle, wo sie über eine Stunde warten musste. Autos fuhren vorbei, Leute auf dem Weg zur Arbeit oder zum Frühgottesdienst. Eine Frau ging vorbei, die einen weißen Schoßhund an einem Band führte. Die Luft war eisig, und im Westen ragten die Vorberge kahl und klar über die Stadt auf, die Felswände rot in der Morgensonne, aber die hohen, dunklen, verschneiten Gebirgszüge dahinter waren nicht zu sehen. Schließlich kam der Stadtbus, sie stieg ein und schaute hinaus in den Sonntagmorgen von Denver.

Im Busbahnhof musste sie drei Stunden auf einen Bus warten, der nach Osten fuhr, hinaus über die High Plains von Colorado und von dort weiter ostwärts nach Omaha und noch weiter nach Des Moines und Chicago. Als endlich ihr Bus aufgerufen wurde, nahm sie ihren Pappkarton mit den Kleidern und stellte sich in die Schlange, rückte langsam vor, auf den schwarzen Fahrer zu, der an der Tür stand und die Fahrkarten kontrollierte. Als sie an der Spitze der Schlange angelangt war, sah sie, dass Dwayne gekommen war und nach ihr Ausschau hielt, und plötzlich hatte sie Angst vor ihm. Er stand am Ausgang des Gebäudes, schaute sich um, sah sie und kam steifbeinig im Laufschritt herüber. Im dunklen Innern der Busstation wirkte er ungewaschen und wütend.

Wo willst du hin? fragte er. Er packte sie am Arm und zog sie aus der Schlange.

Nein, Dwayne, nicht. Lass mich los.

Wohin willst du?

Was ist denn da los? fragte der Busfahrer.

Wer redet mit Ihnen? sagte Dwayne.

Der Fahrer sah ihn an und wandte sich dann dem Mädchen zu. Haben Sie eine Fahrkarte? fragte er.

Ja.

Kann ich sie sehen?

Sie zeigte sie ihm. Er musterte das Mädchen eingehend, bemerkte ihre Schwangerschaft, inspizierte ihr Gesicht und sah dann wieder Dwayne an. Er nahm ihr den Pappkarton ab, der nur die Aufschrift *Victoria Roubideaux Holt Colorado* trug. Gehört der Ihnen? fragte er.

Ja, sagte sie, das ist meiner.

Bitte steigen Sie ein. Ich verstaue ihn unter dem Boden. Ist Ihnen das recht?

Halten Sie sich da raus, sagte Dwayne. Das geht Sie gar nichts an.

Nein, Sir. Ich will Ihnen mal was sagen. Ich glaube, die junge Dame hier möchte mit diesem Bus fahren. Er trat zwischen die beiden. Er war mittelgroß und trug ein graues Hemd mit Schlips. Also wird sie das auch tun.

Verdammt noch mal, Vicky, sagte Dwayne. Er griff nach ihr, bekam ihre rote Tasche zu fassen und zerrte daran. Der Riemen riss.

Was fällt dir ein, sagte sie. Lass mir meine Tasche.

Komm doch und hol sie dir. Er hielt sie von ihr weg.

Also bitte, sagte der Busfahrer. Die gehört Ihnen doch nicht.

Ist mir scheißegal. Er wich zurück. Soll sie doch kommen und sie sich holen, wenn sie sie haben will.

Das Mädchen sah ihn an, und augenblicklich gab es nichts mehr zu überlegen. Sie wandte sich ab, und als der Fahrer ihr die Hand reichte, um ihr zu helfen, ergriff sie sie und stieg vorsichtig in den Bus. Die Leute auf den Sitzen zu beiden Seiten schauten sie an, als sie vor ihnen stand. Sie ging langsam durch den Gang nach hinten, und sie sahen ihr zu, dann interessierten sie sich wieder dafür, was draußen vorging. Dwayne ging jetzt am Bus entlang, blieb auf einer Höhe mit ihr, bis sie einen Platz gefunden hatte und sich setzte, dann stand er mit einer Hand in der Gesäßtasche da und schwenkte mit der anderen die rote Tasche, sah sie an und redete, ohne zu schreien. Du kommst wieder, sagte er. Du hast ja keine Ahnung, wie sehr ich dir fehlen werde. Du kommst wieder.

Sie verstand ihn nicht, konnte aber von seinen Lippen ablesen, was er sagte. Er sagte alles noch einmal. Sie schüttelte den Kopf. Nein, flüsterte sie gegen die Fensterscheibe. Ich komme nicht. Ich komme nie wieder. Sie wandte sich vom Fenster ab und schaute im Bus nach vorne, das Gesicht glänzend von Tränen, deren sie sich nicht einmal bewusst war, und bald darauf schwang sich der Fahrer auf seinen Sitz und zog die Tür zu, und sie rollten weg vom Bordstein in dem dunklen unterirdischen Busbahnhof. Als der Bus die Rampe hinauf und auf die helle Straße hinaus fuhr, sah sie noch einmal zu ihm zurück. Er stand noch an derselben Stelle und schaute ihr nach, schaute dem davonfahrenden Bus nach, und sie dachte, dass er ihr hätte Leid tun können, dass er ihr Leid tat, so einsam und verlassen sah er jetzt aus.

Einen Teil der Fahrt verschlief sie. Sie wurde wach, als der Bus in Fort Morgan hielt. Die nächste Station war Brush. Draußen auf den High Plains färbte sich das Land wieder grün, was sie ein wenig aufheiterte, und es wurde auch wieder wärmer. Durchs Fenster sah sie Beifuß und Seifenkraut in dunklen Büschen auf den Weiden, und sie sah auch die ersten zaghaften Blättchen von Grama- und Wiesenlieschgras.

Das nächste Mal hielt der Bus in Norka, wo seine Mutter wohnte. Sie hatte seine Mutter nie kennen gelernt, nur das eine Mal mit ihr telefoniert, aus der Telefonzelle an der Landstraße, als sie herausbekommen wollte, wo Dwayne war. Jetzt würde sie diese Frau nie mehr kennen lernen oder auch nur sehen, aber das spielte keine Rolle mehr. Seine Mutter würde nie etwas von dem Baby erfahren, das in einer Kleinstadt kaum vierzig Meilen entfernt zur Welt kommen würde.

Der Bus fuhr weiter, und sie erreichten die County Holt, wo das Land wieder völlig flach und sandig war. Grüppchen verkümmerter Bäume bei den einsamen Farmhäusern, ungeteerte Straßen, die genau nach Norden und Süden verliefen wie Linien in einem Bilderbuch, viergeteilte Zäune um die Dränagegruben. Auf den Weiden hinter den Stacheldrahtzäunen waren jetzt Kühe mit neugeborenen Kälbern, und hier und da sah man eine rote Stute mit einem erst ein paar Tage alten Fohlen und weit weg am südlichen Horizont die niedrigen Sandhügel, so blau wie Pflaumen. Der Winterweizen war das einzige richtige Grün.

Es dämmerte schon, als der Bus die letzte Kurve westlich der Stadt nahm, unter der Eisenbahnüberführung hindurchfuhr, am Stadtrand langsamer wurde und am Shattuck's und am Legion vorbeifuhr. Die Straßenlaternen gingen gerade an. Der Bus hielt beim Gas and Go an der Kreuzung Highway 34 und Main Street. Sie stand auf und stieg langsam die Stufen hinunter. Die Abendluft war scharf und frostig.

Der Fahrer holte den Pappkarton aus dem Gepäckfach auf der Unterseite und stellte ihn auf den Bürgersteig. Dann nickte er ihr zu, und sie dankte ihm. Er ging in die Tankstelle, um sich einen Pappbecher Kaffee zu holen, und als er wiederkam, hielt er den Becher vor sich hin, um nichts zu verschütten. Dann fuhr der Bus weiter.

Das Mädchen ging mit dem Pappkarton an die Seite des Gebäudes, wo ein Telefon unter einer kleinen Plastikhaube an der Wand angebracht war. Wieder rief sie Maggie Jones an.

Victoria? Bist du's? Wo bist du jetzt?

Hier. Ich bin wieder hier in Holt.

Wo genau?

Am Gas and Go. Meinen Sie, die wollen mich noch haben?

Schätzchen, seit heute Morgen hat sich nichts Neues ergeben. Vielleicht nehmen sie dich wieder. Ich weiß es nicht. Ich kann nicht für sie sprechen.

Soll ich sie anrufen?

Ich fahr dich hin. Ich finde, das solltest du persönlich machen.

Sie haben ihnen nicht gesagt, dass ich komme? Dass ich zurückkomme?

Nein, das wollte ich dir überlassen.

Maggie Jones

Wie an jenem anderen Sonntag im Herbst fuhr sie mit ihr aufs Land, siebzehn Meilen nach Süden, und wie damals hatte das Mädchen Angst, aber diesmal schaute sie auf der Fahrt alles genau an, weil es ihr vertraut geworden war. Nach zwanzig Minuten bogen sie von der Landstraße in den Fahrweg zu der alten Farm ein, und das Auto hielt am Tor des Maschendrahtzauns. Das Mädchen blieb eine ganze Weile im Wagen sitzen und schaute das verwitterte Haus an. Das Licht in der Küche ging an, dann auch die Verandalampe, und Raymond trat auf die kleine Veranda heraus.

Na, geh, sagte Maggie Jones. Irgendwann musst du sie ja doch fragen.

Ich hab Angst davor, was sie sagen, sagte das Mädchen.

Die werden gar nichts sagen, wenn du hier im Auto sitzen bleibst.

Sie machte die Tür auf und stieg aus, den Blick immer noch auf das Haus und den alten Mann auf der Veranda geheftet. Dann erschien Harold neben seinem Bruder. Die beiden standen reglos da und schauten ihr entgegen. Langsam und schwerfällig ging sie zur Veranda, ein wenig nach hinten gelehnt, um das Gewicht auszugleichen. In der kühlen Abenddämmerung blieb sie an der untersten Stufe stehen und schaute zu ihnen hoch. Der Wind frischte auf. Ihre Winterjacke war jetzt zu eng, ließ sich über dem Bauch nicht mehr zuknöpfen, und die Jackenschöße flatterten ihr gegen Hüfte und Schenkel.

Ich bin's, sagte sie. Ich bin zurückgekommen.

Sie schauten sie an. Das sehen wir, sagte einer von ihnen.

Sie schaute zu ihnen hoch. Ich bin zurückgekommen, um Sie zu fragen … Ich wollte fragen, ob ich wieder hier bei Ihnen wohnen darf.

Sie schauten sie an, die beiden alten Brüder in ihren Arbeitskleidern, das eisengraue Haar kurz und borstig auf den ungekämmten Köpfen, die Hosenbeine an den Knien ausgebeult. Sie sagten nichts.

Sie schaute sich um. Alles sieht noch genauso aus, sagte sie. Da bin ich froh. Sie drehte sich wieder zu ihnen um. Sie zögerte, sprach weiter: Auf jeden Fall wollte ich Ihnen danken. Für alles, was Sie für mich getan haben. Und ich wollte sagen, es tut mir Leid, dass ich Ihnen so viel Ärger gemacht habe. Sie waren immer gut zu mir.

Die alten Brüder standen da und sahen sie an, ohne ein Wort, ohne eine Bewegung. Es war, als sei sie ihnen fremd oder als wollten sie sich an das erinnern, was sie von ihr wussten. Sie hatte keine Ahnung, was sie dachten. Ich hoffe, es geht Ihnen beiden gut, sagte sie. Ich werde Ihnen nicht mehr zur Last fallen. Sie drehte sich um und ging zum Auto zurück.

Sie hatte schon die halbe Strecke bis zum Tor zurückgelegt, als Harold sich räusperte. Aber noch mal darfst du nicht einfach so weggehen, sagte er.

Sie blieb stehen. Sie drehte sich zu ihnen um. Ich weiß, sagte sie. Ich würde es nie mehr tun.

Das darf nicht mehr passieren. Nie mehr.

Nein.

Damit wir uns verstehen.

Ja, ich verstehe. Sie stand da und wartete. Ihre Jacke flatterte im Wind.

Geht's dir gut? fragte Raymond. Hat dir niemand was getan?

Nein. Alles in Ordnung.

Wer ist das im Auto?

Mrs. Jones.

Ach ja?

Ja.

Hab ich mir schon gedacht.

Komm lieber rein, sagt Harold. Es ist kalt hier, im Freien bei dem Wetter.

Ich will nur meine Schachtel holen, sagte sie.

Komm rein, sagte Harold. Die Schachtel bringen wir dir.

Sie ging zum Haus und stieg die Stufen hinauf, und Raymond ging an ihr vorbei zum Auto. Maggie Jones stieg aus, nahm den Pappkarton vom Rücksitz und reichte ihn ihm, während Harold und das Mädchen auf der Veranda warteten.

Was meinen Sie, geht es ihr gut? fragte Raymond Maggie leise.

Ich glaub schon, sagte sie. Soviel ich sehen kann. Aber sind Sie auch sicher, dass Sie es noch mal mit ihr versuchen wollen?

Sie braucht doch ein Dach überm Kopf.

Schon, aber ...

Raymond drehte sich abrupt um, spähte hinaus ins Dunkel, wo die Nacht sich hinter dem Pferdestall und den Pferchen einnistete. Das Mädchen hat uns nie was Böses gewollt, sagte er. Mit dem Mädchen hier draußen bei uns war alles anders, und wir haben sie vermisst, als sie weg war. Und überhaupt, was hätten wir mit ihrem Kinderbett anfangen sollen?

Er wandte sich wieder Maggie Jones zu, sah ihr einmal ins Gesicht und trug dann den Pappkarton mit den Sachen des Mädchens ins Haus. Maggie rief, Ich melde mich, stieg wieder ins Auto und fuhr los.

In dem alten Haus saßen die beiden Brüder und das schwangere Mädchen am Küchentisch. Sie hatte gleich gesehen, dass in dem Raum wieder die Unordnung eingekehrt war. Die McPheron-Brüder hatten sich gehen lassen. Bolzen, Zughaken, Schraubzwingen und geschwärzte Federn lagen auf den unbenutzten Stühlen, und an einer Wand stapelten sich Zeitschriften und Zeitungen. Auf der Anrichte stand das schmutzige Geschirr von mehreren Tagen.

Harold stand auf, brühte ihr auf dem Gasherd Kaffee auf und machte ihr eine Dosensuppe warm. Möchtest du darüber reden? fragte er.

Darf ich damit bis morgen warten?

Ja. Wir möchten es gern hören, wenn du dazu bereit bist.

Danke, sagte sie.

Es war still in dem alten Haus, man hörte nur den Wind und das Geräusch der heiß werdenden Suppe auf dem Herd.

Wir haben uns Sorgen gemacht, sagte Raymond. Er saß neben ihr am Tisch und schaute sie an. Wir haben nicht gewusst, wo du bist. Wir haben nicht gewusst, ob wir dir womöglich was getan haben, was dich veranlasst hat, einfach so wegzugehen.

Aber Sie haben gar nichts getan, sagte das Mädchen. Es war nicht wegen Ihnen.

Na ja. Wir haben ja nicht gewusst, was der Grund war.

Sie waren ganz und gar nicht schuld, sagte sie. Ach, es tut mir Leid. Es tut mir so Leid. Sie fing an zu weinen. Die Tränen liefen ihr über die Wangen, und sie versuchte sie abzuwischen, kam aber nicht nach. Sie weinte völlig lautlos.

Die beiden alten Brüder waren verlegen. Na, na, sagte Raymond. Ist ja gut. Wer wird denn jetzt weinen. Wir sind froh, dass du wieder da bist.

Ich wollte Ihnen keinen Ärger machen, sagte sie.

Natürlich nicht. Das wissen wir doch. Ist schon gut. Mach dir keine Gedanken mehr. Jetzt ist ja alles gut. Er streckte die Hand über den Tisch und tätschelte ihr den Handrücken. Es war eine linkische Geste. Er wusste nicht, was er sonst hätte tun sollen. Mach dir deswegen keine Gedanken mehr, sagte er zu ihr. Wir freuen uns doch, wenn du zu uns zurückkommst. Mach dir keine Gedanken mehr.

Ike und Bobby

Sie saßen im Kino mit den anderen Jungen in der ersten Reihe, schauten hinauf zu den beiden einander halb zugewandten Gesichtern, deren übergroße Münder abwechselnd redeten, während der Dritte im Streifenwagen weggebracht wurde und die Blinklichter die Gesichter rot aufflackern ließen, als der Wagen vorbeifuhr, und dahinter das weite Land, das auf der Leinwand vorüberglitt wie ein Traumland, das von einem unerklärlichen Wind fortgeblasen wurde. Dann setzte Musik ein, die Beleuchtung ging an, und sie schoben sich im Gedränge durch den Gang in den Vorraum und gelangten im Strom der anderen Kinogänger auf den nächtlichen Bürgersteig hinaus. Über den Straßenlaternen funkelten am Himmel helle harte Sterne wie verstreute weiße Steinchen in einem Fluss. An der Bordsteinkante warteten in Zweierreihe Autos auf die Kinder, Väter und Mütter warteten da mit kleineren Kindern, während die High-School-Schüler, Jungen und Mädchen, losrannten, in ihre eigenen lauten Autos stiegen und sofort anfingen, die Main Street auf und ab zu fahren, und einander anhupten, wenn sie sich begegneten, als hätten sie die Insassen der anderen Autos seit Wochen und Monaten nicht mehr gesehen.

Die beiden Jungen wandten sich auf dem breiten Bürgersteig nach Norden. Sie überquerten die Third Street, sahen sich im Schaufenster des Möbelgeschäfts die Schaukelstühle und die Samtsofas an und schauten in die Büroräume des *Holt Mercury* und in den Eisenwarenladen, wo es dunkel war, überquerten die Second Street und gingen am Café vorbei, in dem die Tische schon für den nächsten Tag gedeckt und die Stühle umgedreht waren, schauten ins Coast to Coast, ins Sportgeschäft und in den Kurzwarenladen und stiegen dann an der Kreuzung über die glänzenden Eisenbahnschienen, wo das Getreidesilo weiß und schattenhaft vor ihnen aufragte, massiv und Furcht einflößend wie eine Kirche. Schließlich bogen sie heimwärts in die Railroad Street ein. Sie gingen unter den Bäumen, die schon austrieben, obwohl es nachts noch empfindlich kalt war, die leere Straße entlang und waren noch nicht bis zu Mrs. Lynchs Haus gekommen, als plötzlich ein Auto vor ihnen hielt. Sie erkannten sofort die drei, die darin saßen: den großen rothaarigen Jungen, das blonde Mädchen und den zweiten Jungen aus dem Zimmer mit den flackernden Kerzen am Ende der Railroad Street, vor fünf Monaten im Herbst.

Na, Mädels, sollen wir euch mitnehmen? sagte der Rothaarige, der am Steuer saß.

Sie schauten ihn an. Die eine Seite seines Gesichts war gelb von der Armaturenbeleuchtung.

Bobby, sagte Ike. Nichts wie weg.

Sie wollten über die Straße laufen, aber das Auto fuhr ein Stück vor und verstellte ihnen den Weg.

Ihr habt meine Frage nicht beantwortet.

Sie sahen ihn an. Wir wollen nicht mitgenommen werden, sagte Ike.

Er drehte sich um und sprach mit dem anderen Jungen. Er sagt, sie wollen nicht mitgenommen werden.

Sag ihm, das ist ein Haufen Scheiße. Wir nehmen sie trotzdem mit. Sag ihm das.

Der Rothaarige drehte sich wieder um. Er sagt, wir nehmen euch trotzdem mit. Also, was wollt ihr jetzt machen? Wollt ihr nach euerm Daddy rufen? Weiß das Arschloch überhaupt, wo ihr seid?

Russ, sagte das Mädchen, lass sie in Ruhe. Jemand wird uns sehen. Gespannt, was passieren würde, saß sie vorgebeugt vorne neben den beiden Jungen, das Haar wie Zuckerwatte ums Gesicht. Komm schon, Russ, fahr weiter.

Noch nicht.

Fahr los, Russ.

Noch nicht, verdammt.

Soll ich sie reinholen? fragte der andere Junge.

Sieht nicht so aus, als ob sie freiwillig einsteigen wollen.

Ich schnapp sie mir.

Der andere Junge stieg auf der rechten Seite aus. Er kam um den Wagen herum, sie wichen zurück. Aber im nächsten Moment war auch der Rothaarige aus dem Auto gesprungen. Er war stark und so groß wie ihr Vater. Er trug seine High-School-Jacke.

Komm, Bobby, sagte Ike.

Sie liefen los, aber der Rothaarige packte sie an den Jacken.

Wo wollt ihr denn hin?

Lass uns in Ruhe, sagte Ike.

Er hielt sie an den Jacken fest, und sie traten und schlugen nach ihm, schrien, versuchten sich loszureißen, aber er hielt sie auf Armlänge von sich, der andere packte Bobby und drehte ihm den Arm auf den Rücken, und Ike wurde hochgehoben, und beide wurden auf den Rücksitz gestoßen. Die großen Jungen stiegen wieder ein. Ike und Bobby saßen hinter ihnen und warteten.

Lasst uns sofort raus. Hört auf mit dem Quatsch. Wir haben euch nichts getan.

Schon möglich, ihr kleinen Scheißer. Ihr nicht, aber jemand anders.

Russ, sagte das Mädchen, was hast du denn vor? Sie hatte sich halb umgedreht und sah sie an.

Nichts. Eine kleine Spazierfahrt mit ihnen machen.

Sie drehte sich wieder nach vorn und sah ihn an. Wohin?

Halt die Klappe. Das wirst du dann schon sehen.

Einer von den kleinen Mistkerlen hat mich getreten, sagte der andere Junge.

In die Eier?

Das soll er mal probieren.

Der Rothaarige legte den Gang ein, der Wagen machte einen Satz und legte sich schräg. Kies spritzte und die Reifen quietschten, das Auto drehte sich um die eigene Achse und raste in der entgegengesetzten Richtung die Railroad Street entlang, bog, wieder mit quietschenden Reifen, in die Ash Street ein und fuhr in nördlicher Richtung auf eine ungeteerte Straße, die aufs offene, flache Land hinausführte.

Draußen vor den Autofenstern war alles blauschwarz. Das Scheinwerferlicht erhellte die Straße vor ihnen, fächerte sich auf bis zu den Gräben auf beiden Seiten, fiel auf Sträucher, Unkraut und Zaunpfähle, und dahinter sah man nur hie und da blaue Farmlampen auf dem dunklen Land. Die drei auf dem Vordersitz tranken Bier. Der eine Junge leerte die Dose, kurbelte das Fenster herunter und warf die Dose hinaus, stieß einen Schrei aus und kurbelte das Fenster wieder hoch. Ike und Bobby beobachteten sie von hinten, still wie Feldkaninchen, und warteten ab, und bald darauf drehte sich das Mädchen noch einmal um, schaute die beiden an und wandte sich wieder nach vorn.

Sie haben Angst, sagte sie. Das sind doch noch kleine Jungs, Russ. Die haben Schiss. Warum lässt du sie nicht in Ruhe?

Und warum hältst du nicht einfach die Klappe, wie ich's dir gesagt hab? Er sah sie an. Scheiße, was ist eigentlich heute los mit dir?

Er fuhr weiter. Steinchen prasselten gegen den Wagenboden. Sie erreichten eine leichte Anhöhe, und auf einmal blieb der Wagen stehen. So, das ist weit genug, sagte er.

Er stieg aus, ebenso der andere auf der rechten Seite, sie bückten sich hinten hinein und zogen die beiden aus dem Auto auf die nächtliche Straße. Der Schnee war weg, aber der Wind wehte. Sie standen auf einer ungeteerten Nebenstraße, wo auf beiden Seiten Beifuß und das vertrocknete Bartgras vom letzten Jahr aus dem frischen Gras hinter den Stacheldrahtzäunen ragten. Alles wirkte blass und kalt und war im blauen Licht der hohen, weißen Sterne nur undeutlich zu sehen.

Russ, sagte das Mädchen.

Was?

Du willst sie doch nicht von hier aus heimlaufen lassen?

Und ob ich das will, sagte er. Es sind keine fünf Meilen. Und du halt endlich die Klappe. Oder willst du mit ihnen zurücklaufen? Na?

Nein.

Dann halt dich raus.

Er sah die beiden Jungen an, die nebeneinander am Auto standen und warteten, was als Nächstes geschehen würde, mit Augen wie große Münzen. Der Motor lief noch, und die Scheinwerfer leuchteten die Straße aus, machten Wellen und Unebenheiten sichtbar.

Na, Mädels, wisst ihr, wo ihr hier seid?

Sie schauten sich um.

Das da hinten ist die Stadt, sagte er. Wo man die Lichter sieht. Schaut dahin, wo ich hinzeige, verdammt noch mal, statt mich anzuglotzen. Seht ihr sie? Ihr müsst bloß auf dieser Straße zurücklaufen. Aber ich rate euch, niemand was vorzuheulen wegen dem hier. Ich will nicht mal dran denken, was ich das nächste Mal mache, wenn irgendwer was erfährt.

Sie schauten zu den Lichtern der Stadt hin. Dann sahen sie das Mädchen an, das noch im Auto saß. Die Tür war offen und die Deckenbeleuchtung war an, und sie sah sie auch an, aber ihr Gesicht war ausdruckslos. Von ihr war keine Hilfe zu erwarten. Sie standen in ihren dicken karierten Jacken da, ohne Mützen, abwartend, die Gesichter aschfahl und verängstigt.

Habt ihr gehört, was ich sage?

Ja.

Also gut. Haut ab.

Sie lösten sich vom Auto und setzten sich in Bewegung.

He, sagte der andere Junge. Ich glaub, ich spinn. Soll das vielleicht schon alles sein?

Hast du noch was anderes auf Lager?

Ich könnte mir was ausdenken.

Er schaute die beiden Jungen an, die vor ihm zurückwichen, dann packte er Bobby am Jackenärmel. Der hier ist der kleine Scheißer, der mich getreten hat. Er zerrte ihn in die Straßenmitte, Bobby schrie und schwang die Arme, versuchte ihn zu treten, bis der High-School-Junge ihn herumriss und mit dem Gesicht auf die Straße drückte.

Hör auf, schrie Ike. Lass ihn sofort los, verdammt noch mal.

Der Rothaarige packte Ike und drückte ihn gegen die Kühlerhaube. Der andere Junge bückte sich über Bobby, zog ihm die Schuhe aus und warf sie hinter sich in die Dunkelheit, dann riss er ihm die Jeans herunter, schwenkte sie über dem Kopf und warf sie in den Straßengraben. Anschließend zog er Bobby die Unterhose herunter, streifte sie über seine Füße und warf sie ebenfalls in hohem Bogen weg. Bobbys nackte weiße Beine zappelten im Straßenstaub.

Ike riss sich los und stürzte sich auf den anderen, der Bobby festhielt, schlug ihn in den Nacken und trat ihn, bis er von hinten gepackt wurde.

Hast du ihn? fragte der andere Junge.

Ja, sagte der Rothaarige, ich hab ihn.

Dann halt ihn auch fest, verdammt.

Der kommt mir nicht mehr aus.

Ich hab den andern noch.

Er stand auf, hob Bobby hoch, hielt ihn in der Luft wie einen zu untersuchenden Gegenstand. Er drehte ihn zu dem Mädchen im Auto.

Na, Sharlene, willst du ihm nicht seinen kleinen Pimmel lutschen?

Das Mädchen schaute Bobby an, dann die anderen beiden, sagte aber nichts.

Unter seiner Jacke war Bobby nackt, er wirkte wie eine verschrumpelte Bohne nach dem Auspulen. Er weinte jetzt.

Lass ihn in Ruhe, schrie Ike. Lass ihn in Ruhe. Er wehrte

sich gegen den Rothaarigen. Du blöder Hund. Er hat euch doch nichts getan. Warum lasst ihr ihn nicht in Frieden? Ihr blöden Arschlöcher.

Wie lange willst du dir das Gelaber von dem kleinen Scheißer noch anhören? fragte der Junge. Kannst du ihm nicht das Maul stopfen?

Ich stopf ihm schon sein blödes Maul, sagte der Rothaarige. Er hielt Ike an den Armen fest, schubste ihn plötzlich auf die Straße und kniete sich auf ihn. Er riss Ike die Schuhe herunter, zog ihm die Hose aus und schleuderte sie weg und zog ihm schließlich auch die Unterhose aus und warf sie über seine Schulter. Dann stand er auf, riss Ike hoch und hielt ihn mit der Vorderseite den anderen hin.

Der hat ja noch kein bisschen Flaum, sagte der andere. Ob bei denen in der Familie überhaupt einer welchen hat? Meinst du, seinem Vater sind schon die Federn gewachsen?

Über das Schwein red ich nicht mal, sagte der Rothaarige. Er schubste Ike weg. Jetzt weinte auch Ike. Er ging zu Bobby hinüber, und zusammen kauerten sie auf der Straße. Mit den Jacken über den Knien wirkten sie wie verirrte, missgebildete Zwerge, denen in der Nacht auf einer Landstraße, weit weg von jeder menschlichen Behausung, ein großes Unglück widerfahren ist.

Komm, wir hauen ab, sagte der andere Junge. Ich hab die Schnauze voll.

Wir fahren, sagte der Rothaarige zu Ike und Bobby. Aber denkt immer dran, was ich euch gesagt hab. Keiner darf was von der Scheiße hier erfahren.

Sie sahen ihn an, schauten zu ihm hoch, von der Stelle aus, wo sie kauerten. Sie sagten nichts.

Habt ihr gehört? Denkt immer dran, was ich gesagt hab.

Er und der andere Junge stiegen ins Auto und brausten in die Nacht davon. Das Auto wirbelte eine große Staubwolke auf, und bald verschwanden die roten Schlusslichter über der schmalen Straße.

Eine Weile hörten sie es noch, ohne es zu sehen. Dann war alles still. Über ihnen funkelten die Sterne, weiß und klar umrissen, zahllos und unendlich fern. Der Wind wehte immer noch.

Bist du okay, Bobby? Hat er dir wehgetan?

Bobby zitterte vor Kälte und wischte sich Augen und Nase am Ärmel ab. Ich kann meine Schuhe nicht finden, sagte er. Barfuß tappte er durch den kalten Straßenstaub und suchte. Die hat nicht mal versucht, uns zu helfen, sagte er.

Der hat sie ja nicht gelassen.

Sie hat's gar nicht richtig probiert, sagte Bobby.

Es dauerte eine halbe Stunde, bis sie im Dunkeln ihre Schuhe, beide Jeans und ihre Unterhosen gefunden hatten. Die Kleider fühlten sich kalt und feucht an, als sie sie anzogen. Schließlich liefen sie los, nach Süden, auf die zusammengedrängten Lichter von Holt zu. Die Lichter waren sehr weit weg.

Wir könnten doch in eins von den Farmhäusern gehen, sagte Bobby.

Damit die alles erfahren? Willst du ihnen sagen, was passiert ist?

Wir müssten es ihnen ja nicht sagen.

Aber irgendwas müssten wir ihnen sagen.

Sie gingen weiter, blieben dicht beisammen. Die Straße zeichnete sich undeutlich vor ihnen ab, etwas heller als die Gräben auf beiden Seiten.

Außerdem haben die alle einen Hund, sagte Ike. Das weißt du doch.

Es war nach Mitternacht, als sie wieder in die Railroad Street einbogen und schließlich die vertraute kiesbestreute Einfahrt zu ihrem Haus erreichten. Zuvor, als sie noch auf der Straße draußen auf dem Land gewesen waren, hatten sie die Scheinwerfer eines Autos gesehen, das auf sie zukam, hatten gedacht, es seien womöglich der Rothaarige und der andere Junge, und sich im Straßengraben versteckt. Das Auto war vorbeigefahren und hatte sie mit Schmutz und Steinchen bespritzt, die Erde war eiskalt gewesen und hatte unangenehm nach Staub und Unkraut gerochen. Es war ein anderes Auto, nur irgendjemand, der nach Hause fuhr. Also hätten sie es anhalten können, aber nun war es zu spät. Sie kletterten aus dem Graben und liefen weiter. Sie sagten kaum etwas. Sie gingen einfach immer weiter. Ein paar Mal hörten sie einen Kojoten auf den Feldern jappen und heulen, und irgendwo westlich mussten Kühe auf der Weide sein, sie hörten sie im Dunkeln über die Maisstoppeln gehen. Die Lichter von Holt kamen scheinbar nicht näher. Sie waren müde und die Füße taten ihnen weh, als sie endlich die Stadtgrenze erreichten und unter den ersten Straßenlaternen durchgingen.

Als sie ins Haus kamen, war ihr Vater nicht da. Sie riefen nach ihm, aber es kam keine Antwort. Da bekamen sie wieder Angst. Sie schlossen die Haustür ab, ließen ihre Jacken in der Diele auf den Boden fallen, gingen hinauf und fingen an, sich am Waschbecken im Bad zu waschen. Im Spiegel sahen sie ihre verdreckten, verweinten Gesichter mit kleinen Rinnen längs der Nase, und ihre Augen wirkten umschattet und fremd. Sie standen noch am Waschbecken, als ihr Vater heimkam. Er rief sofort nach ihnen.

Ike? Bobby? Seid ihr da?

Sie antworteten nicht.

Er sah ihre Jacken, rannte die Treppe hinauf und fand sie im Bad, mit noch nassen Gesichtern. Sie drehten sich beide zur Tür um und sahen ihn an, als hätte er sie bei einer schändlichen rituellen Handlung ertappt.

Er kam herein. Warum antwortet ihr nicht? wollte er wissen. Wo wart ihr denn? Als ihr nach dem Kino nicht heimgekommen seid, bin ich euch suchen gegangen. Ich wollte schon Bud Sealy benachrichtigen.

Sie standen da und sahen ihn an.

Was ist denn? fragte er. Wollt ihr mir bitte sagen, was hier vorgeht?

Sie sagten nichts. Aber Bobby konnte die Tränen nicht zurückhalten, sie liefen ihm nur so über die Wangen, und er fing haltlos zu schluchzen an, als bekäme er keine Luft mehr.

Was ist denn? fragte Guthrie wieder. Na, na. Was hast du denn? Er nahm ein Handtuch und trocknete Bobby und dann auch seinem Bruder das Gesicht ab. Ist es so schlimm? Er ging mit ihnen über den Flur in ihr Zimmer, setzte sich zwischen sie aufs Bett und legte die Arme um sie. Sagt mir doch bitte, was los ist. Was ist passiert?

Bobby weinte immer noch. Ab und zu überlief ihn ein Schauder. Beide Jungen hatten sich von ihm abgewandt und schauten aus dem Fenster.

Ike, sagte Guthrie, sag du mir, was passiert ist.

Der Junge schüttelte den Kopf.

Aber irgendwas war doch. Ihr habt euch schmutzig gemacht. Schaut eure Hosen an. Was war los?

Wieder schüttelte Ike den Kopf. Er und sein Bruder schauten zum Fenster.

Ike? sagte Guthrie.

Endlich wandte der Junge sich ihm zu. Er war verzweifelt, sein Gesicht schien vor aufgestauten Gefühlen förmlich zu platzen. Lass uns in Ruhe, rief er. Du musst uns in Ruhe lassen.

Ich lasse euch aber nicht in Ruhe, sagte Guthrie. Sagt mir, was passiert ist.

Wir dürfen nichts sagen. Er hat gesagt, wir dürfen keinem was davon sagen.

Wer hat gesagt, dass ihr es keinem sagen dürft? Worum geht's überhaupt?

Der Große mit den roten Haaren, sagte Ike. Er hat gesagt ... Wir können nicht drüber reden. Verstehst du das nicht?

Guthrie sah ihn an, der Junge hatte rote, flackernde Augen, aber er hatte zu reden aufgehört. Er würde nichts mehr sagen. Jedenfalls nicht jetzt. Er war schon wieder den Tränen nahe und schaute wieder zum Fenster.

Guthrie

An dem Abend saß er an ihrem Bett, bis sie eingeschlafen waren. Was sie träumten, stellte er sich lieber nicht vor. Nachdem sie am Abend zuvor in der kalten Dunkelheit darüber geredet hatten, konnten die Jungen am nächsten Morgen, dem Sonntagmorgen, nach dem Frühstück ein bisschen mehr erzählen, weil sie am hellen Tag nicht mehr so viel Angst hatten. Dann fuhr er in die Gum Street im südlichen Teil von Holt, dem ältesten, besten Viertel der Stadt. Es war eine angenehme Umgebung mit Eschenahornbäumen, Ulmen und Zürgelbäumen, mit Fliederbüschen in den Gärten und gepflegten Rasenflächen, obwohl sich in dieser Vorfrühlingszeit nur hie und da zaghaftes Grün zeigte. Ein paar Querstraßen weiter westlich begannen die Glocken im Turm der Methodistenkirche zu läuten. Dann fielen im Osten die katholischen Glocken ein.

Er stieg aus dem Pickup und ging auf das weiße Holzhaus zu, betrat die Veranda und klopfte an die Tür. Nach einer Weile ging die Tür auf, und Mrs. Beckman stand vor ihm, kompakt und untersetzt. Sie war sichtlich bereits in Rage. Sie trug ein Hauskleid und zehenfreie Sandaletten und hatte ihre Frisur mit Haarfestiger zementiert. Sie schon wieder, sagte sie. Was wollen Sie?

Schicken Sie Russell raus, sagte Guthrie.

Wozu?

Ich will mit ihm reden.

Er muss nicht mit Ihnen reden. Mit ihren Wurstfingern hielt

sie den Türknauf fest. Sie sind hier nicht in der Schule. Hier haben Sie nichts zu sagen. Machen Sie, dass Sie wegkommen.

Sagen Sie ihm, er soll rauskommen. Ich muss mit ihm sprechen.

Doris, ertönte eine Männerstimme aus dem Haus. Mach verdammt noch mal die Tür zu. Es kommt kalt rein.

Komm du mal lieber hier raus, rief sie, ohne auch nur den Kopf zu drehen. Stattdessen behielt sie Guthrie im Auge. Jetzt komm schon, rief sie.

Wer ist es?

Er.

Man hörte Schritte, dann erschien ihr Mann in der Tür. Was will er?

Er ist schon wieder hinter Russell her.

Warum?

Hat er nicht gesagt.

Guthrie sah das von der Tür umrahmte Paar an. Der große, schlanke Mann überragte die kleine, dicke Frau. Beckman trug ein weißes Hemd und glänzende schwarze Hosen und hatte ein Stück Zeitung in der Hand.

Worum geht's, Guthrie?

Ihr Sohn hat gestern Abend meine Jungen gequält. Ich will mit ihm drüber reden.

Was ist denn das schon wieder für eine Geschichte? Es ist Sonntagmorgen. Können Sie ihn nicht mal am Sonntagmorgen in Frieden lassen?

Sagen Sie ihm, er soll rauskommen, sagte Guthrie.

Beckman musterte Guthrie. Na gut, meinetwegen, sagte er. Wir werden ja sehen. Er wandte sich an seine Frau. Geh, hol ihn.

Er schläft noch.

Dann weck ihn auf.

Der hat kein Recht, hier einfach so aufzukreuzen, sagte sie. Was denkt der sich eigentlich?

Meinst du, das weiß ich nicht selber? Tu, was ich dir sage.

Sie ging hinein, dann trat auch Beckman ins Haus zurück und schloss die Tür. Guthrie wartete auf der Veranda. Er schaute zur Straße hinaus, zu den knospenden Bäumen auf dem Grünstreifen zwischen Bürgersteig und Bordkante, den großen Häusern, die ernst und friedlich auf der anderen Straßenseite standen. Nebenan kam Fraiser im Sonntagsstaat aus seinem weißen Haus, blieb einen Moment vor der Haustür stehen, holte eine Zigarette hervor und zündete sie an. Er blickte um sich, sah Guthrie und nickte ihm zu, und Guthrie nickte zurück. Dann kam Mrs. Fraiser heraus, und ihr Mann zeigte ihr etwas in dem Blumenbeet vor dem Haus. Sie gingen beide hin, und Mrs. Fraiser bückte sich, um es in Augenschein zu nehmen. Sie hob den Kopf und sagte etwas, er antwortete. Sie unterhielten sich noch immer leise, als Beckman auf die Veranda kam. Der große Junge folgte ihm, und hinterdrein kam Mrs. Beckman. Zu dritt standen sie nun in der hellen, frischen Morgenluft auf der von einem Geländer umschlossenen Veranda. Guthrie wandte sich ihnen zu. Der Junge war in Jeans und T-Shirt und trug keine Schuhe. Er war gerade erst wach geworden.

Also, sagte Beckman zu Guthrie. Jetzt sagen Sie ihm vor seinen Eltern, worum es geht. Was soll er getan haben?

Guthrie sprach den Jungen direkt an. Seine Stimme klang angestrengt und gepresst.

Diesmal sind Sie zu weit gegangen. Jetzt haben Sie sich an meinen Söhnen vergriffen. Sie und der junge Murphy. Gestern Abend haben Sie sie vor die Stadt hinaus gefahren und ihnen Angst eingejagt, und dann hatten Sie die tolle Idee, ihnen die Hosen auszuziehen und sie da draußen auszusetzen, sodass sie zu Fuß zur Stadt zurück mussten. Das sind noch kleine Jungen. Sie sind erst neun und zehn. Außerdem haben sie Ihnen nichts getan. Sie haben mir alles erzählt. Sie sind ein erbärmlicher Feigling, oder wie sehen Sie das? Wenn Sie was gegen mich haben, dann kommen Sie gefälligst zu mir. Aber lassen Sie meine Jungs in Ruhe.

Was ist denn das für ein Quatsch? fragte Beckman. Wovon redet der? Weißt du was davon?

Ich hab keine Ahnung, wovon der redet, sagte der Junge. Ich versteh kein Wort. Der redet doch nur Scheiß, wie immer. Ich kenn seine Kinder überhaupt nicht.

Und ob Sie sie kennen, sagte Guthrie. Er konnte nur noch mit Mühe sprechen. Er merkte, dass er seine Stimme kaum noch unter Kontrolle hatte. Sie lügen schon wieder. Sie wissen genau, wovon ich rede.

Ich kenn dem seine Kinder nicht! sagte der Junge. Die tät ich nicht mal erkennen, wenn sie hier vor mir stehen würden. Der will mich bloß fertig machen. Schickt ihn weg.

Verdammt noch mal, sagte Guthrie. Sie lügen schon wieder. Der Punkt war erreicht, wo Worte nichts mehr ausrichten. Guthrie stürzte sich auf den Jungen und packte ihn am Hemdkragen. Sie widerlicher Jammerlappen. Lassen Sie die Finger von meinen Jungs. Er warf den Jungen gegen die Hauswand und presste ihm die Fäuste unters Kinn. Wenn Sie noch einmal meine Kinder anrühren …

Aber jetzt war auch Vater Beckman mit von der Partie. Er packte Guthrie an den Armen. Lassen Sie ihn los, schrie er. Lassen Sie ihn los.

Ich warne Sie, schrie Guthrie, immer noch mit unnatürlich veränderter Stimme, sein Gesicht nur ein paar Fingerbreit von dem des Jungen entfernt. Verflucht noch mal. Immer wieder schlug er den Kopf des Jungen gegen die Hauswand, der Junge riss vor Schreck und Überraschung und Wut die Augen auf, das Kinn schräg über Guthries Faust, den Kopf nach hinten gebeugt; er wurde auf die Zehenspitzen hochgehoben und riss verzweifelt an Guthries Handgelenken.

Sie sollen ihn loslassen, verflucht noch mal! brüllte Beckman. Seine Frau drosch von hinten auf Guthrie ein, zerrte an seinem Jackett und kreischte unverständliches Zeug, es waren keine Worte, nur schrille Wutschreie. Beckman riss immer noch an Guthries Armen, dann ließ er ab, trat einen Schritt zurück und schlug Guthrie von der Seite ins Gesicht. Guthrie stürzte seitlich weg und riss den Jungen mit sich zu Boden. Die Brille hing Guthrie schief im Gesicht. Beckman bückte sich, schlug erneut zu und traf ihn überm Ohr.

Die Fraisers nebenan sahen alles. Mrs. Fraiser lief ins Haus, um die Polizei zu rufen, und Mr. Fraiser kam eilig durch den Garten zwischen den beiden Häusern gelaufen. Aber, aber, rief er. Hört doch auf, Leute.

Guthrie stand auf und stieß den Jungen weg, und Beckman ging erneut fäusteschwingend auf ihn los. Guthrie duckte unter seinem Arm weg und landete einen Schlag auf dem offenen Hemdausschnitt. Beckman fiel hin und schnappte nach Luft. Seine Frau schrie auf und wollte ihm helfen, aber er stieß sie weg. Jetzt ging der Junge mit gesenktem Kopf von der Seite auf Guthrie los und drängte ihn zurück. Sie prallten ans Geländer, und Guthrie spürte einen Knacks in der Seite. Dann fielen beide hin, der Junge auf ihn drauf.

Guthrie kämpfte auf dem Bretterboden mit dem Jungen, und Beckman, der sich erholt hatte, mischte sich wieder ein, beugte sich über seinen Sohn, fand eine Lücke und schlug Guthrie mitten ins Gesicht. Guthrie ließ den Sohn los, doch dann bearbeiteten ihn Vater und Sohn gemeinsam, prügelten ihn erbarmungslos, bis er sich wegrollte. Als sie aufhörten, sprang Mrs. Beckman ein und trat Guthrie in den Rücken. Guthrie rollte auf sie zu, und als sie das Bein hob, um ihn noch einmal zu treten, packte er sie am Fuß, und sie landete unsanft auf den Brettern, das Kleid war bis zu den Oberschenkeln hochgerutscht. So blieb sie sitzen und kreischte nur, bis ihr Mann sie unter den Armen packte, sie auf die Beine stellte und ihr sagte, sie solle den Mund halten. Sie beruhigte sich und zog ihr Kleid zurecht. Guthrie kam auf die Knie und stand auf. Blut lief ihm aus der Nase, sein ganzes Gesicht war damit verschmiert, über dem Auge hatte er eine Platzwunde. Die Brusttasche seines Jacketts war abgerissen und hing herab wie eine Zunge. Er keuchte. Ein Auge schwoll bereits zu, und die Seite schmerzte ihn, wo er gegen das Geländer gekracht war. Er schaute sich nach seiner Brille um, fand sie aber nicht.

Also wirklich, sagte Fraiser. So geht's aber nicht, Leute.

Guthrie, machen Sie, dass Sie wegkommen, sagte Beckman. Ich sag's nicht noch mal.

Sie blöder Hund, keuchte Guthrie.

Hauen Sie ab. Sonst kriegen Sie noch was in die Fresse.

Sagen Sie Ihrem Sprößling …

Ich sag ihm verdammt noch mal überhaupt nichts. Lassen Sie ihn in Ruhe.

Guthrie sah ihn an. Sagen Sie ihm, er soll sich nie wieder an meinen Jungs vergreifen. Das gilt für Sie alle.

Moment, sagte Fraiser. Hört mir doch mal zu.

Auf der Straße fuhr plötzlich Sheriff Bud Sealy mit seinem blauen Polizeiauto vor, stieß die Tür auf und rannte aufs Haus zu. Er war ein massiger Mann mit rotem Gesicht und einem harten Bauch. Was geht hier vor? fragte er. Nach Sonntagsschule sieht mir das nicht gerade aus. Er stieg auf die Veranda und schaute sie der Reihe nach an. Was ist hier passiert? Würde mich bitte mal jemand aufklären.

Guthrie hat meinen Jungen angegriffen, sagte Beckman. Steht auf einmal vor der Tür und schreit rum, irgendwelches wirres Zeug von seinen Kindern. Er hat meinen Sohn herausgerufen und ihn angegriffen. Aber wir haben's ihm gezeigt.

Stimmt das, Tom? Ist es so gewesen?

Guthrie antwortete nicht. Er sah noch immer die Beckmans an. Rühren Sie sie ja nie wieder an, sagte er. Das ist meine letzte Warnung.

Muss ich mir das anhören? fragte Beckman den Sheriff. Das ist mein Haus. Ich muss mir doch nicht auf meiner eigenen Veranda solchen Mist anhören.

Also alle mal zuhören, sagte Bud Sealy. Am besten, Sie kommen alle drei zu mir auf die Wache. Da können wir alles in Ruhe besprechen. Tom, du fährst mit mir. Beckman, Sie und der Junge kommen in Ihrem eigenen Auto nach.

Und ich? fragte Mrs. Beckman. Mich hat er auch misshandelt.

Sie kommen auch mit, sagte der Sheriff. Mit den beiden anderen.

Die McPherons

Am Morgen erzählte sie es ihnen. Wie Dwayne zur Schule gekommen war, um sie abzuholen, wie sie in sein Auto gestiegen und mit ihm nach Denver gefahren war, ohne zu wissen, warum, wie sie sich alles vorgestellt hatte, dass es anders kam und wie es in seiner kleinen Wohnung im ersten Stock in Denver so gewesen war. Die McPheron-Brüder hörten zu und schauten ihr die ganze Zeit ins Gesicht, während sie redete. Nach dem Frühstück gingen sie hinaus und fütterten die Kühe, dann kamen sie ins Haus zurück, räumten auf, setzten ihre guten Bailey-Hüte auf und fuhren mit ihr in die Stadt zu Dr. Martin.

Unterwegs erzählte sie ihnen, was sie ihnen vor zwei Stunden am Küchentisch nicht gesagt hatte. Dass sie mit ihm auf einer Party gewesen war, wo sie nicht aufgepasst und zu viel getrunken hatte, doch dann hörte sie auf zu reden, saß einfach still zwischen den beiden alten Männern im Pickup, die Hände im Schoß unter dem Bauch verschränkt, als müsste sie ihn festhalten und stützen.

Ach ja? sagten sie.

Ja, sagte sie, hab ich gemacht. Dann kamen ihr ganz plötzlich die Tränen, sie liefen ihr die Wangen hinunter, aber sie schaute nur über das Armaturenbrett auf die Straße hinaus.

Gibt es noch was? fragte Raymond. Mir scheint, da ist noch was.

Ja, sagte sie.

Was denn?

Ich war mal high, hab Pot geraucht.

Ist das Marihuana?

Ja, und ich weiß nicht mehr, was ich dann alles gemacht hab. Am nächsten Tag konnte ich mich an nichts mehr erinnern, aber ich hatte blaue Flecken und kleine Schnittwunden und wusste nicht mehr, woher.

Hast du das noch mal gemacht? Bist du noch mal mit ihm auf eine Party gegangen?

Nein, nur das eine Mal. Aber ich hab Angst. Ich hab Angst, es könnte dem Baby geschadet haben.

Meinst du wirklich?

Ich weiß es nicht. Mehr kann ich nicht sagen.

Das glaube ich nicht, sagte Raymond. Wir hatten mal eine Färse, die war trächtig und hat irgendwie ein Stück Zaundraht verschluckt, aber es hat weder ihr noch dem Kalb geschadet.

Nein?

Nein. Nicht das Geringste, keinem von beiden.

Das Mädchen sah ihn an, sein Gesicht unter der Hutkrempe. Sie waren beide gesund?

Jawohl, Ma'am.

Wirklich? Sagen Sie auch die Wahrheit?

Aber sicher. Man hat beiden überhaupt nichts angemerkt.

Sie sah ihn eine Zeit lang an, aber Raymond hielt ihrem Blick stand und nickte nur ein paar Mal.

Danke. Sie tupfte sich die Wangen und die Augen ab. Danke, dass Sie mir das erzählt haben.

Ein schönes Kalb, wenn ich mich richtig erinnere.

Sie fuhren nach Holt hinein zu der Praxis neben dem Krankenhaus, an diesem hellen, klaren Tag. Der Himmel war so rein und blau wie die Innenseite einer Schüssel aus chinesischem Porzellan. In der Praxis sagte das Mädchen der älteren Helferin am Schalter, wer sie sei und warum sie gekommen sei.

Sie haben sich ja seit Monaten nicht blicken lasssen, sagte die Frau.

Ich war verreist.

Nehmen Sie Platz, sagte die Frau.

Sie setzte sich mit den McPheron-Brüdern ins Wartezimmer. Sie warteten und redeten kaum etwas, auch nicht untereinander, weil auch andere da waren, und nach einer Stunde warteten sie immer noch.

Harold wandte sich um und sah das Mädchen an. Unvermittelt stand er auf, ging an den Schalter und sprach durch das Fenster mit der Frau. Sie wissen wohl nicht, warum wir hier sind.

Was? sagte die Frau.

Das Mädchen da drüben ist gekommen, um sich vom Doktor untersuchen zu lassen.

Ich weiß.

Wir sind schon eine geschlagene Stunde hier, sagen Sie ihm das.

Sie müssen warten, bis Sie an der Reihe sind.

Nein. Ich bleibe jetzt hier stehen, bis Sie es ihm gesagt haben. Sagen Sie ihm, wir sind schon eine Stunde da. Also gehen Sie schon.

Die Frau funkelte ihn in fassungsloser Empörung an, aber er ließ sich nicht beirren. Sie stand auf und ging durch den Gang zum Sprechzimmer, und nach einer Weile kam sie wieder zurück. Sie sagte, Er nimmt sie als Nächste dran.

Schon besser, sagte Harold. Nicht gerade berauschend, aber immerhin etwas.

Er setzte sich wieder. Bald darauf wurde das Mädchen aufgerufen, und die beiden Brüder sahen ihr nach. Fünf Minuten später beugte Harold sich zu seinem Bruder hinüber und sprach in lautem Flüsterton mit ihm. Kannst du mir jetzt mal sagen, was das sollte, vorhin im Pickup?

Was denn? fragte Raymond.

Die Geschichte mit der Färse, die den Draht verschluckt hat. Wo hast du denn das her? Ich kann mich nicht an so was erinnern.

Ich hab's erfunden.

Er hat's erfunden! sagte Harold. Er betrachtete seinen Bruder, der vor sich hin starrte. Und was willst du noch alles erfinden?

Alles, was nötig ist.

Nicht zu fassen.

Außerdem rede ich mit dem Doktor, wenn Victoria rauskommt.

Worüber?

Ich muss ihm ein paar Fragen stellen.

Dann komm ich mit, sagte Harold.

Komm mit oder bleib hier, sagte Raymond. Ich weiß, was ich tue.

Sie warteten. Sie saßen stocksteif auf ihren Stühlen, ohne etwas zu lesen oder mit jemandem zu sprechen, schauten nur zu den Fenstern hinaus und spielten mit ihren Händen, die Sonntagshüte auf dem Kopf wie an einem windstillen Tag im Freien. Andere Leute kamen und gingen. Der Sonnenfleck auf dem Fußboden wanderte unmerklich weiter. Nach einer halben Stunde kam das Mädchen allein heraus und trat zu ihnen, ein kleines Lächeln im Gesicht. Sie erhoben sich.

Ungefähr in zwei Wochen ist es so weit, sagte sie.

Ist das wahr?

Ja.

Was hat er sonst noch gesagt?

Alles in Ordnung, sagt er. Anscheinend geht's uns beiden gut, sagt er.

Das ist schön, sagte Raymond. Das ist wunderbar. Dann geh schon mal raus zum Pickup.

Warum? Kommen Sie nicht mit?

Geh jetzt bitte. Es dauert nicht lange.

Sie ging hinaus, und die McPheron-Brüder gingen einer hinter dem anderen an der Frau vorbei, die wieder hinter dem Schalter saß. Sie stand sofort auf, als die beiden eigenmächtig den Gang entlanggingen, lief hinter ihnen her, fragte, Was soll das denn? Da dürfen Sie nicht hin, das können Sie sich doch denken. Die beiden gingen einfach weiter, als wären sie taub oder als wäre es ihnen völlig egal, was sie sagte. Sie schauten hinter jede Tür, die offen stand, und machten zwei oder drei auf, hinter denen ahnungslose Patientinnen saßen, die dann auf den Gang herauskamen und ihnen kopfschüttelnd nachsahen. Am Ende des Gangs fanden die McPherons eine geschlossene Tür, hinter der sie den alten Dr. Martin mit einer Patientin sprechen hörten. Sie hörten kurz zu, die Köpfe unter den Sonntagshüten aufmerksam schräg geneigt. Dann klopfte Raymond einmal und stieß die Tür auf.

Kommen Sie raus, sagte er. Wir müssen mit Ihnen reden.

Was fällt Ihnen ein! rief der alte Arzt. Verschwinden Sie hier!

Die Frau, deren Herztöne er eben abgehört hatte, raffte hastig ihr Papierhemd zusammen und schaute die beiden Alten an; ihre schweren Brüste zeichneten sich unter dem dünnen Material ab.

Kommen Sie raus, wiederholte Raymond. Harold stand hinter ihm und sah ihm über die Schulter. Die Praxishelferin stand jetzt hinter Harold, zeterte immer noch. Sie beachteten sie nicht. Der Arzt kam auf den Gang heraus und schloss die Tür hinter sich. Seine Augen funkelten hinter der randlosen Brille. Er trug seinen guten blauen Anzug, ein makellos weißes Hemd und eine perfekt gebundene Schleife.

Was ist denn das für ein Benehmen? fragte er.

Wir müssen mit Ihnen reden, sagte Raymond.

Kann das nicht warten?

Nein, Sir, kann es nicht.

Na gut. Reden Sie. Worum geht es?

Das braucht sie aber nicht zu hören, sagte Raymond und wies auf die Praxishelferin.

Der alte Arzt wandte sich ihr zu und sagte, Sie können zurückgehen, Mrs. Barnes. Um das hier kümmere ich mich selbst.

Es ist nicht meine Schuld, sagte sie. Sie sind einfach an mir vorbeimarschiert. Ich habe es ihnen nicht erlaubt.

Ich weiß. Gehen Sie bitte wieder an Ihren Schreibtisch.

Sie drehte sich brüsk um und stapfte davon, und der Arzt ging mit den McPheron-Brüdern in ein leeres Untersuchungszimmer.

Ich nehme nicht an, dass Sie etwas so Zivilisiertes vorhaben wie Platz zu nehmen, sagte er.

Nein.

Nein. Das habe ich mir gedacht. Nun gut. Worüber wollten Sie mit mir sprechen?

Ist bei ihr alles in Ordnung? fragte Raymond.

Bei wem?

Victoria Roubideaux.

Ja, alles in Ordnung, sagte der Arzt.

Dieser Junge war nichts für sie.

Sie sprechen von dem jungen Mann in Denver, nehme ich an.

Ja. Dieser elende Schuft.

Sie hat mir von ihm erzählt. Sie hat mir berichtet, was dort vorgefallen ist. Aber offenbar ist alles in Ordnung.

Dass er ihr nur keinen bleibenden Schaden zugefügt hat, sagte Raymond. Da sollten Sie verdammt genau aufpassen.

Sie brauchen mir nicht zu drohen, sagte der alte Arzt.

Hören Sie zu. Sorgen Sie gefälligst dafür, dass alles gut geht. Das Mädchen hat schon genug Ärger gehabt.

Ich tue alles, was in meiner Macht steht. Aber nicht alles steht in meiner Macht.

Aber einiges doch.

Sie sollten sich nicht so aufregen, sagte der Arzt.

Ich bin aber aufgeregt, sagte Raymond, und das wird auch so bleiben, bis das Baby gesund zur Welt gekommen ist und es dem Mädchen gut geht. Und jetzt erzählen Sie uns, was Sie zu ihr gesagt haben.

Ike und Bobby

Eines Nachmittags, an einem Sonntag, als Guthrie mit Maggie Jones einen Ausflug machte, mit dem Pickup über die leeren Landstraßen, wanderten sie im Haus umher, von Zimmer zu Zimmer, und überlegten, was sie machen könnten. Sie gingen ins Schlafzimmer ihres Vaters und ihrer Mutter, im ersten Stock auf der Vorderseite, und betrachteten alle Sachen, die ihren Eltern gehörten, inspizierten gründlich die verschiedenen Gegenstände, die sich im Lauf der Jahre angesammelt hatten und zum größten Teil gekauft und verwahrt worden waren, als die beiden Jungen noch nicht geboren waren – Bilder, Kleider, Schubladen voll Unterwäsche, eine Schachtel mit Krawattennadeln, alten Taschenuhren, einer Pfeilspitze aus Obsidian, Rasseln von einer Klapperschlange und einer Leichtathletik-Medaille –, stellten die Schachtel zurück, verließen das Zimmer und gingen über den Flur ins Gästezimmer, wo immer noch ein paar Sachen von ihrer Mutter waren, nahmen sie in die Hand und rochen daran, befühlten sie und probierten eines ihrer silbernen Armbänder an. Schließlich gingen sie in ihr eigenes Zimmer auf der Rückseite des Hauses, schauten hinaus und betrachteten das Haus des alten Mannes nebenan, das leer stehende Haus am Ende der Railroad Street und das offene Land dahinter, mit der Rennbahn im Norden jenseits der Weide hinter dem Stall, die Tribünen weiß gestrichen und leer, und dann gingen sie hinunter und hinaus und stiegen auf ihre Fahrräder.

Wieder einmal gingen sie zu der Wohnung an der Main Street hinauf, durch den düsteren Flur, und vor der letzten Tür blieben sie stehen. Sie hoben die *Denver News* auf, die sie am Morgen auf den Abtreter gelegt hatten, aber als sie klopften, kam keine Antwort. Sie benutzten den Schlüssel, den sie ihnen vor Monaten gegeben hatte, als sie im Lebensmittelladen eingekauft hatten und sie gesagt hatte: *Den vertrau ich euch an.* Sie gingen hinein. Die alte Frau, Iva Stearns, saß an der gegenüberliegenden Wand in ihrem Sessel. Der Kopf war seitwärts auf die Schulter ihres blauen Hauskleids gesunken. Wie immer war es zu warm in dem Raum, erstickend heiß wie in einem Krankenzimmer, und wieder fiel ihnen auf, wie vollgestellt er war.

Von der Tür her sagte Ike, Mrs. Stearns?

Sie reagierte nicht. Sie traten näher. Eine Zigarette war in dem Aschenbrecher verbrannt, der auf der breiten Armlehne des Sessels stand, ein langes, weißes, kaltes Aschestäbchen.

Mrs. Stearns. Wir sind's.

Unschlüssig standen sie vor ihr. Ike streckte die Hand aus und berührte ihren mageren Arm, um sie zu wecken, zuckte aber zurück, als hätte er einen Schlag bekommen oder sich die Finger verbrannt. Der Arm war kalt und steif. Er fühlte sich an, als wäre die Haut in einem winterlichen Keller über Holzstöcke oder Eisenstangen gespannt worden.

Fühl mal, sagte Ike.

Warum?

Na los.

Bobby streckte die Hand aus und berührte ihren Arm. Sofort zog er sie wieder zurück und schob sie in die Hosentasche.

Die beiden Jungen betrachteten Iva Stearns lange, standen vor ihrer zusammengesunkenen, stillen, reglosen Gestalt in dem stillen, überheizten Zimmer, wo es noch immer nach Rauch und Staub roch und in das nur gedämpft, wie aus der Ferne, der Straßenlärm drang. In den Stunden, seit sie zu atmen aufgehört hatte, bevor sie sie gefunden hatten, war das Gesicht der alten Frau zusammengefallen, sodass es aussah, als würde die Nase stärker hervortreten, spitz und mit hohem Rücken saß sie glänzend und wächsern mitten im Gesicht, während die Augen fast ganz hinter den Brillengläsern verschwunden waren. Im Schoß umklammerten die alten, blaugeäderten, sommersprossigen Hände einander noch immer krampfhaft in stummer, fürchterlicher Erstarrung, so hart und still wie ausgegrabene Baumwurzeln.

Ich möchte sie noch mal berühren, sagte Ike.

Er tat es. Er legte ihr die Hand auf den Arm, berührte sie diesmal länger. Dann berührte auch Bobby sie ein zweites Mal.

Gut, sagte Ike. Gehen wir?

Bobby nickte.

Sie verließen Iva Stearns Wohnung und schlossen ab, dann radelten sie heim, stellten die Räder am Haus ab und gingen in den Stall, um Easter zu satteln.

Hoch zu Ross und stolz wie zwei fahrende Ritter, Bobby im Sattel, Ike hinter ihm, ritten sie aus an diesem schönen Nachmittag im Frühling.

Bei Sonnenuntergang waren sie elf Meilen südlich von Holt.

Sie hatten die Abzweigung nicht gefunden. Sie waren zunächst um die Stadt herum geritten und dann der asphaltierten Straße gefolgt, immer nach Süden, an den Gräben und Zäunen entlang. Das Pferd trottete tapfer durch dürres Unkraut und frisches Frühlingsgras, den Kopf erhoben, nervös und zappelig wegen des Verkehrs auf der Landstraße. Während sie der untergehenden Sonne entgegenritten, rasten die Autos an ihnen vorbei und hupten manchmal, und die Insassen riefen und winkten, und dreimal kamen riesige Laster von hinten und drängten sie ab an den Stacheldrahtzaun, sodass die Stute durchzugehen drohte, aber sie zügelten sie, und sie tänzelte nur seitwärts und warf den Kopf ein wenig hoch, dann ritten sie weiter.

Als es zu dunkeln begann, wurde ihnen klar, dass sie zu weit geritten waren, dass sie aus irgendeinem Grund die richtige Abzweigung verpasst hatten. Sie hatten geglaubt, sie würden die Straße wiedererkennen, nach der sie suchten, aber die Straßen sahen irgendwie alle gleich aus. Schließlich machten sie an einem Farmhaus nicht weit von der Straße Halt, und Ike stieg ab, ging zur Haustür und erkundigte sich nach dem Weg.

Der Mann an der Tür trug Hausschuhe, eine dunkle Hose und ein weißes Sonntagshemd und hielt eine Zeitung in der Hand. Willst du nicht reinkommen, mein Junge? fragte er.

Nein, wir wollen rüber zu der anderen Farm.

Zu den beiden?

Ja, Sir.

Na denn.

Könnten Sie uns sagen, wie wir da hinkommen? Anscheinend haben wir die Abzweigung verpasst.

Ja, ihr seid zu weit geritten, sagte er. Ihr müsst zwei Meilen zurück und dann dort abbiegen. Nicht schon die Straße nach einer Meile, sondern die nächste. Er sagte Ike, wonach sie Ausschau halten sollten, wenn sie erst mal dort wären. Kannst du dir das alles merken? fragte er.

Ike nickte.

Wollt ihr wirklich nicht reinkommen?

Nein. Wir müssen weiter.

Na gut. Aber paßt auf mit dem Verkehr.

Ike ging zu seinem Bruder zurück, der im Garten unter den frisch belaubten Bäumen noch auf dem Pferd saß. Bobby kickte seinen Fuß aus dem Steigbügel, Ike stieg auf, dann ritten sie aus der Einfahrt auf die Straße zurück. Auf der Landstraße kamen ihnen jetzt die Scheinwerfer der Autos aus der zunehmenden Dunkelheit entgegen, die Lichter wurden immer größer und größer und blendeten sie, und dann rauschten die Autos und ihre Lichter an ihnen vorbei wie ein außer Kontrolle geratener Zug, der in die Hölle rast, während unten im Graben das Pferd hüpfte und tänzelte und sich sammelte, als wollte es über ein Hindernis hinwegsetzen, und sie konnten es nur mit Mühe zurückhalten. Schließlich lenkten sie es hinauf auf den harten Asphalt und klapperten die Straße entlang, holten in den Pausen zwischen den Autos auf, indem sie ihm die Zügel schießen ließen, dann kamen sie an der ersten abzweigenden Straße vorbei, und in die zweite, fast nur ein Fahrweg, bogen sie ein. Hier zügelten sie das Pferd, ließen es Luft holen.

Er hat gesagt, von hier aus noch ungefähr sieben Meilen, sagte Ike. Am Fahrweg müsst ihr abbiegen, beim Briefkasten. Außerdem soll da eine Zeder stehen, und das Haus ein Stück abseits von der Straße, und die Nebengebäude stehen ein bisschen tiefer. Ein Pferdestall, ein Kuhstall und Koppeln.

Es war jetzt völlig dunkel, und es wurde kalt. Sie ritten weiter, ringsum war das Land ganz flach und von Sternen beschienen. Nach Süden zu hörten sie Kühe. Als sie den Briefkasten und den schmalen Fahrweg entdeckten, der von der Straße abging, war es ungefähr halb elf.

Ich sehe keine Zeder, sagte Bobby. Hat er wirklich Zeder gesagt?

Unten bei den Nebengebäuden, bei der Garage.

Ich kann den Namen auf dem Briefkasten nicht lesen.

Aber das ist der Fahrweg, genau wie er gesagt hat, der führt zur Farm. Zu dem Licht da drüben.

Was machen wir?

Wir müssen es probieren. Was anderes bleibt uns nicht übrig. Es ist schon spät.

Sie trieben das Pferd wieder an und bogen in den alten Fahrweg ein. Die Stute hatte geschwitzt, war getrocknet und wieder ins Schwitzen gekommen, und sie ließen sie laufen, wie es ihr gefiel, und gelangten zu dem Haus, wo alles dunkel war, bis auf die einzelne Hoflampe, die an einem hohen Pfahl hing. Als sie in die Einfahrt ritten, kam ein alter Hund bellend aus der Garage gelaufen und blieb steifbeinig stehen. Sie stiegen ab und banden Easter an einem Zaunpfahl an, und da kam der Hund schnüffelnd auf sie zu, erkannte sie offenbar wieder und leckte ihnen die Hände. Dann gingen sie durch das Maschendrahttor zum Haus, stiegen die Verandastufen hinauf und klopften an. Nach einer Weile ging in der Küche das Licht an. Dann war jemand an der Tür: ein Mädchen im Nachthemd. Sie kannten sie nicht. Sie dachten, sie seien irgendwie doch an das falsche Haus geraten. Das Mädchen sah schwer und unförmig aus, als wäre sie krank; sie hielt sich die Hände unter den Bauch, der weiche Stoff ihres Nachthemds spannte über ihrem riesigen Leib. Jetzt fiel ihnen ein, dass sie sie schon einmal in der Stadt gesehen hatten, aber sie hatten keine Ahnung, wie sie hieß, und wollten schon kehrtmachen, ohne ein Wort mit ihr zu reden, als die McPheron-Brüder hinter ihr in der Tür erschienen.

Also da soll mich doch gleich, sagte Harold. Was ist denn das?

Wen haben wir denn da? sagte Raymond. Guthries Jungen?

Die beiden alten Männer trugen gestreifte Flanellschlafanzüge, die kurzen Haare standen ihnen wie Borsten vom Kopf ab. Sie hatten schon geschlafen.

Ja, Sir, sagte Ike.

Gott, sagte Harold, kommt doch rein, Jungs, kommt rein. Was macht ihr denn hier? Ist das euer Pferd da draußen?

Ja, Sir.

Ihr seid hierher geritten?

Ja, Sir.

Wer ist noch dabei? Habt ihr euren Vater dabei?

Nein, wir sind allein.

Also, ich muss schon sagen, Jungs, das ist ein verdammt weiter Ritt. Habt ihr euch verirrt?

Nein, Sir.

Ihr wolltet einfach mal am Sonntagabend ein bisschen ausreiten, ja?

Wir dachten, wir kommen mal hier raus und besuchen Sie, sagte Bobby.

Wirklich? sagte er. Na ja. Er schaute sie an, musterte ihre ernsten, stillen Gesichter. Aber habt ihr einen bestimmten Grund gehabt, uns zu besuchen?

Nein.

Nichts Besonderes, nein? Na dann. Dann lassen wir's am besten dabei. Ich glaube, ihr kommt erst mal rein, was meint ihr?

Können wir unsere Easter da draußen lassen? fragte Ike.

Habt ihr sie gut angebunden, dass sie nicht weglaufen kann?

Ja, Sir.

Dann kann sie erst mal da bleiben, würde ich sagen. Nachher schauen wir dann nach ihr.

Sie hat geschwitzt, erst auf der Landstraße und dann wieder auf der kleinen Straße hierher.

Das seh ich. Wir reiben sie nachher ab. Jetzt kommt erst mal rein.

Also gingen sie hinein, und die Küche kam ihnen nach der langen Zeit draußen im Dunkeln sehr warm und hell vor. Sie stellten sich neben den Tisch, weil sie nicht wussten, was sie tun sollten, nun da sie angekommen waren.

Zum ersten Mal sagte das Mädchen etwas: Wollt ihr euch nicht hinsetzen? Ihre Stimme klang freundlich. Sie schauten sie an, und im Hellen sahen sie jetzt, dass sie eine von der High School war, nicht viel älter als sie selbst, nur dass sie so einen großen Bauch hatte. Sie wussten natürlich, dass sie ein Kind bekam, aber es war ihnen peinlich, sie anzuschauen. Wortlos zogen sie sich zwei Stühle hervor und setzten sich.

Ihr seid sicher müde, sagte sie. Habt ihr denn schon was gegessen? Ihr habt doch sicher Hunger?

Wir haben schon was gegessen, sagte Ike.

Wann war das?

Ein bisschen früher, sagte er. Wir haben zu Mittag gegessen.

Dann müsst ihr ja am Verhungern sein, sagte sie. Ich bring euch was.

Sie kam ihnen sehr tüchtig vor. Sie saßen am Tisch und sahen zu, wie sie in der Küche hantierte, dieses schwarzhaarige Mädchen mit dem riesig geschwollenen Bauch, aber sie wichen hartnäckig ihrem Blick aus, schauten immer woandershin, wenn sie sich ihnen zuwandte. Geübt ging sie hin und her, zwischen Kühlschrank und Herd, und machte ihnen das Essen warm. Als es fertig war, brachte sie es ihnen an den Tisch: Fleisch und Kartoffeln, warmgemachten Dosenmais, dazu Milch und einen Teller Butterbrote. Fangt an, sagte sie. Greift zu.

Isst du nicht mit? fragte Ike.

Wir haben schon vor Stunden gegessen. Aber ich setze mich zu euch, wenn ihr wollt. Vielleicht trinke ich ein Glas Milch.

Während die Jungen aßen, sah Harold nach dem Pferd. Er führte die Stute zur Koppel und ließ sie an der Tränke trinken, dann brachte er sie in den Stall, nahm ihr den Sattel ab und rieb sie mit grobem Sackleinen ab. Danach gab er ihr Hafer und ließ die Tür offen, damit sie noch einmal zur Tränke konnte, wenn sie wollte.

Unterdessen ging Raymond ins andere Zimmer, trug das Telefon an der langen Schnur ins Wohnzimmer und telefonierte. Er sprach leise. Tom? sagte er.

Ja.

Wir haben sie hier bei uns.

Ike und Bobby?

Nicht zu glauben, Tom. Die sind den ganzen Weg hier raus geritten.

Ich wusste, dass sie das Pferd haben. Ich hab bei der Polizei Bescheid gesagt, dass sie die Augen offen halten, sagte Guthrie. Ich hab mir solche Sorgen gemacht.

Na ja. Jetzt sind sie ja hier.

Geht's ihnen gut?

Sieht so aus, ja. Sie kommen mir nur ein bisschen verstört vor. Ziemlich still.

Ich komm sofort raus.

Tom, sagte der alte Mann. Er schaute in die Küche hinaus, wo die beiden Jungen mit dem Mädchen am Tisch saßen. Sie sprach mit ihnen, und beide sahen sie aufmerksam an. Vielleicht ist es besser, wenn du sie über Nacht hier lässt.

Bei euch?
Genau.
Wozu?
Ich glaub, es ist besser.
Was meinst du mit besser?
Na ja. Wie gesagt, sie kommen mir ein bisschen verstört vor.
Stille am anderen Ende.
Du kannst ja morgen früh rüberkommen und sie abholen, sagte Raymond. Allerdings musst du einen Pferdeanhänger mitbringen.
Das muss ich mir noch überlegen, sagte Guthrie. Wartest du bitte einen Moment?
Er hörte, wie Guthrie mit jemandem im Hintergrund sprach. Nach einer Weile kam er wieder.
Also meinetwegen, sagte Guthrie. Maggie Jones ist bei mir, und sie meint, du hast Recht. Ich komm dann morgen früh.
Gut. Bis dann.
Aber sag ihnen, dass du mit mir geredet hast, sagte Guthrie, und dass ich morgen sehr früh da bin.
Ich sag's ihnen. Raymond legte auf und ging in die Küche zurück.

Als die Jungen mit dem Essen fertig waren, machte das Mädchen ihnen im Wohnzimmer ein Bett aus Decken. Die McPherons schoben die alten Liegesessel beiseite, und sie breitete die dicken Decken in der Zimmermitte auf dem Dielenboden aus, brachte noch zwei Kopfkissen und sagte, ich schlafe gleich da nebenan.
Na, Jungs, alles bestens? fragte Harold.
Ja, Sir.
Ruft einfach, wenn ihr was braucht.
Ihr müsst laut schreien, sagte Raymond, wir hören nicht mehr so gut.
Braucht ihr im Moment noch was? erkundigte sich Harold.
Nein, Sir.

Na gut. Dann gehen wir jetzt mal ins Bett. Es ist schon ziemlich spät. Das war genug Aufregung für einen Abend.

Das Mädchen ging in sein Zimmer neben dem Esszimmer, und die McPheron-Brüder gingen hinauf. Als sie fort waren, zogen die Jungen die Schuhe aus und stellten sie ordentlich vor der alten Fernsehtruhe auf den Boden, zogen ihre Hosen aus und legten sich in Hemd und Unterwäsche zwischen die dicken Decken auf dem Fußboden des alten Zimmers am äußersten Ende des Hauses. Sie schauten nach oben, wo die Hoflampe die Tapete und die Decke beleuchtete.

Sie sieht aus, als ob sie Zwillinge kriegt, sagte Bobby.

Vielleicht kriegt sie ja welche.

Ist sie mit ihnen verheiratet?

Mit wem?

Mit denen. Mit den beiden alten Männern.

Nein, sagte Ike.

Was macht sie dann hier draußen?

Weiß ich nicht. Was machen wir denn hier draußen?

Sie betrachteten beide das schwache Licht an der Decke und das verblichene Muster der alten Tapete. Es lief ums ganze Zimmer, stellenweise waren dunkle Kleckse und Wasserflecken darauf. Nach einer Weile machten sie die Augen zu. Dann atmeten sie tief und schliefen.

Am nächsten Morgen war Guthrie schon sehr früh bei den McPherons und hatte bereits das Pferd auf den Anhänger geladen, als die beiden Jungen das reichliche Frühstück mit Eiern und Schinken aufgegessen hatten, das das Mädchen ihnen gemacht hatte.

Auf der Heimfahrt in die Stadt sagte Guthrie, Ich hab mir Sorgen gemacht. Ich wusste nicht, wo ich euch suchen soll.

Sie sagten nichts.

Geht's euch gut heute Morgen?

Sie nickten.

Wirklich?

Ja.

Na schön. Aber so was dürft ihr nicht noch mal machen. Er schaute sie an, wie sie so neben ihm saßen. Ihre Gesichter waren blass und still. Er änderte seinen Tonfall. Ich bitte euch, macht das nicht noch mal. Ich bitte euch, nicht noch einmal einfach so abzuhauen.

Mrs. Stearns ist tot.

Wer?

Die alte Frau an der Main Street. In ihrer Wohnung.

Woher wisst ihr das?

Wir sind gestern zu ihr hin. Da war sie tot.

Habt ihr es jemandem gesagt?

Nein. Wir sagen es dir.

Aber es wär besser, wenn sich jemand um sie kümmert, sagte Bobby. Jemand sollte sich um sie kümmern.

Ich rufe jemanden an, wenn wir daheim sind, sagte Guthrie.

Sie fuhren weiter die Straße entlang. Nach einer Weile sagte Ike, Dad?

Ja.

Kommt Mutter denn nie mehr nach Hause?

Nein, sagte Guthrie. Er überlegte kurz. Das glaube ich nicht.

Aber sie hat ihre Sachen und ihren Schmuck dagelassen.

Das stimmt, sagte Guthrie. Wir werden sie ihr bringen müssen.

Sie braucht die Sachen doch, sagte Bobby.

Victoria Roubideaux

Sie fingen gegen Mittag an. Es war an einem Dienstag. Sie entband dann am Mittwoch gegen Mittag, also hatte es gut zwölf Stunden länger gedauert, als der alte Doktor ihr gesagt hatte. Aber an diesem Dienstagmittag, als die Wehen anfingen, waren sie zunächst nicht besonders heftig, und sie war sich nicht einmal sicher, ob sie es wirklich schon waren. Allerdings hatte sie die vorhersehbaren Krämpfe im Rücken, die dann nach vorn wanderten, und in den folgenden Stunden hatten sie sich energischer bemerkbar gemacht, sodass sie sich immer sicherer wurde. Da bekam sie Angst, aber sie war auch stolz, und sie freute sich.

Sie wollte aber auch keinen unnötigen Wirbel, wollte nichts falsch machen. Sie wollte sich nicht durch ihre Unruhe oder durch falsche Gefühle irreführen lassen. Also sagte sie es ihnen nicht gleich, den alten McPheron-Brüdern, die den ganzen Nachmittag draußen in den Pferchen beim Vieh waren, um bei dem warmen Frühlingswetter die Mutterkühe mit ihren jungen Kälbern zu kontrollieren. Die letzten zwei Wochen, seit sie sie zum Arzt gefahren hatten, waren die Brüder immer in der Nähe des Hauses geblieben, hatten sich Arbeit im Stall oder in den Pferchen gesucht, und wenn einmal nicht beide in der Nähe bleiben konnten, hatten sie darauf geachtet, dass wenigstens einer immer nahe beim Haus blieb, so nahe, dass er es hören würde, falls das Mädchen rief.

An diesem Dienstag war sie den ganzen Nachmittag in ihrem Zimmer ein und aus gegangen, in den ersten paar Stunden der Unsicherheit, hatte sich an dem Kinderbett, dem Laken und den Decken zu schaffen gemacht und in dem ordentlichen kleinen Zimmer aufgeräumt, in Ordnung gebracht, was nicht in Unordnung war, Staub gewischt, wo kein Staub sich jemals hatte ansammeln können, seit sie aus Denver zurückgekommen war. So war alles mehr als bereit, und sie hatte schon mindestens zweimal ein- und wieder ausgepackt, was sie in ihrer Reisetasche in die Klinik mitnehmen wollte, darunter ein Nachthemd, Binden und Babysachen, alles, was man den Büchern zufolge brauchte, und auch alles, was Maggie Jones ihr mitzunehmen geraten hatte. Früher hatte sie gedacht, dass sie Maggie gleich anrufen würde, wenn die Wehen einsetzten, aber inzwischen hatte sie es sich anders überlegt. Sie hatte beschlossen, sie erst dann aus der Klinik anzurufen, wenn es wirklich etwas zu berichten gab. Sie hatte das Gefühl, dass das nur für sie allein geschehen sollte. Und für sie, die beiden alten Brüder, ohne dass andere mit hineingezogen wurden. Sie fand, dass sie sich das verdient hatten. Also beschäftigte sie sich im Haus und in ihrem kleinen Zimmer und wartete, bis die Schmerzen stärker und entschiedener wurden.

Am Spätnachmittag, gegen fünf Uhr, ging sie hinaus zu den Pferchen, wo sie arbeiteten, und stand wartend am Bretterzaun, bis sie von der Kuh und dem Kalb aufschauten, mit denen sie sich gerade beschäftigten, und sie sahen. Dann schauten sie tatsächlich auf, und sie rief ihnen zu, Es hat angefangen. Ich wollte es Ihnen nur sagen. Aber ich möchte noch nicht fahren. Es ist noch zu früh. Er hat gesagt, es dauert noch eine ganze Weile, nachdem sie angefangen haben, ungefähr zwölf Stunden oder so, hat er gesagt, es eilt also überhaupt nicht, ich wollte es Ihnen nur sagen.

Sie hielten gerade ein großes rotes Kalb fest, hatten es auf die Seite gelegt, um nachschauen zu können, während die aufgeregte Mutterkuh sie aus etwa drei Metern Entfernung misstrauisch beäugte. Die McPheron-Brüder schauten auf und sahen das Mädchen. Dann war es, als hätten auf einmal beide genau im selben Moment begriffen, was sie ihnen sagen wollte. Sie ließen den Kälberstrick los, das Kalb brüllte, sprang auf und trottete zu seiner Mutter, versteckte sich hinter ihr, und die Mutter leckte es bereits ab, um es zu beruhigen, als die beiden Männer zum Zaun gerannt kamen, wo das Mädchen stand. Wie war das? Bist du sicher?

Ja, sagte sie.

Aber es geht dir gut? erkundigte sich Raymond.

Ja, alles bestens.

Aber du hättest nicht rauskommen dürfen, sagte Harold. Du hättest im Haus bleiben sollen.

Ich bin nur rausgekommen, um Ihnen Bescheid zu sagen, sagte sie. Dass sie angefangen haben.

Ja, aber, sagte er – du weißt doch, Victoria, du dürftest nicht mal mehr auf den Beinen sein. Du musst sofort ins Haus zurückgehen. Das hier draußen ist nichts für dich.

Mir geht's gut, sagte sie. Ich wollte es Ihnen nur sagen. Ich gehe jetzt wieder zurück.

Sie drehte sich um und ging los. Sie standen zusammen am Zaun und schauten ihr nach, diesem zierlichen, schwer beladenen Mädchen mit den langen, schwarzen Haaren, die ihr über den Rücken fielen, diesem Mädchen, das jetzt vorsichtig aufs Haus zuging und im Licht der tief stehenden Sonne bei jedem Schritt auf dem zerfurchten Weg aufpasste. Sie blieb noch einmal stehen, bevor sie ins Haus ging. Sie stand still, den Kopf gesenkt, hielt sich den Bauch, wartete, dass es vorüberging, und nach einer Weile hob sie wieder den Kopf und ging weiter. Fünf Minuten später trieben die McPheron-Brüder, ohne auch nur ein einziges Wort zu sagen, sämtliche Mutterkühe und Kälber auf die Weide zurück, ließen alles stehen und liegen und folgten dem Mädchen ins Haus, einer hinter dem anderen.

Sie fanden sie auf dem alten weichen Doppelbett in ihrem Zimmer liegen. Besorgt blieben sie in ihrer Nähe. Sie sagten ihr, dass sie jetzt aufstehen müsse, dass sie sie jetzt gleich in die Stadt fahren wollten, das hielten sie für besser, für sicherer, sie wollten kein Risiko eingehen. Sie sagten ihr, sie solle ganz vorsichtig aufstehen, sie würden sie jetzt sofort hinfahren, mit einem Wort, sie solle sich beeilen, aber alles langsam machen. Sie schaute sie nur an und sagte wieder, Noch nicht. Ich will niemandem auf die Nerven gehen, und ich will mich nicht blamieren.

Also warteten sie den Rest des Nachmittags. Sie warteten, solange noch Tageslicht war. Dann begann die Sonne zu sinken, und es dunkelte. Die Brüder machten die Lichter im Haus an. Raymond ging in die Küche und kochte für alle drei eine Suppe. Doch als sie fertig war, wollte das Mädchen nichts davon; sie kam heraus, setzte sich ein Weilchen zu ihnen an den Tisch und trank etwas warmen Tee, das war alles. Während sie so dasaß, überfiel sie einmal ein Schmerz, und sie schaute starr vor sich hin und atmete tief, und als es vorbei war, schaute sie auf, lächelte die beiden an und machte eine wegwerfende Handbewegung. Sie beobachteten sie über den Tisch hinweg, sorgenvoll. Einen Moment später stand sie auf, ging in ihr Zimmer und legte sich hin. Die Brüder sahen sich an, blieben aber noch eine Zeit lang sitzen. Dann standen sie auf, gingen ins Wohnzimmer und taten so, als läsen Sie den *Holt Mercury*. Es war ganz still im Haus. Etwa alle zwanzig Minuten stand einer von beiden auf, ging zu ihr hinein, blieb an der Tür stehen und schaute sie an auf dem alten Bett.

Gegen neun kam dann das Mädchen mit der Reisetasche ins Esszimmer. Sie blieb vor dem Nussbaumtisch stehen. Ich glaube, jetzt sollten wir fahren, sagte sie. Ich glaube, es ist Zeit.

In der Klinik stellten die Schwestern ihr die üblichen Fragen. Name, voraussichtlicher Entbindungstermin und Blutgruppe, ob die Fruchtblase geplatzt sei und, wenn ja, wann, wie die Wehen seien, wie oft sie kämen, wie lange sie dauerten, wo sie sie spüre, welche Blutungen sie festgestellt habe, Menge und Farbe, die Bewegungen des Babys, die letzte Nahrungsaufnahme, was und wann, welche Allergien, welche Medikamente. Sie beantwortete alles geduldig und gewissenhaft, und die McPheron-Brüder standen derweil in stummer Panik und unerträglicher Entrüstung neben ihr an der Empfangstheke, warteten darauf, dass diese Aufregung und diese Zeitverschwendung ein Ende nähmen und sie das Mädchen wieder in Sicherheit bringen könnten. Dann schoben die Schwestern sie in den Kreißsaal, und die Brüder warteten draußen auf dem Gang. Sie zog ihre Kleider aus und bekam einen losen Kittel zum Anziehen, und die eine Schwester untersuchte sie und sagte anschließend, sie sei erst drei Zentimeter geöffnet, das sei alles. Sie bat sie, ihr noch einmal zu sagen, seit wann sie die Schmerzen habe. Das Mädchen sagte es ihr. Tja, dann würde es wohl noch eine ganze Weile dauern, bei dieser geringen Öffnung. Trotzdem, man könne nie wissen, wie lange es noch dauern würde, sie selbst habe schon Fälle gesehen, wo die Babys sehr schnell gekommen seien, wenn sie es sich erst mal in den Kopf gesetzt hätten, und es bestehe durchaus Hoffnung.

Als sich nach einer Stunde nichts getan hatte, erlaubte die Schwester den McPheron-Brüdern, ins Zimmer zu kommen und bei dem Mädchen zu bleiben. Das Mädchen hatte sie darum gebeten. Ganz still und vorsichtig kamen sie mit dem Hut in der Hand herein, als wollten sie an einer formellen Feier oder einem Gottesdienst teilnehmen, hätten sich aber verspätet aufgrund von Umständen, die sich ihrem Einfluss entzogen, obwohl sie die besten Absichten gehabt hatten. Sie setzten sich an die Wand neben dem Bett und wagten zunächst nicht einmal, sie anzusehen. Es war ein Zweierzimmer mit einer Deckenschiene für einen Vorhang, den man um das Bett zuziehen konnte, und das Kopfteil war hoch gestellt, sodass das Mädchen im Bett saß. Die Schwestern hatten ihr eine Infusion angelegt, und auf einem Gestell am Kopfende des Bettes stand ein Gerät mit einem Bildschirm. Als sie sie dann anschauten, kam ihnen ihr Gesicht gerötet und ein bisschen aufgedunsen vor. Ihre Augen hatten einen dunklen Schimmer.

Hat man Ihnen gesagt, dass es noch eine Weile dauern kann? fragte sie.

Sie nickten.

Ich hätte noch warten sollen. Ich bin zu früh dran.

Nein, nein, sagte Raymond. Das war genau richtig. Eher schon zu spät. Hier hast du's wesentlich besser als draußen bei uns.

Ich wollte Ihnen keine Scherereien machen, sagte sie. Ich dachte, ich wäre schon näher dran.

Aber nein, sagte Harold. Du hast uns einen Gefallen getan. Wir waren schon ein bisschen kribblig, so weit von der Stadt weg. Wir wären glatt schon fünf Stunden früher gefahren, wenn du's genau wissen willst.

Mir ist es bloß darum gegangen, dass ich es gleich kriege und Sie nicht ewig warten müssen. Aber da ist ja nichts draus geworden.

Jetzt mach dir doch keine Gedanken deswegen, sagte Raymond. Denk überhaupt nicht an uns. Kümmer dich einfach nur um deine Angelegenheiten hier und tu, was du tun musst. Und wenn wir irgendwas für dich tun können, dann sag's uns. Wir verstehen nichts von solchen Sachen. Wir wissen nicht, wie wir dir helfen können.

Na ja, sagte Harold, ich glaub, wir können allmählich den Kälberzieher holen. So viel verstehen wir immerhin davon, wie man ein neues Wesen auf die Welt bringt.

Sie sah ihn ein wenig ausdruckslos an.

Ach, Mist, sagte er. Entschuldige bitte. Ich wollte einen Witz machen. Hat nichts zu bedeuten, Victoria.

Sie schüttelte leicht den Kopf und lächelte. Ihr Gesicht war hochrot, ihre Zähne wirkten sehr weiß. Ich weiß schon, sagte sie. Sie können gern Witze machen, wenn Ihnen danach ist. Ich möchte es sogar. Sie sind beide so gut zu mir. Dann kam wieder der Schmerz, und sie sahen, wie sie sich verkrampfte, wie sie mit geschlossenen Augen keuchend atmete. Als es vorbei war, machte sie die Augen wieder auf, aber es war klar, dass sie sich noch immer auf das konzentrierte, was in ihr vorging, in ihr und nirgendwo anders, und die McPheron-Brüder saßen auf ihren Stühlen an der Wand neben dem Bett und sorgten sich um sie, mehr, als sie sich in den letzten fünfzig Jahren jemals um etwas gesorgt hatten, ließen sie nicht aus den Augen und blieben bis in die Nacht hinein bei ihr.

Um Mitternacht kam der alte Dr. Martin herein und sagte, sie könnten eigentlich noch einmal heimfahren. Er war gekommen, um persönlich nach dem Mädchen zu sehen und stellte fest, dass die Geburt noch lange auf sich warten lassen würde. Das sei gar nicht so ungewöhnlich, meinte er, weil es ihr erstes Kind sei. Er sagte, er werde die ganze Nacht dableiben und in der Klinik schlafen, die Schwestern würden ihn rufen, wenn es ernst werde, und sie könnten auch die beiden Brüder benachrichtigen, wenn sie Wert darauf legten. Aber die McPherons wollten nicht gehen. Sie blieben im Zimmer. Das Mädchen konnte zwischen den Wehen ein bisschen schlafen, immer nur ein kurzes Nickerchen, während die beiden hellwach am Bett saßen, mucksmäuschenstill und ein wenig benommen, und aufpassten. In stündlichen Abständen kam eine Schwester nachsehen, dann mussten die Brüder auf den Gang hinaus, und wenn die Schwester fertig war, gingen sie wieder hinein. So ging es die ganze Nacht hindurch. Bei Tagesanbruch sahen die McPheron-Brüder schrecklich aus. Ihre Gesichter waren eingefallen und kreidebleich, die Augen trocken und gerötet. Das Mädchen dagegen war relativ ruhig, immer noch entschlossen, alles richtig zu machen. Sie war sehr müde, aber es fehlte ihr nichts. Sie war noch immer konzentriert und gab sich große Mühe. Sie flehte die beiden an, nach Hause zu fahren und sich auszuruhen, stieß aber genauso auf taube Ohren wie vorher der Arzt.

Um neun Uhr morgens, als man sie wieder einmal kurz auf den Gang hinausgeschickt hatte, sagte Harold schließlich zu seinem Bruder, Wenigstens einer von uns beiden muss heimfahren und das Vieh füttern. Das weißt du.

Ich rühr mich hier nicht weg, sagte Raymond.

Das hab ich mir schon gedacht. Also, ich komm wieder. Du bleibst hier. Du hältst die Stellung für uns beide. Ich bin so bald wie möglich wieder da.

Als sie wieder ins Zimmer durften, sagte Harold dem Mädchen, was er vorhatte, und sie sagte, Ja, bitte tun Sie das, und er berührte sie am Arm und ging hinaus. Raymond setzte sich wieder ans Bett. Als die Wehen wiederkamen, versuchte er sie zu ermuntern, so gut er konnte, und sie strengte sich mächtig an. Die Zeit verging.

Irgendwann später wurde Raymond wieder aufgefordert, auf den Gang hinauszugehen. Er blieb vor der Tür stehen und wartete darauf, dass sie mit der Untersuchung fertig würden, aber diesmal dauerte es länger, und dann kamen sie heraus, schoben das Mädchen mit dem Bett aus dem Zimmer, und er sah sie, und sie schaute ihn an und lächelte schwach, und die Schwestern schoben das Bett weiter den Gang entlang, bevor ihm irgendetwas einfiel, was er ihr hätte sagen können, oder auch nur eine ermunternde Geste machen konnte. Eine der Schwestern sagte ihm, Dr. Martin werde ihr jetzt eine Oxytocin-Infusion verabreichen, um die Wehen zu beschleunigen, es werde also bald so weit sein. Die Schwester sagte, er solle hinausgehen, man sehe ihm an, dass er frische Luft brauche. Irgendjemand würde ihn hinterher wieder hereinrufen.

Wird alles gut gehen?

Ja. Machen Sie sich keine Sorgen.

Er stellte sich vor den Eingang der Klinik, stand da in der frischen Luft, atmete tief und wartete, lehnte sich nirgends an, sondern stand einfach ein paar Schritte von der Wand und dem Stützpfeiler des Vordachs entfernt, als hätte man ihn dort hingestellt und ihm eingeschärft, sich nicht von der Stelle zu rühren oder gegen irgendetwas zu lehnen, was ihn halten oder stützen könnte, bis jemand kommen und ihm neue Anweisungen geben würde. Außer ihm war niemand da. Er schaute in die Gasse und auf den Parkplatz hinter dem Gebäude. Mit hängenden Armen stand er da und bewegte sich nicht. Eine Stunde später fand Dr. Martin ihn so vor, immer noch in einer Art einsamer Erstarrung am Hintereingang.

McPheron?

Raymond wandte ihm langsam den Blick zu.

Sie können jetzt zu ihr.

Zu Victoria?

Ja.

Lebt sie?

Wie bitte? Natürlich lebt sie.

Es geht ihr gut?

Sie ist wach und redet. Aber sie ist müde. Wollen Sie gar nichts über das Baby wissen?

Was ist es?

Es ist ein Mädchen.

Und Sie sagen, Victoria Roubideaux geht es gut?

Ja.

Raymond musterte ihn.

Und Sie sagen die Wahrheit?

Ja doch. Es geht ihr gut.

Ich weiß nicht, sagte Raymond. Ich hab Angst gehabt … Er beugte sich abrupt vor, ergriff Dr. Martins Hand und schüttelte sie kräftig. Dann ließ er sie los und ging hinein.

Sie hatte das Baby noch bei sich im Bett, es lag auf ihrer Brust, als er ins Zimmer kam. Sie schaute das Baby an, drückte es an sich. Sie blickte auf, als er hereinkam, und strahlte ihn an.

Er sagt, es geht dir gut, sagte Raymond.

Ja. Ist sie nicht wunderschön? Sie drehte das Baby zu ihm hin.

Er schaute es an. Es hatte einen dichten, krähenschwarzen

Haarschopf, und sein rotes Gesicht war ein bisschen aus der Form, ein bisschen verzerrt, es hatte einen Kratzer an der Wange, und in seiner Unerfahrenheit dachte er, das Baby sieht aus wie ein alter Mann, es ähnelt einem alten, verrunzelten Opa, aber er sagte, Ja, sie ist ein hübsches kleines Dingelchen.

Möchten Sie sie mal halten?

Ach, das kann ich doch nicht.

Doch, sie können es.

Ich will nichts kaputtmachen.

Es passiert schon nichts. Hier. Sie müssen ihr den Kopf halten.

Er nahm das Baby in seinen weißen Klinikdecken und schaute es an, hielt es sich ängstlich vor sein altes Gesicht wie ein steifes, aber empfindliches Stück Küchengeschirr.

Mein Gott, sagte er nach einer Weile. Die Augen des Babys sahen ihn an, ohne zu blinzeln. Du meine Güte. Allmächtiger.

Während er das Baby noch auf dem Arm hatte, kam Harold herein. Die haben gesagt, du bist jetzt hier drin, sagte er. Alles in Ordnung mit dir?

Ja, sagte das Mädchen. Es ist ein Mädchen. Sie können sie auch mal halten.

Harold trug noch seine Arbeitssachen, hatte Heustaub auf den Schultern seiner Segeltuchjacke und brachte den Geruch von frischer Luft und Vieh und Schweiß mit. Ich geh besser nicht allzu nah ran, sagte er. Ich bin nicht besonders sauber.

Sie können die Decke enger um sie wickeln, sagte sie. Irgendwann muss sie sich ja an Sie gewöhnen.

Also nahm auch er das Baby auf den Arm, und Raymond setzte sich hin und tätschelte dem Mädchen den Arm.

Also nein, sagte Harold, also nein, und schaute das kleine Mädchen an. Er hielt es vor sich hin, und es sah ihn genauso unverwandt an wie vorher seinen Bruder, als wollte es seinen Charakter ergründen. Weißt du was? sagte Harold. Ich glaube, wir haben gerade das Weibervolk in unserem Haus verdoppelt. Aber ich denke, da können wir uns dran gewöhnen.

Dann kam eine andere Schwester herein, die sofort wütend wurde und sagte, sie dürften überhaupt nicht hier drinnen sein, in einem Wöchnerinnenzimmer, wenn das Baby auch da sei, denn schließlich seien sie ja nicht der Ehemann, sie seien nicht der Vater, und sie befahl ihnen, auf der Stelle hinauszugehen, außerdem brauche die junge Mutter ihren Schlaf, ob sie nicht sähen, dass sie erschöpft sei, und dann lamentierte sie, das Baby müsse sauber und steril bleiben, und nahm das Kind mit. Aber weder die McPherons noch das Mädchen widersprachen der Schwester, denn jetzt war alles gut; die junge Mutter hatte ihr Baby eine Zeit lang bei sich gehabt, und das Baby war ein gesundes kleines Mädchen mit klaren Augen und dem schwarzen Haar seiner Mutter, und mehr durfte sich niemand in Holt oder irgendwo sonst auf der Welt von Rechts wegen erhoffen, also war alles gut.

Am nächsten Morgen, eine Stunde nach Sonnenaufgang, rief der Mann vom Kühlhaus der County Holt an der Main Street Dr. Martin zu Hause an, wegen einer Stierhälfte. Er wollte wissen, was damit geschehen solle.

Mit was? fragte der alte Doktor.

Mit dem Fleisch hier.

Was für Fleisch?

Dem von den McPherons. Die sind ungefähr vor einer Stunde hier aufgekreuzt und haben mich rausgeklingelt, obwohl ich noch gar nicht geöffnet hatte, noch nicht mal meinen Frühstückskaffee hatte ich getrunken. Mit zwei ganzen Hintervierteln von einem erstklassigen schwarzen Baldy-Jungstier. Was soll ich damit machen? Deswegen rufe ich an. Die haben gesagt, das Fleisch gehört Ihnen.

Mir?

Sie haben gesagt, Sie wüssten schon, warum.

Das glaub ich nicht.

Wenn ich's Ihnen sage.

Na gut, sagte der Arzt. Dann werde ich es wohl wissen. Vielleicht hab ich's mir sogar verdient. Dann wurde sein Tonfall auf einmal dringlich. Also, passen Sie um Himmels willen gut darauf auf. Geben Sie's nicht weg. Ich zieh mich nur rasch an und komm sofort rüber.

Ike und Bobby

Seit acht Tagen war die Schule aus. Aber das städtische Schwimmbad war noch nicht geöffnet. Die Baseball-Sommersaison hatte noch nicht angefangen. Und auch auf dem Rummelplatz würde es erst in der ersten Augustwoche losgehen.

Jeden Morgen trugen die Jungen wie gewohnt die Zeitung aus, dann kamen sie heim und erledigten die Stallarbeit, fütterten Easter, den Hund und die Katzen und gingen dann ins Haus und frühstückten. An drei Nachmittagen pro Woche unterrichtete Guthrie bei einem Sommerkurs am städtischen College in Phillips. Und ihre Mutter war noch immer in Denver. Sie mussten sich damit abfinden, dass ihre Mutter in Denver bleiben würde. Oft ritten sie am Vormittag auf Easter aus, an der Eisenbahnlinie entlang, und nahmen sich etwas zum Mittagessen mit. Einmal kamen sie bis an den kleinen Friedhof auf halber Strecke nach Norka, wo ein paar Pappeln standen, deren Blätter im Wind raschelten, und dort aßen sie das mitgebrachte Essen im getüpfelten Schatten der Bäume. Am Nachmittag ritten sie dann zurück, mit der untergehenden Sonne im Rücken, sodass sie und das Pferd einen einzigen Schatten warfen, der vor ihnen herzog wie ein schmaler, dunkler Vorläufer dessen, was sie einmal werden sollten. Sie hatten schon seit acht Tagen Ferien, und sie waren oft allein.

Eines Nachmittags, als Guthrie in Phillips unterrichtete, gingen sie zwischen den Eisenbahnschienen auf den imprägnierten Schwellen nach Westen, vorbei am Haus des alten Mannes, vorbei an dem verlassenen Haus am Ende der Railroad Street. Es war heiß und trocken. Über eine Meile weit gingen sie nach Westen, auf den schwarzen Schwellen zwischen den glänzenden Schienensträngen auf dem roten Schotter, bis sie an einen Durchstich kamen, wo die Gleise durch einen niedrigen Sandhügel führten. Hier holten sie die Münzen und die Klebstoffflasche hervor.

Die vier hellen Münzen lagen festgeklebt auf der heißen Schiene, alle vier Werte in einer Reihe, Cent, Fünfer, Zehner und Vierteldollar. Die hohe Nachmittagssonne glitzerte auf ihnen, auf Kupfer und Silber gleichermaßen, und schien auch auf ihr Armband, das sie aus der Kommode im Gästezimmer genommen hatten, wo sie es vor Monaten zurückgelassen hatte, dasselbe, das sie anprobiert hatten, bevor sie in die Wohnung hinaufgestiegen waren und Mrs. Iva Stearns schon seit fünf Stunden tot in ihrem Sessel gefunden hatten. Anfangs wussten sie nicht, wie sie das Armband zu den vier Münzen auf die Schiene legen sollten, denn es blieb nicht flach liegen, und wenn es auf der Seite lag, würde es höchstwahrscheinlich wegfliegen, wenn das erste große Rad der Lokomotive darüber fuhr, in die Luft fliegen wie ein glitzerndes Stück Eis oder Glas, um im Unkraut zu landen, wo sie es würden suchen müssen und es womöglich nicht mehr finden würden, denn auf diese Weise hatten sie auch schon Centstücke und Vierteldollars verloren, bevor ihnen das mit dem kleinen Tropfen Klebstoff eingefallen war. Dann kam ihnen die Idee, es um die Schiene zu legen wie um einen Arm, und sie probierten es aus, und es zeigte sich, dass es so gehen würde. Also lag es jetzt unterhalb der Münzen über der Schiene. Und bald würde der Zug kommen.

Sie warteten. Sie kauerten fünf Meter vom Bahndamm entfernt in dem Durchstich, mit dem Rücken an der Böschung, im Schatten der roten Erdwälle. Niemand draußen auf der Ebene hätte sie sehen können, wäre zu dieser Stunde gegen Ende Mai überhaupt jemand da gewesen, um zu schauen. Ike nahm zwei von Guthries Zigaretten aus der Brusttasche seines Hemdes und gab eine davon Bobby. Er holte eine Schachtel Zündhölzer aus der Hosentasche, riss eines an, zündete die Zigaretten an, erst seine und dann die seines Bruders, und steckte das Zündholz mit dem Kopf nach unten in die Erde. Es zischte weiß auf, als die Flamme erlosch. Sie rauchten und warteten. Nach einer Weile spuckten sie einer nach dem anderen zwischen ihre Füße auf die Erde. Es kam noch kein Zug. Sie rauchten, hielten die Zigaretten von sich, um sie anzusehen, zogen wieder daran und stießen den Rauch aus, sahen einander an und rauchten weiter. Er kam immer noch nicht. Ike spuckte im hohen Bogen in Richtung Gleis. Bobby spuckte genauso, auch zum Bahndamm hin. Sie rauchten die Zigaretten zu Ende und traten sie aus. Dann stand Ike auf und schaute die Gleise entlang. Er sah ihn noch nicht, weder sein Licht noch seine dunkel schimmernde Masse, deshalb kletterte er auf den Damm, legte sich hin und presste das Ohr auf die Schiene. Nach einer Weile änderte sich sein Blick. Er kommt, sagte er. Da kommt er.

Das kannst du doch so nicht feststellen, sagte Bobby.

Er kommt, sagte Ike. Er hatte den Kopf dicht über der Schiene. Ich hör ihn.

Bobby stand auf und horchte ebenfalls. Okay, sagte er. Also kauerten sie sich wieder an die sandige Böschung im Schatten und warteten auf den Zug. Im Gras saß eine Heuschrecke, betrachtete sie und bewegte ihre Kiefer. Ike warf einen Klumpen Erde nach ihr, und sie hüpfte aufs Gleis. Der Zug kam aus der Ferne, stieß plötzlich an einem Übergang eine Meile entfernt einen langen Pfiff aus. Sie warteten. Die Münzen und ihr Armband lagen auf der Schiene. Dann sahen sie den Zug, dunkel tauchte er aus dem Hitzedunst auf. Er kam näher und wurde lauter, größer, Furcht erregend wie in einem Traum, und ließ die Erde beben, die Heuschrecke sah noch immer die beiden Jungen an, dann war der Zug da. Sie schauten hinauf zu dem Mann, der hoch oben im Innern der donnernden Lokomotive stand, und Dreck flog überall durch die Luft, ein so jäher, so gewaltiger Sturm, dass sie sich die Augen zuhalten mussten. Dann raste die lange Reihe der Güterwaggons vorbei, ratternd und quietschend und pfeifend, ein entfesseltes metallisches Klappern. Die Schienenenden beiderseits der Fuge gaben unter der Last ein wenig nach, immer wenn ein Rad darüber rollte, und dann war er vorbei, und der Mann im Bremserhäuschen schaute zu ihnen zurück, und sie schauten ihm nach, ohne zu winken. Als der Zug schon weit weg war, standen sie auf und holten die Münzen und ihr Armband.

Im Schatten der Böschung kauerten sie sich hin und inspizierten, was sie jetzt hatten. Die Münzen waren unförmige ovale Scheiben, die Präsidentenprofile geisterhafte Schatten, hell, glänzend, unrund. Die Gesichter nur noch in Umrissen vorhanden, ohne Tiefe oder Struktur, nicht mehr erhaben. Ihr Armband war ebenso plattgedrückt, dünn wie Papier, sie konnten es brechen. Sie drehten und wendeten die Münzen in den Händen und betrachteten das Armband, und nach einer Weile kratzten sie ein Loch in den Boden und begruben die vier Münzen zusammen mit dem Armband ihrer Mutter unter der steilen Böschung und legten einen Stein darauf.

Willst du noch eine rauchen? fragte Ike.

Ja.

Okay.

Er holte noch zwei Zigaretten aus seiner Brusttasche, und dann saßen sie fünf Meter vom Bahndamm im Schatten und rauchten. Sie schauten hinaus in die Sonne über den Schienen, und eine Zeit lang sprachen sie nicht und bewegten sich nicht.

Die McPherons

Als sie eines Nachmittags gegen Ende des Monats vom Pferdestall zum Haus gingen, sahen sie am Tor vor dem Haus ein schwarzes Auto stehen. Sie kannten es nicht.

Wer ist das?

Niemand, den ich kenne, sagte Harold.

Der Wagen war in Denver zugelassen. Sie gingen um ihn herum und dann den Weg zur Veranda hinauf. Drinnen fanden sie ihn an dem Nussbaumtisch im Esszimmer sitzen, dem Mädchen gegenüber. Sie hatte das Baby auf dem Arm. Er war ein großer, schlanker junger Mann und stand nicht auf, als sie hereinkamen.

Ich bin gekommen, um sie abzuholen, sagte er. Und das Baby auch. Meine Tochter.

Also Sie sind das, sagte Harold.

Er und die alten McPheron-Brüder sahen einander an.

Sie stehen nicht mal auf, wenn jemand in seinem eigenen Haus ins Zimmer kommt, sagte Harold.

Normalerweise nicht, nein, sagte der Junge.

Das ist Dwayne, sagte das Mädchen.

Kann ich mir denken. Was wollen Sie hier?

Hab ich doch schon gesagt, sagte er. Ich hol mir, was mir gehört. Sie und das Baby.

Aber ich komm nicht mit, sagte das Mädchen.

Doch, sagte er. Du kommst mit.

Willst du mit ihm mit, Victoria? fragte Raymond.

Nein. Ich will nicht. Ich hab's ihm schon gesagt. Ich geh hier nicht weg.

O doch, sie kommt mit. Sie ziert sich nur. Sie lässt sich bitten.

Nein, tu ich nicht. Das stimmt nicht.

Junger Mann, sagte Harold, Sie sollten jetzt besser gehen. Niemand will Sie hier haben. Victoria hat das ziemlich klar zum Ausdruck gebracht. Und Raymond und ich sind erst recht nicht auf ihre Gesellschaft erpicht.

Ich gehe nur, wenn sie mitkommt, sagte der Junge. Mach schon, sagte er zu dem Mädchen. Pack deinen Kram zusammen.

Nein.

Jetzt mach schon, hörst du.

Ich komm nicht mit.

Junger Mann, haben Sie was an den Ohren? Sie haben doch gehört, was sie sagt. Und was ich sage.

Und sie haben gehört, was ich sage, sagte der Junge. Verdammt noch mal, sagte er zu dem Mädchen, beweg dich endlich. Hol deine Sachen. Beeil dich.

Nein.

Der Junge sprang auf, ging um den Tisch und packte sie am Arm. Er zog sie vom Stuhl hoch.

Verdammt noch mal, jetzt mach endlich. Wie oft soll ich's noch sagen? Beweg dich.

Die beiden Brüder kamen auf ihn zu.

Junger Mann. Lassen Sie sie in Ruhe. Lassen Sie sie los.

Der Junge riss sie am Arm. Das Baby fiel auf den Boden und begann vor Schreck zu schreien. Sie riss sich los und bückte sich, um das Kind aufzuheben. Das Baby brüllte.

Tut mir Leid, sagte er. Das wollte ich nicht. Komm endlich. Sie gehört auch mir.

Nein, schrie das Mädchen. Ich komm nicht mit. Wir bleiben beide hier.

Jetzt reicht's, sagte Harold. Das genügt. Die Brüder packten ihn an den Armen, und er wehrte sich, aber sie hoben ihn einfach hoch, obwohl er sich wand und zappelte und schrie, und trugen ihn zur Tür hinaus. Sie waren grob und entschlossen und stärker als er und trugen ihn die Stufen hinunter und weiter bis zum Hoftor.

Lassen Sie mich los.

Auf der Zufahrt ließen sie ihn los.

Der Junge sah sie an. Na schön, sagte er. Ich gehe, aber nicht für immer.

Lassen Sie sich hier nicht mehr blicken.

Sie hören noch von mir, sagte er.

Wagen Sie es nicht, noch einmal herzukommen und sie zu belästigen.

Er drehte sich um, ging zu seinem Auto, stieg ein und fuhr los. Er wendete mit durchdrehenden Rädern, dass der Kies hochspritzte, und fuhr mit aufheulendem Motor am Haus vorbei auf die Landstraße hinaus. Die McPheron-Brüder gingen ins Haus zurück. Das Mädchen hatte das Baby auf dem Arm und saß wieder an dem alten Tisch. Das Baby wimmerte nur noch ein bisschen.

Alles in Ordnung, Victoria? fragte Raymond.

Ja.

Hat er dir wehgetan?

Nein. Aber er hat mir Angst gemacht. Ich hab ihn hinzuhalten versucht, mit ihm geredet, bis Sie ins Haus zurückkommen, hab gehofft, Sie kommen bald. Hab ein paar Sachen gepackt und mir viel Zeit gelassen, weil ich hoffte, Sie würden so bald wie möglich ins Haus kommen.

Meinst du, er kommt wieder? fragte Harold.

Nein.

Aber vielleicht doch?

Ich weiß es nicht. Möglich, ja. Aber ich glaube, er wollte sich nur aufspielen.

Du wolltest nicht mit ihm mit, oder? fragte Raymond.

Nein. Ich will hier bleiben. Ich will jetzt hier sein.

Gut. Dann wird das auch so geschehen.

Das Mädchen wandte sich ab, knöpfte die Bluse auf und fing an, das Baby zu stillen. Es hörte auf zu wimmern, und die alten McPherons schauten woandershin.

Holt

Memorial Day. Am Abend traten die beiden Frauen auf die Verandastufen hinaus, in der Küche brannte das Licht und beleuchtete sie von hinten durch die offene Tür. Bis auf den Größenunterschied hätte man sie für Mutter und Tochter halten können. Das dunkle Haar lag ihnen feucht ums Gesicht, ihre stillen Gesichter waren erhitzt von der Küche, vom Kochen. Hinter ihnen war der Esszimmertisch ausgezogen und verbreitert und die weiße Tischdecke darüber gebreitet worden, und danach war der Tisch mit hohen Kerzen und dem alten Porzellan gedeckt worden, das das Mädchen auf den oberen Borden der Küche entdeckt hatte, das alte Geschirr, das seit Jahrzehnten nicht benutzt worden war, das angeschlagen und verblasst, aber immer noch zu gebrauchen war.

Am Tisch saß allein der weißhaarige alte Mann, Maggie Jones' Vater, mit dem Gesicht zu den Fenstern, klaglos wartete er, ohne etwas zu sagen, mit einem umgebundenen Geschirrtuch auf der Brust. Er schaute zu den kahlen Fenstern, in lange vertraute Gedanken versunken. Zerstreut nahm er das Silberbesteck in die Hände, das neben seinem Teller lag, und wartete. Plötzlich sagte er etwas ins Leere. Hallo. Ist da jemand?

Die Frauen auf der Veranda schauten in den Hof hinaus, wo die zwei Jungen mit dem Baby auf der Schaukel saßen, und hinüber zu den Ställen und Pferchen, wo die drei Männer am Zaun standen, jeder mit einem Fuß auf der untersten, einem Arm über der obersten Stange, bequem, ins Gespräch vertieft.

Die Jungen hatten das Baby bei sich auf der Schaukel und schaukelten es ein bisschen, das schwarzäugige kleine Mädchen mit dem dichten Haarschopf. Vor einer Stunde hatte Guthrie gesagt, Ich weiß nicht recht. Womöglich passen sie nicht auf, vergessen sie einen Moment. Aber das Mädchen hatte gesagt, Bestimmt nicht. Ich weiß, dass sie gut auf sie aufpassen werden. Und Maggie Jones hatte gesagt, Ja. Worauf Guthrie gesagt hatte, Dass ihr mir ja vorsichtig seid mit ihr, Jungs.

Also hatten sie das kleine Mädchen jetzt bei sich auf der Schaukel unter einer der verkrüppelten Ulmen diesseits des Maschendrahtzauns, schaukelten es abwechselnd auf dem Schoß an dem kühlen Abend, und das blaue Licht der Hoflampe tanzte über das kleine Gesicht.

Unterdessen betrachteten drüben am Pferch die McPheron-Brüder und Guthrie über den Zaun hinweg die Kühe und Kälber. Die rotbeinige Kuh war auch dabei. Guthrie erkannte sie wieder. Die alte Kuh beäugte ihn rachsüchtig. Ist sie das? fragte er. Die, an die ich denke?

Das ist sie.

Hatte sie nicht ein Kalb? Ich seh keins bei ihr.

Nein. Sie war die ganze Zeit leer, sagte Raymond.

Sie hat dieses Frühjahr nicht gekalbt?

Nein.

Was habt ihr mit ihr vor?

Wir bringen sie in die Stadt, auf den Viehmarkt.

Harold schaute an der roten Kuh vorbei zum dunkelnden Horizont. Wir haben gehört, in der Stadt haben die Beckmans sich jetzt einen Anwalt genommen, sagte er.

Ja, sagte Guthrie. Hab ich auch gehört.

Und, was machst du?

Weiß ich noch nicht. Ich bin noch unschlüssig. Hängt davon ab, wie's weitergeht. Aber mir kann nicht viel passieren. Im schlimmsten Fall finde ich auch eine andere Arbeit.

Doch nicht als Farmer? fragte Harold.

Nein. Guthrie grinste. Farmer werde ich nicht. Ich seh ja, wohin das führt. Er nickte zum Haus hin. Was wird jetzt mit ihr?

Wir hoffen, sie bleibt noch eine ganze Weile hier, sagte Raymond. Sie muss noch ein Jahr zur Schule. Zusätzlich zum letzten Semester, das sie verbummelt hat. Wir glauben, sie bleibt uns noch eine Zeit lang erhalten. Und wir hoffen es natürlich.

Vielleicht will sie aufs College, sagte Guthrie.

Da wären wir sehr dafür. Aber bis dahin ist noch viel Zeit. Darüber brauchen wir uns jetzt nicht den Kopf zu zerbrechen, glaub ich.

Der Wind fuhr in die Bäume, hoch droben, bewegte die hohen Äste.

Die Rauchschwalben kamen hervor und machten in der Dämmerung Jagd auf Schmalwanzen und Florfliegen.

Die Luft wurde weich.

Der alte Hund kam von seiner Decke in der Garage in den umzäunten Hof getrottet, schnupperte an den Hosenbeinen der Jungen, schnupperte an dem Baby und leckte ihm mit seiner warmen roten Zunge die Stirn, dann trabte er zu den Frauen auf der Veranda und schaute zu ihnen hoch, schaute sich nach allen Richtungen um, drehte sich im Kreis, legte sich hin und schlug mit seinem verfilzten Schwanz.

Die beiden Frauen ließen sich von der Brise das Gesicht kühlen und lösten die oberen Knöpfe ihrer Blusen, um den Wind auch an den Brüsten und unter den Achseln zu spüren.

Bald, sehr bald schon würden sie alle zum Abendbrot rufen. Aber noch nicht gleich. Erst standen sie noch ein Weilchen länger in der Abendluft auf der Veranda, siebzehn Meilen südlich von Holt, an diesem letzten Tag im Mai.

Für ihre großzügige Unterstützung und Ermutigung dankt der Autor: Mark Haruf, Verne Haruf, Edith und Bryan Russell, Sorel Haruf, Whitney Haruf, Chaney Haruf, Rodney und Gloria Jones, Richard Peterson, Laura Hendrie, John Walker, Jon Tribble, Ken Keith, Peter Matson, Gary Fisketjon, Dr. Tom Parks, Dr. Douglas Gates, Greg Schwipps, Alissa Cayton, Sue Howell, Karen Greenberg, der Southern Illinois University, dem Illinois Arts Council und ganz besonders Cathy Haruf.